国家社会科学基金重大项目
"文学伦理学批评：理论建构与批评实践研究"
结项成果之一

 华中师范大学中国语言文学一流学科建设文库

聂珍钊 苏 晖·总主编
文学伦理学批评研究（五）

Ethical Literary Criticism of Chinese Literature

中国文学的伦理学批评

黄 晖 ◎ 主 编

北京大学出版社
PEKING UNIVERSITY PRESS

图书在版编目(CIP)数据

中国文学的伦理学批评/聂珍钊,苏晖总主编;黄晖主编.—北京:北京大学出版社,2020.8
(文学伦理学批评研究;五)
ISBN 978-7-301-31466-1

Ⅰ.①中… Ⅱ.①聂… ②苏… ③黄… Ⅲ.①中国文学-文学批评史 Ⅳ.①I206.09

中国版本图书馆CIP数据核字(2020)第135130号

书　　名	中国文学的伦理学批评 ZHONGGUO WENXUE DE LUNLIXUE PIPING
著作责任者	聂珍钊　苏　晖　总主编 黄　晖　主编
责任编辑	刘　虹
标准书号	ISBN 978-7-301-31466-1
出版发行	北京大学出版社
地　　址	北京市海淀区成府路205号　100871
网　　址	http://www.pup.cn　　新浪微博:@北京大学出版社
电子信箱	554992144@qq.com
电　　话	邮购部 010-62752015　发行部 010-62750672 编辑部 010-62759634
印刷者	三河市博文印刷有限公司
经销者	新华书店
	650毫米×980毫米　16开本　23印张　375千字 2020年8月第1版　2020年8月第1次印刷
定　　价	82.00元

未经许可,不得以任何方式复制或抄袭本书之部分或全部内容。
版权所有,侵权必究
举报电话:010-62752024　电子信箱:fd@pup.pku.edu.cn
图书如有印装质量问题,请与出版部联系,电话:010-62756370

目 录

总序(一) …………………………………………………………… 1
总序(二) …………………………………………………………… 20

导论　中国文学伦理观念的生成与流变 ………………………… 1
第一章　《诗经》与中国文学的诗教传统 ……………………… 17
　　第一节　伦理规范的理性萌芽 ……………………………… 18
　　第二节　"诗言志"的艺术伦理 ……………………………… 21
　　第三节　身份与选择 ………………………………………… 23
　　本章小结 ……………………………………………………… 37

第二章　白居易诗歌的情感表达和道德教诲 …………………… 40
　　第一节　仁慈博爱：白居易诗歌中的道德情感 …………… 42
　　第二节　吃穿住行：白居易道德情感控制下的自然情感 … 52
　　第三节　释与道：白居易诗歌中的自由情感 ……………… 61
　　第四节　从家到国：白居易诗歌中的伦理情感 …………… 71

本章小结 ……………………………………………………… 79

第三章　《西厢记》中的自由意志与理性意识 ……………… 81
　　第一节　《西厢记》里的自由意志 …………………………… 83
　　第二节　《西厢记》里的理性意识 …………………………… 92
　　第三节　《西厢记》中理性意识与自由意志的调和 ………… 98
　　本章小结 ……………………………………………………… 106

第四章　《牡丹亭》的伦理困境与道德理想 ………………… 108
　　第一节　作为"伦理剧"的《牡丹亭》 ……………………… 110
　　第二节　《牡丹亭》中的伦理困境 …………………………… 113
　　第三节　《牡丹亭》的道德理想 ……………………………… 122
　　本章小结 ……………………………………………………… 131

第五章　《聊斋志异》与斯芬克斯因子的组合与变异 ……… 134
　　第一节　原生态动物形象：兽形与人性 …………………… 136
　　第二节　幻化动物形象：兽性、人性和神性的组合 ……… 144
　　第三节　人物形象：人性因子与兽性因子的较量 ………… 156
　　本章小结 ……………………………………………………… 162

第六章　《水浒传》的伦理秩序与道德困境 ………………… 165
　　第一节　《水浒传》的双重伦理秩序 ………………………… 167
　　第二节　"梁山好汉"的伦理两难 …………………………… 172
　　第三节　"恶女"的伦理冲突 ………………………………… 178
　　第四节　"复仇女侠"的伦理践行 …………………………… 184
　　本章小结 ……………………………………………………… 189

第七章 "三言"的伦理诉求与道德警示 ············ 193
第一节 宏观视野下"三言"的伦理建构分析 ············ 195
第二节 《白娘子永镇雷峰塔》伦理悲剧阐释 ············ 201
第三节 《杜十娘怒沉百宝箱》的伦理诉求新阐释 ············ 210
本章小结 ············ 220

第八章 晚清的伦理环境与谴责小说的道德批评 ············ 221
第一节 谴责小说"溢恶"的道德批评 ············ 222
第二节 晚清谴责小说产生的伦理环境 ············ 236
本章小结 ············ 244

第九章 鲁迅小说的伦理叙事与伦理重构 ············ 247
第一节 传统伦理的解构与嘲讽 ············ 249
第二节 传统伦理的反抗与批判 ············ 259
第三节 自由伦理的呼唤与重构 ············ 269

第十章 先锋小说的艺术创新与伦理探索 ············ 279
第一节 个体叙事与自由伦理 ············ 281
第二节 传统伦理的颠覆与伦理两难 ············ 290
第三节 道德缺失与伦理转型 ············ 301

参考文献 ············ 311
后　记 ············ 317

总序(一)

聂珍钊　王松林

20世纪80年代以来,大量西方的文学批评理论涌入中国,如形式主义批评、结构主义批评、解构主义批评、心理分析批评、神话原型批评、女性主义批评、生态批评、后殖民主义批评、文化批评等,这些批评理论和方法丰富了我国的文学批评,并推动着我国文学批评的发展。但是,与此同时,我国的文学批评也存在诸多问题,其中最突出的问题就是唯西方批评理论为尊,缺乏具有我国特色和话语的批评体系,尤其漠视文学的伦理价值和文学批评的伦理指向。针对近二三十年来文学批评界的乱象,文学伦理学批评对文学的起源、文学的功能、伦理批评与道德批评、伦理批评与审美、文学的形态等有关文学的属性问题做了反思。在批评实践中,文学伦理学批评力图借鉴和融合其他批评理论的思想,从跨学科的视域来探索文学作品的伦理价值。

一、文学伦理学批评兴起的背景

众所周知,从20世纪八九十年代起,在当代西方文学批评理论思潮的冲击下,我国的文学批评理论研究已不再是传统意义上的关于"文学"的理论研究,而是跨越文学研究成为一种几乎无所不包的泛文化研究,政治、社会、历史和哲学等"跨界"话题成为学者们热衷研究的焦点,文学文本研究及关于文学的理论被边缘化。中国社会科学院文学研究所"学科学术前沿报告"课题组在《人文社会科学前沿扫描》(文学理论篇)一文中指出,相当一部分文学研究者"走出了文学圈",成为"万能理论家",文学理论研究变成了对各种社会问题的研究,他们在"管理一切,就是不管文学自身"。① 其实,早在20世纪80年代,以雅克·德里达为代表的一些西方批评家就预言,在消费主义和大众文化盛行的时代,影视、网络和其他视觉图像将一统天下,传统的文学必将终结,传统的关于文学的(研究)理论也必将死亡。美国著名批评家 J. 希利斯·米勒赞成德里达的文学终结论,他断言:"文学研究的时代已经过去了。再也不会出现这样一个时代——为了文学自身的目的,撇开理论的或者政治方面的思考而单纯去研究。那样做不合时宜。"② 德里达和米勒的预言不是空穴来风。

简略检索一下西方批评理论的发展,我们不难发现,现代意义上的"批评理论"的兴盛是从20世纪50年代批评的"语言转向"开始的。此前,语言学家费尔迪南·德·索绪尔的结构主义思想对欧美形式主义和结构主义产生了重要影响,新批评和俄国形式主义批评在学界广为流行。之后,"批评理论"逐渐发展为一个独立的知识领域。大约到了60年代晚期,英国、美国、联邦德国、法国等国家的一流大学竞相开设批评理论课程,文学批评理论一度被认为是大学人文学院里的新潮课程,这种情况在80年代达到高峰,以致形成"理论主义"。实际上,这一现象可以说是与60—80年代里涌现的纷乱繁杂的社会思潮、哲学思想和政治价值取向交织在一起的。粗略扫描一下盛行一时的批评理论,不可不谓令人目不暇接:自新批评和俄国形式主义批评之后,

---

① 中国社会科学院文学所"学科学术前沿报告"课题组:《人文社会科学前沿扫描》(文学理论篇),《中国社会科学院院报》2003年5月15日第2版。

② [美]J.希利斯·米勒:《全球化时代文学研究还会继续存在吗?》,国荣译,《文学评论》2001年第1期,第138页。

结构主义(以罗曼·雅各布森、克劳德·列维-斯特劳斯、弗拉基米尔·普罗普等为代表)、后结构主义(以米歇尔·福柯、罗兰·巴特、朱莉亚·克里斯蒂娃等为代表)、解构主义(以德里达、保罗·德曼、米勒等为代表)、诠释学与读者反应理论(以汉斯-格奥尔格·伽达默尔、埃德蒙德·胡塞尔、沃尔夫冈·伊瑟尔、汉斯·姚斯等为代表)、女性主义(以西蒙·德·波伏娃、伊莱恩·肖瓦特、克里斯蒂娃、埃莱娜·西苏等为代表)、西方马克思主义(以西奥多·阿多诺、瓦尔特·本雅明、詹明信、特里·伊格尔顿、路易·阿尔都塞等为代表)、后殖民主义(以弗朗茨·法农、霍米·巴巴、爱德华·萨义德、佳亚特里·斯皮瓦克等为代表)、文化研究(以雷蒙德·威廉斯、斯蒂芬·格林布拉特、福柯、斯图亚特·霍尔等为代表)、后现代主义(以尤尔根·哈贝马斯、让-弗朗索瓦·利奥塔、让·鲍德里亚等为代表)等各种批评理论纷至沓来,令人眼花缭乱。然而,你方唱罢我登场,由于大多数理论用语艰涩,抽象难懂,因此,其生命力难以持久,教授口中那些高深莫测的理论常被讥讽为赶时髦的"愚民主义"(faddish or trendy obscurantism)。20世纪80年代后期,在英美学界就已经开始了一场针对"理论主义"的"理论之战"。及至90年代,一场学术论战的硝烟之后,"理论热"开始在西方(尤其是英、美)渐渐降温。

然而,虽然"理论热"逐渐降温,"理论主义"的负面影响却仍然在继续,对"理论主义"的批评在欧美学界也在持续,这或许可以从美国加利福尼亚大学伯克利分校前校长威廉·查斯在《美国学者》(The American Scholar)上发表的一篇长篇大论《英文系的衰退》(The Decline of the English Department)中窥见一斑。① 查斯发现,20世纪70年代至21世纪初,美国高等教育出现了本科生专业选择上的重大转变,选择英文专业的年轻人数量大幅度下降。查斯一针见血地指出,理论热和课程变化是导致美国英文系生源减退的重要原因。美国

---

① W. M. Chace, "The Decline of the English Department," *The American Scholar* Autumn 78(2009):32—42.

多数英文系在文学课程内容取舍上出于"政治正确"的考虑,取消了原来的那些传统的经典作品,取而代之的是一些次要作品(特别是关于种族或少数族裔、身份与性别等社会和文化问题的作品以及流行的影视作品);即便保留了经典的文学作品,选择的也是可供文化批评的典型文本。于是,与之相关的身份理论和性别理论、解构理论和后现代理论以及大众文化理论等盛极一时,文化研究大有颠覆传统的文学研究之势。

在理论浪潮的冲击下,文学研究的学科边界变得模糊,学科根基逐渐动摇。文化批评家、后殖民主义批评的代表人物萨义德在逝世前终于意识到这个问题的严重性,他认为艰涩难懂的理论已经步入歧途,影响了人们对文学的热爱,他痛心疾首地感叹:"如今文学已经从……课程设置中消失",取而代之的都是些"残缺破碎、充满行话俚语的科目",认为回到文学文本,回到艺术,才是理论发展的正途。① 美国语言协会(Modern Language Association)前主席、著名诗歌批评家玛乔瑞·帕洛夫在一次会议上也告诫同行,批评家"可能是在没有适当资格证明的情况下从事文学研究的,而经济学家、物理学家、地质学家、气候学家、医生、律师等必须掌握一套知识后才被认为有资格从事本行业的工作,我们文学研究者往往被默认为没有任何明确的专业知识"②。

美国文学研究界出现的上述"理论热"和"泛文化"研究现象同样在中国学界泛滥,且有过之无不及。总体而言,改革开放以来的中国文学批评界,几乎是西方文学批评理论和方法的一统天下。尽管我们应该对西方批评方法在中国发挥的作用做出积极和肯定的评价,但是我们在享受西方文学批评方法带来的成果的同时,也不能忽视我们在

---

① 转引自盛宁:《对"理论热"消退后美国文学研究的思考》,《文艺研究》2002年第6期,第6页。

② 转引自 W. M. Chace, "The Decline of the English Department," *The American Scholar* Autumn 78(2009):38.

文学批评领域留下的遗憾。这种遗憾首先表现在文学批评方法的原创话语权总是归于西方人。我们不否认把西方的文学批评理论和方法介绍进来为我们所用的贡献，也不否认我们在文学批评理论和方法中采用西方的标准（如名词、术语、概念及思想）方便了我们同西方在文学研究中的对话、交流与沟通，但是我们不能不做严肃认真的思考，为什么在文学批评方法原创话语权方面缺少我们的参与？为什么在文学批评方法与理论的成果中缺少我们自己的创新和贡献？尤其是在国家强调创新战略的今天，这更是需要我们思考和认真对待的问题。文学伦理学批评就是在这样的语境中孕育而生。

文学伦理学批评方法是针对20世纪80年代以来我国文学批评，尤其是外国文学批评出现的某些令人担忧的问题提出来的。这些问题表现在以下两个方面：一是近二三十年来我国文学批评理论严重脱离文学批评实践。从20世纪以来，我国文学批评界出现了重理论轻文本的倾向。一些批评家打着各种时髦"主义"的大旗，频繁地引进和制造晦涩难懂的理论术语，沉湎于编织残缺不全的术语碎片，颠倒理论与文学的依存关系，将理论当成了研究的对象，文学批评成了从理论到理论的空洞说教。文学批评话语因而变得高度抽象化、哲学化，失去了鲜活的力量。令人担忧的是，这种脱离文学文本的唯理论倾向还被认为是高水平的学术研究，一连串概念和理论术语的堆砌竟成为学术写作的时尚；扎实的作家作品研究被打入冷宫，文本研究遭遇漠视。学术研究的导向出现了严重问题，文学研究的学风也出现了问题。聂珍钊教授用"理论自恋"形容这一不良的学术现象。他指出，这种现象混淆了学术的评价标准，使人误认为术语堆砌和晦涩难懂就是学问。二是受形式主义和解构主义等西方文学批评思想的影响，我国的文学批评和文学创作伦理价值缺失现象严重。应该承认，现当代西方的诸多批评理论，如形式主义、原型批评、精神分析、女性主义、文化批评、结构主义、后现代主义等种种批评模式，或偏重形式结构或倾向文化、政治和权力话语，虽然它们各有其合理的一面，但是普遍忽略了文学作品的伦理价值这一文学的精髓问题。西方的批评方法和理论影响了作家的创作,使他们只是专注于本能的揭示、潜意识的描写或形式的实验,忽视了对文学作品内在的伦理价值的关注。文学伦理学批评坚持理论思维与文本批评相结合,从文学文本的伦理道德指向出发,总结和归纳出文学批评理论,认为文学作品最根本的价值就在于通过作品塑造的模范典型和提供的经验教训向读者传递从善求美的理念。作为一种方法论,它旨在从伦理道德的角度研究文学作品以及文学与社会、文学与作家、文学与读者等关系的种种问题。文学伦理学批评主张文学作品的创作与批评应该回归到文学童真的时代,应该返璞归真,回归本源,即回到文学之初的教诲功能和伦理取向。文学伦理学批评关注的是人作为一种"道德存在"的历史意义和永恒意义。

二、文学伦理学批评的基本立场

文学伦理学批评具有自身的批评话语和理论品格。它对文学的一些本质属性问题进行了新的思考,对一些传统的文学批评观念提出了挑战。归纳起来,文学伦理学批评从文学的起源、伦理批评与道德批评、文学的审美与道德、文学的形态等四个方面做了大胆的阐述。①

其一,文学伦理学批评认为,无论从起源上、本质上还是从功能上讨论文学,文学的伦理性质都是客观存在的,这不仅是文学伦理学批评的理论基础,而且也是文学伦理学批评术语的运用前提。在文学伦理学批评看来,文学作品中的伦理是指人与人、人与社会以及人与自然之间形成的被接受和认可的伦理秩序,以及在这种秩序的基础上形成的道德观念和维护这种秩序的各种规范。文学的任务就是描写这

---

① 有关文学伦理学批评理论的详细论述可参看聂珍钊:《文学伦理学批评:基本理论与术语》,《外国文学研究》2010年第1期,第12—22页,以及聂珍钊的专著《文学伦理学批评导论》,北京:北京大学出版社,2014年。

种伦理秩序的变化及其变化所引发的道德问题和导致的结果,为人类的文明进步提供经验和教诲。

文学伦理学批评从起源上把文学看成道德的产物,认为文学是特定历史阶段伦理观念和道德生活的独特表达形式,文学在本质上是伦理的艺术。关于文艺起源的问题,古今中外有许多学者对这个问题做过多方面的探讨:有人主张起源于对自然和社会人生的模仿,有人主张起源于人与生俱来的游戏本能或冲动,有人主张起源于原始先民带有宗教性质的原始巫术,有人认为起源于人的情感表现的需要,凡此种种,不一而足。马克思主义关于艺术起源于劳动的学说在中国影响最大。但是,聂珍钊认为,劳动只是一种生产活动方式,它只能是文艺起源的条件,却不能互为因果。文艺可以借助劳动产生,但不能由劳动转变而来。那么文学是如何起源的呢?按照文学伦理学批评的观点,文学的产生源于人类伦理表达的需要,它从人类伦理观念的文本转换而来,其动力来源于人类共享道德经验的渴望。原始人类对相互帮助和共同协作的认识,就是对如何处理个人与集体、个人与个人关系的理解,以及对如何建立人类秩序的理解。这实质上就是人类最初的伦理观念。由于人与人之间的关系是伦理性质的,因此以相互帮助和共同协作的形式建立的集体或社会秩序就是伦理秩序。人类最初的互相帮助和共同协作,实际上就是人类社会最早的伦理秩序和伦理关系的体现,是一种伦理表现形式,而人类对互相帮助和共同协作的好处的认识,就是人类社会最早的伦理意识。文学伦理学批评认为,人类为了表达自己的伦理意识,逐渐在实践中创造了文字,然后借助文字记载互相帮助和共同协作的事例,阐释人类对这种关系的理解,从而把抽象的和随着记忆消失的生活故事变成了由文字组成的文本,用于人类生活的参考或生活指南。这些文本就是最初的文学,它们的产生源自传承伦理道德规范和进行道德教诲的需要。

其二,文学伦理学批评有别于传统意义上的道德批评。文学伦理学批评是一种文学批评方法,主要从伦理的立场解读、分析和阐释文学作品、研究作家以及与文学有关的问题。文学伦理学批评同传统的道德批评不同,它不是从今天的道德立场简单地对历史的文学进行好与坏的道德价值判断,而是强调回到历史的伦理现场,站在当时的伦理立场上解读和阐释文学作品,寻找文学产生的客观伦理原因并解释其何以成立,分析作品中导致社会事件和影响人物命运的伦理因素,用伦理的观点对事件、人物、文学等问题给以解释,并从历史的角度做出道德评价。因此,文学伦理学批评具有历史相对主义的特征。与文学伦理学批评不同的是,传统的道德批评是以批评家所代表的时代价值取向为基础的,因此批评家个人的道德立场、时代的道德标准就必然影响对文学的评价,文学往往被用来诠释批评家的道德观念。实际上,这种批评在很大程度上不是批评家阐释文学,而成了文学阐释批评家,即文学阐释批评家所代表的一个时代的道德观念。因此,文学伦理学批评同道德批评的根本区别就在于它的历史客观性,即文学批评不能超越文学历史。客观的伦理环境或历史环境是理解、阐释和评价文学的基础,文学的现实价值就是历史价值的新发现。在论及文学伦理学批评与道德批评的关系时,聂珍钊教授指出:"文学伦理学批评与道德批评的不同还在于前者坚持从艺术虚构的立场评价文学,后者则从现实的和主观的立场批评文学。"①

文学伦理学批评重视对文学的伦理环境的分析。伦理环境就是文学产生和存在的历史条件。文学伦理学批评要求文学批评必须回到历史现场,即在特定的伦理环境中批评文学。从人类文明发展的历史观点看,文学只是人类历史的一部分,它不能超越历史,不能脱离历史,而只能构成历史。不同历史时期的文学有其固定的属于特定历史的伦理环境和伦理语境,对文学的理解必须让文学回归属于它的伦理环境和伦理语境,这是理解文学的一个前提。由于文学是历史的产物,因此改变其伦理环境就会导致文学的误读及误判。如果我们把历

---

① 聂珍钊:《文学伦理学批评与道德批评》,《外国文学研究》2006年第2期,第11页。

史的文学放在今天的伦理环境和伦理语境中阅读,就有可能出现评价文学的伦理对立,也可称之道德判断的悖论,即合乎历史道德的文学不合乎今天的道德,合乎今天道德的文学不合乎历史的道德;历史上给以否定的文学恰好是今天应该肯定的文学,历史上肯定的文学恰好是今天需要否定的文学。文学伦理学批评不是对文学进行道德批判,而是从历史发展的观点考察文学,用伦理的观点解释处于不同时间段上的文学,从而避免在不同伦理环境和伦理语境中理解文学时可能出现的巨大差异性。

其三,对于文学伦理学批评与审美的关系,文学伦理学批评有自己鲜明的立场,认为伦理价值是文学作品的最根本的价值。有人强调文学作品的首要价值在于审美,认为文学是无功利的审美活动,或者认为"文学的特殊属性在于它是审美意识形态"[1]。也有学者从折中的角度把文学看成是"具有无功利性、形象性和情感性的话语与社会权力结构之间的多重关联域,其直接的无功利性、形象性、情感性总是与深层的功利性、理性和认识性等交织在一起"[2]。但是,文学伦理学批评认为,审美价值也是伦理价值的一种体现。审美以伦理价值为前提,离开了伦理价值就无所谓美。换言之,审美必具有伦理性,即具有功利性,现实中我们根本找不到不带功利性的审美。因此,文学伦理学批评认为,"审美不是文学的属性,而是文学的功能,是文学功利实现的媒介……任何文学作品都带有功利性,这种功利性就是教诲"[3]。审美只不过是实现文学教诲功能的一种形式和媒介,是服务于文学的伦理价值和体现其伦理价值的途径和方法。

其四,文学伦理学批评对文学的形态问题提出了新的看法。一般

---

[1] 童庆炳主编:《文学理论教程》(修订二版),北京:高等教育出版社,2004年,第57页。

[2] 同上书,第61页。

[3] 聂珍钊:《文学伦理学批评:基本理论与术语》,《外国文学研究》2010年第1期,第17页。

认为,文学是意识形态的反映。文学伦理学批评认为,这一说法有失偏颇或不太准确。应该说,文学史是一种以文本形式存在的物质形态。实际上,文学的意识形态是指一种观念或者意识的集合,而文学如荷马史诗,古希腊悲剧,歌德的诗歌,中国的《诗经》、儒家经典、楚辞、元曲等首先是以物质形态存的文学文本,因此有关文学的意识形态则是在文学文本基础上形成的抽象的文学观念,并不能等同于文学。按照马克思主义的物质决定意识的认识论来看问题,文学无论如何不能等同于文学的意识形态。在文学伦理学批评看来,如果从马克思主义的文学观来看待文学,从文学文本决定意识形态还是意识形态决定文学文本这一问题出发来讨论文学,就不难发现,文学文本乃是第一性的物质形态,而意识形态是第二性的。文学伦理学批评据此提出文学形态的三种基本文本:脑文本、物质文本和电子文本,其中"脑文本"是最原始的文学形态。

上述问题是我们讨论文学伦理学批评的关键问题。正是基于这些理论,文学伦理学批评有了一套行之有效的批评术语,可以很好地阐释文学作品中的伦理现象与伦理事件。

三、文学伦理学批评的核心术语

文学伦理学批评提出了一整套的批评术语,从伦理的视角解释文学作品中描写的不同生活现象及其存在的伦理道德原因,其中斯芬克斯因子、人性因子、兽性因子、自由意志、理性意志、伦理身份、伦理禁忌、伦理线与伦理结、伦理选择等是文学伦理学批评的核心术语。而在这些术语中,伦理选择又是最为核心的术语。[①]

文学伦理学批评从古希腊神话有关斯芬克斯的传说着手来探讨人性和伦理的关系问题。斯芬克斯象征性地表明人乃是从兽进化而

[①] 文学伦理学批评的核心术语的阐释主要参考聂珍钊的论文《文学伦理学批评:基本理论与术语》,《外国文学研究》2010年第1期,第12—22页,以及聂珍钊的专著《文学伦理学批评导论》,北京:北京大学出版社,2014年。

来的，人的身上在当时还保留着兽的本性。我们可以把人类身上的兽性和人性合而为一的现象称为"斯芬克斯因子"——它由"人性因子"和"兽性因子"构成。这两种因子有机地组合在一起，其中人性因子是高级因子，兽性因子是低级因子，因此前者能够控制后者，从而使人成为有伦理意识的人。

"斯芬克斯因子"是理解文学作品人物形象的重要依据。斯芬克斯因子的不同组合和变化，会导致文学作品中人物的不同行为特征和性格表现，形成不同的伦理冲突，表现出不同的道德教诲价值。人性因子即伦理意识，主要是由斯芬克斯的人头体现的。人头是人类从野蛮时代向文明进化过程中进行生物性选择的结果。人头出现的意义虽然首先是人体外形上的生物性改变，但更重要的意义是象征伦理意识的出现。人头对于斯芬克斯而言是他身上具有了人的特征，即人性因子。人性因子不同于人性。人性是人区别于兽的本质特征，而人性因子指的是人类在从野蛮向文明进化过程中出现的能够导致自身进化为人的因素。正是人性因子的出现，人才会产生伦理意识，从兽变为人。伦理意识的最重要特征就是分辨善恶的能力。就伦理而言，人的基本属性恰恰是由能够分辨善恶的伦理特性体现的。

兽性因子与人性因子相对，是人的动物性本能。动物性本能完全凭借本能选择，原欲是动物进行选择的决定因素。兽性因子是人在进化过程中的动物本能的残留，是人身上存在的非理性因素。兽性因子属于人身上非人的一部分，并不等同于兽性。动物身上存在的兽性不受理性的控制，是纯粹的兽性，也是兽区别于人的本质特征。而兽性因子则是人独具的特征，也是人身上与人性因子并存的动物性特征。兽性因子在人身上的存在，不仅说明人从兽进化而来，而且说明人即使脱离野蛮状态之后变成了文明人，身上也还存有动物的特性。人同兽的区别，就在于人具有分辨善恶的能力，因为人身上的人性因子能够控制兽性因子，从而使人成为有理性的人。人同兽相比最为本质的特征是具有伦理意识，只有当人的伦理意识出现之后，才能成为真正的人。从这个意义上说,人是一种伦理的存在。

"自由意志"又称自然意志,是兽性因子的意志体现。自由意志主要产生于人的动物性本能,其主要表现形式为人的不同欲望,如性欲、食欲等人的基本生理需求和心理动态。"理性意志"是人性因子的意志体现,也是理性的意志体现。自由意志和理性意志是相互对立的两种力量,文学作品常常描写这两种力量怎样影响人的道德行为,并通过这两种力量的不同变化描写形形色色的人。一般而言,文学作品为了惩恶扬善的教诲目的都要树立道德榜样,探讨如何用理性意志控制自由意志。文学作品中描写人的理性意志和自由意志的交锋与转换,其目的都是为了突出理性意志怎样抑制和引导自由意志,让人做一个有道德的人。在文学作品中,人物的理性意志和自由意志之间的力量此消彼长,导致文学作品中人物性格的变化和故事情节的发展。在分析理性意志如何抑制和约束自由意志的同时,我们还发现非理性意志的存在,这是一种不道德的意志。它的产生并非源于本能,而是来自道德上的错误判断或是犯罪的欲望。非理性意志是理性意志的反向意志,是一种非道德力量,渗透在人的意识之中。斯芬克斯因子是文学作品内容的基本构成之一,不仅展示了理性意志、自由意志和非理性意志之间的伦理冲突,而且也决定着人类的伦理选择在社会历史和个性发展中的价值,带给我们众多伦理思考和启迪。

文学伦理学批评注重对人物伦理身份的分析。伦理身份与伦理禁忌和伦理秩序密切相关。从人类文明发展的角度来看,人类社会的伦理秩序的形成与变化从制度上说都是以禁忌为前提的。文学最初的目的就是将禁忌文字化,使不成文禁忌变为成文禁忌。成文禁忌在中国最早的文本形式是卜辞,在欧洲则往往通过神谕加以体现。在成文禁忌的基础上,禁忌被制度化,形成秩序,即伦理秩序。在阅读文学作品的过程中,我们会发现几乎所有伦理问题的产生往往都同伦理身份相关。例如,哈姆雷特在其母亲嫁给克劳狄斯之后,他的伦理身份就发生了很大变化,即他变成克劳狄斯的儿子和王子。这种伦理身份的改变，导致了哈姆雷特复仇过程中的伦理障碍，即他必须避免弑父和弑君的伦理禁忌。哈姆雷特对他同克劳狄斯父子关系的伦理身份的认同，是哈姆雷特在复仇过程中出现犹豫的根本原因。

用文学伦理学批评的方法分析作品，寻找和解构文学作品中的伦理线与伦理结是十分重要的。伦理线和伦理结是文学的伦理结构的基本成分。从文学伦理学批评的观点看，几乎所有的文学文本都是对人的道德经验的记述，几乎在所有的文学文本的伦理结构中，都存在一条或数条伦理线，一个或数个伦理结。在文学文本中，伦理线同伦理结是紧密相连的，伦理线可以看成是文学文本的纵向伦理结构，伦理结可以看成是文学文本的横向伦理结构。在对文本的分析中，可以发现伦理结由一条或数条伦理线串联或并联在一起，构成文学文本的多种多样的伦理结构。文学文本伦理结构的复杂程度主要是由伦理结的数量及形成或解构过程中的难度决定的。文学伦理学批评的任务就是通过对文学文本的解读发现伦理线上伦理结的形成过程，或者是对已经形成的伦理结进行解构。

文学伦理学批评的核心术语是伦理选择。这是因为，在人类文明发展进程中，人类面临的最大的问题是如何把人自身与兽区别开来以及在人与兽之间做出身份选择。这个问题实际上是随着人类的进化而自然产生的。19世纪中叶查尔斯·达尔文创立的生物进化论学说，用自然选择对整个生物界的发生、发展做出了科学解释。我们从进化论的观点考察人类，可以发现人类文明的出现是人类自我选择的结果。在人类文明的历史长河中，人类已经完成了两次自我选择。从猿到人是人类在进化过程中做出的第一次选择，然而这只是一次生物性选择。这次选择的最大成功就在于人获得了人的形式，即人的外形，如能够直立行走的腿、能够使用工具的手、科学排列的五官和四肢等，从而使人能够从形式上同兽区别开来。但是，人类的第一次生物性选择并没有从根本上解决什么是人的问题，即没能从本质上把人同兽区别开来。达尔文只是从物质形态解决了人是如何产生的问题，并没有清楚回答人为什么是人的问题,即人与其他动物的本质区别问题。因此,人类在做出第一次生物性选择之后,还经历了第二次选择即伦理选择,以及目前正在进行中的第三次选择,即后人类时代面临的"科学选择",这是人类文明进化的逻辑。

四、文学伦理学批评的跨学科视域

文学伦理学批评是一个极具生命力的批评理论,因为它具有开放的品格和跨学科的视域,借鉴并吸收了包括伦理学、心理学、哲学、语言学、社会学、历史学、人类学以及某些自然科学(如生命科学、脑科学等)在内的研究成果,并融合了其他现当代文学批评理论和方法。

从方法论上来说,文学伦理学批评采用辩证唯物主义和历史唯物主义的研究方法,从历史主义的道德相对主义立场出发,强调伦理批评的历史性和相对性。文学伦理学批评借鉴历史主义的研究方法,强调文学批评要回归历史的伦理现场,采用历史的相对主义的视角来审视不同时代伦理环境下人物做出的伦理选择。从伦理学的维度来看,文学伦理学批评吸收了理性主义和非理性主义的关于伦理道德的观点,将人的理性和情感协调起来给予考虑。理性主义伦理观最基本的观点认为人是理性的动物,服从理性是人生的意义之所在,是人类幸福的前提和保障。在理性主义伦理学看来,正是人类的贪婪和欲望导致了人类的不幸与灾难,人类的欲望必须受到理性的约束,人类要获得幸福就必须服从理性的指导,一个有道德的人就是一个理性、律己和控制情欲的人。非理性主义伦理观把情感作为道德动机来加以考察,精神分析批评即是这一思想的产物。精神分析批评为文学伦理学批评提供了相对应的研究范式和类似的理论术语。西格蒙德·弗洛伊德、卡尔·荣格和雅克·拉康的精神分析理论强调人的欲望和潜意识的作用,强调自然意志和自由意志的重要性,从一个侧面启发了文学伦理学批评理论。文学伦理学批评同样关注非理性的问题,尤其关注人性因子和兽性因子的问题。当然,在文学伦理学批评看来,自由意志应该受到理性意志的约束，人才能成为一个道德的存在。不过，西方文学中的非理性主义表现的是道德与人的情感问题，揭示的是个体理性与社会理性之间的矛盾和冲突，这是对西方伦理理性主义传统的一种对抗，从更为广阔的社会文化背景来看，也是西方哲人在新的社会秩序巨变、新的经济关系变化、新的文化转型背景下自我觉醒的产物，因而在伦理思想史上具有积极的意义。

伦理批评与美学有着极为密切的关系。伦理批评吸收了美学的批评传统。西方伦理学的发展经历了一个从传统知识论型美学向现代价值论型美学转化的过程，这种转型给美学伦理研究带来了有益的启发：随着作为审美个体的人的崛起，美学研究不应再囿于传统的理性——知识论框架，而是从情感——价值论角度去重新审视作为现实个体的人的审美现象。美学开始回到现实生活中，关注人的情感和价值，发挥其本有的人生救赎功能。文学伦理学批评认为，只有建立在伦理道德上的美学才能凸显出其存在价值。

文学伦理学批评与存在主义思想既有分歧也有对话。存在主义的代表人物让-保罗·萨特把自由与人类的现实存在等同起来，认为自由构成了人类的现实存在。这意味着人的自我是与世隔绝的自我，世界对自我来说是虚无的，生命的伦理价值因此被抽空了。这样，存在主义就从根本上否认了绝对价值的存在，也否认了一切道德系统的可能。然而，文学伦理学批评认为，我们可以在伦理选择的实践经验中体会到自由的价值，伦理选择过程中所做出的道德判断不可避免地都是指向外部，是我们对客观世界的反映。文学伦理学批评重视人与人之间的伦理关系，认为人在本质上是一种伦理的存在，在一定的伦理关系和环境下，自我的选择和价值是可以实现的。

与文学伦理学批评一样，后殖民主义批评同样主张回归历史的现场来看待问题。后殖民文学描写的往往是东方与西方、"自我"与"他者"之间的权力关系等问题，这些问题均涉及道德正义这一问题。一般来说，后殖民作家会选取重大历史事件的特定"伦理时刻"来阐发个人的政治伦理观,从某种意义上讲,殖民遗产从政治层面上对新独立国家的伦理道德影响往往是后殖民作家创作的焦点所在。所以,后殖民文学可以成为文学伦理学批评的重要研究对象。后殖民作家清醒地意识到殖民伦理虽是殖民政治的产物,但不会伴随殖民政治的终结而消失。

文学伦理学批评特别适用于阐释生态文学。可以说,生态批评的核心就是建构人与环境的生态伦理关系。生态文学把生态危机视为人类的生存危机,我们可以从伦理的高度将人类文明的发展、人类的文化建设与自然生态联系在一起。文学伦理学批评与生态批评可以结合起来构成文学生态伦理批评,从伦理道德的角度对人类面临的生态危机以及由此而生的文明危机和人性危机做出深度反思。生态伦理批评可以指引人们走出长期以来的人类中心主义的藩篱,从人与自然的伦理关系这一维度去探究文学作品主题的生态意义,从而提升人的伦理道德境界。

总之,无论是从方法论上还是从学科体系上,文学伦理学批评都具有跨学科的特征。这一特征决定了文学伦理学批评旺盛的生命力。在即将到来的后人类时代,文学伦理学批评还可以吸收计算机科学、生命科学、脑科学、认知语言学和神经科学的最新研究成果,进一步探讨后人类时代的文学及其伦理状况。

文学伦理学批评的提出具有学理上的创新意义。① 它对传统的有关文学的起源问题进行反思、追问,大胆提出"文学源于伦理的需要"这一崭新的命题。这一问题表明了该批评方法倡导者勇于探索的学术胆识和富有挑战性的创新思考。关于文学起源的问题,国内外教科书中似乎早已多有定论:或曰文学源于劳动,或曰源于模仿,或曰源于游戏,或曰源于表现等。但文学伦理学批评在学理上对这一问题提出怀疑,认为文学与劳动和模仿虽然有关,却不一定起源于劳动和摹

---

① 以下部分内容参见王松林:《作为方法论的文学伦理学批评》,《文艺报》2006年7月18日第3版。

仿；文学艺术作品是人类理解自己的劳动及其所处的物质世界和精神世界的一种情感表达和理解方式，这种情感表达和理解与人类的劳动、生存和享受紧密相连，因而一开始就具有伦理和道德的意义。换言之，文学是因为人类伦理及道德情感或观念表达的需要产生的。如希腊神话中有关天地起源、人类诞生、神与人的世界的种种矛盾等故事无不带有伦理的色彩。荷马史诗往往也被用作对士兵和国民进行英雄主义教育的道德教材。从根本上说，文学产生的动机源于伦理目的，文学的功用是为了道德教育，文学的伦理价值是文学审美的前提。

文学伦理学批评作为一种方法论具有其独特的研究视野和内涵。文学伦理学批评的特色在于它以伦理学为理论武器，针对文学作品描写的善恶做出价值判断，分析人物道德行为的动机、目的和手段的合理性和正当性，它指向的是虚构的文学世界中个人的心性操守、社会交往关系的正义性和社会结构的合法性等错综复杂的关系。总之，它要给人们提供某种价值精神或价值关系的伦理道德指引，即它要告诉人们作为"人学"的文学中人之所以为人的道理。文学伦理学批评要直面三个敏感的问题：一是文学伦理学批评与伦理学的关系问题；二是文学伦理学批评与道德批评的关系问题；三是文学伦理学批评与审美的关系问题。首先，文学伦理学批评并不是社会学或哲学意义上的伦理学。它们的研究对象、目的和范畴不尽相同。伦理学研究的对象是现实社会的人类关系和道德规范，是为现实中一定的道德观念服务的，重在现实的意义上研究社会伦理，它可以看成是哲学的重要分支（即道德哲学）；文学伦理学批评的对象是文学作品的虚拟世界，重在用历史的、辩证的眼光客观地审视文学作品中的伦理关系。在方法论上，文学伦理学批评以马克思的历史唯物主义和辩证唯物主义为基础。其次，文学伦理学批评不同于道德批评。道德批评往往以现实的道德规范为尺度批评历史的文学，以未来的理想主义的道德价值观念批评现实的文学。而文学伦理学批评则主张回到历史的伦理现场，用历史的伦理道德观念客观地批评历史的文学和文学现象。例如对俄狄浦斯杀父娶母的悲剧就应该历史地评价,要看到这出悲剧蕴含了彼时彼地因社会转型而引发的伦理关系的混乱以及为维护当时伦理道德秩序人们做出的巨大努力。同时,文学伦理学批评又反对道德批评的乌托邦主义,强调文学及其批评的现实社会责任,强调文学的教诲功能,主张文学创作和批评不能违背社会认同的伦理秩序和道德价值。最后,文学伦理学批评并不回避文学的伦理价值和美学价值这两个在一般人看来貌似对立的问题。在文学伦理学批评看来,文学作品的伦理价值和审美价值不是相互对立的两个方面,而是相互联系、相互依存的一个硬币的正反两面。审美价值是从文学的鉴赏角度说的,文学的伦理价值是从文学批评的角度说的。对于文学作品而言,伦理价值是第一的,审美价值是第二的,只有建立在伦理价值基础之上的文学的审美价值才有意义。

　　文学伦理学批评具有学术的兼容性和开放性品格。这一品格是由其方法论的独特性所决定的,即它牢牢地把握了文学是人类伦理及道德情感的表达这一本质特征。文学伦理学批评并不排斥其他文学批评方法。相反,它可以融合、吸纳和借鉴其他文学批评方法来充实和完善自己。譬如,它可以借鉴弗洛伊德的精神分析方法就人格的"自我、本我、超我"之间的关系展开心理的和伦理道德的分析;它可以结合女权主义批评理论来剖析性别间的伦理关系和道德规范等问题;它还可以吸纳后殖民主义理论对文化扩张和全球化进程中不同文化的伦理道德观的冲突进行反思;它还可以融合生态批评就人与自然的关系进行伦理层面的深入思考,从而构建一种新的文学生态伦理学或文学环境伦理学。更具现实意义的是,文学伦理学批评还可以为发展社会主义先进文化以及树立社会主义荣辱观服务,为在全社会大力弘扬爱国主义、集体主义和社会主义思想服务,为倡导社会主义基本道德规范和促进良好社会风气服务。文学伦理学批评坚持认为文学对社会和人类负有不可推卸的道德责任和义务,文学批评者应该对文学中反映的社会伦理道德现象做出客观公正的评价,让读者"辨善恶,知荣辱"。文学和文学批评要陶冶人的心性,培养人的心智,引领人们向善求美。从这个层面上来说,文学伦理学批评对目前和未来我国和谐社会的构建、对当下我国的伦理道德秩序建设的意义是不言而喻的。

总序(二)

苏 晖

改革开放以来,大量的西方文学批评理论被介绍到中国,对我国文学批评和文学研究的繁荣做出过积极的贡献。但与此同时,这也导致中国的文学批评出现了三种令人忧思的倾向:一是文学批评的"失语症";二是文学批评远离文学;三是文学批评的道德缺位,即文学批评缺乏社会道德责任感。为应对上述问题,聂珍钊教授在2004年富有创见地提出文学伦理学批评,认为文学在本质上是关于伦理的艺术,强调文学的教诲功能以及文学批评的社会责任。文学伦理学批评着眼于从伦理的视角对文本中处于特定历史环境中不同的伦理选择范例进行剖析,对文学中反映的社会伦理道德现象做出客观公正的评价,揭示出它们的道德启示和教诲价值。正如中国外国文学学会会长、中国社会科学院研究员陈众议先生所言:"伦理学确实已经并将越来越成为显学,主要原因包括:第一,中华文化有着深厚的伦理传统……;第二,当今的文学批评陷入了困境……;第三,科技的发展也逼迫着我们直面各种伦理问题。"①因此,文学伦理学批评在当今中国

---

① 这是陈众议先生在"文学伦理学批评与世界文学研究高端论坛"开幕式致辞中所言,详见汤琼:《走向世界的文学伦理学批评——2016"文学伦理学批评与世界文学研究高端论坛"会议综述》,《外国文学研究》2017年第1期,第171页。

的勃兴与发展具有重要的意义。

文学伦理学批评经过十六年的发展,以其原创性、时代性和民族性特征,成功构建了具有中国特色和中国风格的理论体系和话语体系,展现了中国学者的历史使命感和学术责任感。同时,文学伦理学批评团队在国际学术对话与交流方面成果斐然,为中国学术"走出去"和争取国际学术话语权提供了范例。本文将对文学伦理学批评十六年来取得的成果及其在国内外的影响力加以总结,阐述其学术价值和社会现实意义,并展望其未来发展趋势。

一、文学伦理学批评理论与实践的发展及其在中国的学术影响力

从2004年至2020年,文学伦理学批评走过了十六个春秋,从理论的提出及体系的建构,到理论推广和丰富及实践运用,再到理论拓展和深化及批评实践的系统化,文学伦理学批评日益发展成熟并产生广泛的影响。

(一)文学伦理学批评的提出及理论体系的建构

文学伦理学批评是聂珍钊教授于2004年在两场学术会议上提出的,即2004年6月在南昌召开的"中国的英美文学研究:回顾与展望"全国学术研讨会,以及同年8月在宜昌召开的"剑桥学术传统与批评方法"全国学术研讨会。聂珍钊的两篇会议发言稿《文学伦理学批评:文学批评方法新探索》和《剑桥学术传统与研究方法:从利维斯谈起》分别发表于《外国文学研究》杂志2004年第5期和第6期,前一篇作为第一次在我国明确提出文学伦理学批评方法论的文章,对文学伦理学批评方法的理论基础与思想渊源、批评的对象和内容、意义与价值等问题进行了论述;后一篇则通过分析利维斯文学批评的特点,对文学伦理学批评方法做了进一步的阐释。

《外国文学研究》杂志于2005年至2009年间,推出十组"文学伦理学批评"专栏,共计刊发论文三十余篇,为建构文学伦理学批评理论提供平台。其中包括聂珍钊教授的两篇论文:《关于文学伦理学批评》一文,进一步阐明了文学伦理学批评的思想基础、研究方法和现实意

义;《文学伦理学批评与道德批评》一文提出文学伦理学批评强调还原到文本语境与历史语境中分析和阐释文学中的各种道德现象,这与道德批评以当下道德立场评价文学作品是不同的。陆耀东在《关于文学伦理学批评的几个问题》中予以评价:"聂先生在他发表的论文中,以大量外国文学史实,论证了目前提出这一问题的根据和现实重要性与必要性,其中特别是'文学伦理学批评的对象和内容',可以说是第一次如此全面、系统、周密地思考的结晶,令人钦佩。"①其他学者从不同角度阐述文学伦理学批评相关理论问题,如刘建军的《文学伦理学批评的当下性质》、王宁的《文学的环境伦理学:生态批评的意义》、乔国强的《"文学伦理学批评"之管见》、王松林的《小说"非个性化"叙述背后的道德关怀》、李定清的《文学伦理学批评与人文精神建构》、张杰和刘增美的《文学伦理学批评的多元主义》以及修树新和刘建军的《文学伦理学批评的现状和走向》等。

由此看来,2004—2009年间,聂珍钊及诸位学者主要针对文学伦理学批评的理论基础、研究对象、价值与意义等问题展开研究。2010年至2013年,聂珍钊等学者所刊发的论文在阐发文学伦理学批评理论的同时,也致力于建构文学伦理学批评的话语体系。在此期间,聂珍钊先后在《外国文学研究》发表《文学伦理学批评:基本理论与术语》《文学伦理学批评:伦理选择与斯芬克斯因子》《文学伦理学批评:口头文学与脑文本》等论文,分别对伦理禁忌、伦理环境、伦理意识、伦理身份、伦理选择、伦理线、伦理结、斯芬克斯因子、脑文本等文学伦理学批评的重要术语进行了阐述。

上述有关文学伦理学批评理论和话语研究的论文,在国内外产生了较大的影响。《文学系列期刊学术影响力分析》的数据显示,在2005—2006年外国文学研究高被引论文统计表中,聂珍钊的论文《文学伦理学批评:文学批评方法新探索》被引15次,排在第一位,排在其

---

① 陆耀东:《关于文学伦理学批评的几个问题》,《外国文学研究》2006年第1期,第32页。

后的几篇论文被引次数皆为4次。①据 Web of Science 数据库统计,在 2010—2014年全球发表的16235篇 A&HCI 收录论文中,聂珍钊的两篇论文《文学伦理学批评:基本理论与术语》和《文学伦理学批评:伦理选择与斯芬克斯因子》的引用排名分别高居第19位和第40位。另外,据笔者2019年10月12日对于中国知网的检索,《文学伦理学批评:基本理论与术语》一文被引用高达933次,《文学伦理学批评:文学批评方法新探索》亦被引562次。这些数据表明,文学伦理学批评受到了国内外学术界的广泛关注,并吸引越来越多的学者参与其中。

与此相应和,聂珍钊教授的著作《文学伦理学批评导论》于2013年入选国家哲学社会科学成果文库,2014年由北京大学出版社出版,2016年获得第十届湖北省社会科学优秀成果奖一等奖。该书首次对文学伦理学批评进行了全面、系统和深入的研究,解决了文学伦理学批评的理论与批评实践中的一些基本学术问题,是文学伦理学批评的纲领性著作。尤其值得一提的是,该书有两个附录,附录一是文学伦理学批评术语列表,附录二对53个文学伦理学批评的主要术语进行了解释,为建构文学伦理学批评的话语体系打下了坚实的基础,被广泛运用于古今中外文学作品的解读之中。

(二)理论推广和丰富及在批评实践中的运用

随着文学伦理学批评理论体系和话语体系的初步形成,诸多学者也参与到文学伦理学批评理论的评论与构建中,使之得到进一步推广和丰富。与此同时,文学伦理学批评实践方面也取得了诸多可喜成果。

聂珍钊自2013年之后继续在国内外重要期刊发表系列论文,深入阐发文学伦理学批评的基本理论,并进行批评实践的示范。其主要的理论文章有:发表在《外国文学研究》上的《文学伦理学批评:论文学的基本功能与核心价值》《文学伦理学批评:人性概念的阐释与考辨》和《脑文本和脑概念的形成机制与文学伦理学批评》,发表于《文学评

---

① 张燕蓟、徐亚男:《"复印报刊资料"文学系列期刊学术影响力分析》,《南方文坛》2009年第4期,第123页。

论》的《谈文学的伦理价值和教诲功能》和《"文艺起源于劳动"是对马克思恩格斯观点的误读》,发表于《文艺研究》的《文学经典的阅读、阐释和价值发现》等。同时,聂珍钊在中国、美国、德国、韩国、马来西亚等国家的期刊上发表了数篇论文,如发表于A&HCI收录的国际名刊《阿卡迪亚:国际文学文化期刊》(Arcadia: International Journal of Literary Culture,以下简称《阿卡迪亚》)2015年第1期上的文章"Towards an Ethical Literary Criticism",发表于中国的A&HCI收录期刊《哲学与文化》2015年第4期的《文学伦理学批评:新的文学批评选择》,发表于韩国杂志《离散与文化批评》(Diaspora and Cultural Criticism)2015年第1期上的文章"Ethical Literary Criticism: Basic Theory and Terminology"等。其中发表于《阿卡迪亚》的文章获得浙江省第十九届哲学社会科学优秀成果奖一等奖。

在批评实践方面,聂珍钊继发表《伦理禁忌与俄狄浦斯的悲剧》和《〈老人与海〉与丛林法则》之后,又针对中国文学进行文学伦理学批评实践,发表《五四时期诗歌伦理的建构与新诗创作》①,还在美国的A&HCI收录期刊《比较文学与文化》(CLCWeb: Comparative Literature and Culture)2015年第5期发表"Luo's Ethical Experience of Growth in Mo Yan's Pow!"等论文。

随着文学伦理学批评的影响日益扩大,诸多学者纷纷撰写相关评论和研究文章。刘建军在《文学伦理学批评:中国特色的学术话语构建》中指出,文学伦理学批评是"具有中国特色的文学批评模式,具有自己的学术立场、理论基础和专用批评术语"②,他认为《文学伦理学批评导论》一书凸显了三个特点:在实践层面具有强烈的当代问题意

---

① 聂珍钊:《伦理禁忌与俄狄浦斯的悲剧》,《学习与探索》2006年第5期,第113—116、237页;《〈老人与海〉与丛林法则》,《外国文学评论》2009年第3期,第80—89页;《五四时期诗歌伦理的建构与新诗创作》,《华中师范大学学报》(人文社会科学版)2013年第6期,第114—121页。
② 刘建军:《文学伦理学批评:中国特色的学术话语构建》,《外国文学研究》2014年第4期,第18页。

识和解决中国现实问题的针对性,在主体层面表现出清晰而自觉的中国学人立场,在学理层面体现出强烈的创新精神。吴笛在《追寻斯芬克斯因子的理想平衡——评聂珍钊〈文学伦理学批评导论〉》一文中指出,《文学伦理学批评导论》"为衡量经典的标准树立了一个重要的价值尺度,即文学作品的伦理价值尺度"。该书提出的"新的批评术语,新的批评视角,为我国的文学批评拓展了空间。如对人类文明进化逻辑所概括的'自然选择'、'伦理选择',以及目前正在进行中的'科学选择'等相关表述和研究,具有理论深度,令人信服"①。王立新的《作为一种文化诗学的文学伦理学批评》认为,"古代东西方轴心时代产生的文学经典无不以伦理教诲为其主要功能"②。该文通过对《圣经·旧约》中《路得记》人物的伦理身份特征、伦理观的变化和伦理选择的结果的具体分析,阐明了文学伦理学批评的有效性与合理性。其他学者的论文,如赵炎秋的《伦理视野下的西方文学人物类型》、董洪川的《文学伦理学批评与英美现代主义诗歌研究》、杨和平与熊元义的《文学伦理学批评与当代文学的道德批判》、苏晖和熊卉的《从脑文本到终稿:易卜生及〈社会支柱〉中的伦理选择》、樊星和雷登辉的《文学伦理学批评的理论建构与批评实践——评聂珍钊教授〈文学伦理学批评导论〉》、朱振武和朱晓亚的《中国文学伦理学批评的发生与垦拓》、张龙海和苏亚娟的《中国学术界的新活力——聂珍钊〈文学伦理学批评导论〉评析》、张连桥的《范式与话语:文学伦理学批评在中国的兴起与影响》等,也都引起了一定的关注。杨金才的"Realms of Ethical Literary Criticism in China: A Review of Nie Zhenzhao's Scholarship"和尚必武的"The Rise of a Critical Theory: Reading *Introduction to Ethical Literary Criticism*"这两篇发表于《外国文学研究》的英文文章,为国外学者了解文学伦理学批评提供了英文参考读本。

---

① 吴笛:《追寻斯芬克斯因子的理想平衡——评聂珍钊〈文学伦理学批评导论〉》,《外国文学研究》2014 年第 4 期,第 20 页。
② 王立新:《作为一种文化诗学的文学伦理学批评》,《外国文学研究》2014 年第 4 期,第 29 页。

为了集中展示文学伦理学批评的代表性成果,聂珍钊、苏晖和刘渊于2014年编辑了《文学伦理学批评论文选》(第一辑)①。论文选从国内学术期刊上发表的众多文学伦理学批评论文中选取了40位作者的52篇论文。这些都是文学伦理学批评在理论建构与批评实践方面取得的代表性成果,为文学伦理学批评提供了可资参考的研究范例。2018年,在《外国文学研究》创刊四十周年之际,聂珍钊、苏晖、黄晖编选了《〈外国文学研究〉文学伦理学批评论文选》②,从批评理论、美国文学研究、欧洲文学研究和亚非文学研究四个方面,遴选出自2013年以来在《外国文学研究》刊发的文学伦理学批评方面的优秀论文26篇,以展示文学伦理学批评在理论和实践方面的新突破和新成果,充分体现出文学伦理学批评跨文化、跨学科、兼容并蓄的特点。

随着文学伦理学批评日益产生广泛影响,越来越多的博士学位论文和硕士学位论文以文学伦理学批评作为主要批评方法,研究古今中外的作家作品,如华中师范大学出版社推出"文学伦理学批评建设丛书",主要出版已经过修改完善的对文学伦理学批评理论与实践进行探索的优秀博士论文,目前已出版十余本著作,如王松林的《康拉德小说伦理观研究》、刘茂生的《王尔德创作的伦理思想研究》、马弦的《蒲柏诗歌的伦理思想研究》、杜娟的《论亨利·菲尔丁小说的伦理叙事》、朱卫红的《文学伦理学批评视野中的理查生小说》、刘兮颖的《受难意识与犹太伦理取向:索尔·贝娄小说研究》、王群的《多丽丝·莱辛非洲小说和太空小说叙事伦理研究》、杨革新的《美国伦理批评研究》、王晓兰的《英国儿童小说的伦理价值研究》以及陈晞的《城市漫游者的伦理足迹:论菲利普·拉金的诗歌》等。

由文学伦理学批评取得的成果可以看出,参与文学伦理学批评研究和评论的学者已经广泛分布于中国各大高校和研究机构,并形成了"老

---

① 聂珍钊、苏晖、刘渊主编:《文学伦理学批评论文选》(第一辑),武汉:华中师范大学出版社,2014年。
② 聂珍钊、苏晖、黄晖主编:《〈外国文学研究〉文学伦理学批评论文选》,武汉:华中师范大学出版社,2018年。

中青"三结合的学者梯队,这是文学伦理学批评产生广泛学术影响的有力证明。

(三)理论体系的拓展及批评实践的系统化

聂珍钊教授主持的国家社会科学基金重大项目"文学伦理学批评:理论建构与批评实践研究"已于2019年2月正式结项,结项成果将以五本著作的形式出版,包括聂珍钊和王松林主编的《文学伦理学批评理论研究》、苏晖主编的《美国文学的伦理学批评》、徐彬主编的《英国文学的伦理学批评》、李俄宪主编的《日本文学的伦理学批评》以及黄晖主编的《中国文学的伦理学批评》。在这五本著作中,《文学伦理学批评理论研究》拓展和深化了文学伦理学批评的理论体系,系统梳理了文学伦理学批评理论的发生和发展过程,拓宽了文学伦理学批评的疆界,并在理论体系上建立一个融伦理学、美学、心理学、语言学、历史学、文化学、人类学、生态学、政治学和叙事学为一体的研究范式。另外四本则是运用文学伦理学批评方法和独创术语,分别研究美国、英国、日本和中国文学中的重要文学思潮、文学流派以及经典作家与作品。

这五本著作向我们展现了文学伦理学批评理论体系的进一步拓展,以及批评实践的逐步系统化。五本著作相互的关联十分密切,《文学伦理学批评理论研究》着眼于文学伦理学批评的理论研究,另外四本则着眼于批评实践,而理论与批评实践是相辅相成的:文学伦理学批评理论研究既为国别文学的伦理学批评提供理论支撑和研究方法,也从国别文学的伦理学批评中提升了自己的理论体系;国别文学的伦理学批评,既践行文学伦理学批评的理论术语和话语体系,也丰富和拓展了文学伦理学批评的理论建构。

二、文学伦理学批评的国际学术影响力与国际话语权建构

文学伦理学批评团队在努力构建理论体系、拓展批评实践的同时,也积极响应国家"走出去"战略号召,致力于该理论的国际传播及国际学术话语权的建构。"以习近平同志为核心的党中央一贯重视着

力推进国际传播能力建设,要求创新对外宣传方式,加强话语体系建设,着力打造融通中外的新概念新范畴新表述,讲好中国故事,传播好中国声音,增强在国际上的话语权。"①文学伦理学批评经过十六年的发展,构建了具有中国特色的理论体系,形成了一套独特的话语体系;既承袭和发展了中国的道德批评传统,又与当代西方伦理批评的转向同步;既立足于解决中国当代文学批评理论脱离实际和伦理道德缺位的问题,也能够解决世界文学中的共同性问题。因此,文学伦理学批评具备了"走出去"并争取国际话语权的良好基础和条件。

所谓学术话语权,"即相应的学术主体,在一定的时空范围内、学术领域中所具有的主导性、支配性的学术影响力"②,"学术质量、学术评价和学术平台是构建学术国际话语权的三大基本要素"③。近年来,文学伦理学批评团队在学术论文的国际发表、成立国际学术组织、举办国际学术会议等方面成果卓著,引起了国际学术共同体的热切关注,得到了国际主流学术界的认同,在国际学术界的影响不断上升。中国的文学伦理学批评在引领国际学术发展走势、决定相关国际学术会议议题、主导相关国际学术组织方面,已经掌握了主动权,可谓在一定程度上掌握了国际学术话语权,对于提升中国的文化软实力做出了应有的贡献。可以说,文学伦理学批评是中国学术"走出去"及争取国际学术话语权的成功范例。

(一)通过国际学术期刊传播文学伦理学批评

学术期刊是展示学术前沿、传播学术思想、进行学术交流和跨文化对话的重要平台。在国际学术期刊上发表论文并形成中外学者的对话,是文学伦理学批评走出国门、走向世界的重要方式。文学伦理学批评特别强调以中外学者合作、交流和对话的形式推动学术论文的

---

① 《习近平新闻思想讲义》(2018年版)编写组编著:《习近平新闻思想讲义》(2018年版),北京:人民出版社、学习出版社,2018年,第147页。
② 参见沈壮海:《试论提升国际学术话语权》,《文化软实力研究》2016年第1期,第97页。
③ 胡钦太:《中国学术国际话语权的立体化建构》,《学术月刊》2013年第3期,第5页。

国际发表。近年来,美国、英国、德国、爱沙尼亚、韩国、日本、越南、马来西亚以及中国一些有国际影响力的学术期刊上都纷纷推出了"文学伦理学批评"专刊或专栏。

多种 A&HCI 或 SCOPUS 收录期刊出版文学伦理学批评专刊或开辟研究专栏,发表国际知名学者的相关论文,引起了国际学界的关注。英国具有百年历史的顶级学术期刊《泰晤士报文学增刊》(*The Times Literary Supplement*)于 2015 年刊发美国北伊利诺伊大学杰出教授威廉·贝克与中国学者尚必武合作撰写的评论文章,推介文学伦理学批评;国际权威学术期刊《阿卡迪亚》2015 年第 1 期出版"文学伦理学批评:东方与西方"(Ethical Literary Criticism: East and West)专刊,由中国学者聂珍钊和尚必武及德国学者沃尔夫冈·穆勒和维拉·纽宁展开合作研究,四位中外学者从不同角度对文学伦理学批评进行了阐释;美国 A&HCI 收录期刊《比较文学与文化》2015 年第 5 期出版主题为"21 世纪的小说与伦理学"(Fiction and Ethics in the Twenty-first Century)的专刊,发表了 13 篇中外学者围绕文学伦理学批评的术语运用及批评实践所撰写的论文;中国 A&HCI 收录期刊《哲学与文化》2015 年第 4 期推出文学伦理学批评专刊,由中国学者聂珍钊、苏晖和李银波与马来西亚马来亚大学、拉曼大学,韩国建国大学学者展开合作研究,一共合作撰写了 8 篇专题学术论文,另有王卓针对《文学伦理学批评导论》撰写的书评;中国期刊《外国文学研究》(SCOPUS 收录,2005—2016 年被 A&HCI 收录)不仅自 2005 年以来组织了共 32 个文学伦理学批评研究专栏,还于 2017 年第 5 期推出"中外学者对话文学伦理学批评"专栏;中国香港出版的 A&HCI 收录期刊《文学跨学科研究》(*Interdisciplinary Studies of Literature*)以刊发中外学者撰写的文学伦理学批评研究论文为主;《世界文学研究论坛》(*Forum for World Literature Studies*,SCOPUS 收录)2016 年第 1 期和第 2 期连续推出"超越国界的文学伦理学批评研究"专栏,发表来自美国、匈牙利、德国、意大利、澳大利亚、韩国、日本和中国学者的论文 12 篇。这些国际一流期刊出版的文学伦理学批评专刊或专栏都由中外学者共同参与撰稿，就文学伦理学批评展开学术交流、讨论、对话和争鸣，这表明文学伦理学批评在国际学界的影响日益扩大。正如田俊武在美国的 A&HCI 收录期刊《比较文学研究》(*Comparative Literature Studies*)上发表的文章中所言："从 2004 年到 2018 年的 15 年间，聂的文学伦理学批评在中国和其他国家得到了广泛的接受。"①

除上述国际一流期刊外，韩国的《跨境》(*Border Crossings*)、《现代中国文学研究》(*The Journal of Modern Chinese Literature*)、《离散与文化批评》(*Diaspora and Cultural Criticism*)、《英语语言文学研究》(*The Journal of English Language and Literature*)等杂志，越南的《科学与教育学报》(*Journal of Science and Education*)，日本的《九大日文》，马来西亚的《中国—东盟论坛》(*China-ASEAN Perspective Forum*)，爱沙尼亚的《比较文学》(*Interlitteraria*)等杂志，也都推出文学伦理学批评研究的专刊、专栏或评论文章。

国际最具权威性的人文杂志《泰晤士报文学增刊》邀请国际知名文学理论家威廉·贝克教授领衔撰文《合作的硕果：中国学界的文学伦理学批评》("Fruitful Collaborations: Ethical Literary Criticism in Chinese Academe")，这是文学伦理学批评得到国际主流学术界认可的有力证明。该文高度评价文学伦理学批评，将其看作中国学术界对于"中国梦"的回应以及"中国话语权崛起"的代表。文章肯定了中国这一创新理论同中国现实的联系，指出："习主席提出的'中国梦'在很大程度上是对工业化、商业化和享乐主义在文学领域引起的一系列问题做出的及时回应……在这种语境里，聂珍钊教授的文学伦理学批评可以看成是知识界对此号召做出的回应。"②文章同时强调："在过去的十年中，文学伦理学批评已经在中国发展成为一种充满活力和成果

---

① Junwu Tian, "Nie Zhenzhao and the Genesis of Chinese Ethical Literary Criticism," *Comparative Literature Studies* 2 (2019): 413.

② William Baker and Biwu Shang, "Fruitful Collaborations: Ethical Literary Criticism in Chinese Academe," *Times Literary Supplement* 31 (2015): 14.

丰富的批评理论。同时,它也不断获得了众多国际知名学者的认可。""文学伦理学批评的影响正在不断扩大,用它来研究欧美文学必将成为中国以及其他国家的潮流,而且将会不断繁荣发展。"①这篇文章改变了《泰晤士报文学增刊》数十年来极少评介亚洲原创人文理论的现状。这说明,中国学术只有理论创新,只有关心中国问题和具有世界性的普遍问题,才会引起外国学者的关注。

《阿卡迪亚》作为代表西方主流学术的顶级文学期刊,不仅于2015年第1期推出"文学伦理学批评:东方与西方"专刊,而且打破数十年的惯例,由欧洲科学院院士约翰·纽鲍尔教授执笔,以编辑部的名义在专刊开篇发表社论,高度评价文学伦理学批评。社论指出,"聂珍钊教授开创的文学伦理学批评理论所依据的文学作品之丰富,涉及面之广,令人震惊……文学研究的伦理视角是欧美学界备受推崇的传统之一,但聂珍钊教授在此传统上却另辟蹊径。他发现了西方形式主义批评、文化批评和政治批评中的'伦理缺位',从而提出了自己的新方法,认为文学的基本功能是道德教诲,他认为文学批评家不应该对文学作品进行主观上的道德评判,而应该客观地展示文学作品的伦理内容,把文学作品看作伦理的表达"②。

在国际期刊发表的有关文学伦理学批评的论文中,有相当一部分是外国学者发表的论文,他们在对文学伦理学批评理论和话语体系有一定了解的基础上,从理论和批评实践两个方面对之展开了进一步的研究和批评实践。

美国普渡大学哲学系教授伦纳德·哈里斯的论文《普适性:文学伦理学批评(聂珍钊)和美学倡导理论(阿兰·洛克)——中美伦理学批评》("Universality: Ethical Literary Criticism (Zhenzhao Nie) and the Advocacy Theory of Aesthetics (Alain Locke) —Ethical Criti-

---

① William Baker and Biwu Shang, "Fruitful Collaborations: Ethical Literary Criticism in Chinese Academe," *Times Literary Supplement* 31 (2015): 15.

② *Arcadia* Editors, "General Introduction," *Arcadia: International Journal of Literary Culture* 1 (2015): 1.

cism Between China and America"）将聂珍钊的文学伦理学批评理论与美国美学家洛克的美学理论进行了比较研究，论证了聂珍钊文学伦理学批评的普适价值。该文认为，虽然聂珍钊和洛克的文学观"是对不同社会背景的回应"，"使用的许多概念亦并不相同"①，但两位学者"都强调了文学伦理观的重要性，都考虑了文学中人物的伦理身份、种族身份对伦理选择的影响"②。"聂和洛克要求我们考虑价值观的重要性，价值观作为所有文本的重要组成部分，无论是道德的还是非道德的，都是通过主题、习语、风格、内容、结构和形式表达出来的。"③他们的文学伦理观"提供了普遍公认的概念，包括文本蕴含着价值取向的伦理意义，具有普适的价值"④。"聂先生的著作越来越受到许多国家和多种语言读者的欣赏。"⑤

也有外国学者运用文学伦理学批评理论和方法对世界范围内的文学作品进行解析，他们运用文学伦理学批评独创的术语，如伦理身份、伦理选择、伦理禁忌、伦理两难、斯芬克斯因子等，对作家作品进行具体分析，研究作家作品中的伦理内涵和伦理价值。如日本九州大学大学院（研究所）比较社会文化研究院波潟刚教授发表《阅读的焦虑、写作的伦理：安部公房〈他人的脸〉中夫妻间的信》（任洁译），运用文学伦理学批评方法，对日本作家安部公房的小说《他人的脸》中夫妻间的伦理问题进行剖析。该文作者表示，自己"与聂珍钊教授进行了长达一年的书信讨论，聂教授的观点给予笔者极大启示，也成为写作本文的契机，在此谨表谢意"⑥。"聂珍钊提出的文学伦理学批评理论为文

---

① Leonard Harris, "Universality: Ethical Literary Criticism (Zhenzhao Nie) and the Advocacy Theory of Aesthetics (Alain Locke) —Ethical Criticism Between China and America," *Interdisciplinary Studies of Literature* 1 (2019): 25.
② Ibid., 26.
③ Ibid., 30.
④ Ibid., 26.
⑤ Ibid., 25.
⑥ [日]波潟刚:《阅读的焦虑、写作的伦理：安部公房〈他人的脸〉中夫妻间的信》，任洁译，《文学跨学科研究》2018年第3期，第417页。

本从男性与女性关系的角度探讨《他人的脸》提供了可能性。"①该文认为,文学伦理学批评"已建构了自己的批评理论与话语体系,尤其是一批西方学者参与文学伦理学批评的研究,推动了文学伦理学批评的深入以及国际传播"②。

国际学术期刊发表的这些评论和研究论文,可以说反映了国际学术共同体的观点和看法,是对中国学术理论的高度认可。也正是由于这些有国际影响力的期刊发表中外学者的研究成果,才使更多的外国学者了解和接受文学伦理学批评,才使越来越多的外国学者参与到文学伦理学批评的研究中,并成为推动中国学术"走出去"的重要力量。同时,有这么多国际期刊推出文学伦理学批评的专刊或专栏,也说明文学伦理学批评不仅已经走出国门,而且还在国际学术界发挥了引领学术话语的作用。

(二)在国际学术组织中掌握话语权

国际性学术组织在推动中国学术"走出去"方面所起的作用日益受到重视。习近平总书记指出:"要鼓励哲学社会科学机构参与和设立国际性学术组织。"③由中国学者牵头成立的国际学术组织国际文学伦理学批评研究会(The International Association for Ethical Literary Criticism,IAELC),在推动文学伦理学批评"走出去"、引领国际学术前沿和争取国际学术话语权方面发挥了重要作用。

由于中国学者创立的文学伦理学批评理论的国际影响日益扩大,为了推动文学伦理学批评研究的国际化,在聂珍钊教授的倡议和中外学者的共同努力下,国际文学伦理学批评研究会于2012年12月在第二届文学伦理学批评国际学术研讨会召开之际正式成立,这是以中国学者为主体创建的学术批评理论和方法开始融入和引领国际学术对

---

① [日]波潟刚:《阅读的焦虑、写作的伦理:安部公房〈他人的脸〉中夫妻间的信》,任洁译,《文学跨学科研究》2018年第3期,第416页。
② 同上。
③ 习近平:《在哲学社会科学工作座谈会上的讲话(全文)》,人民网,http://politics.people.com.cn/n1/2016/0518/c1024-28361421.html,2020年5月1日访问。

话与交流的标志。该研究会的宗旨是创新文学伦理学批评理论、实践文学伦理学批评方法、重视文学创作和文学批评价值取向。《泰晤士报文学增刊》发表评论指出:"国际文学伦理学批评研究会的成立是一件值得一提的大事。"① 这说明国际学术界对这个国际学术组织的认可和接受。

国际文学伦理学批评研究会第一届理事会选举中国社会科学院荣誉学部委员吴元迈先生担任会长。第二届理事会于 2017 年 8 月 9 日宣布成立,美国人文与科学院院士、耶鲁大学克劳德·罗森教授当选会长,浙江大学聂珍钊教授担任常务副会长;挪威奥斯陆大学克努特·布莱恩西沃兹威尔教授、韩国东国大学金英敏教授、爱沙尼亚塔尔图大学居里·塔尔维特教授、德国耶拿大学沃尔夫冈·穆勒教授、俄罗斯国立大学伊戈尔·奥列格维奇·沙伊塔诺夫教授任副会长;华中师范大学苏晖教授担任秘书长;宁波大学王松林教授、上海交通大学尚必武教授、韩国外国语大学林大根教授、马来西亚马来亚大学潘碧华博士担任副秘书长。理事会的 45 位理事为来自中国、美国、加拿大、英国、德国、奥地利、意大利、西班牙、丹麦、波兰、斯洛文尼亚、韩国、日本、南非等国家的知名学者。

迄今为止,国际文学伦理学批评研究会已召开九届年会暨文学伦理学批评国际学术研讨会,吸引了一大批国际学者参与文学伦理学批评的研究,在引领国际学术话语、扩大文学伦理学批评的国际影响方面起到了重要作用。由此可见,国际学术组织对于推动中国学术的国际传播、促进中国学术"走出去"、掌握国际学术话语权是非常重要的。

(三)在国际学术会议中发出主流声音

近年来,文学伦理学批评团队不仅以国际文学伦理学批评研究会、华中师范大学国际文学伦理学批评研究中心和《外国文学研究》杂志为平台,与国内外学术机构共同组织了九届国际文学伦理学批评研

---

① William Baker and Biwu Shang, "Fruitful Collaborations: Ethical Literary Criticism in Chinese Academe," *Times Literary Supplement* 31 (2015): 15.

究会年会和五届文学伦理学批评高层论坛,而且在一些有国际影响的会议上组织文学伦理学批评分论坛,表明文学伦理学批评已具有强大的国际影响力与广泛的接受度。国际文学伦理学批评研究会目前已召开九届年会,其国际化程度逐届增高。九届年会分别于华中师范大学(2005)、三峡大学(2012)、宁波大学(2013)、上海交通大学(2014)、韩国东国大学(2015)、爱沙尼亚塔尔图大学(2016)、英国伦敦大学玛丽女王学院(2017)、日本九州大学(2018)、浙江大学(2019)召开。其中第五至八届都在国外召开,吸引了数十个国家的一大批学者参加,充分体现了文学伦理学批评在国内外的广泛学术影响力(具体情况可参见历届年会综述)①。

文学伦理学批评高层论坛迄今为止已举办五届,分别于暨南大学(2016)、韩国高丽大学(2017和2018)、广东外语外贸大学(2019)以及菲律宾圣托马斯大学(2019)召开。这五届高层论坛在世界文学的大背景下,从不同角度对文学伦理学批评理论和实践进行了拓展,凸显了鲜明的问题意识与探索精神。

2018年8月13—20日,"第24届世界哲学大会"在北京人民大会堂和国家会议中心举行。这是有着一百多年传统的全球最大规模哲

---

① 王松林:《"文学伦理学批评:文学研究方法新探讨"全国学术研讨会综述》,《当代外国文学》2006年第1期,第171—173页;苏西:《"第二届文学伦理学批评国际学术研讨会"综述》,《外国文学研究》2013年第1期,第174—175页;徐燕、溪云:《文学伦理学批评的新局面和生命力——"第三届文学伦理学批评国际学术研讨会"综述》,《外国文学研究》2013年第6期,第171—176页;林玉珍:《文学伦理学批评研究的新高度——"第四届文学伦理学批评国际学术研讨会"综述》,《外国文学研究》2015年第1期,第161—167页;黄晖、张连桥:《文学伦理学批评与国际学术话语的新建构——"第五届文学伦理学批评国际学术研讨会"综述》,《外国文学研究》2015年第6期,第165—169页;刘兮颖:《文学伦理学批评与跨国文化对话——"第六届文学伦理学批评国际学术研讨会"综述》,《外国文学研究》2016年第6期,第169—171页;陈敏:《文学伦理学批评与文学跨学科研究——"第七届文学伦理学批评国际学术研讨会"综述》,《外国文学研究》2017年第6期,第172—174页;王璐:《走向跨学科研究与世界文学建构的文学伦理学批评——"第八届文学伦理学批评国际学术研讨会"综述》,《外国文学研究》2018年第4期,第171—176页;陈芬:《走向跨学科研究和东西方对话的文学伦理学批评——"第九届文学伦理学批评国际学术研讨会"综述》,《外国文学研究》2019年第6期,第171—176页。

学会议首次在中国召开。大会以"学以成人"为主题,将"聂珍钊的道德哲学"(Ethical Philosophy of Nie Zhenzhao)列为分会主题,自14日到19日期间在不同时段的7场分组讨论中得到充分展示。有近二十位学者做了主题发言,探讨文学伦理学批评的基本理论、哲学基础、话语体系、应用场域和国际影响等,来自中国、美国、英国、法国、意大利、匈牙利、日本、韩国等国家的学者参与讨论。这次世界哲学大会的成功举办,得到了全世界诸多重要媒体的关注,海外网(《人民日报》海外版官网)发文指出,在世界哲学大会上,中国的"文学伦理学批评备受关注,精彩发言不胜枚举,印证了文学伦理学批评作为一种批评理论的学术吸引力与学术凝聚力"①。这充分体现了中国人文学术在世界范围内的话语权与影响力。

分别于奥地利维也纳大学和中国澳门大学举行的第21届和22届国际比较文学学会年会均设置了文学伦理学批评专场。第21届年会设立"文学伦理学批评:文学的教诲功能"研讨专场,来自中国、美国、英国、奥地利、韩国和挪威的学者在专题会上做了发言,展示出文学伦理学批评学术话语的魅力。第22届年会则设置"文学伦理学批评与跨学科、跨文类研究"和"伦理选择与文学经典重读"两个分论坛,来自国内外知名高校的三十余位学者做了分论坛报告。这说明中国学者建构的文学伦理学批评理论话语体系正在比较文学研究中发挥重要作用,并在国际比较文学舞台上日益展示出其影响力。

由这些国际会议可以看出,文学伦理学批评已经走向世界并成为国际学术研究的热点,而且中国学者创立的文学批评理论不仅在文学领域得到认同,在哲学领域也产生了影响,这也是中国文学批评理论成功"走出去"、产生国际影响力的又一证明。

(四)国际同行给予高度评价

如果说学术共同体的评价是中国学术能否在国际上被认同和接

---

① 任洁、孙跃:《世界哲学大会在京召开 文学伦理学批评备受关注》,海外网,http://renwen.haiwainet.cn/n/2018/0821/c3543190-31379582.html,2020年5月1日访问。

受的试金石,那么,同行专家的评价无疑是其中的重要组成部分,尤其是那些具有重要影响的专家以及来自不同国家和地区的专家,从他们的评价中可以看出一种学术理论是否被广泛接受。文学伦理学批评在走向国际的过程中,得到了北美洲、欧洲、亚洲不同国家和地区的众多知名学者的积极评价。例如:

美国人文与科学院院士、斯坦福大学马乔瑞·帕洛夫教授认为:"文学最重要的价值之一就是其伦理与道德的价值。有鉴于此,中国学者提出的文学伦理学批评就显得意义非凡,不仅复兴了伦理批评这一方法本身,而且抓住了文学的本质与基本要义。换言之,文学伦理学批评在很大程度上帮助读者重拾和发掘了文学的伦理价值,唤醒了文学的道德责任。"①

美国人文与科学院院士、耶鲁大学克劳德·罗森教授在第八届文学伦理学批评国际学术研讨会开幕式致辞中,称聂珍钊教授为"国际文学伦理学批评研究会的创立者和文学伦理学批评之父"。

欧洲科学院院士、德国吉森大学安斯加尔·纽宁教授高度评价文学伦理学批评,他指出,伦理批评自20世纪90年代起,就在西方呈现出日渐衰微的发展势头,而中国学术界目前所兴起的文学伦理学批评,无论是在理论体系、术语概念还是在批评实践上所取得的成果,都让人刮目相看,叹为观止。他认为:"中国的文学伦理学批评在很大程度上复兴了伦理批评,这也是中国学者对世界文学研究的一个重要贡献。"②

美国阿拉巴马大学英语系讲座教授、著名诗人及诗歌理论家汉克·雷泽教授撰文指出,聂珍钊作为"文学伦理学批评领域的领路人","在伦理学批评领域取得的成果受到国际瞩目和广泛好评!""文学伦理学批评很重要至少有两个原因:第一,它是有中国特色的文学

---

① 转引自邓友女:《中国文学理论话语的国际认同与传播》,《文艺报》2015年1月14日第3版。

② 林玉珍:《文学伦理学批评研究的新高度——"第四届文学伦理学批评国际学术研讨会"综述》,《外国文学研究》2015第1期,第165页。

批评理论,因此它从一个特别的文化与历史视角改变着、挑战着并且活跃着世界范围内关于文学和文学研究价值的讨论与创作;第二,它让我们不可避免地重新思考一系列根本性的问题,如我们为什么要阅读文学,深度地研究和阅读文学(尤其是严肃文学)有什么价值。"①

欧洲科学院院士、美国加利福尼亚大学欧文分校乔治斯·梵·邓·阿贝勒教授在 2015 年于加利福尼亚大学欧文分校召开的以"理论有批评价值吗?"为核心议题的首届"批评理论学术年会"上,特别评价了聂珍钊教授近年提出并不断完善的文学伦理学批评方法。他说:"在西语理论过于倚重政治话语的当下,文学伦理学批评对于文学批评向德育和审美功能的回归提供了动力,与西方主流批评话语形成互动与互补的关系。为此……文学伦理学批评必将为越来越多的西方学者接纳和应用,并在中西学者的共建中得到进一步的系统化。"②

斯洛文尼亚著名学者、卢布尔雅那大学比较文学与文学理论系托莫·维尔克教授认为,当代大量的文学批评,总体上脱离了对文学文本的细读、诠释和人类学维度。在文学伦理学批评领域,聂珍钊的理论是迄今为止最有体系的、最完整的和最有人文性的方法;它不仅是一种新理论,而且也是一种如何研究文学的新范式。维尔克 2018 年 12 月出版以斯洛文尼亚语撰写的新著《文学研究的伦理转向》(*Etični Obrat v Literarni Vedi*),其中第三章专论文学伦理学批评,标题为"聂珍钊和文学伦理学批评"。③

韩国建国大学申寅燮教授认为:"作为一种由中国学者提出的

---

① Hank Lazer, "Ethical Criticism and the Challenge Posed by Innovative Poetry," *Forum for World Literature Studies* 1 (2016): 14.
② 夏延华、乔治斯·梵·邓·阿贝勒:《让批评理论与世界进程同步——首届加州大学欧文分校"批评理论学术年会"侧记》,《外国文学研究》2015 年第 6 期,第 172 页。
③ Tomo Virk, *Etični Obrat v Literarni Vedi*. Ljubljana: Literarno-umetniško društvo Literatura, 2018.

新的文学批评方法,文学伦理学批评不仅立足中国文学批评的特殊语境,解决当下中国文学研究的问题,同时又放眼整个世界文学研究的发展与进程,充分展现出中国学者的历史使命感与学术责任感。""文学伦理学批评不仅在文学批评中独树一帜,形成流派,而且正在形成一种社会思潮。回顾中国文学伦理学批评的发展,不能不为东方学者感到振奋。文学伦理学批评让当代东方文学批评与理论研究重新拾回了信心,也借助文学伦理学批评在由西方主导的文学批评与理论的俱乐部中,有了自己的一席之地。"①

国际文学伦理学批评研究会副会长、韩国东国大学金英敏教授认为:"文学伦理学批评为中国乃至世界的文学研究提供了新思路"②,聂珍钊的《文学伦理学批评导论》"是亚洲文学批评话语的开拓之作"③。

以上外国同行专家对中国学者创建的学术理论的看法可谓持论公允、评价客观。这表明,中外学者的一致目标是追求学术真理。同时,也让我们看到中国理论正在走向世界、走向繁荣。

三、文学伦理学批评的学术价值与现实意义

作为具有中国特色的批评理论和方法,文学伦理学批评不仅在理论建构与批评实践方面取得了突出的成就,为文学研究提供了新的研究路径与批评范式,具有重要的学术价值;而且,还有助于推动我国当代伦理秩序的建设,有着重要的现实意义。具体而言,文学伦理学批评的价值与意义包括如下方面:

第一,对现有的文学理论提出了大胆质疑与补充,从文学的起源、文学的载体、文学的存在形态、文学的功能、文学的审美与伦理

---

① [韩]申寅燮:《学界讯息·专题报道》,《哲学与文化》2015年第4期,第197页。
② Young Min Kim, "Sea Change in Literary Theory and Criticism in Asia: Zhenzhao Nie, *An Introduction to Ethical Literary Criticism*," *The Journal of English Language and Literature* 2 (2014): 397.
③ Ibid., 400.

道德之关系等方面做了大胆的阐述,对于充分认识文学的复杂性以及从新的角度认识和理解文学提供了一种可能。

具体而言,文学伦理学批评从如下方面挑战了传统的文学观念:

就文学的起源而言,文学伦理学批评在质疑"文学起源于劳动"观点的基础上提出文学伦理表达论,认为文学的产生源于人类伦理表达的需要。"文学伦理学批评从起源上把文学看成道德的产物,认为文学是特定历史阶段伦理观念和道德生活的独特表达形式,文学在本质上是伦理的艺术……劳动只是一种生产活动方式,它只能是文艺起源的条件,却不能互为因果。"①

就文学的载体而言,文学伦理学批评在质疑"文学是语言的艺术"等现有观点的基础上提出文学文本论,认为"文学是语言的艺术"的观点"混淆了语言与文字的区别,忽视了作为文学存在的文本基础。只有由文字符号构成的文本才能成为文学的基本载体,文学是文本的艺术"②。文学伦理学批评认为,任何文学作品都有其文本,文本有三种基本形态:脑文本、书写文本和电子(数字)文本。③

就文学的存在形态而言,文学伦理学批评在质疑文学是"一种意识形态或审美意识形态"观点的基础上,提出文学物质论,"认为文学以文本为载体,是以具体的物质文本形式存在的,因此文学在本质上是一种物质形态而不是意识形态"④。

就文学的功能以及审美与伦理道德之关系而言,文学伦理学批评在质疑"文学是审美的艺术""文学的本质是审美""文学的第一功能是审美"等观点的基础上,提出文学教诲论,认为文学的教诲作用是文学的基本功能,文学的审美只有同文学的教诲功能结合在一起

---

① 聂珍钊:《文学伦理学批评:基本理论与术语》,《外国文学研究》2010 年第 1 期,第 14 页。

② 聂珍钊:《文学伦理学批评导论》,北京:北京大学出版社,2014 年,第 9 页。

③ 聂珍钊:《脑文本和脑概念的形成机制与文学伦理学批评》,《外国文学研究》2017 年第 5 期,第 31 页。

④ 聂珍钊:《文学伦理学批评导论》,北京:北京大学出版社,2014 年,第 9 页。

才有价值,审美是文学伦理价值的发现和实现过程。

第二,独创性地建构了自己的理论体系和话语体系,同时亦具有开放的品格和跨学科的视域,借鉴并吸收了伦理学、哲学、心理学、社会学、历史学等学科的研究成果,并融合了叙事学、生态批评、后殖民主义批评等现当代文学批评理论和方法。

文学伦理学批评在继承中国的道德批评传统和西方伦理学及伦理批评传统的基础上,构建起不同于西方的、具有中国特色的文学伦理学批评理论和话语体系,形成了文学伦理表达论、文学文本论、伦理选择论、斯芬克斯因子论、人类文明三阶段论等理论,以及由数十个术语组成的话语体系。

文学伦理学批评具有很大的包容性,它能够同其他一些重要批评方法结合起来,而且只有同其他方法结合在一起,才能最大限度发挥其优势。同时,由于文学伦理学批评本身就具有跨学科性,在近年来的研究中更日益凸显出其跨学科的特点。第七届和第八届文学伦理学批评国际学术研讨会均以文学伦理学的跨学科研究为核心议题,这本身就很能说明问题。

第三,具有很强的实践指导性和可操作性,适用于对古今中外的文学作品进行批评实践,因此,对这一方法的运用将有助于促使现有的学术研究推陈出新。

文学伦理学批评从一开始就致力于基础理论的探讨和方法论的建构,尤其注重文学伦理学批评方法的实践运用。美国的A&HCI收录期刊《文体》(*Style*)上发表杨革新关于聂珍钊《文学伦理学批评导论》的书评,认为"聂先生在阅读一系列经典文学作品的基础上,将理论研究与批评实践紧密结合起来……聂珍钊著作的出版,既是对西方伦理批评复兴的回应,也是中国学者在文学批评上的独创"[①]。

与西方的伦理批评所不同的是,中国学者将文学伦理学转变为文

[①] Gexin Yang, "Nie Zhenzhao. *Introduction to Ethical Literary Criticism*. Beijing: Peking UP, 2014" (review), *Style* 2 (2017): 273.

学伦理学批评方法论,从而使它能够有效地解决具体的文学问题。文学伦理学批评构建了由伦理环境、伦理秩序、伦理身份、伦理选择、伦理两难、伦理禁忌、伦理线、伦理结、伦理意识、斯芬克斯因子、人性因子、兽性因子、理性意志、自由意志、非理性意志、道德情感、人性、脑文本等构成的话语体系,从而使之成为容易掌握的文学批评的工具,适用于对大量的古今中外文学作品进行阐释和剖析。正是由于这些特点,文学伦理学批评才能焕发出蓬勃的生命力。

第四,强调文学的教诲功能,坚持认为文学对社会和人类负有不可推卸的道德责任和义务,具有十分重要的社会现实意义。

文学伦理学批评以推动我国当代伦理秩序的建设为重要的现实目标,有助于满足当前中国伦理道德建设的现实需求。该理论将文学与伦理道德的关系研究作为一个重要的议题加以探讨,强调文学的教诲功能,坚持认为文学对社会和人类负有不可推卸的道德责任和义务。因此,文学伦理学批评有助于扭转当今社会出现的伦理道德失范的现象,促进社会主义新时代人文精神的培养,具有十分重要的社会现实意义。

第五,作为由中国学者提出的新的文学批评方法,文学伦理学批评不仅着眼于解决中国文学批评面临的问题,而且积极开展与国际学术界的交流和对话,吸引国际学者的广泛参与,使之逐渐发展成为在国际上产生广泛影响的中国学派,对突破文学理论的西方中心论、争取中国学术的话语权起到了重要的推进作用,充分展现了中国学者的学术自信和创新精神。

正如聂珍钊教授所言,文学伦理学批评一系列论文的国际发表和国际会议的成功召开,具有三个方面的意义:一是助推中国学术的海外传播,向海外展示中国学术的魅力,增强中国学术的国际影响力;二是改变人文学科自我独立式的研究方法,转而走中外学者合作研究的路径,为中国学术的国际合作研究积累经验,实现中国学术话语自主创新;三是借助研究成果的国际合作发表和国际会议的召开,深化中外学术的交流与对话,引领学术研究的走向,推动世界学术研究的发展。①

四、文学伦理学批评可开拓的研究领域

作为原创性的文学批评理论,文学伦理学批评已经在国内外具有了广泛的学术影响力。在中国强调一流大学和一流学科建设的今天,文学伦理学批评及其产生的影响无疑具有战略性的启发价值与借鉴意义。

为了进一步推进文学伦理学批评理论和实践的发展,有必要拓展和深化以下几个方面的研究:

第一,在多元化的理论格局下拓展新的研究方向,在与其他理论的对话中整合新的理论资源。通过认真搜集和系统整理中外文学伦理—道德批评的文献资料,梳理其学术发展史,尤其是针对20世纪80年代以来随着伦理批评复兴出现的诸种伦理批评理论,展开中外学术的对话与争鸣,并进行文学伦理学批评与哲学、美学、伦理学、社会学、心理学以及自然科学的跨学科研究,以推动文学伦理学批评向纵深发展。

第二,将文学伦理学批评方法付诸文本批评实践时,应大力开展对于包括中国文学在内的东方文学的文学伦理学批评;在强调对文本伦理内涵进行解析的同时,也要加强对文本所反映的特定时代及不同民族、国家伦理观念的考察;同时尝试建构针对小说、戏剧、诗歌等不同体裁的伦理批评话语体系,并就文本的艺术形式如何展现伦理内涵进行深入的研究。

第三,梳理文学伦理学批评的发展历程,探究其研究成果所体现的批评范式与国际化策略,总结文学伦理学批评对当代文学批评和学术研究的贡献。同时,探讨如何将文学伦理学批评融入教学中,包括进行文学伦理学批评教材的编写、提供相应教学指南及培训等。

---

① 黄晖、张连桥:《文学伦理学批评与国际学术话语的新建构——"第五届文学伦理学批评国际学术研讨会"综述》,《外国文学研究》2015年第6期,第166页。

文学伦理学批评作为新兴的文学批评理论，未来有着广阔的发展空间。文学伦理学批评需要经受文学批评实践的反复检验，不断发现自身理论和实践缺陷，在未来的发展中努力充实、完善其理论体系，关注批评实践中存在的各种不足，进一步加强国内外学术交流与对话，为繁荣中国以及世界学术研究做出应有的贡献。

导　论

中国文学伦理观念的生成与流变

中国文学中所呈现的伦理观念与中国的伦理道德体系有着密切的关系,伦理道德价值渗透到文学创作与批评的各个方面,在某些特定阶段甚至成为推动和制约文学发展的主要因素。中国文学的伦理观念起源于先秦诸子学说的倡导和文学对社会伦理教化功能的理论自觉与实践,并随中国社会的变迁而流变。

一、中国文学伦理观念的萌芽

先秦时代是我国古代文学批评的萌芽阶段。文学的社会伦理话语权是在儒家诗教精神的烛照下得以成型的。先秦儒家为求治世和闻达而著述争鸣,在社会治理上尤其注重道德教化,而文学文艺则是其刻意寻求教化的实践途径。

文学与伦理的相互依存关系早在原始先民的生活中就得以呈现,考察记载中华先民原始民主形式的奠基篇《尚书》将还在孕育时期的中国伦理思维付诸文献。《尚书·尧典》记载了舜帝与乐官夔的一段对话,"帝曰:'夔!命汝典乐,教胄子。直而温,宽而栗,刚而无虐,简而无傲。诗言志,歌永言,声依永,律和声。八音克谐,无相夺伦,神人以和。"①这段文献被普遍视为中国最早的文论,有四点内容值得我们注意:第一,舜命夔典乐,并用以教导胄子,所以乐具有教育功能。第二,乐可以陶养性情,使人具有"直""温""宽""栗""刚""无虐""简""无傲"诸德行,且两两互制互补,导向中和之道。第三,乐的内容包括诗、歌、声、律的彼此配合。第四,诗、歌、声、律的静态条件,须注入"八音克谐,无相夺伦"的要求,才能达到"神人以和"的境界,并且体现真正的乐。中国文学在发轫时期就非常重视文艺的教育作用,而教育的目的在于培养人的正直、温和、宽宏、严肃、刚毅、简朴等道德品格,而为了达到这个目的,就必须要求"诗言志",朱自清认为这是中国文论"开山的纲领"②。"诗言志"对中国伦理型文艺思想传统的形成起着重要的作用。

中国古代文论把文学的功用定位为伦理教化,在《乐记》中表述为"乐也,通伦理者也"③,"乐也者,圣人之所乐也,而可以善民心。其感人深,其移风易俗,故先王著其教焉"④。儒家经典从人性论考据人伦道德,并试图将其教化途径与文艺密切结合,由此萌生古代文学伦理学说。孔子伦理思想以"仁"为核心。孔子评价文艺作品时,贯穿着他

---

① 黄霖、蒋凡:《中国历代文论选新编》(先秦至唐五代卷),上海:上海教育出版社,2007年,第8页。

② 朱自清:《诗言志辨·序》,上海:华东师范大学出版社,1996年,第4页。

③ 黄霖、蒋凡:《中国历代文论选新编》(先秦至唐五代卷),上海:上海教育出版社,2007年,第60页。

④ 同上书,第61页。

的儒家伦理思想。儒家思想和道家思想,是中国古代作家和文艺家的两大思想支柱。文学具有的道德教化力量,以道德意义作为批评的前提,进行批评或鉴赏,往往把作品与道德联系起来。儒家对文艺表现出积极肯定的态度,原因在于文艺是人类精神文明的指标,儒家深信文艺有潜移默化的实质教育作用,可谓挽救人类命运的良好方法。

民风的淳化是人类道德自觉并扩充的自然产物,儒家思想对文艺的憧憬与期待不仅仅停留在作者纯粹的情感抒发,它还被赋予更高尚的道德价值。《论语·阳货》中有"子曰:小子,何莫学夫诗?诗,可以兴,可以观,可以群,可以怨。迩之事父,远之事君,多识于鸟兽草木之名。"[1]"兴"是审美的激情与感悟;"观"则强调文艺的认识意义,社会、人伦、自然是认识的重要对象;"群""怨"便是直接指向文艺的教化意义。在孔子删定《诗经》的时候保留了大量民间音乐,并且明确提出"《诗》三百,一言以蔽之,思无邪"[2]。音乐在此成为伦理道德的真正实现,即让人在感官欣赏与内在体验中自然地将道德内化。孔子认为学诗是礼乐步入正轨的第一步,所以说"兴于诗,立于礼,成于乐"[3]。这就充分肯定了人的感性现实的价值意义,强调审美和文艺是陶冶人的思想感情,使社会的伦理道德规范成为个体自觉的心理欲求的重要手段。"诗"与政治、人伦、自然环境均有密切关联,当"诗"作为一个载体要装载的是政治教化这样庞大的道德内容时,实用性就成为其必备条件。

孔子的诗歌阐释理论在其后的孟子和荀子那里得到了继承和发展。孟子继承了孔子借助文学这种工具来实现人与社会关系的和谐这一观点,他进一步转向了改造人的心灵、建构道德自我这一方面,孟子提出的"知人论世"是中国古代文论中批评理论中最重要的观点之

---

[1] 黄霖、蒋凡:《中国历代文论选新编》(先秦至唐五代卷),上海:上海教育出版社,2007年,第23页。

[2] 同上。

[3] 同上。

一。"知人论世"语出《孟子·万章下》:"一乡之善士,斯友一乡之善士,一国之善士,斯友一国之善士,天下之善士,斯友天下之善士。以友天下之善士为未足,又尚论古之人。颂其诗,读其书,不知其人,可乎?是以论其世也,是尚友也。"①孟子提出这两个观点都是表达读诗是为了达到与圣人贤者神交、向前人学习的目的,侧重于追求完美人格,他的观点比孔子的"兴观群怨说"层次更高了。《孟子》书中就有多达三十余处引用《诗经》之言,《离娄》篇也提到"王者之迹熄而诗亡"②,原因在于君王不再巡狩采风,也就没有"诗"可以反映民风,亦即儒家认为当文艺不具道德价值时,文艺的生命也就此消融瓦解。

荀子的《乐论》是一篇有精辟见解的系统论述音乐的文章。荀子所说的"乐"是文学、舞蹈、音乐三位一体的综合文艺,他通过全面分析"乐"的功能,肯定了以这种综合文艺实现伦理教化的可能。他说:"夫声乐之入人也深,其化人也速,故先王谨为之文。"③"乐者,圣人之所乐也,而可以善民心,其感人深,其移风俗易。故先王导之以礼乐而民和睦。夫民有好恶之情而无喜怒之应,则乱。先王恶其乱也,故修其行,正其乐,而天下顺焉。"④从以上论述可见荀子认为"乐"有"正身""化人"进而"移风俗"的系统功能,其中"化人"("感人")包括陶冶心性的含义在内。"礼"是讲等级的,势必造成人与人之间隔阂,而"乐"(包括一切文艺形式)则是讲和谐的,人们需要用"乐"来调整人际关系。荀子的思想是道德功利型的,它在追求个体审美心理完善的同时,也主张个体道德心理的完善。他所追求的人性改造,重要内容之一是建立理想的人格模式以实现人格美。

---

① 黄霖、蒋凡:《中国历代文论选新编》(先秦至唐五代卷),上海:上海教育出版社,2007年,第36页。
② (战国)孟子:《孟子》,北京:中华书局,1980年,第192页。
③ 黄霖、蒋凡:《中国历代文论选新编》(先秦至唐五代卷),上海:上海教育出版社,2007年,第51页。
④ 同上。

二、中国文学伦理观念的发展

汉代自武帝罢黜百家、独尊儒术以后,儒家经典进一步强调诗的培养道德、移风易俗的作用,汉儒"诗教"获得了较为系统的理论阐述。汉代出现了我国文学史上第一篇诗歌理论专论《毛诗序》,它从政治、道德、风俗等方面对诗歌的作用作了阐述,《毛诗序》可以视为汉代对先秦儒家文艺思想的纲领性的总结,直截了当地提出了文艺的道德教化功能:"先王以是经夫妇,成孝敬,厚人伦,美教化,移风俗。"[1]文学的社会作用主要被看成道德的教化作用了。儒家视文学为文治教化的一种手段,并不承认美的独立价值。

《毛诗序》是从政治道德的角度划分诗歌形式的,认为"是以一国之事,系一人之本,谓之风;言天下之事,形四方之风,谓之雅。雅者,正也,言王政之所由废兴也。政有大小,故有小雅焉,有大雅焉。颂者,美盛德之形容,以其成功告于神明者也。"[2]"故变风发乎情,止乎礼仪"[3]。文学的本质和起源观在《毛诗序》那里也得到了系统的总结:"诗者,志之所之也。在心为志,发言为诗。情动于中而形于言,言之不足故嗟叹之,嗟叹之不足故永歌之,永歌之不足,不知手之舞之,足之蹈之也。"[4]认为诗的产生乃在于人的感情要得到表现和发泄。虽然承认诗的本质是抒发感情,但是对感情却是有约束的,所谓"发乎情,止乎礼义",也就是说"诗言志"的"志"必须是合乎伦理规范的。

先秦时期即流行美刺之说,《毛诗序》概括了这种思想:"故诗有六义焉,一曰风,二曰赋,三曰比,四曰兴,五曰雅,六曰颂,上以风化下,

---

[1] 黄霖、蒋凡:《中国历代文论选新编》(先秦至唐五代卷),上海:上海教育出版社,2007年,第66页。
[2] 同上。
[3] 同上。
[4] 同上。

下以风刺上,主文而谲谏,言之者无罪,闻之者足以戒,故曰风。"①也就是说,诗歌的讽谏是因为碍于君臣大义,不便直言,所以须小心翼翼,温柔含蕴,点到为止。儒家提出了调节文艺创作者和欣赏者两者关系的原则,"言之者无罪,闻之者足以戒"②。文艺的创作者没有罪过,自然也不必有罪恶感;欣赏者要从作品中得到道德的警戒,也不必去追究创作者的责任。这一文学伦理原则,在封建社会的前期和中期基本上被全社会所认可,产生了积极的影响。

魏晋南北朝是中国文学走向自觉的时代,文学的文艺特征日益凸显,但是文艺批评仍然是道德批评和审美批评的混合。宗白华先生对这一阶段文艺创作的总体特征曾有过一段精彩的评价:"魏晋六朝是一个转变的关键,划分了两个阶段。从这个时候起,中国人的美感走到了一个新的方面,表现出一种新的美的理想。那就是认为'初发芙蓉'比之于'错彩镂金'是一种更高的美的境界。在艺术创作中,着重表现作家自己的思想和人格,而不是追求文字的雕琢。"③

如果说先秦至汉初,文学的本质观还是比较科学,符合文学的实际,到两汉以后则神秘起来,用人之伦理去解释自然,又把文章说成是天地的产物,从而在根本上就认为文学是天造地设的用来教化的一种工具。挚虞在《文章流别论》中认为,文章要"明人伦之叙",诗赋要"以情志为本","发乎情,止乎礼义"。④ 葛洪在《抱朴子·尚博》中强调"文章之与德行,犹十尺之与一丈"⑤,论述了文艺与道德相结合的重要意义。

刘勰是齐梁时代的文艺理论家,他撰写的《文心雕龙》总结了历代

---

① 黄霖、蒋凡:《中国历代文论选新编》(先秦至唐五代卷),上海:上海教育出版社,2007年,第66页。

② 同上。

③ 宗白华:《美学散步》,上海:上海人民出版社,1981年,第28页。

④ 黄霖、蒋凡:《中国历代文论选新编》(先秦至唐五代卷),上海:上海教育出版社,2007年,第136页。

⑤ (东晋)葛洪:《抱朴子·外篇》(第32卷),上海:上海古籍出版社,1990年,第259页。

作家的创作经验,是我国古代最著名的一部文艺理论著作。敏泽认为:"他写此书的目的,是以儒家为宗的,正如此书所表明的一样。……原道、征圣、宗经却是刘勰一切美学理论的最终依据,也是他批评一切离经叛道的文学现象的根本。"①刘勰在《文心雕龙·原道》中主张通过圣人来传布文化,圣人因文化而宣明"道"。这个道既是天道又是人道,两者是完全统一的,总之是合乎儒家的伦理之道。《体性》篇中列举贾生、长卿等十二人,从其性情人品,剖析其文章风格,论定人品与文品的统一,并且认为人品决定文品。

"诗教"观念后经泛化,诗之外的文体也受到教化意义的濡染,陆机在《文赋》中详细解说了十种文体:"诗缘情而绮靡,赋体物而浏亮,碑披文以相质,诔缠绵而凄怆。铭博约而温润,箴顿挫而清壮。颂优游以彬蔚,论精微而朗畅。奏平彻以闲雅,说炜晔而谲诳。"②旋即又说:"虽区分之在兹,亦禁邪而制放。要辞达而理举,故无取乎冗长。"③"禁邪制放"或有"禁人之邪,使情不可妄驰;制人之放,使言不可或荡"④的意思。

钟嵘是梁代文论家,他的《诗品》是一部论诗专著,关于诗歌有许多独创的见解,在我国文学批评史上有深远的影响。钟嵘在品评作品时深受儒家"温柔敦厚"的诗教的影响,他把一百二十二位诗人分出上中下三品,例如将曹操的诗列为"下品",将鲍照的诗列为"中品"。他批评鲍照的作品内容上不满现实,艺术上借鉴乐府诗,有悖于儒家的文艺观。这种诗之有品的批评方法,正是道德品评方法的具体移植,它对后世的影响颇大。对文学审美价值的认识,是文学批评的一大进步。批评者认识到,只有把内容与形式统一起来,才能使文艺具有更

---

① 敏泽:《中国美学思想史》(第1卷),济南:齐鲁书社,1987年,第568页。
② 黄霖、蒋凡:《中国历代文论选新编》(先秦至唐五代卷),上海:上海教育出版社,2007年,第126页。
③ 同上。
④ 张少康:《文赋集释》,北京:人民文学出版社,2006年,第122—123页。

大的教化功能。正如钟嵘在《诗品序》中提出:"使味之者无极,闻之者动心,是诗之至也。"①

唐代的统治者实行了较为开明的文艺政策,文艺稍微脱离了为统治者歌功颂德的轨道,但正统的文艺思想仍然和道德结合在一起,杜甫在《奉赠韦左丞丈二十二韵》中自述写诗的目的,就是为了"致君尧舜上,再使风俗淳"②。与杜甫同时代的诗人元结也提倡诗歌为现实服务,他在《元次山集》中要求诗歌能"极帝王理乱之道,系古人规讽之流"③,达到"尽欢怨之声者,可以上感于上,下化于下"④的目的。

对文艺本质认识的道德化倾向并没有因为审美领域的开拓而减弱,白居易崇奉儒家诗教,提倡诗歌的政教讽喻功能,把儒家的伦理诗教理论化,他在《与元九书》中强调"文章合为时而著,歌诗合为事而作"⑤,反对无病呻吟的文艺,强调文艺的政治功能。白居易在《读张籍古乐府诗》中就把道德教化作为他的创作目标,"为诗意如何?六义互铺陈。风雅比兴外,未尝著空文。读君《学仙》诗,可讽放佚君。读君《董公》诗,可诲贪暴臣。读君《商女》诗,可感悍妇仁。读君《勤齐》诗,可劝薄夫敦。上可裨教化,舒之济万民;下可理情性,卷之善一身。"⑥这样就把诗的伦理教化功能上升到无以复加的程度。

韩愈则走得更远,主张"文道合一""文以载道",其所谓"道"就包括伦理道德。韩愈"文以载道"的主张,将"文"放在很重要的地位,因为"文"是宣传"道"的,他在《答李秀才书》中说道:"愈之所以志于古

---

① 黄霖、蒋凡:《中国历代文论选新编》(先秦至唐五代卷),上海:上海教育出版社,2007年,第212页。
② 肖占鹏:《隋唐五代文艺理论汇编评注》,天津:南开大学出版社,2002年,第426页。
③ 同上书,第474页。
④ 同上书,第475页。
⑤ 黄霖、蒋凡:《中国历代文论选新编》(先秦至唐五代卷),上海:上海教育出版社,2007年,第360页。
⑥ 郭绍虞:《中国历代文论选》(第2册),上海:上海古籍出版社,2001年,第107—108页。

者,不惟其辞之好,好其道焉尔。"①又在《送陈秀才彤序》中说道:"读书以为学,缵言以为文,非以夸多而斗靡也;盖学所以为道,文所以为理耳。"②韩愈对魏晋之后文道脱离的形式主义文风非常愤慨,因此大力提倡"文以载道"。然而能否起到这个作用,最重要的因素在于作者的道德修养如何。韩愈在《答李翊书》中说:"行之乎仁义之途,游之乎《诗》《书》之源,无迷其途,无绝其源,终吾身而已矣。"③在他看来,文艺离开了伦理,便没有价值,离开了教化,更没有功用。韩愈明确指出德行是一个作家"根本"所在,"本深而末茂",要获得文学上的成就,就必须从道德入手。"养其根而俟其实,加其膏而希其光。根之茂者其实遂,膏之沃者其光晔。仁义之人,其言蔼如也。"④如果说文艺作品是"果实"或"光辉",那么作家的修养就是树木的根、灯盏中的油膏。韩愈形象地说明了作家的道德品格对其创作的重要性。

"诗教"一词始见于《礼记·经解》:"孔子曰:入其国,其教可知也。其为人也温柔敦厚,诗教也。……其为人也,温柔敦厚而不愚,则深于诗者也。"⑤这段文字称引孔子所言虽不一定确实,但作为儒家相传之说,是无可置疑的;强调诗教对于德行之涵养,与孔子说诗的意见基本上也是相合的。后代在解释"温柔敦厚"一词时,大多数是根据自己的思想体系来进行阐释的。唐代经学家孔颖达对于温柔敦厚的释义基本上就是依循着《诗大序》的内容来做解释的。《诗大序》对于《诗经》本质内涵的诠释着重在于政治教化上的功用,并依此主张即使进行讽谏,也应该在表达方式与态度上委婉节敛。

宋代的文艺伦理思想十分重视道与文的关系。欧阳修在《答祖择

---

① 阎琦:《韩昌黎文集注释》,西安:三秦出版社,2004年,第263页。
② 肖占鹏:《隋唐五代文艺理论汇编评注》,天津:南开大学出版社,2002年,第759页。
③ 黄霖、蒋凡:《中国历代文论选新编》(先秦至唐五代卷),上海:上海教育出版社,2007年,第347页。
④ 同上。
⑤ 郭绍虞:《中国历代文论选》(第1册),上海:上海古籍出版社,2001年,第22页。

之书》中认为道与文的关系应当并重,"学者当师经,师经必先求其意。意得则心定,心定则道纯,道纯则充于中者实,中充实则发为文者辉光,施于事者果致。"①这句话不仅是强调为文的道德修养,而且是强调只有重道才能写出好文章。王安石的文艺思想也是"文以载道",文学的内容应以宣扬风俗教化为主,进而达到敦风化俗的目的。他在《上人书》中认为,"尝谓文者,礼教治政云尔"②,"且所谓文者,务为有补于世而已矣。所谓辞者,犹器之有刻镂绘画也。诚使巧且华,不必适用,诚使适用,亦不必巧且华。要之以适用为本"③。这就是要把文学作为宣扬政治教化和伦理道德的工具,文学不徒然以"刻镂绘画"为美。这里所谓的"以适用为本",也在于适用于礼教治政的范围,起着改进礼教治政的作用,这样才能"有补于世"。苏轼的政治观点尽管与王安石相左,但也认为文章要敢于抨击腐恶的社会现实。那些远离社会现实而高谈性理的文章,其实是不足取的。他在注重文学的审美作用的同时,也重视文学的伦理教化作用。

　　文艺的伦理道德价值在宋代理学家那里被推到了极致状态。理学家朱熹在《朱子语类》中认为道文是一贯的:"道者,文之根本;文者,道之枝叶。惟其根本乎道,所以发之于文,皆道也。三代圣贤文章皆从此心写出,文便是道。"④道是根本,文是枝叶,所以写文章重在明辨事理,而不需要讲究辞藻。

　　元代以后,随着戏曲艺术的勃兴,人们越来越意识到经由讲唱说话等口头形式来表达的通俗文学在伦理教诲方面的重要作用,文学家或思想家们对戏曲在娱乐之外的文艺表现、情感内涵与社会意义给予积极的肯定。众所周知,戏曲在表演过程中,必须适应听众的需要,对

---

　　① (宋)欧阳修:《欧阳修全集》,北京:中华书局,2001年,第1009页。
　　② 黄霖、蒋凡:《中国历代文论选新编》(宋金元卷),上海:上海教育出版社,2007年,第47页。
　　③ 同上。
　　④ 同上书,第139页。

一定的历史事件和人物形象功过是非给予态度非常鲜明的道德评价。观众和读者在审美享受的同时,也获得鲜明的伦理价值判断,而且这种价值判断必须和他们息息相通,反映出他们的道德要求。

元代以来的戏曲评论家在评定具体作品时,往往从教化的角度寻找突破口,认为它同样可以承担教化的作用。元明之间曲家夏庭芝在以记载戏曲演员事迹为主的《青楼集》中,最早把"教化"引入戏曲评论。他在论及戏曲发展变化的几个阶段特色时提到:"'院本'大率不过谑浪调笑,'杂剧'则不然,君臣如伊尹扶汤、比干剖腹,母子如伯瑜泣杖、剪发待宾,夫妇如杀狗劝夫、磨刀谏妇,兄弟如田真泣树、赵礼让肥,朋友如管鲍分金、范张鸡黍,皆可以厚人伦、美风化。"①这段文字除了说明戏曲在发展过程中,从单纯的调笑风格逐渐转型,不但在表现题材上愈趋丰富,随着主题内涵的严肃化,戏曲的创作与演出对于社会大众而言自然也不仅是停留在最基本的娱乐作用,而是同时可以从戏剧情节中体认到人伦世故的道理,进而达到教育人民、美化风俗的目的;这是戏曲得以在娱乐民心之外,对于社会风气间接形成正面影响与教化作用。

明代的文艺伦理思想,鲜明地体现在注重文艺的社会作用方面。明初周宪王朱有燉肯定了"曲"在文体上所表现出的诗歌特性:"国朝集雅颂正音,中以曲子《天净沙》数阕,编入名公诗列,可谓达理之见矣。体格虽与古之不同,其若可兴、可观、可群、可怨,其言志之述未尝不同也。……今曲亦诗也,但不流入秾丽淫佚之义,又何损于诗曲之道哉!"②这段文字的主要目的在于彰显诗曲固然体制形式有异,但主要都是通过作品来抒发作家个人的情感志向,并能对于社会产生兴观群怨的影响;只要作品内容不落入轻率浅浮,曲所能产生的价值与作

---

① (元)夏庭芝:《青楼集·青楼集志》,《中国古典戏曲论著集成》(第二册),北京:中国戏剧出版社,1959年,第7页。
② (明)朱有燉:《散曲〈白鹤子·咏秋景〉引》,隗芾、吴毓华编:《古典戏曲美学资料集》,北京:文化艺术出版社,1992年,第83页。

用其实是和诗歌相近的。而戏曲既为诗,亦为乐,首先便具备了充分沟通社会与反映民情、感化民心的可能条件。

明末清初书画家陈洪绶说:"今有人焉,聚徒讲学;庄言正论,禁民为非,人无不笑且诋也。伶人献俳,喜叹悲啼,使人之性情顿易,善者无不劝,而不善者无不怨,是百道学先生之训世,不若一伶人之力也。"①其大意是说,士大夫聚众讲学,一本正经地告诉人们应该做什么、不应该做什么,人们往往听不进去,反而嘲笑其迂腐。但是伶人们将这些道理演绎到悲欢离合的故事中时,人们反而欣然接受。陈洪绶敢于将追求自由幸福生活的申生、娇娘当作道德模范,在当时那个社会是非常有胆识的,他意识到戏曲艺术的形象感染力是道德教化的最好手段。

明末清初学者王夫之配合着时代的变化与需求,对于"兴观群怨"一词做出了有别以往的突破性定义。他在《夕堂永日绪论内编》中认为诗歌创作的目的是"曲写心灵,动人兴观群怨"②,采取了一种中庸融合的态度,把诗歌文学从抒情出发,寄托以美好形式,进而能感染人心、影响社会的深刻意义描写了出来。王夫之肯定"兴观群怨"在诗歌创作之中的重要性,对于"兴观群怨"之间的联系与转化也有着不同以往的阐释:"于所兴而可观,其兴也深;于所观而可兴,其观也深。以其群者而怨,怨愈不忘;以其怨者而群,群乃益挚。"③兴、观、群、怨四种功能相辅相成,把文学作品的抒发情感、发挥想象以及进一步的社会作用都结合起来。每一种作用不仅相互联结,并且彼此能有所促进,文艺的审美特性与文艺的社会作用充分地融为一体,文学创作与社会群体之间因此得到充分的联系。

清代的文艺伦理思想,是对前代思想的进一步总结与发挥。自明

---

① 蔡毅:《中国古典戏曲序跋汇编》,济南:齐鲁书社,1989年,第1357页。
② (清)王夫之著:《姜斋诗话笺注》,戴鸿森笺注,上海:上海古籍出版社,2012年,第122页。
③ 同上书,第4页。

清以来,以小说为代表的叙事文学迅速发展,其面向广大市民阶层的传播形式使它不得不接受和反映小生产者和劳动人民的道德要求和伦理评价。《水浒传》描写的是北宋末年宋江领导的农民革命运动,然而作者真正想传达的却是人们的道德面貌和人格力量。宋江具有较为复杂的性格特征,历来评论毁誉不一。李贽在《忠义水浒传序》中提到:"独宋公明者,身居水浒之中,心在朝廷之上;一意招安,专图报国;卒至于犯大难,成大功,服毒自缢,同死而不辞,则忠义之烈也!真足以服一百单八人之心;故能结义梁山,为一百单八人之主。最后南征方腊,一百单八人者,阵亡已过半矣。又智深坐化于六和,燕青涕泣而辞主,二童就计于混江。宋公明非不知也,以为见几明哲,不过小丈夫自完之计,决非忠于君,义于友者所忍屑矣。是之谓宋公明也,是以谓之忠义也。"①李贽在这段话中所强调的"义",是中国古代伦理思想史上一个非常重要的道德规范,是人与人之间交往的伦理准则。李贽对宋江的所作所为是持肯定态度的,而另外一个文学批评家金圣叹的观点却正好相反:"宋江,盗魁也。盗魁,则其罪浮于群盗一等。然而从来人之读《水浒》者,每每过许宋江忠义,如欲旦暮遇之。此岂其人性喜与贼为徒?"②在《水浒传》中,尽管"义"是农民英雄最鲜明的行为特征和道德力量源泉,但"忠"却具有最深层的制约能力,"忠"最终淹没和超越了"义"。《水浒传》一书反映的是中华民族文化心理和伦理意识的巨大震撼力。

沈德潜在《说诗晬语》中说:"有第一等襟抱,第一等学识,斯有第一等真诗。如太空之中,不着一点;如星宿之海,万源涌出;如上膏既厚,春雷一动,万物发生。古来可语此者,屈大夫以下,数人而已!"③作者对政治社会具有高远的理想,对道德品质具有纯净的境界,写出

---

① 朱一玄、刘毓忱:《水浒传资料汇编》,天津:南开大学出版社,2012年,第172页。
② (清)金圣叹:《第五才子书施耐庵水浒传》,郑州:中州古籍出版社,1985年,第281页。
③ (清)沈德潜:《说诗晬语》,南京:凤凰出版社,2010年,第82页。

来的诗歌,才会具有丰富的内容。沈德潜甚为推崇"温柔敦厚"说,他在《国朝诗别裁集·凡例》中宣称:"诗必原本性情,关乎人伦日用及古今成败兴坏之故者,方可为存,所谓其言有物也。若一无关系,徒办浮华,又或叫号撞搪以出之,非风人之指也。尤有甚者,动作温柔乡语,如王次回《疑雨集》之类,最足害人心术,一概不存。"①

三、中国文学伦理观念的重构

近代以降,中国社会阶级、民族矛盾空前尖锐,剧烈社会动荡下的文学伦理话语表现出强烈的人文精神倾向。文学在追求个性解放,反对专制压迫,尊情重文,去旧革新,担当济世救民的革命重任中获得话语主导权。

龚自珍的文学批评透射着民主启蒙的曙光,他把充分抒写真情实感和完美地表现个性风貌作为文学创作的首要条件,他在《长短言自序》中提出"宥情""尊情"的观点。"诗界革命"主将黄遵宪在《人境庐诗草·自序》中提出作诗应"诗之外有事,诗之中有人"②,已深刻认识到诗歌革命在宣传新思想、改造旧世界方面伟大的社会启蒙作用,该观点直接影响了梁启超的文艺观。1902年,维新运动失败后,梁启超写了一篇《论小说与群治之关系》的长文,认为要革新政治、风俗、道德、宗教、文艺与人心,必先革新小说。他认为小说有四种力量:熏,即小说的感染力量;浸,即小说的沉浸力量;刺,即小说的刺激力量;提,即小说的同化力量。小说的这四种力量(作用),都与伦理道德有着密切的联系。王国维在《文学小言》中则说:"故无高尚伟大之人格,而有高尚伟大之文章者,殆未之有也。"③他认为,有高尚伟大之人格,才有

---

① (清)沈德潜:《清诗别裁集》,长沙:岳麓书社,1998年,第2页。
② 黄霖、蒋凡:《中国历代文论选新编》(晚清卷),上海:上海教育出版社,2008年,第147页。
③ (清)王国维:《人间词话:王国维美学文选》,合肥:安徽文艺出版社,2015年,第191页。

高尚伟大的思想感情;有高尚伟大的思想感情,然后才能写出高尚伟大的文章。如果人格卑下,思想感情亦随之卑下,文章也就自然卑下。

在五四新文学这一充满动荡、斗争、革命的历史时期内,中国文学在西方文化思潮的冲击下被注入现代意识,改变了旧有的伦理风貌。就文学与道德的关系而言,反对旧道德成为现代文学一以贯之的伦理主线。异域新声的引入大大增加了中国知识分子的文化反思能力和怀疑精神,大批作家以愤慨之笔揭露封建伦理纲常的吃人本质,控诉封建礼教禁锢人心的罪恶,其批判涉及封建的政治制度、家庭制度、婚姻制度以及传统的尊卑关系。五四新文化运动中涌现出来的诸如追求自由、发现自我、张扬个性、平等博爱等话语,以其鲜明的异质特色昭示着一种以个人为本位的新伦理精神。

五四新文学第一次全面地、直接地抨击了传统的道德价值规范,第一次公开地、激烈地反对古典文艺思想。中国封建社会用几千年时间建立起来的道德秩序和伦理规范成为审判的对象,人们清醒地意识到,"盖伦理问题不解决,则政治学术,皆枝叶问题。纵一时舍旧谋新,而根本思想,未尝变更,不旋踵而仍复旧观者,此自然必然之事也"①。五四新文学的代表作家是鲁迅,瞿秋白称他"是封建宗法社会的逆子,是绅士阶级的贰臣"②。鲁迅集中力量重点抨击了以"三纲"为核心的封建伦理道德规范:"中国的社会,虽说'道德好',实际却太缺乏相爱相助的心思。便是'孝''烈'这类道德,也都是旁人毫不负责,一味收拾幼者弱者的方法。在这样社会中,不独老者难于生活,既解放的幼者,也难于生活。"③封建伦理道德规范是在历史发展过程中逐步建立起来的,其目的在于为人们的日常行为提供准则,这种准则并不注重伦理精神的发展和升华,而是强调将伦理道德作为强制性的社会

---

① 陈独秀:《独秀文存》,合肥:安徽人民出版社,1987年,第73页。
② 瞿秋白:《瞿秋白诗文选》,北京:人民文学出版社,1982年,第176页。
③ 鲁迅:《鲁迅全集》(一),北京:人民文学出版社,1959年,第248页。

力量。

随着传统道德思维模式的解体,平面化、绝对化、静止化的思维习惯逐渐得以改变,越来越多的作家将先前被简单地分为善恶两极的现实还原为丰富复杂的立体世界,认识生活的过程呈现出发散式状态。个人伦理充分发展,撼动了传统的集体伦理思想的主导支配地位。新时期文学从前期的崇尚精神、抒写理想、表现集体的历史命运,逐渐转为关注普通人的个体生存状态与发展方向,由注重把握人与人之间的外部关系,展现政治、伦理的冲突,转向探索人的内心世界,揭示人性全部真实的内涵,包括人性的丑恶与弱点。

21世纪之初,真正具有系统理论体系的文学伦理学批评在中国应运而生。文学伦理学批评是一种从伦理视角寻找构成文学文本及意义的伦理因子并藉此解读、分析和阐释文学的批评方法,它从起源上把文学看成伦理的产物,认为文学是特定历史阶段社会伦理的表达形式,其价值就在于能够为人类文明进步提供经验和教诲。文学伦理学批评以伦理选择为理论基础建构自己的学术批评话语,如伦理身份、伦理选择、伦理环境、兽性因子、人性因子、自由意志、理性意志等,形成了文学伦理学批评的话语体系。运用文学伦理学批评的术语、观念和立场来解读文学,可以更深入地理解文学和评价文学,发掘文学的伦理价值,并在此基础上获得新的观点和结论。文学伦理学批评经过了十余年的发展,在中外学者的共同努力下,已成为一种比较成熟的理论体系和批评话语体系。同英美的伦理批评相比,中国的文学伦理学批评不仅建构了自己的基础理论,而且形成自己的批评话语,拥有专门的批评术语,问题意识突出,学术观点鲜明,在理论建构与批评实践方面取得了突出的成就,为我国的文学研究提供了一套可供操作的研究路径与批评范式。

第一章

《诗经》与中国文学的诗教传统

　　《诗经》是周王朝用以推行礼乐制度的乐歌结集，它收集了自西周初年至春秋中叶大约五百年间共305篇诗歌，是中国上古时代由口头文学创作转化为书面文学创作的第一部诗集。要了解《诗经》的价值，必须从文字上追本溯源，因为《诗经》这部书的产生与中国文字的产生及其特质相关，文学离不开文字，如果离开文字，也就没有文学。因此文学伦理学批评强调从文字的产生，回看文学的起源以及伦理环境，对《诗经》进行文学伦理学批评的阐释可以进一步了解中国"诗"的发生。《诗经》产生于周朝礼乐文化这一历史土壤，《左传》中记载三百篇最初都有乐曲相配，可以歌唱，大概就是那时候的流行音乐，而编曲者就是朝廷里的乐官，他们把采集到的诗加工整理并谱成曲子。以周公为代表的周族统治者一方面对殷商的文化进行整理和继承；另一方面又发展和建构了新的文化体系，使西周时代形成了成熟的礼乐文明。宗周的礼乐文明是中华文明最早的成熟形态，奠定了我国古代两千多年以"礼"为核心的文化传统模式。

就以文学伦理学批评方法来研究《诗经》的视角而言，《诗经》的价值具体体现在"诗言志"这个功能上，这是上古人们对诗的特征与本质的认识，"诗"可培养一个人审美的、艺术的、思想的判断力。更重要的是，"诗"在中国文史哲不分类的先秦时代，它主要是作为教材和教化工具，有益于个体和社会道德的培养。由于诗的形式简短且具有重复性，朗朗上口且容易背诵，也易于传播，因此当时的人们十分重视"诗"的社会教育作用。孔子所提倡的儒家思想与诗教传统的建立密切相关，"诗教"是指《诗经》怨而不怒、温柔敦厚的教育作用。对《诗经》的学习，对完美人格的培养具有重要意义。这一说法被古人继承下来，成为一个有特定内涵的文化传统，这种以"诗"来进行教育的传统是中国的传统教育特色。以书面文学形式存在的诗歌成为一篇篇独立的、定型的艺术作品，其中的精品成为千古传诵、万世不朽的名篇，其中包含的许多伦理思想是不容置疑的。通过文学伦理学批评地重新解读《诗经》，可以让我们实事求是地看到人类早期的伦理生活场景，探察先民对道德生活的最初思考。诗歌中的先民为了追求生活的幸福美满，在理性的基础上发展出一套伦理系统，提出了大量的伦理选择问题，本章就这些伦理选择问题做出归类和阐释。

第一节　伦理规范的理性萌芽

《诗经》被儒家列为十三经之一，不是因为这部古代诗歌总集反映了儒家伦理思想，而是因为它内在地孕育并催生了系统的儒家伦理思想,是早期先民从蒙昧过渡到理性的文字记录。《诗经》中所描述的内容反映了一个过渡历史阶段的社会特征,从中可以看到人类道德规范的转变,看到人类摆脱蒙昧建立伦理规范的理性萌芽,也可以了解人类早期的伦理生活状况。伦理思想也是人类的道德观点,是在理性的基础上发展起来的思想体系,它是调整人与人之间、人与社会之间关系的行为规范。它依靠人们的内心信念、传统习惯、社会舆论等力量来发挥作用。在夏、商、周三代一千多年的时间里,人们从整体上对"天""帝"的信念逐渐淡薄,而开始意识到作为一个"人"的独特存在价值,特别是当人们从根本上认识到了道德的力量可以改变现实环境,于西周初年萌生了"以德配天"的思想,可以说是人类伦理规范的理性萌芽。他们认为夏、商的灭亡并不是上天要抛弃夏和商,而是因为统治者的道德出现了偏差,失去了上天的信任,咎由自取而灭国。这种观念是西周时期人们的理性主义的抬头,也是伦理思想的初步建构。周王朝沿用商王朝所遗留下来的神权思想,将天帝改造为一个仁德的天帝,这个天帝选择能实现天帝仁德意旨的人来担任人间的王,在天命观和天人感应的哲学基础上包含了更丰富的内涵。天帝安排了自然和社会发展的天道规律,人必须顺应这个规律,甚至还可以通过自身的努力影响天事,有条件地改变某些规律,它所贯穿的政治思想就是一个"德"字,强调对人民德治,政权才能长久。这些伦理价值观处处反映在《诗经》之中,可以说是中华文明发现人的价值和伦理价值的一大进步,放在世界范围来看,当世界绝大多数民族还处于蒙昧时代时,中华文明已经发展出伦理规范的理性萌芽。

《诗经》里一系列有关祖先诞生的史诗都一再证明治国唯"仁"与"德"的重要性,是文明发展的一大进步,也是人类祖先伦理规范的理性萌芽,中国文化自此沿着这个伦理道德的系统而发展延续至今。《大雅·大明》是一首具有史诗性质的叙事诗,先写王季受天命、娶太任、生文王,再写文王娶太姒、生武王,最后写到武王在姜太公辅佐下一举灭殷的史实,算是周朝开国史诗的最后一篇,"明明在下,赫赫在上。天难忱斯,不易维王。天位殷适,使不挟四方"①。意思是天德合一,天命无常,唯德是从,说明他们之所以能够取代殷商奴隶主,是因为他们的德行。接着写太任从殷商远嫁来到周原,并推行德政,"大任有身,生此文王。维此文王,小心翼翼。昭事上帝,聿怀多福。厥德不回,以受方国"②。歌颂文王德行完美而受命大国,接着写文王娶太姒,而太姒是谁?根据记载就是周朝"三母"之一。"三母"是指太姜、太任和太姒三位贤妃,是周朝三位开国先君的夫人,都是母仪天下的典范,辅佐和教化了周朝开万世太平的几位君王。诗中把文王和武王的诞生神圣化,无非是要宣扬他们生而不凡、秉承天意的伦理身份,是具有仁德的统治者,也就是天生的、当然的统治者。

以周公为代表的西周统治者,总结了以往奴隶主贵族的统治经验,建立了一套规范的道德体系,不再把先王当成有支配作用的天神,而是看作值得效法的道德榜样。《诗经》中的内容真实而深刻地反映了当时的社会现实,蕴涵着丰富的伦理思想。《诗经》中的大量诗篇倡导的都是关乎礼乐教化的写实内容,广泛涉及了婚姻家庭伦理、政治伦理,乃至生态伦理、人格伦理等诸多方面。从伦理范畴而言,可以概括为子孙之孝、兄弟之睦、婚姻之美、宗国之忠、天人之和、君子之道等许多礼仪与规范。由于周文化是中国传统儒家文化的源头,崇尚礼乐教化是它区别于夏商文化的根本特征,礼乐与德行的相辅相成从根本上奠定了周文化的伦理政教合一体系,对中国传统文化产生了源远流长的影响。《诗经》305 篇是保存礼乐文化的最有价值的载体。从春秋到战国几百年间,人们并不仅仅把这 305 篇诗歌当作文艺作品来欣赏,也不仅仅看重它的艺术欣赏和感染作用(因为当时是一个文、史、哲不分的时代,并没有文学这个独立的门类,人们并没有文学概念),

---

① 周振甫:《诗经译注》,北京:中华书局,2010 年,第 398—399 页。
② 同上书,第 399 页。

而是将之作为审美与道德的交响。人文社会科学的许多内容,在先秦文献中以各种表现形式相交融。

第二节 "诗言志"的艺术伦理

"诗言志"是上古人们对诗的本质特征的认识,也是人们伦理表达的一个里程碑。春秋时期,各国在政治和外交活动以及人们在社会交往中都通行赋《诗》言志,在战国诸子著作中也常常引《诗》为证,孔子就非常看重《诗经》的诗教作用,他所强调的《诗经》实际上也包括了诗歌在内的道德教育和政治教化功能。"不学诗,无以言。"(《论语·季氏篇》)意思是说,如果一个人不学习诗,就不懂得如何在正式的场合应对说话,说明一个人要表达自己的思想情感,首先要学《诗》。从众多的赋《诗》言志和引《诗》为证说明,从春秋到战国的几百年间,人们把诗歌当作一种具有教诲功能的工具,人们选择以"诗"呈"志"这种表达形式在当时的伦理环境里是一种文明的进步,也是理性与情感最完美的结合的艺术表现形式。

"诗者,志之所之也。在心为志,发言为诗。"(《毛诗大序》)何谓"志"?据闻一多考证,"志"与"诗"原来是一个字。先秦文献中说的"言志",就是表达思想感情,抒发怀抱的意思,后来"志"这个字又偏重于指志向和理想,具有了"理性"的内涵。看来,"情""中""行""言",是一个人表达内心思想的过程,而"志"与"情"是心灵世界的东西,诗就是把内心的思想感情表达出来,并且这种思想感情是以理性为基础的,是经过语言的整理和提炼,并具有艺术色彩的言辞。

《诗经》的创作,可说几乎都是"言志"的,对于作者为什么作诗,言什么志,志又从何而来,诗歌中多有具体的说明,唯独作者的身份并不明确。"纠纠葛屦,可以履霜。掺掺女手,可以缝裳。要之襋之,好人服之。好人提提,宛然左辟,佩其象揥。维是褊心,是以为刺。"(《魏风·葛屦》)此诗的作者一般认为是缝补衣裳之女,诗中缝衣裳之女是女奴,"好人"则指贵族女主人。女奴辛苦缝好衣服请女主人穿上,却遭受女主人无情傲慢的凌辱。因此而作此诗一方面为自己不平的遭遇抒发情绪,一方面揭示"狗眼看人低"的社会现象,具有进步的社会道德意义。"墓门有梅,有鸮萃止。夫也不良,歌以讯之。讯予不顾,颠倒思予。"(《陈风·墓门》)《诗序》说这篇诗是"刺陈佗",陈公子佗杀死太子而于桓公死后自立为君,陈国大乱,国人离散。诗表现出对陈佗的憎恨和诅咒,"墓门有梅,有鸮萃止",把他比作人人憎恶的鸮鸟,说他居心险恶,是个不良之徒,唱支歌儿把警钟敲响,用诗歌斥责祸国殃民的小人。此诗的作者身份不明,但却能够代表广大的人民群众对此事的看法以及对陈佗的人格评价。此诗具有道德教诲作用,说明在西周时代人们已经不能容忍杀生篡位的君主,作诗以鉴后人。"相彼泉水,载清载浊。我日构祸,曷云能穀?""山有蕨薇,隰有杞桋。君子作歌,维以告哀。"(《小雅·四月》)这首诗的主人公述说自己为王室服役终年劳苦,自身却了无归宿,倾诉遭遇的苦难和内心的忧伤。结尾说"君子作歌,维以告哀"①,即用诗歌来抒发想法,目的是告诉执政者人民为国效劳服役的牺牲与无奈,作者的身份非常明确。"君子之车,既庶且多。君子之马,既闲且驰。矢诗不多,维以遂歌。"(《大雅·卷阿》)这明显是一首颂歌,是大臣向君王祝贺的献诗。诗中以凤凰比周王,以百鸟比众臣,赞美天子圣德圣明,群臣济济,王朝兴盛,有如百鸟朝凤。

  由于人们在社会中的身份地位不同,对生活所体验的角度也不同,因而产生的思想、见解等也与自己的生活态度和价值观有关,但是基本上整个社会的伦理价值还是一致的。这些伦理价值也在诗歌中流露出来,就形成"美"和"刺"两种倾向。诗言志的内容主要就是"美"

---

① 周振甫:《诗经译注》,北京:中华书局,2010年,第442页。

和"刺",歌颂所爱、所希望、所赞同的美好事物,并揭露和批评所憎恨、所反对以及不愿意发生的丑恶事物。因此,诗人除了揭露当时社会的黑暗面,抒发自己对现实社会的不满之外,也赞美人们所期待和拥护的美好事物。

第三节 身份与选择

《诗经》中很多诗歌都是为伦理需求产生的。在某种意义上,这些诗本身就是西周时代的一个文献记录,同时又具备文学性,它是在西周人民活动中诗、乐、舞三位一体的仪式而产生的。《诗经》里几乎所有的诗都是在为人们解决一系列的伦理问题,包括伦理身份、伦理禁忌、伦理选择、道德情感、天性与人性等各种问题。此节将依据这些伦理问题结合诗篇文本说明诗与伦理的关系,并用文学伦理学批评方法通过解读诗经文本,分析诗经文本所传达的教诲意义以及如何传达的问题。从《诗经》中认识当时社会、风俗,体会当时人们如何通过诗歌来建立和处理社会的伦理关系,如何借诗歌来建立社会的伦理秩序以及教育人们的道德情感。本文在此前学者的基础上,分析《诗经》文本传达的教诲意义以及西周人们的伦理选择与伦理困惑问题。

一、生存与自然的伦理秩序

在初民的意识中,天是万物的主宰,大自然的一切都是天所赐予的,因此先民相信天是万能的,对天的祈求成了他们生活中的一项重要内容。但西周与殷商时期的祭天观念又有所不同,殷人信仰上天,经常通过占卜和祭祀来沟通天人关系,而周人则少了盲目的崇拜,多了理性的思考,对天帝的祭祀除了信仰之外,还带着功利的目的。殷商的亡国对周人的天命思想影响很大,"荡荡上帝,下民之辟。疾威上帝,其命多辟。天生烝民,其命匪谌。靡不有初,鲜克有终"(《大雅·

荡》)。"侯服于周,天命靡常。"(《大雅·文王》)"明明在下,赫赫在上。天难忱斯,不易维王。"(《大雅·大明》)当生存艰难,环境恶劣,命运多舛时,周人对天命产生了怀疑和理性的判断,提出"昊天不惠,降此大戾"(《小雅·节南山》)。"浩浩昊天,不骏其德。降丧饥馑,斩伐四国。旻天疾威,弗虑弗图。舍彼有罪,既伏其辜。若此无罪,沦胥以铺。"(《小雅·雨无正》)这些都是对天提出质疑的诗句。周人不再迷信天意,而是为殷商的灭亡找出理性的解释,认为只有言行谨慎且具有美德的人才能受于天命,万寿无疆。周人认为"祭祀"和"用兵"是国家最重要的两件大事。这两件事关系到国家与人民的生存问题。西周开国后就制礼作乐,首先由周王和周公领导,并亲自参加制作祭祀的乐歌,祭祀的对象主要是祖先,此外还有天、地乃至日月山川等的自然神。这些诗多集中在祭祀活动中的颂歌、农事活动的颂歌以及出兵征战的诗歌之中,表现了他们的自然观和"天人合一"的哲学思想,以及周人遵守生存与自然的伦理秩序进步思想。

　　西周宣王时期曾有一场大旱灾,灾情严重,对人民的生存造成了很大的危机,周宣王忧心如焚,只能不停祭祀求雨,但依然无济于事,《大雅·云汉》是周宣王向上天求雨的祷词,该诗详细记录了此事的细节。首先从祭祀的对象看,周宣王不仅祭祀上天,而且遍祭诸神。按照周朝礼制,倘若该国有灾难,无论何时都可以举行祭祀天地之礼。由于遇上罕见的旱灾,宣王不断祭天求雨,这首诗反映了周人的自然观与天命观。此外,他们也认为祖先是无所不能的,甚至能掌握整个部族的命运。宗庙祭祀是与祖先联系沟通的一种方式,它通过祭品和仪式以感应祖先,祈求福禄,借纪念祖先的功德,强调血缘关系,明确人伦辈分关系,所以祭祖之人必须是同族同宗的人,而且宣誓效仿祖先的德行,祖先也只庇佑同族同宗等具有同样伦理身份的人。

　　《豳风·七月》可以说是表现周人的生存与自然的伦理关系最典型的代表。全篇记述农民一年四季的劳动过程、生活状况和风俗习惯。此诗语言朴实无华,完全是用铺叙的手法写成的,按照季节的先后,从年初写到年终,从种田养蚕写到打猎凿冰,反映了一年四季多种类的工作和高强度的劳动,涵盖了天时、人事、百物、禁令、教养之道。此诗一方面可以说是研究周代农事的最重要的史料,另一方面也反映了人与自然的相处关系,一切都是按照伦理秩序来运作的。

周朝推行分封制度,全国土地属于国王。国王留下一块田地为"王田",其余分封给诸侯,诸侯向他交纳贡赋,按照身份等级,土地层层分封下去,并以家庭为基本单位。当时家族以家长为首,众兄弟、子孙多代同居。这种土地分配和家庭结构形式,在诗中都反映了出来。周王为表示重视农业,每年在开始春播的这一天亲自到自己的"公田"里耕作,此举称"籍田"。天子率各公卿举行祭祀社稷(土地之神)的仪式,祈祷丰收,称"籍田礼"。《载芟》就是开春举行籍田礼时的乐歌,主要描述了农事中开垦、播种直到收获、祭祖的经过,反映了劳动生产的艰苦和共力合作获取丰收的喜悦,说明了农事乃自古以来家国的根本。"有略其耜,俶载南亩。播厥百谷,实函斯活。驿驿其达,有厌其杰。厌厌其苗,绵绵其麃。"[①]诗句反映的是人们选种、播种、改进农具和进行田间管理,可以看到当时的农业耕作的进步,摆脱了原始的粗放式耕作。"为酒"以下归结到祭祀和国家,写的虽然是农事,却离不开四时节令的规律以及祭祀的重要性,由此可见人民的生存与大自然之间密不可分的伦理秩序,耕作有时令,有进程,还要懂得感恩和敬天祭祖。

二、婚恋与情感的伦理选择

西周初年,周公就已经制定周礼,确立了宗法伦理制度。周礼作为一种思想道德意识的伦理关系已经深深影响并制约着当时人们的

---

① 周振甫:《诗经译注》,北京:中华书局,2010年,第520页。

社会生活。因此儒家伦理思想的产生与形成期不能自孔子生活的春秋开始算起,而应该上溯到礼制形成的西周时期。《诗经》中所展现的大量男女爱情婚恋诗,反映的正是初民社会发自人性本真的生活面貌,诗歌中无论男女的喜怒哀乐都是自然纯朴的流露,所表现出来的是一种健康的人性之美,真挚朴实、不张狂、不邪僻放荡、笃实而自然中正,符合了孔子所说的"思无邪"。在孔子删诗后剩下的305首诗中,有许多以女性口吻歌颂女性人物拥有自主权,并能主动追求爱情的诗歌,也都没有偏离孔子对诗的"思无邪"的评价。

我们运用文学伦理学批评的方法回到历史现场,能够对诗歌中主人公的身份和诉求选择有进一步的了解。《卫风·氓》一直以来就被点评为一首弃妇的怨歌:女主人公诉说她错误的婚姻选择以及她的悔恨,反映了当时妇女被压迫的社会现实。诗歌中女子口中所提到的男性,其身份的转换是有一个过程的,从"氓之蚩蚩""子无良媒"到"士之耽兮",男子的身份首先是"氓",然后才进而变成"子"和"士"。可见这是一首按照事件发展顺序书写的叙事诗。诗中"抱布贸丝"是一种以布换丝的物物交换商业方式。一般古代妇女普遍养蚕出丝,所以氓只是一个小商贩,女主人公也是平民。女子在不甚认识对方的情形之下就私自与对方有婚约,而且还要求对方尽早派媒人来提亲,说明"子无良媒"的无奈。这也说明在西周时期婚约的媒妁之言为重要的、不可草率的民间礼俗。第二段中男子迟迟未来提亲,女子痴心地盼氓来迎娶,日期到了,爬到倒塌的土墙上张望,不见氓来到关门,以为他负约,所以伤心流泪。第三段是女子追悔自己当初的自陷情网,说出男性女性对爱情的不同态度,"士之耽兮,犹可说也。女之耽兮,不可说也"。① 诗句规劝女子不要对爱情过度认真痴心。因为相比于女性的痴心坚贞,男性对爱情是不忠贞的,并且完全不可信任的。女子自悔

---

① 周振甫:《诗经译注》,北京:中华书局,2010年,第85页。

于当初自陷情网的伦理选择,因此以此诗警示世人。最后,女子勇敢地为自己打开身份的伦理结,"反是不思,亦已焉哉"。① 既然对方已经不守誓言,那就算了吧,从此了断! 从这里我们可以看到这是西周初民的理性萌芽,也是初民开始认识身份与义务的开始。作者借诗歌给女性提供一个理性的伦理选择,说明不被爱惜与尊重的婚姻并不值得留恋。

《国风·邶风》写丈夫喜新厌旧,是女子诉说丈夫无情和自己痴情的最典型的一首诗。全诗反复申明,缠绵悱恻,如怨如诉。第一章写临行前对丈夫委婉地说理哀求,希望免于被抛弃。女子发出道义恩情莫违背,与丈夫到死不分离的誓言,"德音莫违,及尔同死"②,却依然遭受无情的抛弃。第二章写被逐而迟迟不肯离去,见丈夫新婚,更加痛苦。这里并没有说明自己为何被抛弃,只是明显地可以看出作为妻子的身份早已不再。第三章写女子不许新人动自己设置的东西,但又自知自己走后也管不了这事而感到悲哀。丈夫在贫穷时利用她操持家务,待生活好转,便将她无情抛弃。女子不忍遽然诀别,历数丈夫忘恩负义的种种事实,陈述自己对家庭的贡献,委婉地说之以理,动之以情,仍希望丈夫能回心转意。诗中叙事语调平淡却感人至深。这说明在西周初年人们对于婚约的随意。婚约也不具有任何法律的约束力。不过,女子有权利提出自己的委屈,也是一种进步的体现。这方面的诗还有《中谷有蓷》写女子因年老色衰被弃,《柏舟》《江有汜》等都是写女子在丈夫有新欢后被冷落。

周人重视婚姻,视婚姻为人生之大本,因为它关系到宗族的延续。周代是宗法社会,为保障私有财产继承权和宗法社会秩序,实行嫡长子继承制。周人对于婚姻关系的确立非常慎重,择偶的条件也在无形中确立。作为自然人,婚姻也关系到人生的幸福,所以在已经摆脱群

---

① 周振甫:《诗经译注》,北京:中华书局,2010年,第86页。
② 同上书,第50页。

婚制度而产生文明婚姻的周代，不同阶层的人都重视婚姻。关于男女择偶的条件和选择也可以通过《诗经》来理解。《周南·关雎》宣扬了男女互相倾慕爱恋是合乎自然法则的，不过需要有正确的恋爱观指引。"关关雎鸠，在河之洲。窈窕淑女，君子好逑。"①对于诗中所提到的"君子"和"淑女"这个条件是人类文明之初最早的择偶线索。君子配淑女，唯有门当户对才是建立幸福婚姻的基础。"君子"为古代统治者（天子、诸侯、卿大夫）和一般贵族男子的通称，而"淑女"是指善良而未嫁之女子。美好的婚姻双方是必须建立在"有德"的人品基础上，"身份"影响"选择"，此外还需"琴瑟友之"，行为不超越"礼仪"的规范。所谓"发乎情，止乎于礼"，而且最后两性的结合是要"钟鼓乐之"，举行正式的婚礼。这样做，兼顾到人们的自然性爱，以及社会幸福家庭的和谐稳定，因此，诗中的"窈窕淑女""君子好逑""辗转反侧""钟鼓乐之"都成为后世对于美好爱情、绝佳配偶的标准和楷模，这就是孔子把《关雎》诗编为第一篇并屡加赞赏的原因，同时也反映出孔子以人性的基本需求为满足的伦理观点，同时提供理性的伦理选择指引，强调的是淑女和君子相配，追求的是古代青年男女爱情的道德境界。②

《周南·桃夭》是一首关于女子出嫁的乐歌，"桃之夭夭，灼灼其华。之子于归，宜其室家"。③ 首先赞美新婚女子的青春美丽，以桃花来形容女子美貌，全诗可视为祝贺少女出嫁的乐歌，三章叠唱，其诗的主人身份已经确定为人妇，到了第二章就提出作为妻子身份的义务与责任，提醒要传宗接代和早生贵子的责任；第三章祝贺嫁后家族昌盛合家和顺，其祝贺的内容，基本上都是对出嫁女子的要求和期望，具有明显的道德教诲功能，这些内容后来成了三千多年来，中国人祝贺女子出嫁的传统祝词，深刻反映出中国婚姻的伦理道德以及民间婚姻文

---

① 周振甫：《诗经译注》，北京：中华书局，2010年，第1页。
② 聂珍钊：《文学伦理学批评：新的文学批评选择》，《哲学与文化》2015年第4期，第9页。
③ 周振甫：《诗经译注》，北京：中华书局，2010年，第9页。

化。《豳风·伐柯》是一首谢媒乐歌,反映了周代的婚姻礼俗,歌颂媒人的身份作用,开头以伐柯作比,强调婚姻必须有媒人,而且要举行婚礼,说明"父母之命,媒妁之言"的礼俗在当时社会普遍被认同并流行。只有在这样的形式下结合的婚姻,才是受社会认可的,明显反映出周代的理性萌芽。《国风·召南·行露》是一个反面教材,写一位女子拒绝逼婚,不畏诉讼,具有划时代的意义,但是诗中只写出男方逼婚成讼,女方坚决不从,这一婚姻案件的缘起,当事双方的理论曲直,不得而知。我们只能就诗论诗,回到文本细读以及当时的环境去理解男女双方各自的困惑。从逼婚成讼而女方绝不屈服,可以看到周代已有规范婚姻的婚姻法,有官方受理婚姻案件,由原被告申诉理由,其依据当然不外周人立国的礼制。所以,这篇诗也使我们看到周代社会婚姻制度已有法律保障,诗中的女性连用八个问号,以声声质问的语气态度表明了她对于这桩婚姻的立场与辩解,自信地为自己的幸福自由而据理力争,这也体现了一种进步思想。

三、家族人伦的伦理义务

在人类社会的早期,家庭生活的一个重大转变就是由偶婚制的血缘关系发展成固定配偶婚姻制血亲家庭伦理关系。周朝设立以宗族血缘关系为纽带的封建宗法制度,确定整个宗法社会所有成员在社会的地位、权利与义务,及其相互之间如君臣、父子、夫妇、兄弟、朋友应有的关系,为此制定各种典章制度,把这种政治的和社会的伦理关系法典化。家族内部的伦理关系则是指父子、夫妇、兄弟关系,家庭作为以婚姻和血缘关系为纽带而结合的基本社会单位在原始社会就已经产生了,因此夫妇之间的关系是家庭内部的伦理关系基础。当家庭作为社会的一个小单位诞生时,与此相应的家庭中的每一个成员也都应该有自己所应遵循的道德行为规范。这些行为规范在社会发展以及人们的理性意志发展中渐渐确立起来,被人们自觉地保存并传承下来，形成一套伦理道德规范体系。通过文学伦理学批评来研读《诗经》，我们可以确认文学的道德教诲功能。《诗经》中大量的诗歌都是教导人与人之间的相处之道，通过"身份"的确认来约束行为准则，如对父母的孝道、对兄弟的手足之情以及夫妻的相敬如宾等。

《小雅·蓼莪》叙述者的身份是一位儿子。他为自己不能为父母送终而痛心。第一章写父母生养的辛劳而自己未能成材的内疚；第二、三章写痛心于父母生养抚育之恩却未能回报。此诗连用九个"我"字，表达自己痛苦至极乃至质问天之不公，层叠之句，加重了深刻的哀思。此外，在动词上的连用按照一个人的成长过程，以"生、鞠、拊、畜、长、育、顾、复、腹"九个字，层层叠进，直言而意切，清楚地传达了为人子女对父母的孝敬和赡养责任："父兮生我，母兮鞠我。拊我畜我，长我育我，顾我复我，出入腹我。"①为人子女的道德集中在"孝"，体现在多方面。感恩父母的养育之恩，有"凯风自南，吹彼棘心。棘心夭夭，母氏劬劳。凯风自南，吹彼棘薪。母氏圣善，我无令人。爰有寒泉，在浚之下。有子七人，母氏劳苦。睍睆黄鸟，载好其音。有子七人，莫慰母心"（《诗经·邶风·凯风》）。这里把母亲的抚育比作温暖的南风，七个兄弟一个一个长大成人（材）了，母亲的大恩大德，堪称圣善，儿子嫌自己却是不孝儿，做得远不能与母亲的养育之恩相比。以"敬""慰"孝敬父母，"王事靡盬，不能蓺黍稷"（《唐风·鸨羽》）。这些诗句都表明了子女以食物供养老人的道德义务。《小雅·小弁》中说："维桑与梓，必恭敬止。"这是在精神上对父母的"孝"。

在宗法制度下，为了解决由于继承权而产生的兄弟矛盾，在《诗经》中也有不少这方面的内容，集中体现在提倡兄弟之和睦以及互助上。"凡今之人，莫如兄弟。死丧之威，兄弟孔怀。原隰裒矣，兄弟求矣。脊令在原，兄弟急难。每有良朋，况也永叹。兄弟阋于墙，外御其

---

① 周振甫：《诗经译注》，北京：中华书局，2010年，第327页。

务。每有良朋,烝也无戎。"(《小雅·常棣》)这首诗指出兄弟之间应相亲相爱,和睦共处。"亦有兄弟,不可以据。"(《邶风·柏舟》)"人无兄弟,胡不佽焉?"(《唐风·杕杜》)强调兄弟间的伦理道德应以天赋的骨肉感情为基础,而上升为一种高级的道德情感,应该互助,尤其是在急难之时,更应该齐心协力,抵抗外人的侵辱。

乱伦是乱亲、乱辈、乱祖的总称,是一个伦理术语,原意指夫妻或未婚夫妻以外,非同辈分的既成亲属间发生的性关系。但是在中国古代,关于乱伦的观念并不等于近亲性交,因为如子杀父、师徒结婚等在古代中国文化中也是乱伦。历经夏商周之后,中国的伦理思想更趋成熟,逐步形成一整套为社会公允的秩序与规范。《诗经》曾经收录七首乱伦诗,由这些诗可见早在周朝,中国人已强烈反对乱伦行为,并作诗以警醒社会。《邶风·新台》写卫宣公给他的儿子汲娶齐国之女,为了迎娶新娘,在经过的黄河边上筑了一座新台。卫宣公见新娘很美,就把她截下,占为己有,乃乱伦之举,卫人作《新台》一诗来讽刺他。《鄘风·墙有茨》写卫宣公死后,其妻宣姜与他的庶子公然姘居,生了三个儿子即齐子、戴公、文公,两个女儿即宋桓夫人、许穆夫人。卫人鄙视他们的荒淫无耻的生活,作诗《墙有茨》和《君子偕老》以讽刺。又如,齐襄公原来和他的同父异母妹妹文姜通奸,鲁桓公三年,桓公娶文姜为妻,十八年和文姜到齐国去,发觉了他们兄妹的奸情,斥责文姜。文姜告诉了襄公,襄公恼羞成怒,派公子彭生杀死桓公。这件丑事被暴光后,齐人作《齐风·南山》诗以讽刺。鲁桓公在齐国被杀以后,鲁国立文姜生的儿子为君,是为庄公。文姜做了寡妇,时时由鲁国到齐国去,和齐襄公幽会,齐人作《齐风·敝笱》和《齐风·载驱》歌以讽刺。陈国大夫夏御叔的妻子夏姬美丽而淫荡,生子名徵舒,字子南。御叔死,陈灵公和大夫孔宁、仪行父均与夏姬私通。三人常坐着车子到夏姬家去。后来灵公被徵舒杀死,孔宁、仪行父也逃往楚国。陈国人作诗《陈风·株林》讽刺他们。

四、战争与家国的伦理身份困惑

周人进行的战争,多是保卫家国的战争,对他们而言是正义性质的战争,而战争的胜败,直接关系到国家存危和全体人民的命运。因此,《诗经》中的"风""雅""颂"中都有不少与战争、行戍密切相关的诗篇。这些诗篇表现了战争失败后哀悼国家沦亡的悲伤,也有行军出师的礼仪,以及将士因为国作战而与家人骨肉分离的无奈。《小雅·采薇》是一首从征的将士之歌,唱出从军将士的艰辛生活和思归的情怀。基于将士的伦理身份,保家卫国是他们的伦理责任,每当国家有难,他们必然是义无反顾站在最前线的人。

西周时代,诸侯国之间嫁女联姻的情况颇多。许多女子远嫁他国,但是诸侯国之间又经常为争夺土地和扩大领土互相侵略,使得这些女子面对身份上的困惑。在传统的礼教下,女子一旦为人妻,其身份自然跟随夫君,即便是母国受到夫君之国的侵略也不能有所怨言和反对,这使得远嫁他国联姻的女子面对伦理身份的困惑。在《鄘风·载驰》一诗中,描写许穆夫人闻祖国卫国被狄人占领,面临国难,不顾自己身份奔赴漕邑为吊唁,计划向大国求救,联合驱狄复国。按礼法,女子嫁,其父母去世后,不得再回娘家,可是当时许穆夫人不顾礼法的限制以及人们的反对,毅然离开许国奔赴漕邑,"大夫君子,无我有尤。百尔所思,不如我所之"①。诗句反映了她对复兴自己祖国计划的坚持与行之有效的政治见识,表现了她对祖国的热爱,体现了她坚强的斗争性格。据《左传》记载,许穆夫人回到卫国不久,齐国桓公果然派其子率兵车三百乘、甲士三千人至漕邑,对卫国进行军事和政治援助,卫国得以复国,许穆夫人写下这首诗,许穆夫人也因此被称为中国第一位爱国女诗人。在西周时代,以许穆夫人为代表的这些远嫁他国的

---

① 周振甫:《诗经译注》,北京:中华书局,2010年,第77页。

女子经常面对伦理身份的困惑,但是在理性意志的作用下,她们的行为又是值得表扬的。

征人思念家乡和亲人,他们的妻子则思念出征远行的丈夫,这一类主题的诗多集中在"国风"中。不管是征夫思乡还是思妇念远,所表现的是人类共通的情感,在战争所带来的巨大变动中,抒发出热烈而真挚的思念之情。《豳风·东山》通过士兵解甲归来的所见所思,表现士兵对家乡的热爱和对亲人的思念,揭示了战争给人民带来的痛苦,和人民对和平生活的向往。诗中描述征人在归途中见到的家园的荒芜,生怕人去楼空,因而倍加牵挂。征人还想象妻子仍在,为自己打扫房屋,并回忆起当年新婚的美好情景。这首诗一方面赞扬士兵爱国的道德情操,一方面也抒发了人的自然情感。征夫虽然不愿意离开家乡,但是在理性的道德情感下依然履行了义务,而诗中的思妇也丝毫没有怨怼战争将丈夫夺走,这首诗表现出当时人们对国家安定与和平的渴望,却又不得不为和平安定做出牺牲的理性选择。

五、民族伦理身份的确认

《诗经》中有许多篇章记述了有关商族与周族开国历史与形成发展的诗篇,其中最多的是祖先祭歌与英雄颂歌,如《商颂》中的《那》《烈祖》《玄鸟》《长发》《殷武》,以及《大雅》中的《生民》《公刘》《绵》《皇矣》《大明》,还有《鲁颂》的《閟宫》等。记述周人开国历史的诗篇,都收于《大雅》。按照《大雅》的写作年代,这一组史诗大体是在西周前期根据流传的传说和神话写出来的,它们比较完整地叙述从始祖后稷诞生到武王伐纣胜利为止的周人建国历史中的一系列重大事件,歌颂了后稷、公刘、大王、王季、文王、武王这六位对开国有重大贡献的英雄,其中有许多题材取自远古人民口头创作的神话与传说,但后人利用文字的书写把它们保留下来并经过了修饰和改动,这些都被写入《诗经》305篇之中。

《大雅·生民》歌颂周人祖先后稷的事迹。关于后稷生活的时代，各种传说不一致，古籍记述也多有矛盾，且多数神话传说，无从考究，大致是在夏代后期。周人把这位半神半人、出生怪异的后稷尊为始祖，因为后稷是他们所知道的最早的男性祖先。周人想象出他降生的神异场景，以显示该族的不凡之处。后稷是周人氏族社会由母系制向父系制过渡时期的伟大人物。全诗有三方面的内容：后稷降生的神异，后稷对农业发展的贡献，创立祭祀，"履帝武敏歆，攸介攸止，载震载夙。载生载育，时维后稷"①。古代伟大人物履迹受孕或感天而生的传说很多，在我们读来都属荒唐无稽的神话，但先民创作此类"神人"的目的正是为美化自己的祖先，从而证明自己是优秀的后代，为自己的身份正名。"诞后稷之穑，有相之道。茀厥丰草，种之黄茂。实方实苞，实种实褎。实发实秀，实坚实好。实颖实栗，即有邰家室。"②诗句表现后稷对农业发展的贡献，并祀他为农神，表明周人的产生、兴旺和未来都跟后稷这位具有"神力"的祖先有密切关系，接着写丰收祭祀活动的欢乐。除了敬天祈福的意义，还体现了以血缘为纽带，在同一个祖先的名义之下把人们团结起来以巩固部族的势力，把具有支配自然力量的神灵，看作是自己氏族的创造者，祈求后稷保佑自己的幸福生活，是"伦理身份"的确认，同时也说明唯有同一血缘的族人才可以受到庇佑。

《大雅·绵》一诗描写了周民族的祖先古公亶父率领周人从豳迁往岐山周原开国奠基的故事，记述了周文王继承古公亶父的事业，维护周人美好的声望，赶走昆夷，建立起完整的国家制度，并歌颂了周人的民族英雄。公亶父是文王的祖父，追尊为太王，他率领周人迁往关中平原。那里土地肥沃，劳动力充足，自然资源丰富，因此周人迅速发

---

① 周振甫：《诗经译注》，北京：中华书局，2010年，第423页。
② 同上书，第424页。

展强盛,这为太王奠立了灭商国兴建周国的基础。诗中集中描写了规模宏大的建设,城郭、宫室、庙堂等浩大工程,正在有设计有组织地紧张施工。人类文化发展到青铜时代,有了金属的锋利工具,才能够破伐取暖,才能有较精细的木工操作和榫接技术。周人本来是一个不大的部落,定居从事农业生产,经常受到西方各游牧民族的侵扰,但是此诗明显把周人的崛起归结于生产力,由于其神人祖先后稷的农业贡献,使周人的生产力水平高于游牧民族,由小国而大国,这个变化奠定了周人建设和发展的根基。

六、道德情感与自然情感的伦理选择

　　道德情感是理性的,自然情感是非理性的。《诗经》中有大量以爱情为主题的诗歌,这些诗歌大都以真挚、热烈、纯朴而健康的歌唱,反映出爱情生活中各种典型的情感,描述了青年男女对爱情幸福的渴望、大胆的追求、欢乐的相会、痛苦的相思、悲伤的失恋、热恋过程的波澜,以及个人意志中道德情感与自然情感之间的矛盾与选择,其中受到家庭的约束、礼教的冲突等等问题,都反映在这些诗歌的内容当中。如果从文学伦理学批评角度来阐释他们对爱情的选择,这些诗歌展现了人类文明进步过程中所面对的各种伦理问题,反映的是人们在道德情感与自然情感中对爱情的伦理选择。

　　《秦风·蒹葭》是《诗经》中爱情诗的名篇。全诗笼罩凄冷的色彩,迷离的情调,贯穿着主人公思恋的焦虑和可望不可得的惆怅。芦花苍苍,冷露成霜,秋水茫茫,诗人是来到这样的一个环境寻找心中的那位"伊人",但其实"伊人"的身份是不明确的,就连性别都不确定。但是有一点可以肯定,就是这位"伊人"是诗人心中理想的伴侣,虽然这位伴侣遥不可及,甚至只是在幻想和理想中,尚未在现实生活中出现。诗人首先设定了自己的择偶条件,心中对于理想的对象已经有了一些条件的设定,不管多远,道路多么崎岖坎坷。诗人始终渴望能够追求到心中的理想对象。这首诗说明在当时人们心中对理想对象已经有了个人的自由选择权以及对爱情的向往,脱离了初民对两性结合的"苟合"与"随便",是在两性观念上的一个文明进步,也是人类摆脱懵懂蒙昧的原始自然情感的飞跃。

《周南·汉广》,此诗写主人公钟情于一位姑娘,却企慕难求,由希望而失望,由失望而幻想,最后仍然是幻想幻灭的失落。"南有乔木,不可休思;汉有游女,不可求思。汉之广矣,不可泳思;江之永矣,不可方思。"①第一段连用四个"不可",表现出痴恋无望的惆怅;"翘翘错薪,言刈其楚;之子于归,言秣其马。"②又一再幻想举行婚礼前去迎亲,结果还是幻想破灭。男女相悦,人之常情,自古而然,这是人性中追求美好爱情的自然情感,然而诗中并没有具体说明为何男主人公所爱恋的对象不可得,为整首诗留下了一个悬念和疑问,也许男子只是单相思,也许由于某些礼教因素而不能跟该女子在一起。男主人公明知不可求而苦恋,更表现出爱慕的情深和一再幻灭的爱恋之苦,望水兴叹、痴心不灭是一种出于自愿的伦理选择。

《郑风·将仲子》这是一位热恋中的少女赠给情人的情诗。全诗三章,每章八句。全诗纯为内心独白式的情语构成。女子畏于父兄和社会闲话而不敢与心爱的人幽会见面,又止不住对心上人的挂念,只能借诗抒怀,联系着自家住处的里园墙树展开,并用了向对方呼告、劝慰的口吻,使诗境带有了絮絮对语的独特韵致。先秦时代男女交往的社会环境处于相对宽松到严格限制的渐变过程。郑国在上巳节的男女欢会与自由择婚只是在特定节令的选择自由,在社会中奉行的依然是"父母之命、媒妁之言",还有门当户对的礼俗。诗中的女子处于那样过渡期的环境中,虽然在自由情感的追求上有自己的爱情选择对

---

① 周振甫:《诗经译注》,北京:中华书局,2010年,第13页。
② 同上。

象,但是在理性情感的驱使下依然尊重家长之言。她央求对方"无踰我里,无折我树杞"①。逾墙就不免攀缘墙边的树,树枝攀折了会留下痕迹,就会被家人知道;她自我开解,"岂敢爱之,畏我父母";"畏我诸兄";"畏人之多言"②,对于自己的爱情虽然有理想的追求,但她更理性地保留了女性的矜持,知道父母和兄长之命不能违背,人言更加可畏。理性的爱情选择是幸福婚姻的基础,她温言相劝,表现了她对仲子的痴爱,而她的劝阻,对兄长、父母以及社会舆论的畏惧,又表现了她在社会的"伦理规范"下的无奈与矜持。全诗生动刻画了一个热恋中少女的爱与矛盾心情,女子对爱情的理性处理方法正是该诗留给后人的道德教诲。

本章小结

周王朝全面地继承了夏商两代的文化,渐而发展成灿烂的西周文明。周王朝之初,在周公旦的领导之下,大规模制礼兴乐。他们设立了专职管理音乐的大师,帝王亲自参与乐歌的制作,发动大臣创作和进献歌词,还派出专职人员到各地采诗,通令各诸侯国参与进献歌谣的活动、由王朝的乐官合乐,提供给中央和地方各种礼仪祭奠应用。这些配乐的诗歌,都是精湛之作,乐曲和奏乐之队伍规模宏大而庄严,体现了周王朝的音乐文明,且数量与内容之丰富、艺术之精湛都是前所未有的。《诗经》到底是一本什么书呢?我们可以简单对它做出一个结论:它本来是周王朝在几百年之间陆续制作、收集和编辑的,供推行礼乐而应用的乐歌歌词的结集。周朝就是《诗经》产生的历史土壤,这一历史时期的政治制度、经济形式、宗教信仰、文化思想、社会生活

---

① 周振甫:《诗经译注》,北京:中华书局,2010 年,第 110 页。
② 同上书,第 111 页。

等等，都对《诗经》的产生和创作产生了重要的影响，从而奠定了中华文化以"礼"为核心的文化传统模式。"礼"又是什么呢？《礼记》中所记载的"礼"就是当时社会的伦理规范，是人的行为准则。

《诗经》里的诗歌的产生最早是口头创作的作品，是周王朝用文字将它们记录下来成为文本，才得以流传至今。根据文学伦理学批评提出，文学的起源是伦理的需要。西周时代，由于"人"的伦理意识抬头，周公制礼作乐为的就是提倡"礼"，只有"人"才是使用"礼"的主体。《诗经》305首为当时的人们提供了伦理选择的指引，其大量的诗歌都是在给人们提供道德榜样以及教导人们如何做出选择以获得幸福的生活。文学作品通过一系列道德事例达到教诲、奖励和惩戒的目的，从而帮助人完成择善弃恶而做一个有道德的人的伦理选择过程。用诗歌来进行说教，引导读者做出正确的伦理选择，形成《诗经》最早建立的"诗教传统"。"诗教传统"的建立与后来孔子所提倡的儒家思想密切相关。《诗经》赞美王者的仁政、忠孝节义的品德、祥和安乐的社会风气；讽刺为政者的贪婪荒淫，寡廉鲜耻，以至人民生活陷于荒乱哀苦。但是这些讽刺，大都采用了比兴等含蓄手法，或言此意彼，或言外见意，或陈古刺今，或意重言轻，或欲言辄止，并不作直接的尖锐揭露。这种"诗"教的传统，是中国的传统教育特色，是培养一个人审美的、艺术的、思想的判断力时非常重要的一个观念。"诗"在中国文史哲不分类的先秦时代，主要是作为教材和教化工具，是有益于个体和社会道德培养的教材。在当时的伦理环境，十分重视"诗"的社会教育作用。

诗歌作为人类文明发展最早的文学形式，最初是为了传递和总结人们的生活经验而产生的，是为人们做出正确的伦理选择提供指引和帮助而存在的，因此中国最早的诗歌总集《诗经》可以说是西周时期的统治者为了建立一个以"礼"为中心的社会伦理规范进而设立采诗官和乐官，将采集到的诗歌进行编乐以便流传，把诗当成传达道德观念的工具,也是进行道德修养的教科书。"诗人按照一定的道德原则创作诗歌,写出无数的格言警句,读者也把诗歌当作人生哲学的指引,从中吸取道德营养,用以自身修养,促进思想境界的升华与健全人格的塑造,培养高尚的道德情操。"①

---

① 聂珍钊:《文学伦理学批评:新的文学批评选择》,《哲学与文化》2015年第4期,第9页。

第二章

白居易诗歌的情感表达和道德教诲

白居易(772—846),字乐天,原籍太原,曾祖白温时移家下邽(今陕西渭南),祖父白鍠再迁河南新郑,白居易就出生在那里的东郭里村。他晚年居于香山,自号香山居士;曾官居太子少傅,人称为白少傅或白傅;因作《醉吟先生传》,故得名醉吟先生。作为中唐伟大的诗人,白居易一生创作了2800多首诗歌,留下了卷帙浩繁的各种文献。"在群星璀璨的唐代诗坛,白居易是仅次于李白、杜甫的伟大诗人。"[①]

历代学者对白居易的各种文献进行了收集、整理、点校和注释,对其生平和创作做了全方位多角度的阐释,留下了

---

① 蹇长春:《白居易评传》,南京:南京大学出版社,2002年,第529页。

很多经典的著作。这些成果从版本流传和考订,主题思想和艺术技巧,读者接受和后世影响,比较研究和对外传播等方面切入,开辟了中国学术一块充满生机和活力的宝地。

但是,目前的白居易研究也还存在一些问题。他的所有诗歌不是被当作一个整体来进行研究的,新乐府体的讽喻诗和《长恨歌》《琵琶行》等感伤诗关注度较高,其他的诗歌没有引起人们足够的重视。与此相应,作为抒情主人公的白居易,往往不被看成一个情感丰富而完整的作家,而是被肢解成各种身份的人物碎片。他内心里光明和黑暗的冲突,他思想中儒释道的关系,他生活中"吏隐""中隐"的人生选择等,很少有人较全面地加以分析。

要具体而中肯地评析有关白居易的以上这些问题,我认为分析其诗歌中的情感是一条可以尝试的路径。"情感是人对客观现实的一种心理反应形式,是一种主观体验、主观态度,也是一种心理意志……情感是人在心理上对他人或事物的一种价值判断表现形式。"①白居易认为是外部的事或物对诗人内心的触动,便产生了情感,对情感的纪录便形成了诗歌。因此他这样说"大凡人之感于事,则必动于情。发于叹,兴于咏,而后形于歌诗焉。"②后来白居易又再次谈到诗歌的产生:"事物牵于外,情理动于内,随感遇而形于叹咏。"(427)陈鸿在《长恨歌传》中引王质夫的话云:"乐天深于诗,多于情者也。"(180)情感丰富,而且又对诗歌这种艺术形式有着深入的了解和把握,这就可以解释为什么白居易能够写出那么多伟大的诗篇了。

在滋养诗歌之树的诸要素当中,白居易认为情感是其中的根本和生命之源,语言、声音、思想则是它的枝叶、花朵和果实。他说:"圣人感人心而天下和平。感人心者,莫先乎情,莫始乎言,莫切乎声,莫深

---

① 聂珍钊:《论诗与情感》,《山东社会科学》2014年第8期,第58页。
② (唐)白居易:《白居易集》,长沙:岳麓书社,1992年,第455页。编者注:本章引文凡未注明出处均出自该书,以下只在文中注明页码。

乎义。诗者,根情,苗言,华声,实义。"(423)我们常说诗歌是抒情的艺术,情感的抒发和记录,便成了诗歌。在六经中《诗经》之所以排在首位,是因为其中有着深厚的情感,而情感是最能打动读者心灵的。柏拉图、亚里士多德、歌德等西方思想家和诗人也非常重视诗歌的情感,英国浪漫主义大诗人华兹华斯甚至认为"一切好诗都是强烈情感的自然流露"①。由此可见,白居易的诗歌之所以广为流传,并得到民众的喜爱,也是因为其中蕴含着诗人深厚的情感。

作为抒情主人公的白居易与作为经历者、生活者的白居易,并不能完全等同。但是两者之间的关系在诗歌中比在戏剧、小说和散文中获得了更大的统一性。白居易活了75岁,一生用丰富的诗歌创作对生活的方方面面都进行了深入的描绘。白居易那些灌注了充沛情感的诗歌,给后世的读者提供了非常好的伦理分析和道德教诲的样本。从文学伦理学批评的角度来看,抒情主人公白居易可以看成一个斯芬克斯因子,其内心经历着自然情感、自由情感、伦理情感、道德情感等的转换和博弈。在其一生的思想发展过程中,白居易的那些在儒家思想指导下创作的诗歌体现的是其利他的道德情感,那些纪录其吃穿住行等日常生活行为的诗歌主要与他的自然情感有关,那些受佛家和道家思想影响的诗歌则体现了他的自由情感。记录白居易"吏隐""中隐"等思想行为的诗歌表现的是他道德情感与自然情感、自由情感的调和,其中体现的是诗人的伦理情感。通过分析白居易诗歌中的情感,我们试图揭示白居易对后世产生巨大影响的主要原因。

第一节　仁慈博爱:白居易诗歌中的道德情感

由于白居易将中唐的社会图景真实地反映在了他的诗歌当中,因

---

① [英]华兹华斯:《抒情歌谣集·序言》,刘若端编:《十九世纪英国诗人论诗》,北京:人民文学出版社,1984年,第6页。

此从社会历史批评的角度来评价,白居易常常被看成唐代"继杜甫之后最伟大的现实主义诗人"①。过去大量的研究成果主要关注的是白居易诗歌与当时社会生活吻合的程度,强调其诗歌作为镜子对读者认识社会生活产生了怎样的作用。但从文学伦理学批评的角度来看,白居易的诗歌实际上是中唐社会生活的伦理表达,其中包含着白居易的情感和意志,是诗人情感和意志的外化与显现。在仁政和博爱等道德意志的推动之下,白居易创作了很多体现其道德情感的诗歌,对君主、大臣、官吏、民众等产生了积极的教诲作用。

一、白居易道德情感在诗歌中的体现

白居易的诗歌中,最引人注目的是他的《新乐府》和《秦中吟》。在《新乐府》50 首当中,排在第一位的是《七德舞》:

> 《七德舞》,《七德歌》,传自武德至元和。元和小臣白居易,观舞听歌知乐意,乐终稽首陈其事。太宗十八举义兵,白旄黄钺定两京。擒充戮窦四海清,二十有四功业成。二十有九即帝位,三十有五致太平。功成理定何神速?速在推心置人腹。……尔来一百九十载,天下至今歌舞之。歌《七德》,舞《七德》,圣人有作垂无极。岂徒耀神武,岂徒夸圣文。太宗意在陈王业,王业艰难示子孙。(41—42)

《七德舞》叙述太宗皇帝早年的"仁德"之事,希望当世君主能够体会先祖创业之难,像太宗皇帝一样多行仁政以保大唐天下千秋万代。其后很多诗篇都与劝诫君主有关系。《法曲》《二王后》《百炼镜》《采诗官》等希望君主以古今为鉴,广纳视听,从而治理好国家。《八骏图》《杂兴三首》等希望君主戒除喜好奇珍、追逐美色、耽于射猎等恶习。《长恨歌》中白居易则借李杨的悲剧故事来讽喻君主,对玄宗皇帝贪欢

---

① 蹇长春:《白居易评传》,南京:南京大学出版社,2002 年,第 479 页。

息政、荒淫误国的行为进行了批判。

在诗歌中,面对藩镇割据、宦官专权、朋党倾轧、外族入侵等复杂的政治形势,白居易提出了他对于理想君主的看法。他认为国君应该内圣外王,修身化下;应该恕己及人,制欲禁奢;应该选贤任能,澄清吏治;应该减省刑罚,薄收赋税;应该减放宫人,杜绝进奉;应该禁掳良人,防止穷兵黩武;应该虚心纳谏,广开言路。白居易希望国君能够阅读自己的诗歌,扩大见闻,补察时政,希望自己的理念可以为国君采用,帮助国君处理国事。白居易认为君主只有成为官吏和民众的榜样,才能引领整个社会的道德风尚。

然而当时的官吏情形如何呢?白居易在《黑潭龙》中有非常细致的描绘:

> 黑潭水深色如墨,传有神龙人不识。潭上驾屋官立祠,龙不能神人神之。丰凶水旱与疾疫,乡里皆言龙所为。家家养豚漉清酒,朝祈暮赛依巫口。神之来兮风飘飘,纸钱动兮锦伞摇。神之去兮风亦静,香火灭兮杯盘冷。肉堆潭岸石,酒泼庙前草;不知龙神飨几多,林鼠山狐长醉饱。狐何幸?豚何辜?年年杀豚将喂狐!狐假龙神食豚尽,九重泉底龙知无?(63)

这首诗写每年借着供奉神龙的名义,山狐、林鼠享用了若干猪牛等牺牲,但是潭底的神龙却并不知晓。贪官污吏也是这样,他们打着进献天子的幌子鱼肉百姓,大肆搜刮,宫中的皇帝却一无所知。类似的诗篇还有很多,如《秦吉了》中长爪鸢和大嘴鸟代表的是贪婪狠毒的文官武吏,他们横征暴敛,飞扬跋扈;乳燕母鸡所代表的下层普通民众,惨遭残害,却只能忍气吞声。面对前者的为非作歹,雕、鹗、鸢、鹤这些执法官和皇帝近臣却无所作为,连象征言官的秦吉了和鹦鹉等要么一言不发,要么反遭官吏拘禁和排斥。作品中还对当时的酷吏、藩镇进行了激烈的批判。《题海图屏风》中的巨鳌和鲸鲵影射那些手握重兵、祸害国家的藩镇,他们仗着自己的势力兴风作浪,根本不把中央政权放在眼里。"遗民肠断在凉州,将卒相看无意收。"(55)《西凉伎》中那些边关的将士早已在逸乐中忘掉了守土重责。"相看养寇为身谋,各握强兵固恩泽。"(49)《城盐州》中的边关将领养寇自肥,置国家和民众的期望于不顾。《伤宅》主要批判勋臣贵戚大兴土木,营造宅邸,但仕途沉浮,最后身死名裂。《立碑》中批判了对死去的贵族和官僚极尽阿谀和吹捧之能事的谀墓行为,认为官绅要留下好名声,主要还靠为民做事。《轻肥》中"是岁江南旱,衢州人食人"(26),但是达官贵人们却仍然过着轻裘肥马、美酒美食的奢侈生活。《歌舞》中的达官显贵整日忙于歌舞宴饮,声色犬马等,他们"岂知阌乡狱,中有冻死囚"呢?(26)

当然在《青石》《哭孔戡》《赠樊著作》《登乐游原》《薛中丞》《高仆射》和《紫毫笔》等诗歌中,白居易也塑造了很多理想化的忠臣烈士的形象,如段秀实、颜真卿、孔戡、阳城、元稹、薛存诚、高郢等。他们为国分忧,维护统一;他们介直方正,不阿谀谄媚;他们清廉自守,不贪婪暴虐;他们能言敢谏,不明哲保身……正如白居易说的那样,"贤者不为名,名彰教乃敦"(8)。通过白居易的诗歌,他们的忠烈行为,成了士人和百姓学习的楷模,在社会生活中起到了崇正抑邪的作用。

在中唐,由于君主昏庸、藩镇割据、官吏贪虐、赋税繁重,普通民众过着非常艰难的生活,如《杜陵叟》中这样写:

> 杜陵叟,杜陵居,岁种薄田一顷馀。三月无雨旱风起,麦苗不秀多黄死。九月降霜秋早寒,禾穗未熟皆青干。长吏明知不申破,急敛暴征求考课。典桑卖地纳官租,明年衣食将何如?剥我身上帛,夺我口中粟。虐人害物即豺狼,何必钩爪锯牙食人肉!不知何人奏皇帝,帝心恻隐知人弊。白麻纸上书德音,京畿尽放今年税。昨日里胥方到门,手持敕牒榜乡村。十家租税九家毕,虚受吾君蠲免恩。(57)

诗歌中老人怒斥贪官污吏为毫无人性的豺狼。在这些官吏的剥削和压榨之下,在自然灾害频仍的岁月里,老百姓所受的皇恩并没有兑现。在《采地黄者》《卖炭翁》《缭绫》《观刈麦》《缚戎人》《重赋》等作品中,普通民众夙兴夜寐、艰苦劳作,却因官府的两税法、宫市、进奉、奖励军功、土地兼并等,最终饥寒交迫、流离失所、无以为生。

类似的写民众苦况的诗歌还有很多。《上阳人》中的宫女"入时十六今六十"(45),一直无缘得见君王,最后终老别宫。《道州民》中的居民"长者不过三尺余"(49),因为个子矮小,被作为特产进献王宫。《新丰折臂翁》中的老翁为了不死于边陲,只能锤折手臂以图自保。《红线毯》中的权贵给地铺上了毯子,辛勤织造的老百姓却冬寒无衣。《涧底松》《续古诗十首》《赠卖松者》中的普通读书人和下层知识分子,大多如唐衢、张籍等人,才华过人,却因出身寒微,得不到统治者的关注和重用,最终只能"百丈涧底死"(22)。

正如白居易所说的那样,这些作品主要不是为了炫耀自己的文采,也不是为了自我仕途的飞黄腾达。《新乐府》《秦中吟》等诗歌,其"为君、为臣、为民、为物、为事而作,不为文而作也"(41)。诗歌涉及白居易对国君、官吏、黎庶、事物等的看法。其诗歌"惟歌生民病,愿得天子知"(12)。希望君主能够通过其诗歌了解民众的苦楚。希望官吏能够重视民众的疾苦,"救济人病,裨补时阙"(425)。而这些内容为广大民众所知,则可以起到"泄导人情"(424)的作用。这些教诲君主、鞭策官吏、表达百姓呼声的诗歌,"专以道得人心中事为工"①,体现的主要是白居易超越个体得失的利他主义和仁慈博爱的儒家思想,来自于作家的道德意志和道德情感。

道德情感是高度理性的情感,是人性因子在情感中的体现,往往与政治理想、道德原则、伦理规范和理性判断有关。作为斯芬克斯因子式的存在,人类的身上存在着人性和兽性两种因子。人性因子与理

---

① 陈友琴:《白居易资料汇编》,北京:中华书局,1962年,第71页。

性意志的驱动有关,而兽性因子则与自然意志和自由意志的推动有关。在伦理选择的过程中,人物的情感往往受到道德准则和伦理规范的支配。"道德情感即受到道德约束的情感。"①道德情感"以理性意志的形式出现"②。在诗歌中,白居易对国君进行了讽谏,对贪官污吏进行了批判,对普通民众给予了深切的同情,希望他们能够控制自己的权欲、肉欲、物欲等动物性的本能。只有君主贤明,臣下忠谨,百姓顺服,国家才能最终走向强盛和太平。总体来说,白居易这些诗歌都来源于他"志在兼济"的内在意志,体现了他造福大众,以天下为己任的道德情感。从《开龙门八节滩诗二首》来看,即使到了晚年,白居易仍然为了造福黎民百姓,出资疏浚洛阳龙门滩。这说明这样一种道德情感贯穿了白居易的一生。

二、白居易道德情感的主要来源

为什么会在诗歌中表现出这样一种贯穿生命始终的道德情感呢?首先是因为白居易深受孔孟儒家仁爱思想的影响。"仁"是古代儒家重要的道德标准、人格境界及哲学观念。《说文解字》中说:"仁,亲也。从人,从二。"③"仁"为会意字,本意指人与人之间相互亲爱,把人当人看,重视他人的利益。《论语·颜渊篇》中孔子认为:"克己复礼为仁。"④孔子第一个把整体的道德规范集于一体,形成了以"仁"为核心的伦理思想体系,包括孝、悌、忠、恕、礼、智、勇、恭、宽、信、敏、惠等内容。孟子受孔子的影响,也认为"仁者爱人"⑤,但也发展出了自己的民本和仁政的思想。"仁"的产生是社会关系大变动在伦理思想上的表现,是对君与臣、父与子、夫与妻、兄与弟、人与人等关系的伦理总

---

① 聂珍钊:《文学伦理学批评导论》,北京:北京大学出版社,2014年,第249页。
② 同上书,第253页。
③ 许慎、汤可敬:《说文解字今释》,长沙:岳麓书社,1997年,第1066页。
④ 国学整理社:《诸子集成》(第1卷),上海:上海书店出版社,1986年,第262页。
⑤ 同上书,第350页。

结,其中具有很丰富的内涵。白居易继承了儒家的思想体系,并将其体现在了自己的诗歌当中。

而家庭出身也为白居易接受儒家思想提供了良好的环境。他的家庭世敦儒业,祖父白锽、父亲白季庚、外祖父陈润等都是明经出身。家人对儒家经典的认识和信仰,使他从小浸润在氤氲的仁德氛围当中,从而产生了"仆本儒家子"(164)的身份认同。白居易把"风雅比兴"或"美刺比兴"等要素作为评判诗歌的最高标准。白居易认为诗歌必须反映时代的精神和客观的现实,提出了"文章合为时而著,歌诗合为事而作"(425)的主张。他认为诗歌要起到"补察时政""泄导人情"(424)的作用,要有利于"王化"和"治道"。正是这样的道德情感,使白居易常常叹息传统诗道的崩坏,想要在当时的社会中让其得以复兴。在《与元九书》中提到李白和杜甫的时候,白居易之所以扬杜而抑李,主要是缘于李白的诗歌是对超越现实世界的浪漫想象,而杜甫的诗歌则加入了更多的对现实人生的批判和审度。白居易的那些体现其道德情感的诗歌,实际继承了诗经风雅颂、赋比兴的创作传统,同时也是汉儒诗歌功用论在文学创作上的体现。

白居易的伦理身份也对其表达道德情感的诗歌产生了决定性的影响。人的身份是一个人区别于其他人的主要标识,靠血缘关系或者社会关系等来确定。由于身份涉及血缘、社会等关系,所以身份往往是伦理的,而且与特定的责任和义务联系在一起。"伦理身份是道德行为及道德规范的前提,并对道德行为主体产生约束,有时甚至是强制性约束,即通过伦理禁忌体现的约束。"①贞元十六年(800年),白居易28岁时登进士第,30岁应书判拔萃科考试,授秘书省校书郎。白居易34岁参加才识兼茂明于体用科试,授盩厔县尉。五年之内,白居易相继登进士、拔萃、制策三科,一时名声大盛。元和三年(808年)五月

---

① 聂珍钊:《文学伦理学批评导论》,北京:北京大学出版社,2014年,第264页。

白居易为翰林学士,官授左拾遗。翰林学士主要执掌制诰,批答表疏,撰拟文字,参决谋议。左拾遗属于唐代职官制度中的谏诤机构,主要职能是捡拾皇帝的遗漏,随时关注皇帝决策中的疏忽和瑕疵。无论是翰林学士还是左拾遗,官阶都是较低的,但却是皇帝的心腹和参谋,而且是成为宰相的必经之途。初入仕途,便任职清要,这让白居易一方面志得意满,颇为自负;另一方面又深感责任重大,必须切实履行职责,才能推动唐朝的中兴。正是这样一种伦理身份,促使他起早贪黑,广泛收集民情民意,并将其写成奏章,每天都是谏纸盈箱。为了帮助国君更好地了解国家基本情况,他将自己在政治、经济、军事、外交、法律、吏治、风俗等方面的所见所闻用诗歌的形式表现出来并上呈皇帝。白居易必须冥思苦想国家存在的问题,积极寻找解决的具体办法。假如所作所为不称职,官职所涉及的伦理禁忌,将使得白居易受到免官、流放甚至杀头的惩罚。

后来白居易历任太子左赞善大夫、江州司马、忠州刺史、中书舍人、杭州刺史、苏州刺史、刑部侍郎、太子少傅等职。从任职秘书省校书郎到晚年以少傅告老还乡,先后历官二十任,食禄四十余年。尽管只有左拾遗属于谏官,但江州司马、忠州刺史、杭州刺史和苏州刺史等官吏的伦理身份都肩负着守土、抚民等职责,这让他无时无刻不关注着朝廷的治理和百姓的疾苦,所到之处整顿吏治、兴修水利、减除赋税、休养生息,做了不少利国利民的好事。

白居易表达其道德情感的诗歌还与他自身的性格特征有关。白居易一生为官廉洁,刚正不阿。所以他说"我有鄙介性,好刚不好柔"(9)。他就像一把古剑:"可使寸寸折,不能绕指柔。"(5)这与白居易祖父白鍠、父亲白季庚做的都是下层官吏有关,也与他长期受儒家思想的熏陶有关。耿直的士人品质和对现实的忧患意识,使得白居易一有发声的机会便直言相谏,为民众大声疾呼。他的诗歌不仅直指当朝权贵和贪官污吏,甚至对皇帝他也直言敢谏。如任用吐突承璀为招讨使一事，白居易曾跟宪宗皇帝争执，幸亏宰相李绛从中斡旋，才得以免罪过关。

正是儒家传统、家庭背景、伦理身份、个人性格等综合作用下形成的道德情感让他产生了相应的理性意志，推动他与元稹、李绅、张籍、王建等，共同发起了新乐府运动。他们通过大量的诗歌创作来讽谏君主、指斥官吏、同情百姓疾苦，以引发上层人物的痛苦、恐惧以及怜悯之情。白居易创作的《新乐府》50首和《秦中吟》10首继承了贞观、开元的政治遗产，包含着浓烈的儒家经世致用、仁爱、德政思想和民本主义思想。

三、白居易道德情感的伦理表达

白居易道德情感的外化和记录，主体部分就是他的那些"为君、为臣、为民、为物、为事而作，不为文而作"(41)的诗歌。从诗歌体裁的角度来看，为了表达自己的道德情感，白居易遵循了传统的诗歌伦理，采用了民众喜闻乐见的古乐府诗体。"诗歌伦理指的是人们对诗歌的习惯性理解、认识和接受。……指的是习惯上对诗歌的接受与认同、欣赏和批评。"①在初唐和盛唐时期，很多诗人采用的都是近体律诗，但是主要盛行于士人阶层。普通老百姓习惯上认同的仍然还是格体诗，认为"律体卑痺，格力不扬，苟无姿态，则陷流俗"②。安史之乱后，社会矛盾日益尖锐复杂，朝廷政治渐趋衰败崩颓，所以白居易希望能够通过诗歌的复古，采用普通民众能够接受的乐府式的歌行体来达到补偏救弊的目的。白居易的《新乐府》50首和《秦中吟》10首继承了《诗经》、乐府古诗、杜甫、民间歌谣等的讽喻传统。在这些乐府诗体的诗歌中，白居易使用了通俗的三七言混杂的民歌体韵律，展开对当时各种社会问题的讨论，这样的诗歌体裁是符合普通民众对于诗歌的心理

---

① 聂珍钊：《文学伦理学批评导论》，北京：北京大学出版社，2014年，第227页。
② 陈友琴：《白居易资料汇编》，北京：中华书局，1962年，第3页。

期待和审美想象的。

从形式上来看,白居易基本上是一诗一事,所论问题集中,不蔓不枝,给人以深刻的印象。在其《新乐府》序言中,白居易这样说:"首句标其目,卒章显其志,《诗》三百之义也。其辞质而径,欲见之者易谕也。其言直而切,欲闻之者深诫也。其事核而实,使采之者传信也。其体顺而肆,可以播于乐章歌曲也。"(41)从序言中可以看出,50首既有时间的顺序,又有"为君、为臣、为民、为物、为事"等顺序,条理非常的清晰。而且首句就点出了诗歌的主旨,中间来叙述,最后小结和升华,这样读者可以更好地把握其中的思想。由于继承了诗经中《毛诗》的传统,其前有总序,每篇有小序,每篇首句作为题目,所以陈寅恪先生称白居易的新乐府50首是"一部唐代诗经"。①《秦中吟》10首也是"一吟悲一事"(12),论题集中,观点鲜明。这样一种形式的选择,对民众起到了很好的教谕作用。

从语言上来看,表达白居易道德情感的诗歌大多采用的是普通百姓能够接受的口语,平直坦易,以道出人之所欲言。《寄唐生》中,白居易认为自己的乐府诗"篇篇无空文,句句必尽规;功高虞人箴,痛甚骚人辞。非求宫律高,不务文字奇;惟歌生民病,愿得天子知。"(12)白居易创作乐府诗的主要目的就是规劝讽谏,希望自己的作品能够将民众的疾苦上达天听。《虞人箴》劝诫周王要勤政爱民,不要耽于射猎和游乐。《离骚》和《九歌》揭露了楚国政治的黑暗,希望国君和官吏能够在强秦和外敌环伺的处境中奋起。白居易希望自己的讽谏的诗篇能够起到比他们更重要的作用。至于宫律、文字等则并不是考虑的重点,"《风》《雅》比兴外,未尝著空文"(2)。苏轼在《祭柳子玉文》中认为"郊寒岛瘦,元轻白俗"②。苏轼这里的"俗"仿佛是贬义,但是结合当时的伦理环境来看,其实是为了让民众更好地接受。从《与元九书》来看,

---

① 陈寅恪:《元白诗笺证稿》,北京:生活·读书·新知三联书店,2001年,第124页。
② 陈友琴:《白居易资料汇编》,北京:中华书局,1962年,第338页。

上至达官显贵,下至贩夫走卒,大多都能领会白居易的诗歌。白居易的诗歌创作在中国古代诗歌史上具有非常重要的转型意义。唐代便有了"诗到元和体变新"(811)的看法,我认为其并不光指白居易和元稹两人唱和的百韵律诗和体现其审美趣味的杂体诗,实际上在诗歌的思想内容和艺术形式上都有着重要的突破。从创作方法上来看,白居易的这些体现其道德情感的诗歌主要采用的是现实主义的创作方法。他通过真实地反映社会各阶层的生活状况,来激发国君、官吏和民众的道德反思,对广大读者起到了非常好的伦理教诲作用。

当然由于太过于强调诗歌的功利性,说理和议论较多,其体现道德情感的诗歌思想大于形象,直白显露有余而含蓄蕴藉不足。白居易本人也认识到了这一点,"故理太周则辞繁,意太切则言激"(31)。作为知己,元稹的看法与白居易的相类,认为其诗歌"情意失于太详,景物失于太露,遂成浅近,略无余蕴"①。

第二节 吃穿住行:白居易道德情感控制下的自然情感

从唐代诗人来看,白居易的诗歌中有很多关于吃穿住行等日常生活方面的描绘。过去人们往往把这一类诗歌看成是中唐时期社会发展、经济状况、生活习俗等的反映,或者作为学者们研究吃穿住行等物质文化的必要佐证,甚至有学者将白居易追求日常生活的满足看成是其生活堕落的体现。但是从文学伦理学批评的角度来看,这些诗篇体现的是白居易的自然情感,是其生存和繁衍等本能欲望的外化。在其一生当中,白居易的自然情感和自然意志都不是随心所欲地泛滥的,而是一直处于道德情感的管控之下。

---

① 陈友琴:《白居易资料汇编》,北京:中华书局,1962年,第71页。

一、白居易诗歌中的吃穿住行

人类作为高等动物,为万物之灵长,需要通过吃、穿、住、行等生活方式才能维持繁衍生息,吃、穿、住、行体现的是人的自然情感和自然意志。白居易的诗歌中涉及了大量的吃、穿、住、行方面的信息。

首先白居易的诗歌中大量记录了他饮酒、品茶、吃粥、茹素、食果等饮食方面的生活情况。白居易自号醉吟先生,喜欢饮酒,靠酒佐欢,借酒浇愁。在其2800多首诗歌中,涉及酒的大约有900首,可见酒在白居易生活中的重要地位。

在《问刘十九》中,白居易酿成新酒,闲来无事,便邀朋友小酌:

> 绿蚁新醅酒,红泥小火炉。晚来天欲雪,能饮一杯无?(275)

在《宴散》中,即使筵席已散,客人已经离去,白居易仍然兴致不减,于是这样写道:

> 小宴追凉散,平桥步月回。笙歌归院落,灯火下楼台。残暑蝉催尽,新秋雁带来。将何迎睡兴,临卧举残杯。(867)

在《与梦得沽酒闲饮且约后期》中,白居易与老友刘禹锡相聚,佳酿在前,自然非常快乐:

> 少时犹不忧生计,老后谁能惜酒钱?共把十千沽一斗,相看七十欠三年。闲征雅令穷经史,醉听清吟胜管弦。更待菊黄家酿熟,共君一醉一陶然。(1073)

在这些诗歌中可以看出白居易生活中饮酒的频率、心理和态度等。饮酒、品酒一方面是人们生理上的喜好,另一方面也包含着他们超越现实的向往。

白居易曾自称别茶人,也就是有关茶叶的行家里手。所以种茶、煎茶、品茶,在白居易的诗歌中出现的次数是非常多的。《萧员外寄新蜀茶》中写作家收到新茶,马上品评的激动之情:"蜀茶寄到但惊新,渭水煎来始觉珍。满瓯似乳堪持玩,况是春深酒渴人。"(220)此外涉及品茶的诗句还有"春泥秧稻暖,夜火焙茶香"(207);"起尝一瓯茗,行读一卷书"(117);"小盏吹醅尝冷酒,深炉敲火炙新茶"(255)等等。

　　白居易还有很多表现自己喜爱美食的诗篇。如写贬谪途中的《舟行》里,"船头有行灶,炊稻烹红鲤"(94)。到达江州后的《食笋》中,"置之炊甑中,与饭同时熟"(100)。《烹葵》中说:"贫厨何所有?炊稻烹秋葵。红粒香复软,绿英滑且肥。"(103)《春末夏初,闲游江郭二首》中有"嫩剥青菱角,浓煎白茗芽","绿蚁杯香嫩,红丝鱠缕肥"(257)等。

　　由这些诗篇可以看出,白居易是一个美食家,非常注重养生和享受。诗歌中经常表现白居易如何开发北方所缺少的新鲜食材。他到杭州、苏州任刺史,一方面是因少年时期羡慕韦应物、房孺复等前辈,"甚觉太守尊",更重要的则是江南一带物产丰富,"亦谙鱼酒美"。(110)

　　其次从穿着的角度上来看,白居易有好几首制裘诗。如在《新制布裘》中写道:"桂布白似雪,吴绵软于云。布重绵且厚,为裘有余温。朝拥坐至暮,夜覆眠达晨。谁知严冬月,支体暖如春。"(18)在严寒的天气里,新制了棉服冬衣,肢体温暖如春,感觉到非常满足。又如《新制绫袄成,感而有咏》中,白居易这样写道:"水波文袄造新成,绫软绵匀温复轻。晨兴好拥向阳坐,晚出宜披踏雪行。"(923)这样的感受和上一首非常类似,表现了内在的满足和喜悦。当然我们可以看到,白居易的诗歌中,往往写冬衣的比较多,写夏服方面的稍少。主要是因为冬衣乃人类生存的必需之物,而夏服丰俭由人,对人们的生命没有太多的影响。

　　白居易在诗歌中还常常写到他的居住情况。解褐入长安之时,由于家庭经济条件并不宽裕,再加上自己的俸禄较少,所以主要是赁屋居住。贞元十九年,白居易授校书郎时,租赁的是长安朱雀门街东第五街的常乐里相国关播故宅东亭,在《常乐里闲居偶题十六韵》中,记录了他当时居住的情形:"帝都名利场,鸡鸣无安居。独有懒慢者,日高头未梳。"(66)此时尽管是赁屋居住,但是毕竟有了一个安定的处所,所以他内心充满欣喜。

贞元二十一年,白居易迁居长安永崇里的华阳观,专心揣摩当时时事,撰写了七十五篇《策林》,留下了《永崇里观居》《春题华阳观》《华阳观桃花时招李六拾遗饮》等诗,其中第一首云:"季夏中气候,烦暑自此收。萧飒风雨天,蝉声暮啾啾。永崇里巷静,华阳观院幽。轩车不到处,满地槐花秋。年光忽冉冉,世事本悠悠。"(67—68)后来白居易又租住过昭国里的寓所。经济条件允许之后,他则自己来营造房屋。在其回乡守制期间,他在地近渭河和蔡渡的下邽义津乡金氏村建了简单的居所,《西园晚望》中他这样写道:"花菊引闲行,行上西原路。原上晚无人,因高聊四顾。南阡有烟火,北陌连墟墓。村邻何萧疏,近者犹百步。吾庐在其下,寂寞风日暮。门外转枯蓬,篱根伏寒兔。故园汴水上,离乱不堪去。"(145)

元和十二年,白居易任江州司马,秉杜甫在成都营造草堂的遗意,也想像陶渊明一样归隐田园,因此在香炉峰和遗爱寺间营造了草堂,有《香炉峰下新置草堂,即事咏怀,题于石上》,他这样写道:"言我本野夫,误为世网牵。时来昔捧日,老去今归山。倦鸟得茂树,涸鱼返清源。舍此欲焉往?人间多险艰!"(101)这座草堂共分三间,中间为过厅,前后都有门。东西有两间屋子,前后有窗,共四扇。草堂里面,有木床四张,屏风两面。诗人常弹的一张琴放在东屋,西屋算是书房,有儒、道、佛三教的书诗各两三卷,陈设简单而富有古趣。白居易还在草堂外面栽花种树,养鱼植荷。

从忠州刺史召回之后,白居易为主客郎中知制诰,于是在长安买了新昌坊的住宅,地势很偏,而且也很简陋。但在长安终于有了属于自己的居所,白居易还是很满足的。有《庭松》《竹窗》等诗记其事。白居易晚年以太子宾客分司东都之后,又在东都洛阳履道里西北买下已故散骑常侍杨凭的旧宅。

从以上这些诗歌中来看,白居易是非常强调居住的。每到一地,都先考虑落脚的问题。只要条件允许,都会自己来谋划修筑自己的住所。从行的角度上来看,当时的交通条件,主要是步行、骑马和乘船。如《秋暮西归途中书情》中写到骑马归乡的情形:"耿耿旅灯下,愁多常少眠。思乡贵早发,发在鸡鸣前。九月草木落,平芜连远山。秋阴和曙色,万木苍苍然。去秋偶东游,今秋始西旋。马瘦衣裳破,别家来二年。"(134)从"马瘦衣裳破"可见白居易初到长安时的出行条件和经济状况。《将之饶州,江浦夜泊》中则写到了他乘船的情况:"明月满深浦,愁人卧孤舟。烦冤寝不得,夏夜长于秋。苦乏衣食资,远为江海游。光阴坐迟暮,乡国行阻修。身病向鄱阳,家贫寄徐州。"(133)"明月满深浦,愁人卧孤舟"是白居易远行的常态。在《襄阳舟夜》《江夜舟行》等诗歌中都涉及了他羁旅行游方面的情形。

白居易的诗歌中还写到他的情欲声色等方面的生活。白居易喜欢音乐,酷爱舞蹈。贞元二十年,白居易三十三岁,在旅游至徐州时,曾赴节度使张愔之宴,酒酣耳热,出姬妾关盼盼歌舞佐欢。有《燕子楼三首》以记其事。晚年在杭州和苏州担任刺史,这些地方都是音乐歌舞之乡。诗人老年的业余生活,很多时候都与歌舞有关。《咏兴五首·小庭亦有月》有云:"小庭亦有月,小院亦有花。可怜好风景,不解嫌贫家。菱角执笙簧,谷儿抹琵琶。红绡信手舞,紫绡随意歌。"(979)这里的菱角、谷儿、红绡、紫绡等都是歌妓之名。白居易任杭州和苏州刺史时,处于风景形胜之地,物产富庶,美女众多。在名作《霓裳羽衣歌》中,白居易自述他在苏州歌妓中访得李娟和张态等,认为是霓裳羽衣舞称职的演唱者,歌中有"若求国色始翻传,但恐人间废此舞。妍媸优劣宁相远,大都只在人抬举"(776)。白居易认为尽管舞蹈还很不完善,但逐步打磨,至少可以让这一舞蹈传承下去。白居易在苏州时,曾经与容、满、蝉、态等十妓夜游西武丘寺,并写有《夜游西武丘寺八韵》

纪游。

白居易在年壮之时,蓄有歌妓结之、樊素、小蛮等。在其年老体弱之时,白居易对善唱《杨柳枝》的歌妓樊素等,内心不舍,但还是给予她们一些资财,让她们各自散去。诗歌《对酒有怀寄李十九郎中》里有其情感的清晰记载:"往年江外抛桃叶,去岁楼中别柳枝。寂寞春来一杯酒,此情唯有李君知。吟君旧句情难忘,风月何时是尽时?"(1098)此外白居易还有《对酒吟》《东都冬日会诸同年宴郑家林亭》《追欢偶作》《酬裴令公赠马相戏》《陈结之》《感旧石上字》等记其追风逐流的事情,留下名号的乐妓有商玲珑、谢好、陈宠、沈平等。在"元和体"中,不仅包括了白居易和元稹两人交往中所寄的排律,也有很多浅切淫靡的艳情诗。

二、白居易诗歌中的自然情感及其脑文本

白居易表现其吃穿住行和宴饮狎妓的诗歌,涉及了他生存、享受、欲望、繁衍等自然属性和原始本能,其中体现的是诗人的自然情感和自然意志。"自然情感指不受道德约束的一种生理和心理反应",主要与人的食欲、性欲、生存、死亡等动物性本能有关。因为其主要"由人的本能导致",所以是"人的兽性因子的外化"。① 这样一种情感最后会向意志转化,形成自然意志。"自然意志主要产生于人的动物性本能,如性欲、食欲等人的基本生理要求和心理动态。"②

白居易比唐代的别的诗人更注重自己的吃穿住行,并且在诗歌中表现出来,这与他青少年时期的苦难记忆有关。白居易出身于中小官吏家庭,家贫多故。他出生之后,循州刺史哥舒晃,汴宋军节度使李灵耀、李希烈,成德军节度使李惟岳,魏博节度使田悦,襄阳节度使梁崇义,卢龙节度使朱滔,行营副元帅李怀光等相继叛乱,北方的回纥和西

---

① 聂珍钊:《文学伦理学批评导论》,北京:北京大学出版社,2014 年,第 280 页。
② 同上书,第 42 页。

边的吐蕃也经常侵入唐朝的土地。由于藩镇叛乱和饥荒爆发，民众皆因战乱流离失所，难以真正在一地安居乐业。为了躲避战祸，也为了投靠亲友，白居易在十一二岁之后曾有一段时期在越中一带过着颠沛流离的漂泊生活，南边到达苏州、杭州、宣州、饶州、襄樊，北边到达邯郸、太行，西边则到过洛阳、长安等地。白居易这一阶段萍飘蓬转般的生活，大约历时六七年。他作为下层民众的一员，经历了肉体和精神上的考验，从常理上来推测，其生活的艰辛一定是常人所难以体味的。

白居易经历过食不果腹、衣不蔽体、无家可归、颠沛流离的日子，离乱经历深深地铭刻在了他的头脑当中，形成了一种物质生活匮乏的焦虑情结。这段经历实际上也是白居易在其后的生活和创作中反复使用的脑文本。"脑文本是存储在人的大脑中的记忆，而记忆是人通过感官获得的对世界的感知。脑文本借助回忆提取，借助发音器官和听觉器官复现，并可借助陶片、纸草、龟甲、青铜、纸张等转化为以物质材料为载体的物质文本。"①白居易的很多写吃穿住行的诗篇，实际上是这一时期存留在他的大脑中的脑文本的复写、加工、混合和再现。青少年时期的白居易是"孤舟三适楚，羸马四经秦。昼行有饥色，夜寝无安魂"(138)。在22岁时写的诗歌《将之饶州江浦夜泊》中，他仍然是"苦乏衣食资，远为江海游"(133)。如果没有青少年时期的这些脑文本，白居易是不可能写出那些表现其吃穿住行等生存情结的诗歌来的。连年征战，粮食匮乏，衣物难寻，所以让他时时都有衣食的焦虑。这种焦虑让他对吃穿住行等日常生活非常重视，并在诗歌中随时记录下来。这种情结在白居易的生活中延续了一生，即使是衣食无忧时，在他的创作中仍然有很多描写吃穿住行的诗歌。

对于白居易重视俸禄和官职，不同的学者有不同的看法。宋人葛立方在《韵语阳秋》，清人赵翼在《瓯北诗话》中都提到了白居易在诗歌

---

① 聂珍钊：《文学伦理学批评导论》，北京：北京大学出版社，2014年，第42页。

中往往提到官职品秩、仕宦升沉、俸禄多寡、筑居葺所等事项,认为其本是一个豁达知理之人,却反复提到这些俗务,殊不可解。胡仔说"乐天既退闲,放浪物外,若真能脱屣轩冕者,然荣辱得失之际,铢铢较量,而自矜其达,每诗未尝不着此意"①。对此朱熹的言辞则更为激烈:"乐天,人多说其清高,其实爱官职,诗中凡及富贵处,皆说得口津津地涎出。"②其实胡仔和朱熹两人如果能够回到白居易所处的伦理环境,设身处地地为他着想,也许不会对他的行为做出如此低劣的评价。

白居易在任杭州刺史之后,作品中增加了很多笙歌宴饮、狎妓寻欢的内容,主要原因是内在的补偿心理在起作用。因为家贫多故,再加上与湘灵的情感纠葛,白居易三十七岁才结婚。后来仕途逐渐升迁,俸禄慢慢增多,内在的补偿情结让他开始追求肉欲上的满足。在男女关系方面显得比较随意,这让白居易与当时的官僚士大夫阶层渐渐合流。对于白居易的晚年生活,叶梦得曾这样评价:"然吾犹有微恨,似未能全忘声色杯酒之类,赏物太深,若犹有待而后遣者,故小蛮、樊素,每见于歌咏。"③

由此可见,胡仔、朱熹、叶梦得等人的评价,实际上未能进入人物生存的特殊的伦理环境,也未能重点关注白居易三十岁之前的脑文本对其一生创作的影响。

三、白居易道德情感对自然情感的控制

在白居易的很多诗歌中,我们既可以看到其日常生活的放浪奢靡,同时也可以看到他时时自我反省的情形。正如聂珍钊教授所说的那样,一切自然情感,当它进入作家思考的范畴时,就在向伦理情感过渡和转换。这些诗歌一方面体现了白居易的自然情感,另一方面又可

---

① 陈友琴:《白居易资料汇编》,北京:中华书局,1962年,第132页。
② 同上书,第138页。
③ 同上书,第53页。

以从中看到作家道德情感对自然情感的管束和控制。在《新制布裘》中,白居易从自身的温暖,联想到了天下苦寒之人的生活,于是这样说:"中夕忽有念,抚裘起逡巡。丈夫贵兼济,岂独善一身。安得万里裘,盖裹周四垠。稳暖皆如我,天下无寒人。"(18)在《新制绫袄成,感而有咏》中,他在自我的满足中,想到了洛阳的百姓:"百姓多寒无可救,一身独暖亦何情!心中为念农桑苦,耳里如闻饥冻声。争得大裘长万丈,与君都盖洛阳城!"(923)这两首诗歌,从自身的温暖联想到了让大家都得到温暖,从自然情感过渡到了道德情感。在《醉后狂言酬赠萧殷二协律》中,白居易这样写道:

> 余杭邑客多羁贫,其间甚者萧与殷。天寒身上犹衣葛,日高甑中未拂尘。江城山寺十一月,北风吹沙雪纷纷。宾客不见绨袍惠,黎庶未霑襦袴恩。此时太守自惭愧,重衣複衾有余温。因命染人与针女,先制两裘赠二君。吴棉细软桂布密,柔如狐腋白似云。劳将诗书投赠我,如此小惠何足论。我有大裘君未见,宽广和暖如阳春。此裘非缯亦非纩,裁以法度絮以仁。刀尺钝拙制未毕,出亦不独裹一身。若令在郡得五考,与君展覆杭州人。(183—184)

在这首诗歌中,写白居易在杭州刺史任上。大雪纷飞,天寒地冻,但是白居易因为有重衣复衾,所以并不感到寒冷。这里表现的是白居易的自然情感。他由自己的寒冷联想到了萧殷二协律穿着单薄,于是想请人为他们缝制布裘,这里体现的是他的伦理情感。而从他们的寒冷,进一步联想到很多并不熟识的杭州人的寒冷,甚至设想自己能在杭州任职时间长一些,广施仁政就可以让每一个杭州人都能够得以温饱。最后这里体现的则是他的道德情感。

在《题新馆》中,白居易由过去的天涯羁旅的生活,想到了目前作为苏州刺史的富足,然后其思绪又跳开去,涉及了其他的寒士:"重裘每念单衣士,兼味尝思旅食人。新馆寒来多少客,欲回歌酒暖风尘。"(837)从中可以看到他由自己的情形,联想到了更多比自己更差的人们的生活状况。《岁暮》一诗中也有类似的思考:"如我饱暖者,百人无一人。安得不惭愧,放歌聊自陈。"(280)白居易这两首诗中都涉及了他衣食住行等方面的生理的需要,但是并没有停留在这样的自然情感上面,他由自己的生活联想到了比自己还差的人们的生活,关心这些素未谋面的人们的疾苦,这就是道德情感。

　　类似的作品还有很多,如《观稼》《村居苦寒》《观刈麦》等,都有由己及人式的从自然情感向伦理甚至道德情感的转化。由此可见白居易与《轻肥》中的那些官吏和富豪是完全不同的。白居易写自然情感的那些诗歌,杜牧认为其"纤艳不逞",是"淫言媟语",并且非常遗憾,因为"吾无位,不得用法以治之"。① 其实白居易的诗歌跟六朝以来那些脱离现实和政治的吟风弄月的作品是完全不同的。在白居易的诗歌当中,他对于吃穿住行等日常生活特别容易知足,"除却需衣食,平生百事休"(83)。因为道德意志会驱动他去反思自己的自然意志,从而让自然情感得到道德情感的管控。这让他在追求奢靡生活的时候,总是感觉到愧对普通黎庶,使他除维持基本的衣食需要外,不再放纵自己的自然意志。

　　白居易表现自然情感的诗歌,主要涉及了自我情感的抒发,所以在诗体的选择上更加的个性化,其中有很多诗歌形式的实践,如长篇排律、半格诗等。他考虑的不是如何让大众理解,更多的是自我情感和艺术追求的表达。

第三节　释与道:白居易诗歌中的自由情感

　　从所包含的思想内容来看,白居易的诗歌中是儒释道三种思想并存的。那么如何来看待这种情形呢?有些学者认为这体现了中国文

---

① 陈友琴:《白居易资料汇编》,北京:中华书局,1962年,第5—6页。

化的开放和包容;有些认为这体现了白居易的乐观和豁达;还有些认为这体现了白居易思想的一种退步。那么从文学伦理学批评的角度来看,儒释道三种思想之间,到底是什么关系呢?

一、白居易诗歌中的佛道内涵

佛教虽然产生在今尼泊尔境内,却对世界文化特别是中国文化产生了极大的影响。佛教传入中国大约在公元前后,据说在秦始皇时代就有禁止修筑佛寺的政令。到汉明帝刘庄时期,官方接纳佛教的大门终于打开了。南北朝时期,佛教寺庙和信教人数急剧增加。隋朝的统治者非常相信佛教,将其推向了鼎盛时期。唐代的统治者最初信奉的是道教,但是对佛教采取了非常宽容的态度。唐太宗敕封少林寺、玄奘取经和译经等盛事极大地推动了佛教在唐代的发展,对当时的知识界有着极大的影响。

受此影响,白居易早年就开始阅读佛教方面的书籍,并参访了符离古寺、襄州景空寺、符离流沟寺等。早期的诗歌《感芍药花寄正一上人》中,白居易由芍药花的绚烂想到了它的凋零,由此而知眼前的"色相"其实都是"幻身"。芍药花如此,个人的沉浮又何尝不是这样呢?

贞元十六七年,白居易经过洛阳时曾向洛阳圣善寺的凝公大师求法。凝公法师示以观、觉、定、慧、明、通、济、舍八字,这是白居易最初的佛教启蒙。贞元二十年(804年)白居易在圣善寺祭奠已于年前迁化的凝公法师,以这八个字为题作了《八渐偈》。白居易曾数次参访京兆兴善法堂,与寺中僧人多有交流。在其下邽守制期间,由于远离政治权力中心,他头脑中萦绕着的佛教思想慢慢占了上风,其政治热情开始减退。母亲去世之后,他的爱女金銮子也去世了。在接连失去亲人的伤痛中,他试图在佛教中寻求解脱,在《自觉二首》中,他这样写道:"朝哭心所爱,暮哭心所亲。亲爱零落尽,安用身独存?几许平生欢,无限骨肉恩。结为肠间痛,聚作鼻头辛。悲来四支缓,泣尽双眸昏。

所以年四十,心如七十人。我闻浮屠教,中有解脱门。"(147)

元和十年(815年),白居易为东宫左赞善大夫,因越职言事,被贬为江州司马。在《与元九书》中,白居易坚定了避祸远害,"独善其身"的发展道路。他在香炉峰和遗爱寺之间筑了草堂,其中放置了自己阅读的各类图书,落成典礼还邀请了寺中长老参加。他此一时期读经参禅,与法演、智满、士坚、利辩等僧人交往,对佛教有了更深的体悟。白居易试图过一种逍遥自得,知命不忧的生活,此时他的诗歌《晚春登大云寺南楼赠常禅师》这样来写:"花尽头新白,登楼意若何?岁时春日少,世界苦人多。愁醉非因酒,悲吟不是歌。求师治此病,唯劝读《楞伽》。"(254)

面对人间的痛苦,借酒浇愁,对吟悲歌都不能解。唯有诵读《楞伽经》,才能让自己明心见性,得到暂时的解脱。其时,白居易还抄写了《楞严经》,准备按照其中的指引专心修行。

任杭州刺史后,他工作闲暇,曾与鸟窠和尚、济法师等交往,探讨佛教义理。多次参访西湖周围的寺庙,如招隐寺、恩德寺、天竺寺、灵隐寺等。在《留题天竺灵隐两寺》中,他这样写道:"别桥怜白石,辞洞恋青苔。渐出松间路,犹飞马上杯。谁教冷泉水,送我下山来。"(818)白居易不仅相信佛教,同时还亲自践行。在《拜表回闲游》中,白居易有诗云:"八关净戒斋销日,一曲狂歌醉送春。酒肆法堂方丈室,其间岂是两般身。"(1022)"八关净戒"指不杀生,不偷盗,不非梵行,不妄语,不饮酒,不非时食,不香花曼庄严其身、亦不歌舞倡伎,不坐卧大床。要求信徒谨守戒律,降低物质享受,提高精神境界。只有过简单、朴素的生活,才能推动精神境界的提升。

他暮年深受佛教影响,茹素而不沾荤腥。跟香山寺僧人如满、佛光等过从甚密,经常住在寺中,成为在家修行的佛弟子,号为香山居士。《香山寺二绝》云:"空门寂静老夫闲,伴鸟随云往复环。家酝满瓶书满架,半移生计入香山。爱风岩上攀松盖,恋月潭边坐石棱。且共云泉结缘境,他生当作此山僧。"(1017—1018)元稹去世之后,他将元稹给他的写墓志铭的报酬,全部捐献给了香山寺,用于修葺寺中建筑。去世后更葬于香山寺僧如满塔侧。

白居易像当时的很多文人一样,深受佛教禅宗的影响。他早年信奉北宗禅,晚年转向了南宗禅。北宗禅讲究禅定、慈悲、报应、斋戒等,南宗禅则讲究顿悟。如《春眠》中说:"春被薄亦暖,朝窗深更闲。却忘人间事,似得枕上仙。至适无梦想,大和难名言。全胜彭泽醉,欲敌曹溪禅。何物呼我觉,伯劳声关关。起来妻子笑,生计春茫然。"(81)曹溪禅即为南宗慧能所主导的禅宗,主张通过日常的坐卧起居等来悟透人生中的禅意。其由渐入顿,主要与其对佛教的认识逐步加深有关系。

从以上这些诗歌可以看出,在白居易的思想构成当中,佛教无疑占有着非常重要的位置。佛教面对人类的生老病死,往往用业报轮回等来加以解释。佛家求无生,归空门等思想使白居易得以超脱现实,解除烦恼。佛教中的求空破执思想,让他感觉到一切都是转瞬即逝的。佛教南宗禅所包含的对日常生活的顿悟,使他能在其中得到内心的宁静和身心的寄托。由于生老病死等各种苦谛都得到了合理的解释,所以其人生变得更加超脱旷达。

在唐代,道教是整个王朝正统思想的重要组成部分。由于皇家姓李,与写作了《道德经》的李聃同姓,因此道家黄老思想在李唐王朝很受重视,在王权的支持之下得到了很大的发展。耳濡目染,很多文人雅士都有阅读道家经典、炼丹服药、悟道修仙等经历。

面对自身的忧愤,仕途的沉浮,国家的衰颓,白居易找到了道家这样一条逃避的道路。白居易的名和字都出自儒家经典,但是却与独善其身这一类的思考有关。名如其人,在很早的时候,他就在思考如何调适自己的心理。他曾参研东汉末魏伯阳的《参同契》,追求长生久视,期望通过炼丹服气,来达到知足知止的目的。永贞元年,解褐入长安时,白居易就开始接触道家和道教的经典。《永崇里观居》中有这样的诗句:"寡欲虽少病,乐天心不忧。何以明吾志,周易在床头。"(68)《养拙》中,白居易"迢遥无所为,时窥五千言"(72)。这里的"五千言",是指老子的《道德经》。后来的《游悟真寺》中,白居易希望自己能够过悠游自在的生活,"身着居士衣,手把南华篇"(91)。南华篇指《庄子》,被道教称为《南华经》。

白居易涉及道家思想的诗篇有很多。如《读谢灵运诗》中,白居易认为贫贱富贵都有命运在主宰和支配。《洞中蝙蝠》的蝙蝠虽然处身幽暗,但却得以完身存活。《答崔侍郎、钱舍人书问,因继以诗》中他说:"心不择时适,足不拣地安。穷通与远近,一贯两无端。"(102)这实际上是齐物论的思想。除此之外,《长庆二年七月,自中书舍人出守杭州,路次蓝溪作》中还加上了顺其自然的思想:"置怀齐宠辱,委顺随行止。"(110)此外《齐物二首》《动静交相养赋》《山中五绝句》《池鹤八绝句》《问鹤》和《代鹤答》等都充满着道家的思想和情怀。

道家的思想是非常丰富的。道家强调清静无为,随遇而安。这就要求"消弭自我",追求虚静空明、坐忘心斋的境界。道家哲学把自我之外的一切都视为身外之物,不应对之产生荣辱、爱憎等情感。人们应该寡欲不争,知足保和,乐天知命,用弱守雌,以柔克刚等。

在道家思想的影响下,白居易得到了心灵的安适,《松斋》诗云:

> 非老亦非少,年过三纪余。非贱亦非贵,朝登一命初。才小分易足,心宽体长舒。充肠皆美食,容膝即安居。况此松斋下,一琴数帙书。书不求甚解,琴聊以自娱。夜直入君门,晚归卧吾庐。形骸委顺动,方寸付空虚。持此将过日,自然多晏如。昏昏复默默,非智亦非愚。(70)

道教讲究烧丹炼药,希望通过这样的方式得道成仙,但白居易对此却持否定的态度。虽然其《同微之赠别郭虚舟炼师五十韵》《自咏》《不二门》《浔阳晚岁寄元八郎中庾三十二员外》和《对酒》等诗篇中都涉及烧丹炼药之事，但总体来看，他只不过是随波逐流，内心并不特别信服。在《感事》中他写到崔常侍和郑舍人。两人都相信道家服气烧丹之术，祈求长生不老，但反而倏尔而逝。而白居易根本不懂如何炼丹炼金银，却无喜无忧地活到了74岁。这说明白居易对道家的自然、齐物、无为、虚静等思想是钦服的，但对其具体的延寿之法，却持否定态度。

所以白居易相信道教，主要的目的不是要成仙得道，而是要进入一种内在的宁静状态。楼钥曾这样评论白居易的诗歌："其间安时处顺，造理齐物，履忧患，婴疾苦，而其词意愈益平淡旷达，有古人所不易到，后来不可及者。"[①]其诗歌之所以能达到这样的一种境界，主要是由于其深得道家思想的真谛。

二、白居易的自由情感及其发展过程

白居易创作中出现的大量佛道思想，体现的实际上是其自由情感。自由情感是由直觉和欲望引发的情感，是居于自然情感和伦理情感之间的过渡状态。自然情感受自由意志推动。自由意志来自人的食欲、性欲、求知欲等不同的欲望，往往不受固定的逻辑规则的约束，常常展现为直觉、冲动、激情等形式。自由情感和自由意志往往会导致非理性情感和意志的产生。非理性意志是"一种希望摆脱道德约束的意志。它的产生并非源于本能，而是来自错误的判断或是犯罪的欲望，往往受情感的驱动。非理性意志是受情感驱动的非道德力量，不受理性意志的控制，是理性意志的反向意志"[②]。自然情感和自然意志很多时候缺乏理性的判断，是一种激情状态下的心理活动。但是在很多时候，自由情感和自由意志又能够形成人们走向更高目标的内在动力，逐步达成自己的目标，转而形成理性情感和理性意志。白居易

---

① 陈友琴：《白居易资料汇编》，北京：中华书局，1962年，第144页。
② 聂珍钊：《文学伦理学批评导论》，北京：北京大学出版社，2014年，第49页。

的道德情感主要是他的以"仁德"兼善天下的思想,体现为对现实人生的积极的关注和参与。但是当他仕途不顺,政治失意,命途多舛,罹灾遇祸之时,他常常有逃避现实,卸掉自己身上的责任的思想。不愿意继续沿着儒家思想的道路生活下去,想要找到其他的出路,实际上就是他自由意志和自由情感的体现。

这样的自由情感和自由意志在白居易的诗歌中,主要有两种表现形式:一是身体的远离,这就是逃遁到大自然和乡村生活中去;一是心灵的远离,这就是信仰佛教和道教,获得豁达的人生态度和出世的人生境界等。总之,两者都是要甩掉肩上所担负的伦理道义,从而获得自我身体和心灵的自由。

白居易的自由意志和自由情感与他早期逃离现实的隐逸思想有关。在白居易的思想中,尽管有着入世的兼济天下的伟大抱负,但是也在遭受挫折和独自反思的过程中产生了出世的思想。在盩厔县做县尉时所写的《京兆府新栽莲》中,白居易就有了归隐之意,认为"托根非其所,不如遭弃捐"(5),表现了自己任下层官吏时厌倦官场,不愿与世人同流合污,希望有所改变的情怀。在任秘书省校书郎时,《寄隐者》中他这样写:

> 卖药向都城,行憩青门树。道逢驰驿者,色有非常惧。亲族走相送,欲别不敢住。私怪问道旁,何人复何故?云是右丞相,当国握枢务。禄厚食万钱,恩深日三顾。昨日延英对,今日崖州去。由来君臣间,宠辱在朝暮。青青东郊草,中有归山路。归去卧云人,谋身计非误。(19)

当他看到官场上的朝升暮降,人们仕途的起起伏伏,他认为做一个卧云人,也不妨为一种生存方式。在《早送举人入试》中他也说:

> 凤驾送举人,东方犹未明。自谓出太早,已有车马行。骑火高低影,街鼓参差声。可怜早朝者,相看意气生。日出尘埃飞,群动互营营。营营各何求,无非利与名。而我常晏起,虚住长安城。

春深官又满,日有归山情。(68)

其中写东方未明之时,街市上已经有很多行人,他们熙熙攘攘,都在为名利奔忙。想到这些,他感觉到自己既没有得到名利,也没有得到安闲,所以比较矛盾。后来在《送王处士》中,说王处士"宁归白云外,饮水卧空谷";"好去采薇人,终南山正绿"(15)。在《读史诗五首》中,白居易说"商山有黄绮,颍川有巢许。何不从之游,超然离网罟?山林少羁鞅,世路多险阻"(29)。他希望自己能像唐尧时代的巢父和许由、秦汉时代的商山四皓一样归隐山林。但是这到底只是一种身体的出路,精神上要奔向何方,还没有一个具体的方向。

元和六年四月到九年冬天(811—814年),白居易因母丧回乡守制。从忙碌的仕宦生涯转为宁静的乡村生活,白居易得以反思其十余年的官场生活。白居易退居渭上,每天诵读陶渊明的诗歌,非常仰慕陶渊明不为五斗米折腰的气节。白居易希望自己能像陶渊明一样躬耕陇亩,沉醉于诗酒,过"遗我物",不必"分是非"的日子,远离仕宦之苦。于是仿效陶渊明的诗歌,写了《归田三首》《效陶潜体诗十六首》等作品。在《寓意诗五首》中,白居易说到"富贵来不久,倏如瓦沟霜。权势去尤速,瞥若石火光"(28)。所以"传语宦游子,且来归故乡"(29),有意像陶渊明一样归隐田园了。陶渊明的家乡在柴桑栗里。白居易谪贬江州之时,曾到其故居参访,又勾起了他的隐逸之思。除此之外,谢灵运、鲍照、孟浩然、王维、李白、韦应物等诗人也对他也产生了很大的影响,他的诗中承继了他们的闲适隐逸之风。

白居易的诗歌中,有很多是表现人与自然关系的诗篇。在江州司马任上,白居易开始寄情于自然山水,如《大林寺桃花》:

人间四月芳菲尽,山寺桃花始盛开。长恨春归无觅处,不知转入此中来。(263)

又如赴任杭州刺史途中的写景诗《暮江吟》:

一道残阳铺水中,半江瑟瑟半江红。可怜九月初三夜,露似真珠月似弓。(328)

再如其在杭州刺史任上时的诗篇《钱塘湖春行》:

孤山寺北贾亭西,水面初平云脚低。几处早莺争暖树,谁家新燕啄春泥。乱花渐欲迷人眼,浅草才能没马蹄。最爱湖东行不足,绿杨阴里白沙堤。(339)

白居易每到一地,都喜欢游览当地的美景、名胜,关注当地的传说和特产等,留下了很多记游的诗篇。这些诗篇一方面是作家在欣赏美景,另一方面也是他逃离尘网和官场的自然意志的体现。

从家庭出身、生活经历和内在目的等来看,白居易的主导思想是达则兼济天下、穷则独善其身的儒家思想。而从儒家的这两个方面来看,他思想的主导倾向是前者。但是白居易在入仕之初,也就是任秘书省校书郎时,便有了归隐的欲望,想要摆脱身上的责任,走向轻松、放逸和闲适。但是隐逸也罢,悠游于自然也罢,都只是身体的远离,内心很难达到平静的状态。因此白居易接受佛道思想的影响,实际上就是要解开内在的心结,后期专注于自我的闲适淡雅,对军国大事渐渐放弃。"置心世事外,无喜亦无忧。终日一蔬食,终年一布裘。寒来弥懒放,数日一梳头。朝睡足始起,夜酌醉即休。人心不过适,适外复何求。"(42)这样的诗歌当中,可以看到白居易的思想和情感与前期有了很大的变化。

三、白居易自由情感及其伦理环境

那么白居易的思想体系当中,儒、释、道是什么关系呢?蹇长春曾说:"白氏后期虽有过'栖心释梵,浪迹老庄'的表白,但仍然以儒家思想为其思想的主干。"[①]这是符合白居易创作的实际情况的。儒家思想

---

① 蹇长春:《白居易评传》,南京:南京大学出版社,2002年,第415页。

就像人头,而其他思想就像四肢和躯干,一直在儒家思想的指挥下行动。

白居易从隐逸到佛道的自由情感中,既有时间上的连续性,同时两者又是交融和混合在一起的。特别是在日常生活当中,我们往往难以辨别到底是隐逸思想还是佛道思想在起作用。

在《和〈思归乐〉》中,白居易说:"人生百岁内,天地暂寓形。太仓一稊米,大海一浮萍。身委《逍遥篇》,心付《头陀经》。"(32)《逍遥篇》指的是庄周的《庄子》,《头陀经》指的是佛家的十二头陀经。按照白居易的说法,他在逃遁到有别于现实世界的另一世界中去的时候,因为有佛道思想在起作用,所以外物并不能在其心中形成干扰。当然从诗中来看,佛家的思想对他更有吸引力。

在《新昌新居书事四十韵因寄元郎中张博士》中,白居易再一次提到了这个问题:

> 终须抛爵禄,渐拟断腥膻。大抵宗庄叟,私心事竺乾。浮荣水划字,真谛火生莲。梵部经十二,玄书字五千。是非都付梦,语默不妨禅。博士官犹冷,郎中病已痊。多同僻处住,久结静中缘。缓步携筇杖,徐吟展蜀笺。老宜闲语话,闷忆好诗篇。

在这首诗中,白居易说自己大体上来看是尊崇道家哲学的,但是私底下却信奉的是佛家的教义。《赠杓直》中白居易再次说到"近岁将心地,回向南宗禅"(93)。从白居易的这些道白可以看出,他认为自己的人生中,佛教思想的重要性是远远高于道家思想的。

然而陈寅恪先生的说法,却跟白居易的说法相悖。他认为"白公则外虽信佛,内实奉道是";"乐天之思想乃纯粹苦县之学,所谓禅学者,不过装饰门面之语"。① 从此可以看出,白居易的自我告白与陈寅恪先生的看法正好相反。为什么会出现这样的情形呢?白居易在作品中有大量的关于佛教及其信仰活动的描绘与记录,但是由于佛教属

---

① 陈寅恪:《元白诗笺证稿》,北京:生活·读书·新知三联书店,2001年,第337页。

于外来的文化,所以他对佛教的阅读和理解是比较粗浅的。而道教奉为经典的《周易》《老子》《庄子》等,白居易反复浸淫和琢磨,反而理解更渗透一些,并且在作品中体现出来更加圆融。

从儒家思想来看,白居易走向道家和佛家思想,是他自由意志和自由情感的体现。自汉代以来,废黜百家,独尊儒术,讲求"温柔敦厚",追求兼济和独善。在白居易的身上,我们可以看到他的儒学是一极,而佛道思想是另一极。前者体现的是他的道德情感,后者体现的则是他的自由情感。面对君臣之间"左纳言,右纳史;朝承恩,暮赐死"(47)的情形,他寄情于云林泉石,意欲于佛道两教中找到面对世界的良方。这与唐代三教并存的宽松环境是有一定关系的。在《和梦游诗一百韵》的序言中,白居易说"况与足下外服儒风,内宗梵行者有日矣"。(225)序言中这样的句子虽是评价老友元稹的,但其中也表明了自己对儒释道的看法。大和元年(827年),文宗曾诏令秘书监赐紫金鱼袋白居易与安国寺赐紫引驾沙门义林、太清宫赐紫道士杨弘元等在麟德殿论儒释道三教教义。这是官方让多种思想并存的佐证。

作为逃离的自由意志的外化,佛道给了白居易一个完全不同于现实的世界。朋党之争、甘露之变等重大事件,似乎都与他关系甚微。《初出城留别》中,白居易曾说"我身本无乡,心安是归处"(110)。外部的纷扰已经很难在他的心湖中激起情感的涟漪。在后来的《达哉乐天行》中,白居易更是获得了自己生活的安适和自由,但这是在卸下了对国家和社会的责任的基础上的。在其中,道德意志和道德情感已经慢慢弱化,留下来的只是自我身体的类似于自然意志推动下的一种快乐。

第四节 从家到国:白居易诗歌中的伦理情感

从思维方式来看,中国人将天人合一作为其思维发展的逻辑基点。这种思维方式既不是专注于作为客体的外在事物,也不是重视作为主体的自我,而是重视天人之际,也就是两者之间的关系。这与西方主客二分的思维方式是截然不同的。由于重视的是关系,所以东方在价值文化方面特别强调伦理和道德。在白居易的诗歌中,表现诗人和其他人物关系的诗歌很多,其中主要表现的是他的伦理情感。

一、白居易伦理情感在诗歌中的体现

从文学伦理学批评的角度来看,伦理"主要指文学作品中虚构的人与人之间以及社会中存在的伦理关系及道德秩序。……在具体的文学作品中,伦理的核心内容是人与人、人与社会以及人与自然之间形成的被接受和认可的伦理关系,以及在这种关系的基础上形成的道德秩序和维系这种秩序的各种规范"[①]。在人类的情感中,自然情感和自由情感都属于动物性本能的范畴,没有善恶的区别。除了自然情感和自由情感之外,其余的都属于伦理情感,其中又可以分为善的伦理情感和恶的伦理情感。善的伦理情感就是道德情感,而恶的伦理情感则是非道德情感。在其中则是大量的由特定的伦理关系形成的伦理情感。它们处于自由情感到道德情感的中间状态,是人与他人、人与社会、人与自然等交往的过程中产生的情感。

白居易的诗歌中涉及了父母与子女之间的伦理情感。如《生离别》表现的是白居易从浮梁到洛阳省亲,后因要应宣州乡试,而不得不与生病的母亲离别的心情。后来他做秘书省校书郎时,想到自己俸禄微薄,不能很好地奉养母亲,所以他在《思归时初为校书郎》这样写道:"薄俸未及亲,别家已经时。冬积温席恋,春违采兰期。"(133)《慈乌夜啼》《燕诗示刘叟》等诗中借乌鸦和燕子来写母子之间的慈爱与反哺。据说白居易母亲是坠井而死的,母亲死后白居易根本没有任何伤痛之情,反而写了《赏花》《新井》等诗。然而从上述诗中流露出的伦理情感

[①] 聂珍钊:《文学伦理学批评导论》,北京:北京大学出版社,2014年,第13页。

来看，白居易做出这样有伤名教的行为的说法，更有可能是无稽之谈。

白居易到江州的第三年，女儿阿罗出生了，夫妻二人深感欣慰。《吾雏》写自己54岁，对着7岁的阿罗大发感慨。因为女儿乳牙新落，发髻初成，而自己却已年龄老大。抚养女儿，不图任何回报，只是为了天伦之乐。《金銮子晬日》《念金銮子二首》和《病中哭金銮子》等写金銮子聪明伶俐，善解人意，但却不幸于不到3岁夭折。此外白居易58岁生子阿崔，但亦天不假年，不幸早夭，有《阿崔》《哭崔儿》表现自己的喜悦、酸楚和苦痛。

白居易的诗歌中写到了与恋人之间的伦理情感。白居易19岁时在符离爱上了比自己小4岁的少女湘灵。两人两情相悦，而且还有了肌肤之亲。《感情》从一双鞋想起了过去恋人的深情。《长相思》中"愿作远方兽，步步比肩行。愿作深山木，枝枝连理生"(175)写诗人对湘灵的留恋和思念。此外还有《邻女》《长相思》《寄湘灵》《花非花》《感秋寄远》《潜别离》《夜雨》《感情》《冬至夜怀湘灵》等表现两人真挚情感和悲欢离合的诗篇。

白居易的诗歌中还涉及了夫妻之间的伦理情感。由于家贫多故，再加上青年时期与湘灵之间的情感纠葛，白居易直到元和三年（808年）37岁时才与杨虞卿从妹杨氏结婚。《赠内》《寄内》《赠内子》等诗歌，其中有"生为同室亲，死为同穴尘""庶保贫与素，偕老同欣欣"(11)等诗句，白居易与杨氏新婚，希望两人能够夫妻恩爱，安贫乐道。《长恨歌》之所以动人，也是由于其描写了李杨二人之间真挚的情感，"在天愿作比翼鸟，在地愿为连理枝"(182)的名句因情深而感人。

从唐代官宦之家的婚姻来看，仍然深受魏晋南北朝士大夫风气的影响，讲究的是门阀和地位。结交较高的门第，则仕途通达，得到社会的认可，否则将受到人们的讥讽，会对其将来的发展有碍。"盖唐代社会承南北朝之旧俗，通以二事评量人品之高下。此二事，一曰婚，二曰宦。凡婚而不娶名家女,与仕而不由清望官,俱为社会所不齿。"①按照当时的婚恋习俗,白居易与湘灵两人门第的差异,最终未能结为连理。而他与杨氏夫人可以说是门当户对,因此最终夫妇和谐。

白居易的诗中也有各种描写兄弟之情的诗歌。如《江南送北客,因凭寄徐州兄弟书》中有"今日因君访兄弟,数行乡泪一封书"。(200)《自河南经乱,关内阻饥,兄弟离散,各在一处;因望月有感,聊抒所怀。寄上浮梁大兄、於潜七兄、兼示符离及下邽弟妹》中因"弟兄羁旅各西东""骨肉流离道路中",对月怀人,"共看明月应垂泪,一夜乡心五处同"(204)。《雨夜有念》中云:"骨肉能几人?各在天一端,吾兄寄宿州,吾弟客东川。"(147)表达了雨夜之中对兄弟的思念之情。惜乎长兄早逝,故与三弟白行简关系非常亲密,诗集中有《寄行简》《别行简》《登西楼忆行简》等诗歌表达两人之间的兄弟之情。

白居易好交游,重友情,诗文中提到的有名有姓的朋友达八十余人。其中比较重要的如元稹、孔戡、王起、崔玄亮、李绅、吕灵、张籍、元宗简、樊宗师、李建、崔韶、刘禹锡、柳宗元、李绅、钱徽、李谅等。其中与白居易关系最亲密的是元稹、刘禹锡、李建、崔玄亮等。

白居易一生与元稹交情最厚,世称二人为"元白"。两人订交于贞元十六年(800年),两心相知。他们一同应拔萃科考试,一同被授予秘书省校书郎。在元稹与宦官刘士元争厅被贬之时,白居易屡次上书为其辩护。两人友情深笃,"分定金兰契,言通药石规""有月多同赏,无杯不共持"。(187)元稹与中使刘士元争驿房等事被贬,白居易也关注着他的行程,所以有《同李十一醉忆元九》"忽忆故人天际去,计程今日到梁州"(208)。在《与元九书》中,白居易云:"与足下小通,则以诗相戒。小穷,则以诗相勉。索居,则以诗相慰。同处,则以诗相娱。"(428)留下了《雨夜寄元九》《梦微之》《蓝桥驿见元九诗》《韩宫堆寄元

---

① 陈寅恪:《元白诗笺证稿》,北京:生活·读书·新知三联书店,2001年,第116页。

九》等大量诗歌。白居易为杭州刺史时,元稹为浙东观察使,两人用诗筒装诗来往唱和,被传为一时佳话。终其一生,两人唱和之作加在一起,竟达到千余首之多,甚至成为一个时代的象征,其诗作被称为元和体。

白居易特别善于处理人与人之间的关系,其为人处世深得后世人们的称道。他对父母、对子女真正做到了父慈子孝。白幼文、白行简和从弟白敏中等皆中进士,兄友弟恭,传为佳话。对湘灵情深意长,对妻子则相互扶持。从朋友关系上来看,他的朋友中有李党的李绅、元稹,也有牛党的牛僧孺、杨虞卿,还有伾文之党中的刘禹锡,但是他主要以性情和志趣相交,而不是为了财富和权势,故能做到不偏不倚。

二、白居易诗歌中的中隐思想

在唐代中后期,一直贯穿着重门第的士族集团和重科举的进士集团的斗争。士族集团出身于高官显贵的山东士族家庭,由于他们长期占据国家要津,因此整体较为保守。进士集团主要出身庶族寒门,家庭经济较为窘困,社会地位非常低下,因此进入官场之后积极进取,希望唐王朝得以中兴。后来延续了数十年的牛李党争,实际上就是这两个集团矛盾冲突激化的结果。其中李党(李德裕、元稹、李绅等)主要是承袭自魏晋南北朝之山东旧族,而牛党(牛僧孺、李宗闵、杨虞卿等)则主要是后起的寒族进士。

中唐是政治局势非常不稳定的时期。先是王叔文、刘禹锡、柳宗元、韩泰等人掀起了加强中央集权,反对藩镇割据和宦官专权的永贞革新。然而只维持了一百多天,革新便以失败告终。元和九年冬,有宦官雇人盗杀宰相武元衡。光天化日之下,如此血案,震动朝野。穆宗长庆元年(821年)的科场弊案,让两大集团的矛盾更加尖锐。太和九年的甘露之变中,李训、郑注等谋诛宦官,事泄后大量朝臣被屠戮。由于朝中大臣党争不断,国君昏庸荒淫,阉宦把持朝政,强藩肆意作乱。白居易感觉到很难把握自身的命运,于是他开始了关于隐逸的思考与选择。只是对于具体怎么"隐",他似乎还没有明确的定论,在《玩新庭树,因咏所怀》中,白居易就对隐逸进行了思考,认为进入山林当中不一定是真隐者,"偶得幽闲境,遂忘尘俗心。始知真隐者,不必在山林"(119)。

在《江州司马厅记》中,白居易谈到了"吏隐"的问题,"苟有志于吏隐者,舍此官何求焉?"(403)他之所以认为司马一职于他非常合适,是因为这个职位能够实现"吏隐"。此职位正好处在中间,上有刺史,下有佐吏。而且有一定的俸禄,除了可以养活家人之外,还可以悠游于山水诗酒间。在《仲夏斋居,偶题八韵,寄微之及崔湖州》中,白居易再一次提到了"吏隐","不知湖与越,吏隐兴何如"(843)。在这首诗中,他想了解元稹和崔群等人在任上生活的情况。在他刚刚到杭州任刺史时,就写了《郡亭》,也在思考"吏隐"的问题:

> 平旦起视事,亭午卧掩关。除亲簿领外,多在琴书前。况有虚白亭,坐见海门山。潮来一凭槛,宾至一开筵。终朝对云水,有时听管弦。持此聊过日,非忙亦非闲。山林太寂寞,朝阙空喧烦。唯兹郡阁内,嚣静得中间。(115)

最后,他在隐逸与现实之间作出妥协,于是他选择了一条中隐之路。在唐文宗大和三年(829)所写的《中隐》一诗中,白居易这样说:

> 大隐住朝市,小隐入丘樊。丘樊太冷落,朝市太嚣喧。不如作中隐,隐在留司官。似出复似处,非忙亦非闲。不劳心与力,又免饥与寒。终岁无公事,随月有俸钱。君若好登临,城南有秋山。君若爱游荡,城东有春园。君若欲一醉,时出赴宾筵。洛中多君子,可以恣欢言。君若欲高卧,但自深掩关。亦无车马客,造次到门前。人生处一世,其道难两全。贱即苦冻馁,贵则多忧患。唯此中隐士,致身吉且安。穷通与丰约,正在四者间。(799)

所谓的中隐,就是在大隐和小隐之间、在出仕与隐逸之间寻找一条中间的道路。位高禄厚,但是却没有繁剧的事务,因此可以过着逍遥自在的生活。中隐的最好职位就是留司官,远离京城却又处于重要的城市当中。

由以上脉络中可以看出,在白居易的思想发展中,有一个从归隐到吏隐再到中隐的发展过程。

三、白居易的伦理困境和伦理选择

对于白居易的中隐思想,学者们有着各种各样的看法。如董超认为白居易的中隐"注重的是人生的少忧患和丰富的物质享受"。从政治上和经济上来看,"这可以说是真正获得了身心俱适"。① 张英认为中隐"表现了人们将注意力的集中点从外界的社会生活转到了对个体生命本身的关注,通过回避现实中的宦海风波而赢得个体生命的自由适意"②。陈燕认为"白居易'中隐'是以庄子的逍遥人生为理念,远离政治斗争的随性自由的生存哲学和方式,其核心是'适',在适性逍遥的前提下,再安排对社会、家庭、国家、民族的责任。这是一种强调个体生命高于一切的现代人本主义精神,在儒家思想占据统治地位的专制集权社会,这一思想是超前的"③。杜学霞认为"从思想来源看,中隐之'中',既有儒家的中庸思想的成分,也有道家尤其是庄子的齐物论思想,还包含了禅宗的不执着于一端的思考方式。中隐是多种思想的复合体"④。

---

① 董超:《论白居易"中隐"思想的形成》,《现代语文》(学术综合版)2014年第10期,第15页。
② 张英:《白居易"中隐心态"对唐宋词休闲享乐创作氛围的引导》,《商丘师范学院学报》2011年第7期,第37页。
③ 陈燕:《白居易"中隐"及其对后世的影响》,《安徽农业大学学报》(社会科学版)2007年第6期,第77页。
④ 杜学霞:《朝隐、吏隐、中隐:白居易归隐心路历程》,《河南社会科学》2007年第1期,第132页。

这些观点为我们思考"中隐"提供了很有价值的一些参考。但是从文学伦理学批评的角度来看,在做出中隐的伦理选择之前,他所面对的实际上是极难选择的伦理困境。中隐在白居易的情感当中,体现的主要是一种伦理情感。这主要是其自然情感、自由情感与道德情感相互协调的结果。按照当时的伦理环境来看,如果坚持自己的道德意志,在藩镇割据和朋党之争等复杂的政治局势中,为民众到处鼓与呼,其结果自然与李训、郑注同命。但是如果听任自己自由情感的驱使,走向完全的归隐或者佛道的出世。在田园中劳作,在山林中徜徉,则无法满足衣食之需,没有办法供养家人,甚至自己也会再一次经历青少年时期的苦难。"靖节先生樽长空,广文先生饭不足。"(996)陶渊明缺酒少钱,郑虔生活清苦。这样的生活是白居易绝对不能接受的。还有一种选择就是外放杭州、苏州、洛阳等地。相对于过去的兼济天下的思想,这体现了他的自由情感。白居易最初为翰林和左拾遗时,尽管品秩低微,但却常常可以亲近皇帝,以自己的政治思想和道德理念能够得以施行为荣。但是穆宗之后,君主荒淫无道,宰辅才能低下,国家赏罚失度,盗贼到处横行。为了全身保命,远离政治漩涡,他避地而居,视官场为险路危途。从中心走向边缘的这样一种取向和行为,相对于其最初的政治理想来说,实际上是道德情感和自然情感协调下的一种伦理情感。

面对复杂的伦理环境,白居易做出了自己的选择。那就是做散官、闲官和地方官。一方面有一定的地位和俸禄,同时又可以避灾远祸。白居易感觉到"杭州五千里,往若投渊鱼"(113)。从总体来看,白居易成了杭州、苏州、洛阳等地方大员之后才能称为中隐,在这之前只能称为吏隐或者隐逸。晚年的时候,白居易作《九年十一月二十一日感事而作》一诗,其中涉及了甘露之变,白居易因为早已离开中枢,得以保全。所以他说"麒麟作脯龙为醢,何似泥中曳尾龟"(1041)。由此可见白居易的中隐,一是为了保富贵,一是为了远祸全身。中隐得到白居易的肯定,同时又影响到其后的作家和诗人,是因为其中实现了自由情感、自然情感和道德情感的平衡。

本章小结

　　白居易一生非常重视自己诗文的编撰、收集和流传。从晚年的《题文集柜》可以看出,白居易生前,将其 3840 首诗笔,抄录五本,分置东林寺、南禅寺、圣善寺、香山寺、本家等五处。清代诗人朱彝尊说历代诗人中,好名的诗人,没有比白居易更甚的。实际上白居易对自己的诗文有着清醒的认识,在《拙诗成一十五卷因题卷末戏赠元九李二十》中,他认为"世间富贵应无分,身后文章合有名"(270)。

　　白居易的诗歌生前流传就非常广泛。白居易在《与元九书》中说:"自长安抵江西三四千里,凡乡校、佛寺、逆旅、行舟之中,往往有题仆诗者;士庶、僧徒、孀妇、处女之口,每有咏仆诗者。"(426)元稹的《白氏长庆集序》中也有类似的记载:"然而二十年间,禁省观寺、邮候墙壁之上无不书;王公妾妇、牛童马走之口无不道。至于缮写模勒,炫卖于市井,或持之以交酒茗者,处处皆是。其甚者,有至于盗窃名姓,苟求自售。杂乱闲厕,无可奈何。予尝于平水市中,见村校诸童,竞习歌咏,召而问之,皆对曰:'先生教我乐天、微之诗。'固亦不知予之为微之也。又鸡林贾人求市颇切,自云本国宰相每以一金换一篇,其甚伪者,宰相辄能辨别之。自篇章已来,未有如是流传之广者。"(1-2)由此可见,白居易还在世的时候,其诗歌就广为流布并得到了民众普遍的接受和认同。

　　白居易对宋、元、明、清各个朝代都有着极大的影响。后世诗人中的王禹偁、梅尧臣、苏轼、张耒、陆游、俞樾等从白居易诗歌中吸取营养。除了其诗歌语言通俗易懂,叙事议论平正稳妥,诗歌体裁各体兼备和艺术手法多姿多彩,更重要的其实是白居易本人和他诗歌的伦理道德价值。世世代代的读者都通过阅读白居易的诗歌,去审度和思考自己的生活。

从文学伦理学批评的角度来看,"文学是人类的一种功利性创造,其目的就是为了把自己的经验保存下来并与他人共享,形成生活规范"①。白居易的诗歌之所以流布极广,首先是切合了中唐以后的时代环境,体现了大多数同时代人的心声。其次,为什么世世代代的读者都能够喜爱白居易的作品呢?我觉得主要是由于人们在他的诗歌当中读出了自己,人们感觉到白居易是那样和蔼可亲。具体到情感上来说,白居易的诗歌中体现了自然情感、自由情感、伦理情感、道德情感的冲突和博弈。在白居易的诗歌人生中,读者从中得到教益,用理性去控制自己的肉欲和冲动。

白居易的诗文,为何能够引起我们的共鸣呢?白居易诗歌中的情感,从他自己的角度来说,是他一生所见、所闻、所感的真实记录,也是他内在郁结情绪的发泄和疏解。而从读者的角度来看,白居易用诗歌中的情感打动了我们,增强了我们的感受和理解,让我们产生了模仿的冲动和思考,从而更好地规划自己的生活。世易时移,社会的各种矛盾冲突仍在,人生的风云际会依旧,人类内在感情和意志的冲突与博弈未变,在白居易的诗歌中所表达的表面上是他自己的经历、思想和情感,实际上体现的是世人皆相通的生活和价值,是后世人们能够共享的道德经验。因此,白居易是唐朝伟大的诗人,但是他又属于亘古不朽的艺术世界,能够为我们迷惘的心灵引路,为我们漂泊的灵魂提供可供栖居的精神家园。

---

① 聂珍钊:《文学伦理学批评导论》,北京:北京大学出版社,2014年,第7页。

第三章

《西厢记》中的自由意志与理性意志

自宋元以来,中国文学史上涌现了大批传诵不衰的佳作,其中,王实甫的《崔莺莺待月西厢记》(以下简称《西厢记》)便是其中杰出的代表。这部作品不仅代表了元代戏曲创作的最高水平,同时也堪称中国古代戏曲史上最重要的经典之一。明初贾仲明在自己续编的《录鬼簿》中对这部作品加以盛赞,认为"新杂剧,旧传奇,《西厢记》天下夺魁"[①]。元末明初的著名评论家金圣叹盛赞《西厢记》是天造地设的妙

[①] (明)贾仲明:《录鬼簿续编》,转引自中国戏曲研究院编:《中国古典戏曲论著集成》(二),北京:中国戏剧出版社,1959年,第173页。

文:"不是何人做得出来,是他天地直会自己劈空结撰而出。"①到了明清之际,《西厢记》已经成为中国读者最为喜爱的戏曲之一。《西厢记》不仅深受读者与观众的喜爱,也备受历代作家的推崇,在文学发展史上发挥了深远的影响。例如曹雪芹就在《红楼梦》中特意安排贾宝玉和林黛玉偷阅《西厢记》,并且借读曲暗诉衷肠。《红楼梦》中这出经典的"双玉读曲"桥段,既是文本叙事的需要,为宝黛二人互吐衷肠提供了一个契机,兼以为观众一窥宝黛二人情愫提供了互文性背景,但也完全可以视为曹雪芹向对自己有着巨大影响的前辈文人的致敬。

在以往对《西厢记》的研究中,无论是人物形象研究还是主题研究都存在着两种截然对立的鲜明倾向。在中国古代的《西厢记》研究中,《西厢记》通常被视为典型的淫词艳曲。虽然也有金圣叹等少数文人试图为《西厢记》正名,肯定它的思想价值与艺术价值,但始终未成主流。大多数对《西厢记》的研究评价都是从封建礼法出发,认为"《西厢》韵士而为淫词",书写的是"幽期密约,裹淫秽亵之事"。②然而,在五四新文化运动之后,评论界对《西厢记》的评价却发生了一百八十度的转折。伴随着反封建、反礼教的思潮的兴起,人们开始将《西厢记》视为一部反封建、反礼教的进步作品。例如郭沫若就称"《西厢》是有生命的人性战胜了无生命的礼教的凯旋歌,纪念塔"③。1949年至今,虽然《西厢记》研究有了长足的发展,取得了丰硕的研究成果,但大体上依然是延续了郭沫若这一思路。学术界普遍认为,崔母与崔张二人之间的矛盾冲突是《西厢记》最主要的戏剧冲突,崔母是封建礼教和封建等级制婚姻的捍卫者,而崔莺莺和张君瑞之间的爱情则体现了跨越社会等级与礼教观念的积极力量。《西厢记》正是通过对这一戏剧冲突的描写,矛头直指封建礼教和包办婚姻制度。马克思主义理论研究

---

① (元)王实甫著,(清)金圣叹点评:《金圣叹批评本西厢记》,南京:凤凰出版社,2011年,第6页。
② 张人和:《近百年西厢记研究》,《社会科学战线》1996年第3期,第38页。
③ 同上。

和建设工程重点教材《中国古代文学史》是当下各高校普遍采用的古代文学课程教科书,编写团队汇聚了当下中国众多一流的古代文学学者,能够反映当下中国古代文学研究界的普遍观点。这本教科书在评价《西厢记》时也指出:"老夫人与张生、莺莺的矛盾是价值观的严重冲突,也是守护礼教与反抗礼教的冲突。"①

以往的《西厢记》研究为我们深入理解这部作品提供了很大的帮助。但是,如果运用文学伦理学批评的方法来解读《西厢记》,我们便能对这部作品做出新的理解。将《西厢记》视为淫词艳曲固然是封建卫道士之言,不值一哂,但是,对张君瑞与崔莺莺对于爱情的追求一味褒奖,其实也有其不妥之处。《西厢记》固然描写了封建礼教与反封建力量之间的冲突,但是,自由意志和理性意志的冲突才是《西厢记》最根本的戏剧冲突,同时也是戏剧叙事的根本动力,而《西厢记》正是通过对剧中人物理性意志和自由意志此消彼长的对立冲突的描写,表达了对爱情与婚姻的深刻伦理思考。也正是在这个意义上,我们可以发现,《西厢记》不仅是一部充满了反抗精神的反封建礼教的作品,而且还能对后世读者思考爱情与婚姻提供有益的借鉴。

第一节 《西厢记》里的自由意志

张生与崔莺莺之间的爱情,源起于机缘巧合之下的一见钟情。两人的人生本无交集,只是基于一连串的偶然,两人才得以相识并很快双双坠入爱河。张君瑞在应考途中路经河中府,想要顺便拜访结拜兄弟杜确,所以才会在此稍作停留,并去普救寺闲逛。而此时崔莺莺正巧与母亲一起护送父亲灵柩回故土安葬,由于路途遇阻才会停滞于普救寺。更凑巧的是,就在张君瑞到普救寺游玩的那一天,崔母偶感暮

---

① 袁世硕主编:《中国古代文学史》(中),北京:高等教育出版社,2016年,第534页。

春天气好生困人,担心女儿在寺中待得烦闷,因而命红娘陪崔莺莺到佛殿上闲耍,所以才让本应居于深闺的崔莺莺和正在寺中闲逛的张生有了相遇的机会。乍一看见崔莺莺,张生便感叹"正撞着五百年前的风流业冤",觉得"着人眼花缭乱口难言,魂灵儿飞在半天"①,瞬间便坠入了爱河。崔莺莺初见张生时是否如张生一样瞬间坠入情网,文本并未明说,因而不好揣测。但是,崔莺莺看到大殿中有生人,本应立刻返回内院,可她却下意识地冲着张君瑞蓦然回首。这一下意识的回首给了读者,也给了张君瑞无限的遐想空间。正如张君瑞所言,"怎当她临去秋波那一转。休道是小生,便是铁石人也意惹情牵"②。在向红娘训斥"非礼勿视,非礼勿听,非礼勿言,非礼勿动"之后,张君瑞再次感叹:"小姐呵,你不合临去也回头儿望。"③张君瑞此言不能完全说是自作多情。崔莺莺作为相国千金,自然明白"非礼勿视"的道理,但养在深闺的她看到英俊的张君瑞时却难以保持内心的平静。清代文人徐士范将崔莺莺的"临去秋波"称作是"一部《西厢》关窍"④,目光是非常准确的。张君瑞初见崔莺莺时的魂不守舍与崔莺莺初遇张生时的回眸一望,都清楚地证明了这次偶遇在两个正值花季的青年心中播种下的情愫。

一见钟情是一种非常美好的感情。并非每个人在现实生活中都能遭遇一见钟情的爱情,但几乎每个人都有着或曾经有过对"一见钟情"的期望。正因为一见钟情反映了人们对美好爱情的追求与向往,自然也就成为古今中外各类文学作品所描写与歌颂的对象。因此,无论是中国古代民间传说中的许仙与白素贞,还是莎士比亚塑造的罗密欧与朱丽叶,甚至司马迁笔下的司马相如与卓文君,都成为后世读者津津乐道的佳偶。在个人婚姻必须听从"父母之命,媒妁之言"的中国

---

① (元)王实甫:《西厢记》,北京:人民文学出版社,1995年,第9页。
② 同上书,第10页。
③ 同上书,第30页。
④ 李梦生:《西厢记选评》,上海:上海古籍出版社,2005年,第8页。

古代社会,青年男女往往失去了自主选择爱情与婚姻的权利,这就使得《西厢记》中张君瑞与崔莺莺一见钟情的偶遇显得更加弥足珍贵,满足了读者在现实生活中缺失的情感需求,自然也就很容易博得读者的认可。所以,当老夫人对他们的爱情横加阻挠、百般刁难时,读者的情感立场便会很自然地偏向崔张二人,对他们在追求爱情的过程中遭受的挫折感到同情,并对崔母棒打鸳鸯的行为感到反感。正是读者这种情感倾向赋予了崔张二人的爱情更多的合理性,甚至具有了为争取婚姻自由而同封建势力进行对抗的斗争精神。但是,如果细致分析崔张二人的一见钟情便不难发现,两人的一见钟情固然是以两情相悦的爱情为基础,但从根本上说却是受到自由意志中情欲的驱使。而且,这种情欲带有明显的非理性的色彩,不仅违背了当时的伦理价值规范,而且如果不对其加以约束的话,很容易对陷入爱情的双方都造成严重的伤害。

按照文学伦理学的观点,"从伦理意义上而言,人是一种斯芬克斯因子的存在,由人性因子和兽性因子组成"①。其中,兽性因子由自然意志和自由意志构成,而人性因子则由理性意志构成。具体而言,"自然意志是最原始的接近兽性部分的意志,如性本能;自由意志是接近理性意志的部分,如对某种目的或要求的有意识追求;理性意志是接近道德意志的部分,如判断和选择的善恶标准及道德规范"②。在构成斯芬克斯因子的三种意志中,自由意志无疑是最为复杂的一种。自由意志和自然意志一样,都根源于人的本能与各种欲求,但它和自然意志又绝非全然相同。自然意志是一种纯粹的动物本能,例如食欲、性欲等人类本能的欲望,就自然意志而言,人与动物之间并不存在差异,但自由意志却是人类所特有的。由于在经历了漫长的生物选择之

---

① 聂珍钊:《文学伦理学批评:伦理选择与斯芬克斯因子》,《外国文学研究》2011 年第 6 期,第 1 页。

② 聂珍钊:《文学伦理学批评导论》,北京:北京大学出版社,2014 年,第 42 页。

后人类又经历了伦理选择，成为一种伦理的动物，所以人类身上虽然保留了原始的动物本能，但不会和大自然中其他动物一样，纯粹由本能支配自己的行为，因此，人类的各种非理性的欲望、情感和冲动更多时候是以自由意志的形式体现出来。

在张君瑞遇见崔莺莺前后判若两人的表现之中，可以清楚地发现自由意志所具有的巨大力量。刚一登场的张君瑞其实是一个颇有抱负的有志青年，他出生于一个没落的宦官家庭，父亲曾经官拜礼部尚书，只是由于父母早逝才导致家境衰落，所以才长期过着"游艺中原，脚跟无线，如蓬转"①的生活。然而，处于游荡生活之中的张君瑞并没有自暴自弃，放浪形骸。在张君瑞所处的伦理环境中，通过勤学苦读以求金榜题名，既是他实现自己人生价值的不二途径，也是重振家族的使命对他提出的必然要求。事实上，张君瑞自己对这个问题也有着清醒的认识，因此他才为了"投至得云路鹏程九万里"，甘愿"先受了雪窗萤火二十年"。② 正因为有了"萤窗雪案"的艰辛付出，临近考试时，他才会有"望眼连天，日近长安远"③的压力与焦虑感。而且，在途经黄河时，张君瑞触景生情，赋诗言志。正如金圣叹所言，张君瑞其实是在"反借黄河，快然一吐其胸中隐隐岳岳之无数奇事"④，他是在通过歌咏黄河表达自己的经世报国的志向，其胸中的鸿鹄之志跃然纸上。

但是，一见到崔莺莺，张君瑞原本心中的社会使命、家族责任、个人追求全部扔到了九霄云外。张君瑞对崔莺莺的一见钟情毫无疑问是受到了自由意志的驱使。张君瑞对莺莺留下的初次印象，无论是"宫样眉儿新月偃，斜侵入鬓边"，还是"解舞腰肢娇又软，千般袅娜，万

---

① （元）王实甫：《西厢记》，北京：人民文学出版社，1995年，第7页。
② 同上。
③ 同上。
④ （元）王实甫著，（清）金圣叹点评：《金圣叹批评本西厢记》，南京：凤凰出版社，2011年，第38页。

般旖旎,似垂柳晚风前"①,也都是停留于对崔莺莺容貌的欣赏。崔莺莺确实有倾国倾城之容貌,否则,在为亡父做法事时,她的现身绝不至于"大师年纪老,法座上也凝眺"②,令六根清净的僧人都乱了方寸。正是这种羞花闭月的美貌,使得张君瑞对崔莺莺产生了难以遏制的情欲。张君瑞已经完全忘记了"温习经史"是自己当前的第一要务,甚至决定"便不往京师去应举也罢"③。他在普救寺中租住一间厢房,就是为了增加接触崔莺莺的机会,即便"不能窃玉偷香",也可以饱餐秀色,"将这盼云眼睛儿打当"④,而如果在四下无人时,"若是回廊下没揣的见俺可憎,将他来紧紧的搂定"⑤。此时的张君瑞已经沉迷于对崔莺莺的迷恋无法自拔,与之前那个踌躇满志,期望通过苦读应举改变命运,实现自己人生理想的张君瑞完全判若两人。

自由意志的强大力量不仅令张君瑞在遇见崔莺莺前后表现得判若两人,而且直接导致他相思成疾,卧床不起。张生对崔莺莺的相思往往被理解成对于爱情的痴迷与忠贞,但究其实质,其实是由于情欲无法得到满足而导致的心理郁积。孤枕难眠的张君瑞"一万声长吁短叹,五千遍捣枕槌床"⑥,备受情欲不得满足的痛苦。他自己也承认,"我这里自审,这病为邪淫"⑦,此时张君瑞颓靡不振的状态连红娘都看不下去,忍不住劝诫他"当以功名为念,休堕了志气者!"⑧红娘的劝诫理性而得体,也道出了张君瑞最大的问题所在,即耽迷于情思而失去了人生志向,任由自己萎靡颓废。在张君瑞身上可以清楚地看见自由意志的强大力量,它往往使人丧失理性思考的能力,沉迷于欲望和

---

① (元)王实甫:《西厢记》,北京:人民文学出版社,1995年,第9页。
② 同上。
③ 同上。
④ 同上。
⑤ 同上。
⑥ 同上。
⑦ 同上。
⑧ 同上。

冲动之中无法自拔。

不唯张生,自由意志的力量在崔莺莺身上也有着明显的体现。当然,由于官宦世家管教甚严的家庭环境,再加之女性应有的矜持,所以,她身上的自由意志并不是像张君瑞一般突然间地迸发出来,而是经历了一个逐渐萌发且越来越强烈的过程。遇到张君瑞之前,崔莺莺已经被许配给了郑尚书之子郑恒,人生大事已有定论,只是因为父丧未满,未得成合。但是,崔莺莺对这桩婚姻显然是不满的,这一点在崔莺莺登场时的《酬韵》一折可以得到佐证。当时莺莺到花园中上了三炷香,第一炷香是悼念亡父,第二炷香是为母祈福,偏偏到了第三炷香,莺莺支吾不语,还是朝夕相处的红娘看着四下无人,道破了她的心事。而崔莺莺并没有驳斥红娘,只是答复道:"心中无限伤心事,尽在深深两拜中。"①这里的"无限伤心事"固然包含丧父之痛与对母亲的挂怀,但也包含了她对于自己与郑恒之间婚约的不满。在崔莺莺所处的伦理环境之中,听从"父母之命,媒妁之言"是大多数人选择婚姻对象的常规,而崔莺莺对于这桩包办婚姻的不满,正好说明了崔莺莺比起一般人来,有着更为强烈的情感需求,对于爱情也有着更多的想象与期待。正是缘于对既定婚约的不满和对美好爱情的期待,崔莺莺在初次登场时才会发出为感春伤怀的感叹。金圣叹认为崔莺莺此处的哀叹"不是《西厢》一色笔墨,想是后人所添也"②,其实恰恰相反,崔莺莺这种情绪对于后继戏剧叙事的推进是至关重要的。正是因心绪不宁,才会让崔莺莺在遇见张生之时有了"临去秋波",引发了后面的一系列西厢情事。

从严格意义上说,崔莺莺在遇见张君瑞之前,她身上自由意志并没有得到明显的体现。所以,崔莺莺虽然不满意自己的婚约,但也并

---

① (元)王实甫:《西厢记》,人民文学出版社,北京:1995年,第46页。
② (元)王实甫著,(清)金圣叹点评:《金圣叹批评本西厢记》,南京:凤凰出版社,2011年,第37页。

没有明确地表示出反抗的意愿。可是,张君瑞的出现,在崔莺莺本已不平静的心灵中又吹起了一阵涟漪,使得崔莺莺身上的自由意志的力量逐渐得以苏醒。崔莺莺明知已有婚约在身,而且身处为父服丧期间,便向张君瑞一瞥留情。在得知张生向红娘打听自己情况时,莺莺特意叮嘱红娘不要对崔母提及此事。试想,如果红娘将此事告诉了老夫人,崔母肯定不会同意张生与自家同做法事,给张生进一步接触崔莺莺的机会。可以说,崔莺莺既是在给张君瑞提供机会,也是在给自己提供机会。而在和张君瑞隔墙相遇时,主动赋诗与张君瑞应和。在现代读者看来,崔莺莺无视包办婚约以及三年之丧的行为,服丧期间向男子留情的行为无伤大雅,甚至是一种值得提倡的反封建礼教的行为,但是,"文学伦理学批评要求文学批评必须回到历史现场,即在特定的伦理环境中批评文学","不同历史时期的文学有其固定的属于特定历史的伦理环境和伦理语境,对文学的理解必须让文学回归属于它的伦理环境和伦理语境,这是理解文学的一个前提",[1]如果用当代人的伦理标准去评价古代的文学作品,很容易产生伦理错位。在崔莺莺所处的伦理环境中,尊重既定的婚约,为父服丧期间不涉情色,就是当时客观存在的伦理规范。伦理规范对任何一个社会个体都是具有约束力的,而崔莺莺之所以无视既有的伦理规范,主动向张君瑞示爱留情,正是受到了自由意志的驱使。

在母亲言而无信,背弃了对张君瑞的承诺,让张君瑞和崔莺莺兄妹相称之后,崔莺莺身上的自由意志终于得到了强烈的迸发。张生相思成疾,崔莺莺也是无时无刻不把张君瑞放在心头。用红娘的话说,她是"对人前巧语花言,没人处便想张生,背地里愁眉泪眼"[2]。她对母亲的言而无信心怀愤懑,甚至用近乎诅咒的语言称母亲为"即即世

---

[1] 聂珍钊:《文学伦理学批评:基本理论与术语》,《外国文学研究》2010年第1期,第19页。

[2] (元)王实甫:《西厢记》,北京:人民文学出版社,1995年,第137页。

世①的老婆婆"。崔莺莺不仅与张君瑞书信传情,而且未成婚配便偷偷跑到张君瑞居室与其共赴巫山。在初次与张君瑞夜间幽会时,崔莺莺虽然扭扭捏捏,羞羞答答,但一路上却走得急急忙忙,用红娘的话说:"俺姐姐语言虽是强,脚步儿早先行也。"②即便是在母亲准许了她和张君瑞的婚事,只待张君瑞高中皇榜便能行婚嫁之礼后,崔莺莺都极不情愿。面对踌躇满志,"青霄有路终须到,金榜无名誓不归"③的张君瑞,她却牢骚满腹,抱怨母亲完全不考虑张君瑞的个人前途以及张君瑞能否考取功名对于两人日后生活的重要性。可以说,此时的崔莺莺已经完全被男女之间的情欲冲昏了头脑。

值得注意的是,崔莺莺绝非不明礼法,行事冲动鲁莽之人。在孙飞虎率兵围寺时,她主动要求母亲"休爱惜莺莺这一身"④,主动要求牺牲自己以拯救家人与一寺僧人的性命。但是,正如聂珍钊教授所言,"体现兽性因子的人体感官能够产生强大的欲望和情感,即自由意志,因此在强大的肉欲面前,人的理性意志往往也显得无能为力。"⑤张君瑞和崔莺莺都并非不识礼法,恣情纵欲之人,但是,无论是张君瑞的踌躇满志和济世情怀,还是崔莺莺意欲舍身救得众人性命的胸怀,这些富于理性的举动恰好也证明了自由意志所具有的强大力量。

不可否认,男女之爱必须以两性之间的相互吸引为基础,而且不可能排除情欲的成分。正如恩格斯所言,"性爱常常达到这样强烈和持久的程度,如果不能结合而彼此分离,对双方来说即使不是一个最大的不幸,也是一个大不幸;为了能彼此结合,双方甘冒很大的危险,

---

① "即即世世"是古代戏文中常见的诅咒人该死的话。
② (元)王实甫:《西厢记》,北京:人民文学出版社,1995年,第170页。
③ 同上书,第192页。
④ 同上书,第67页。
⑤ 聂珍钊:《文学伦理学批评:伦理选择与斯芬克斯因子》,《外国文学研究》2011年第6期,第8页。

直至拿生命孤注一掷。"① 换句话说,两性之爱中必然存在着自由意志,张君瑞与崔莺莺之间的爱情始于自由意志中的情欲,本身绝非过失。但问题在于,情欲绝不等同于爱情。人与动物的区别就在于人有伦理意识,是伦理的动物。动物的交媾只是为了满足性爱与繁衍后代的本能需求,但人类的爱情和婚姻则不同,除了对于生物本能的满足之外,人类的爱情和婚姻还具有伦理的色彩,包括对伴侣的忠贞,对家庭的责任,以及经营爱情和家庭等等种种考量。如果张君瑞和崔莺莺只是将男女之情停留在情欲的层面,那么这种情感是难以持久的,爱情也无法拥有美满的结局,反而会给他们带来不幸。这一点在《西厢记》的源头,元稹的著名唐传奇《会真记》中就得到了明显的体现。

《会真记》又名《莺莺传》,是唐代作家元稹的一篇著名的传奇小说,也是公认的《西厢记》的滥觞。为了更好地对比这两部作品,我们不妨简要描述一下小说《会真记》的主要内容。年轻的张生寄居于山西蒲州的普救寺,恰逢崔氏孀妇携女儿莺莺回长安途经蒲州,亦寓于该寺。在寺院遭遇兵乱时,幸亏张生与蒲州将领杜确是朋友,崔家得以保全。为酬谢张生,崔母设宴时让女儿莺莺出见,张生为之动情,得丫鬟红娘之助,两人得以结合。在西厢同住一月之久后,张生去长安,数月返蒲,又居数月,再去长安应试,不中,遂弃莺莺,莺莺也对自己当初的行为表示了懊悔。小说最后以张生另娶,莺莺另嫁做结。不难发现,《西厢记》从崔张偶遇到张君瑞赴京应试,基本上没有改变《会真记》的情节,此时的张君瑞与崔莺莺可以说就是《会真记》里张生和莺莺的翻版。在《会真记》中,张生与崔莺莺放纵情欲,最后的结果是张生激情消退之后对莺莺始乱终弃,而莺莺也因为当初对情欲的放纵而蒙上了人生的污点,自此陷入终生的伤感与悔恨之中。在《会真记》中,我们可以清楚地看见不加约束的自由意志可能导致的恶果。

---

① [德]马克思、恩格斯:《马克思恩格斯选集》(第四卷),中共中央马克思恩格斯列宁斯大林著作编译局编译,北京:人民出版社,2012年版,第88页。

第二节 《西厢记》里的理性意志

但是,《西厢记》毕竟不是《会真记》,张君瑞与崔莺莺的爱情并没有像《会真记》里面那样以悲剧收场。事实上在《西厢记》里,崔莺莺在与张君瑞幽会之后,也并非毫无悔意,正因为担心张君瑞会始乱终弃,所以她才特意告诉张君瑞:"妾千金之躯,一旦弃之。此身皆托于足下,勿以他日见弃,使妾有白头之叹。"①张君瑞并没有始乱终弃,而是兑现了自己"若小姐不弃小生,此情一心者"②的诺言,在高中皇榜、出任河中府尹之后回到普救寺迎娶莺莺,戏剧也在"永老无别离,万古常完聚,愿普天下有情的都成了眷属"③的欢快气氛中迎来了大团圆的结局。那么,为什么《会真记》与《西厢记》里张生与崔莺莺的爱情有着几乎相同的开端,却迎来了不同的结局呢?

如果按照一般看法,认为《西厢记》歌颂的是完美忠贞的爱情,那么我们自然可以说,是张君瑞对于崔莺莺的一往情深使得有情人终成眷属。言下之意,《西厢记》到底会演绎成一出喜剧还是悲剧,全系于张君瑞的一念之间。但是,如果运用文学伦理学批评的方法分析作品就能发现,真正导致《西厢记》完美结局的深层原因恐怕不仅仅是因为崔莺莺比《会真记》里的莺莺更加幸运,碰上了一个痴情种,而是由于崔张二人的爱情虽然始于情欲与冲动,但是在他们爱情发展的过程中始终有着理性意志的介入。正是这种理性意志的存在,使得崔张二人爱情中的自由意志得到了有效的束缚,两人之间爱情关系的理性色彩也逐渐得以加强,从而没有和《会真记》里的张生和莺莺一般,将感情始终停留于低层次的男女情欲阶段。

---

① 王实甫:《西厢记》,北京:人民文学出版社,1995年,第173页。
② 同上书,第174页。
③ 同上书,第247页。

《西厢记》中的理性意志主要体现在崔母身上。在文学伦理学批评中,理性意志是一种与自由意志相对立的意志。"自由意志和理性意志是相互对立的两种力量,文学作品常常描写这两种力量怎样影响人的道德行为,并通过这两种力量的不同变化描写形形色色的人。"① 这种理性意志首先体现为老夫人治家森严,对崔莺莺有着严格的约束。普救寺长老法本就曾评价说:"老夫人处事温俭,治家有方,是是非非,人莫敢犯。"② 这里且不说将女儿"养在深闺人未识",到了及笄之年后再通过父母之命、媒妁之言为女儿找一个合适的夫婿是古代中国社会养育女儿的惯常方法,仅就老夫人当时处境而言,对莺莺的严格约束也是一个理性而且非常理智的选择。虽然贵为相国夫人,但是由于丈夫去世,她和莺莺母女俩此时正处于"夫主京师禄命终,子母孤孀途路穷"③的处境之中。作为一家之主,崔母必须独自承担起对家庭,对女儿的责任。更何况崔莺莺生得国色天香,如果不将她拘束于深闺之中,也容易给她们孤儿寡母招来一些不必要的麻烦。事实上,崔莺莺两次在公开场合抛头露面都令崔家的生活平地起波澜,一次大殿偶遇张君瑞,再一次是参加了父亲的法事被人窥见美貌,引来了孙飞虎之祸,这也正好证明了老夫人对崔莺莺生活的拘束其实正是对崔莺莺,乃至对整个家庭的保护。当然,作为一位母亲,崔母对女儿其实并非毫无体恤,当她觉得今日暮春天气,好生困人时,也担心女儿心情不好,闷坏了身子,因此派红娘陪莺莺去"佛殿上闲耍一回去来"。后世论者对崔母这一举动多有诟病,金圣叹便径直用眉批谴责了她让莺莺去大殿散心的决定,李书云也认为,"老夫人一不合幼女孤儿寄居萧寺,二不合令女游殿"④。其实,正是崔母的这一举动,体现出她作为

---

① 聂珍钊:《文学伦理学批评:伦理选择与斯芬克斯因子》,《外国文学研究》2011年第6期,第8页。
② (元)王实甫:《西厢记》,北京:人民文学出版社,1995年,第26页。
③ 同上书,第1页。
④ 韦乐:《西厢记评点研究》,北京:社科文献出版社,2015年,第115页。

母亲对女儿的牵挂与慈爱,否则,崔母就真成了一位彻头彻尾的封建卫道士了。

在崔张二人感情发展过程中,崔母也一直构成了一种约束与震慑的力量。虽然崔张二人私自传情的过程老夫人并不知情,也没有干涉,但正如研究者所言:"老夫人出场次数不多,但在整个戏中,都使人感觉到她的存在。"①张君瑞在一开始追求崔莺莺的时候,就感受到了老夫人身上的理性意志。当张君瑞向红娘打听崔莺莺情况时,红娘警告张君瑞不要再有轻浮的举动。此后,纵然张君瑞对崔莺莺百般思念,也只能徒寄相思,不敢做出任何造次的举动。被老夫人主持下森严的家风所震慑的不仅是张君瑞,还包括崔莺莺。尽管对张君瑞情有所钟,但是当张君瑞通过吟诗、情书等多种方法示爱时,崔莺莺却显得迟疑不决,甚至有些言不由衷。明明是她思念张君瑞,加上闻听张生有病,所以派遣红娘前去探视,而且特意叮嘱红娘将张生的回话如实告诉自己。可是,在张君瑞依照莺莺吩咐书信回复一诉相思衷肠时,她却指责红娘。气的红娘大吐苦水,"小姐使将我去,他着我将来",故意威胁她:"我将这简帖儿,去夫人行出首去来"后,莺莺才服了软,说是"我逗你耍来"。② 明明是她用"待月西厢下,迎风户半开,隔墙花影动,疑是玉人来"③的诗句诱使张君瑞跳墙与其幽会,但当张君瑞来到近前时却又指责张君瑞:"既为兄妹,何生此心?万一夫人知之,先生何以自安?"④虽然在两人书信传情的过程老夫人并不知情,但是在崔莺莺的延宕中可以明显地看到老夫人对莺莺形成的无形束缚。崔莺莺指责红娘拿书信戏弄她,其实是担心红娘背后与老夫人有所串通,直到红娘威胁要将书信交给老夫人,莺莺才打消了心中对红娘的怀疑。而她邀请张君瑞越墙幽会,是出于一时情欲的冲动,但当张君瑞

---

① 蒋星煜:《西厢记研究与欣赏》,上海:上海辞书出版社,2004年,第15页。
② (元)王实甫:《西厢记》,北京:人民文学出版社,1995年,第135—136页。
③ 同上书,第138页。
④ 同上书,第153页。

来到自己近前时,她又害怕母亲得知此事,才临时变卦。可以说,正是老夫人森严的家教对张君瑞与崔莺莺形成了有效的震慑与束缚,使得他们的自由意志没有得到完全的放纵。

老夫人阻挠张君瑞与崔莺莺的爱情,这一行为通常被视为封建势力对年轻人自由恋爱权利的横加干涉,但是细究起来,老夫人此举也并非完全没有道理。即便是《西厢记》中崔母最令人诟病的耍赖悔婚,其实也包含了她基于理性意志的考量。首先,崔莺莺的父亲在去世之间,已经将崔莺莺许配给了郑恒。对老夫人而言,这桩婚约其实就相当于先夫的遗嘱。何况丈夫死而未葬,灵柩在侧,更不能贸然变更丈夫生前决定的婚约。所以,当张君瑞责问崔母为何自食其言时,崔母也能理直气壮地告诉他:"先生纵有活我之恩,奈小姐先相国在日,曾许下老身侄儿郑恒。即日有书赴京,唤去了,未见来。如若此子至,其事将如之何?"①这一理由令张君瑞哑口无言,虽然忿忿不平,也只能甩手离去。

其次,正如老夫人所感叹的,她和莺莺母女正处于"子母孤孀途路穷"的处境之中。这里所说的"途路穷"其实是一语双关,既指前路受阻,不能顺利将丈夫灵柩运回故乡,同时也是指丈夫的去世使家里失去了顶梁柱,家道势必衰落。对此,崔母曾感叹道:"先夫在日,食前方丈,从者数百,今日至亲则这三四口儿。"②母女二人未来的生活失去了保障,而张生父母双亡,自己就处于居无定所、浪迹天涯的生活状态之中。虽然父亲曾经官拜尚书,但是由于为官清廉,"平生正直无偏向,止留下四海一空囊"③,张生可谓空顶了一个"官二代"的头衔。面对一无坚实的经济基础,二来前途未卜的张君瑞,老夫人觉得还是将女儿嫁给家境殷实的郑恒更加牢靠。

---

① (元)王实甫:《西厢记》,北京:人民文学出版社,1995年,第104页。
② 同上书,第1页。
③ 同上书,第27页。

当然,崔母的悔婚也确实是部分基于封建门第思想。虽然张君瑞也是出身于官宦之家,但崔家乃望门大族。如《隋唐嘉话》所记载的,"太原王、范阳卢、荥阳郑、清河博陵二崔、陇西赵郡二李等七姓,恃其族望,耻与他姓为婚,乃禁其自姻娶。"①崔莺莺家的"博陵崔"和郑恒的"荥阳郑"都是名门大户,是标准的门当户对,而张生出身于西洛,不是海内望族,自然不可相提并论。不过,相形之下,崔母考虑得更多的可能是如何通过女儿的婚姻维持门第、复兴家业。郑恒出身于相国之门,是身里出身,官上加官,再加上本就是老夫人的亲侄儿,可谓知根知底,亲上加亲。所以在老夫人看来,家境殷实的郑恒显然比看了莺莺一眼便连进京赶考的念头都打消了的张君瑞更加值得女儿托付终身。她的这一心态在承认了崔张二人婚约后得到了更加明显的体现。即便是得知张君瑞与崔莺莺有了私情,她依然守住了一个底线,即要求张生进京应举,"俺三辈儿不招白衣女婿,你明日便上朝取应去","驳落呵,休来见我"。②

崔母从理性意志的角度出发严格管束女儿,以及希望女儿能有一个好的归宿,这些想法是无可厚非的,也是普天下为人父母者共同的心态。当然,崔母也确实有令人诟病之处,只是,这个令人诟病之处并不是她代表了封建礼教的势力,而是因为她在考虑问题时完全忽略了女儿的情感需求,理性意志走向了极端,而这种极端的理性意志对爱情这种必然包含自由意志的情感其实并不适用。因为爱情相较于人类其他情感和行为而言,有其明显的特殊之处。爱情并不是建立在理性的权衡与考量之上,而是必然包含非理性的因素。老夫人对莺莺严加管束,甚至不允许家庭宅院中有男子出入,用张生的话说就是因为"怕女孩儿春心荡,怪黄莺儿作对,怨粉蝶儿成双"③。但是,再严格的

---

① (唐)刘餗:《隋唐嘉话》,程毅中点校,北京:中华书局,1997年,第14页。
② (元)王实甫:《西厢记》,北京:人民文学出版社,1995年,第184页。
③ 同上书,第31页。

管束也不能遏制崔莺莺内心的春情,因为崔莺莺的这种情感需求是源于人类的原欲,是人与生俱来的本能。理性意志可以对这种自由意志加以约束,但绝对不可能完全禁绝、消灭这种情感。而且,崔莺莺对郑恒毫无好感,甚至是心怀排斥。当然,结合郑恒在剧中撒泼耍赖、信口雌黄的无耻表现,也不难理解他为何难入崔莺莺的法眼。所以,严格意义上说,崔莺莺所反对的并不是由父母包办了自己的婚姻,而是父母给自己安排了一桩并不令人满意的婚姻。否则,她也不会在遇见张君瑞之前就发出无语怨东风的感慨。而就在这时,崔莺莺遇见了自己情有所钟的张君瑞,自然会迸发出强烈的情感,并对父母所指定的婚姻产生更为强烈的排斥情绪。

老夫人极端化的理性意志在孙飞虎包围普救寺时得到了最为明显的体现,当崔莺莺提出"我与贼汉为妻,庶可免一家儿性命"①时,老夫人表示了拒绝,但她的理由却并不是因为这样会毁掉女儿一生的幸福,委屈女儿嫁给一个令人憎恶的贼人,而是"俺家无犯法之男,再婚之女,怎舍得你献与贼汉,却不辱没了俺家谱"②。女儿终生幸福即将毁于一旦之时,老夫人还在念念不忘如何才能不"辱没家谱",老夫人这一近乎条件反射的回答固然说明了封建门第在她心目中的重要性,同时也明白无误地说明,在她心目中,女儿的情感需求根本不值得考虑。崔莺莺既然是一个非常看重自身情感需求的女孩,母亲的这番答复又怎么可能不在她心中引发反感呢?在母亲悔婚之后,崔莺莺对爱情的态度发生了巨大的转变,从被动地接受张君瑞的示爱变为积极地追求自己的爱情。她与张君瑞私订终身,虽然也有自身情欲以及报恩的因素,但和她清楚地意识到母亲对自己情感需求的无视后产生的逆反心理也不会是绝无关系。因此,崔母所犯的最大错误就在于试图用理性完全压制乃至消除崔莺莺和张君瑞之间的情愫,而这种行为显然

---

① (元)王实甫:《西厢记》,北京:人民文学出版社,1995年,第67页。
② 同上。

不符合人类爱情的特点。崔母将自己完全置于崔张二人的对立面,反而进一步使得他们心心相印、同仇敌忾。

总体上来说,老夫人身上体现出的极端的理性意志与崔张二人身上的极端的自由意志形成了鲜明的对比和尖锐的冲突,这一冲突贯穿于整部戏剧之中,构成了《西厢记》最根本的戏剧冲突。从戏剧叙事的层面看,正是由于这一矛盾冲突的存在,才使得戏剧叙事显得一波三折,引人入胜,同时也造就了《酬韵》《赖婚》《拷红》等传世篇章。试想,如果老夫人对崔莺莺与张生之间的情愫放任不管,或是没有背弃将崔莺莺许配给张生的承诺,《西厢记》将会少掉多少曲折感人的情节,整部作品也势必将沦为一部平庸流俗的才子佳人剧。而且,更重要的是,也正是由于老夫人的存在,才使得张君瑞与崔莺莺的自由意志没有得到彻底的放纵,没有复制《会真记》中的爱情悲剧,哪怕仅就这一点而言,老夫人这一形象在戏剧中也是有其积极意义的,绝非一个"封建卫道士"或者"封建礼教的维护者"那么简单。老夫人这一形象的复杂性也提示我们,在研究文本,尤其是古代文本的时候,必须将文本中的人物放置于其客观的伦理和环境中加以分析,不能用当代人的伦理观念去"以意逆志"。唯有如此,才能对文本做出客观公允的评价。

第三节　《西厢记》中理性意志与自由意志的调和

当然,如果《西厢记》只是描写了理性意志与自由意志之间的矛盾与冲突,那么这出戏剧注定会和《会真记》一样,以悲剧结局,只不过是将一出始乱终弃的悲剧置换成棒打鸳鸯的悲剧罢了。而《西厢记》的高明之处恰好在于,它不仅描写了人类爱情与婚姻中理性意志与自由意志之间的矛盾与冲突,同时也在思考如何解决这一矛盾,尝试着调和人类爱情与婚姻中理性意志与自由意志之间的矛盾。也正因为如此,今天的读者依然能从《西厢记》对于人类爱情与婚姻的深刻思考中获取教益。

老夫人的理性意志与崔张二人的自由意志之间存在着尖锐的冲突,这一点是毋庸置疑的。但是,老夫人的理性意志在束缚崔张二人情欲的同时,也在有意无意之中为他们的爱情向着良性的方向发展起到了积极的推动作用。从表面上看,老夫人森严的家教的确对崔张二人自由发展恋爱关系造成了阻碍,但实际上,正是这种阻碍使得崔张二人的爱情没有停留于情欲的层面。包括情欲在内的任何自由意志,都是以欲望的满足为目标。当欲望没有得到满足的时候,这种未满足的欲望会成为一种强大的精神力量,令人欲罢不能,沉迷其间无法自拔。但一旦欲望得到满足,自由意志的力量就会快速的消退。在《会真记》中,张生与莺莺的情欲发展几乎没有得到任何制约和束缚,但是,在欲望满足之后,他们的感情也走到了终点。张生始乱终弃并将莺莺称为害人的"尤物",而莺莺也对自己放纵情欲的行为懊悔不已。可是在《西厢记》里,崔张二人在老夫人的震慑之下不敢恣意妄为,从而不至于像《会真记》中的张生与莺莺一样,一味放纵自己的自由意志,使两人之间的关系沦为低层次的男女情欲,重蹈《会真记》中的悲剧。而且,也正是由于老夫人的阻碍,使得崔张二人对这份来之不易的感情与缘分越发珍惜。用张君瑞的话说,便是"若不是真心耐,志诚捱,怎能够这相思苦尽甘来?"[1]所以,即便在老夫人首肯了他们的婚事后,两人依然是情深意浓,长亭送别依依不舍。进京应举后,张君瑞"从离了蒲东路,来到京兆府,见个佳人世不曾回顾"[2],崔莺莺也因为思念夫君,"神思不快,妆镜懒抬,腰肢瘦损,茜裙宽褪"[3]。可以说,正是这份感情的来之不易才造就了张生与崔莺莺对这份姻缘的珍惜。

此外,由于老夫人的震慑,崔张二人不得已隔墙对话,通过吟诗应

---

[1] (元)王实甫:《西厢记》,北京:人民文学出版社,1995年,第174页。
[2] 同上书,第244页。
[3] 同上书,第209页。

酬以及书信往来隐晦地表示对对方的情谊。这种交流方式虽然是一种迫不得已的选择，但却使崔莺莺和张君瑞在彼此被对方容貌吸引的同时，进一步认识到了对方的才情与志趣。在隔墙吟诗时，他心中所想的已经不再是崔莺莺的娇艳容貌，而是和这样一个有才情的女子"隔墙儿酬和到天明"①。也正是由于有了隔墙应酬之后形成的默契，崔莺莺写给张君瑞的书信此后全部采用了类似"打哑谜"的形式，这便是所谓"仰图厚德难从礼，谨奉新诗可当谋"②。崔莺莺赠诗"待月西厢下，迎风户半开，隔墙花影动，疑是玉人来"③，张君瑞便知这是让他午夜翻墙相会；莺莺告诉张君瑞"寄语高唐休咏赋，今宵端的雨云来"④，张君瑞便知莺莺已不愿仅仅与自己书信传情，而是意欲与他共度良宵。两人之间应答的诗句其实正是在寄托情愫，但是经由音韵的包装之后，他们对彼此的情感已经不仅是一种男女之间低级情欲，而是升华成了对恋人才情的欣赏，添加了心心相印、志趣相投的色彩，促使两人之间的感情从单纯的男女情欲向相互信赖、相互敬慕的爱情的升华，使得他们之间的爱情具有了理性的色彩。

　　崔母的悔婚是她极端化的理性意志的一种体现，也是崔张二人在追求爱情的过程中遭受的最大的挫折和打击。实事求是地说，在老夫人赖婚之前，崔张二人的爱情其实是违背了基本的伦理规范的，因为按照中国古代社会的伦理规范，婚约是有约束性的口头协议。当孙飞虎兵围普救寺，要抢莺莺为压寨夫人时，崔母实在是无路可走，才向全寺人等承诺："但有退兵之策的，倒陪房奁，断送莺莺与他为妻。"⑤崔母此举委实是事出无奈，她是在理性的指导下，做出了一个基于理性的两害相权取其轻的选择，因为将崔莺莺嫁给一个平常人，总强过让

---

① （元）王实甫：《西厢记》，北京：人民文学出版社，1995年，第46页。
② 同上书，第162页。
③ 同上书，第138页。
④ 同上书，第162页。
⑤ 同上书，第68页。

女儿落入贼人之手。但是,老夫人此举其实也就相当于亲手撕毁了崔莺莺与郑恒为妻的婚约,违背了"言而有信"的基本伦理规范,令自己在道义上陷于被动的同时,也使得崔张二人的爱情被赋予了道义上的基础。在张君瑞和崔莺莺看来,一方面,他们彼此视对方为理想的婚配对象,另一方面,他们也有足够的理由认为崔母理应兑现当初的诺言,因为从社会伦理的角度说,"言而有信"属于最基本也是最重要的伦理规范,远比当年的婚约更有道义上的权威。

在得知女儿与张君瑞已经私订终身之后,崔母的决定是让张君瑞进京应举。此时,正是崔母履行着她作为母亲的权利和义务,严格管教子女,催逼张生上进,才将张君瑞从温柔乡里强行拉了出来,使得他高中皇榜,给崔张二人的爱情与婚姻提供了稳固的物质基础。崔莺莺数次抱怨母亲何不将她当作"便宜货"草草嫁给张生,事实上,如果老夫人真的随随便便把崔莺莺当"便宜货"打发了,倒是真的没有尽到身为母亲的责任了。张君瑞本来就是要进京应试的,因贪恋莺莺的美貌而临时改变了决定,这本身就是一个极不理智的行为。从眼前来说,两情相悦、缠绵厮守固然甜蜜,但从长远来看,张生作为一个白衣书生,能否给莺莺带来长久的幸福,在老夫人看来确实是没有把握的。爱情可以是百米冲刺,而婚姻则近似马拉松。俗话说,贫贱夫妻百事哀,这些现实的问题崔莺莺不会考虑,张生也没有考虑,但是作为母亲的老夫人却不得不考虑。这也是母亲这一伦理身份赋予她的基本责任。我们赞扬项羽破釜沉舟精神、成就的同时,为什么就不能认同老夫人逼迫张君瑞背水一战,考取功名的正确决策呢?可以说,正是由于老夫人和她身上的理性意志的存在,才使得张君瑞和崔莺莺在处理两性关系时的自由意志得以削弱,理性意志得以强化,让他们的爱情有了比较坚实的基础。

促成张君瑞与崔莺莺的爱情中情感与理性之间调和的除了老夫人之外,还有红娘。在惯常的西厢记评论中,红娘这一形象已经被众多研究者所重视,大家普遍认为红娘是张君瑞与崔莺莺的坚定支持者,也正是她最终促成了两人的联姻。这一观点自然没有什么不妥,否则"红娘"也不会成为媒人的一个常见别称进入汉语的词汇系统。不过,值得注意的是,红娘对于崔张二人爱情的态度其实并不是一成不变的,她一直在冷静地观察和审视着崔张二人的爱情发展过程。随着崔张二人自由意志和理性意志的此消彼长,红娘对崔张二人爱情的态度也在不断地发生着变化。从一开始阻止张生接近莺莺,到后来不动声色地协助崔张二人,进而到最后为崔张二人仗义执言,红娘态度的转变不仅对应了崔张二人爱情的发展,而且在两人自由意志和理性意志的调和的过程中起到了关键性的作用。

  对于张生与崔莺莺之间的爱情,红娘一开始是并不赞许的。当张生试图通过红娘向崔莺莺介绍自己并打听崔莺莺信息时,红娘的反应非常果决,她愤怒地驳斥张君瑞,把张君瑞训斥得哑口无言。红娘怒斥张君瑞自有她的道理。老夫人在开场白中对红娘做过介绍:"又有个小妮子,是自幼伏侍孩儿的,唤做红娘。"[①]据此不难发现,红娘其实身兼了两种身份。首先,她是崔莺莺的贴身侍女,文本中崔母极少过问崔莺莺的私生活,女儿有任何异动,她首先是询问红娘。这说明,崔母是非常信任红娘的,甚至可以说,崔母是将崔莺莺的生活起居完全托付给了红娘。这就使得红娘肩负起了照顾莺莺、看护莺莺,当然,也有监视莺莺的职责。同时,红娘和崔莺莺从小一起长大,相互陪伴,从两人日常语言交流来看,丝毫发现不了任何主仆尊卑的区分,两人可以说是插科打诨无所不谈,所以,两人之间的关系其实是情同姐妹。这种情谊也使得红娘对崔莺莺分外用心呵护。因此,当一个陌生男子向自己打听莺莺的情况时,红娘当然会果断拒绝并且加以怒斥,这也是红娘的身份赋予她的一种责任。

[①] (元)王实甫:《西厢记》,北京:人民文学出版社,1995年,第1页。

但是，由于和崔莺莺朝夕相处，加之本身就是一个非常机智的女孩，红娘其实对崔莺莺内心被压抑的对于爱情的渴望，是有着清楚的了解的。否则，她也不会在烧香祈福时，代替莺莺说出了渴望一个如意郎君的隐秘心声。但是，红娘此时对于崔莺莺对张君瑞的态度依然是不赞成的。虽然读书不多，但是她在崔张二人的诗歌应和中听出了两人的春情萌动，所以才挖苦道"你两个是好做一首"①。这里的"好做一首"显然是一语双关，一方面指两人共吟一诗，另一方面也是说两人心有灵犀，脑子里装着一模一样的念头。而且，红娘一看见张君瑞在墙头探出身子，第一反应是马上将莺莺拉出花园，生怕生出事端。其实，红娘并非对张君瑞毫无好感，但是红娘深知已有婚约的崔莺莺一旦放纵自己的情感，便会惹出祸端。可以说，此时的红娘对张君瑞与崔莺莺之间的自由意志是有着明确的意识，此时她和崔母一样，在用自己的理性意志审视两人的关系，时刻提防着崔张二人自由意志的放纵。

在张君瑞挺身而出，解了普救寺之围后，红娘对于崔张二人爱情的态度开始发生了明显的转变。究其原因，一来，她觉得张君瑞对崔家有恩，而知恩图报是人之常情。二来，张君瑞能在危难中挺身而出，不仅显示出对莺莺用情之深，也体现出了足够的胆识和担当，这让红娘相信，张君瑞是值得莺莺托付终身之人。当然，红娘之所以改变对张君瑞的态度还有一个基本前提，那就是在酬韵之后，崔莺莺向红娘坦白了自己对张君瑞的情义："往常但见个外人，氲的早嗔；但见个客人，厌的倒褪；从见了那人，兜的便亲。想着他昨夜诗，依前韵，酬和得清新。"②红娘和老夫人不同，她很清楚爱情必须建立在两情相悦的前提之下，绝非单凭理性意志就能左右。正是由于红娘转变了态度，才使得老夫人失去了帮助自己监督莺莺的左膀右臂，让张君瑞与崔莺莺

---

① （元）王实甫：《西厢记》，北京：人民文学出版社，1995年，第46页。
② 同上书，第66页。

的爱情能够得以深入地发展。

对于崔张二人的爱情,红娘一方面是一个冷静的观察者,另一方面也是一个积极的引导者。在没有把握确认张君瑞是否值得崔莺莺托付终身之前,红娘始终注意减少两人的接触。但是,当红娘明白了只有张君瑞能够给崔莺莺带来真正的幸福之后,她在支持崔张二人追求爱情过程中的表现,甚至比张君瑞和崔莺莺本人还要坚决与果敢。在老夫人赖婚之后,红娘的情感倾向已经彻底倒向了张君瑞与崔莺莺一边,她对老夫人失信表示了不满,同时也对那一对怨侣报以深切的同情,所以打定主意要"做一个缝了口的撮合山"①。面对老夫人的赖婚,崔莺莺和张君瑞都束手无策,徒自在各自屋中长吁短叹,这时,是红娘打破了僵局。她先是安排张君瑞与崔莺莺夜间在院中以琴声寄托心声,使两人明白对方的情义并没有改变,而后又为了促进两人的感情交流,频繁奔波于东厢西厢之间,为他们二人传书寄语。而在两人夜间幽会时,又是红娘顶着寒冷,为他们彻夜把门放风。虽然红娘嘴上不无抱怨,例如她抱怨两人传递书信过于频繁时说:"好着我似线脚儿般殷勤不离了针"②,为两人放风时也埋怨莺莺:"你绣帏里效绸缪,倒凤颠鸾百事有。我在窗儿外几曾轻咳嗽,立苍苔将绣鞋儿冰透"③,但是,在行动上,红娘一点儿都没有含糊。

不过,红娘帮助崔张二人,并不是鼓励他们放纵自己的自由意志。红娘在崔张密会过程中起到的推动作用,表明她非常重视爱情中的情,也就是自由意志的力量,而她在极力促成崔张二人的同时,也时刻在用"理"对他们的感情加以呵护和捍卫,这说明红娘同样非常重视理性意志在爱情关系中对自由意志的约束。在《西厢记》中,红娘的理性主要体现为她总是在充分掌握了崔莺莺和张君瑞性格的基础上,有的

---

① (元)王实甫:《西厢记》,北京:人民文学出版社,1995年,第137页。
② 同上书,第161页。
③ 同上书,第181页。

放矢地帮助他们纠正处理情感问题时思想和行为上的偏差,从而引导他们的爱情向着正确的方向发展。张君瑞的缺点在于冲动任性。在张君瑞耽于相思无法自拔时,红娘也在反复告诫他。因为红娘和老夫人一样清楚,幸福的婚姻绝不可能建立在空中楼阁之上。而崔莺莺的缺点则在于优柔寡断,在追求感情的过程中过于迟疑,总是瞻前顾后。所以,每当崔莺莺面临是否与张君瑞将感情进一步向前发展的关口时,总是红娘推动她向前迈进。红娘首先假称要将张生的简帖拿给崔母,逼得崔莺莺明确表态,要反抗母亲的意志与张生结合。而后,崔莺莺在面临是否赴张君瑞处与他幽会的选择时,又显得犹豫不决,是红娘推动着崔莺莺迈出了至关重要的一步。事情的后续发展也证明了红娘的明智。

由此也不难发现,红娘与崔母的不同,其实不仅体现在两人对待封建礼教和崔张二人爱情的态度上。从更深层次上说,红娘与崔母的区别在于处理人类爱情关系中自由意志与理性意志的方法的不同。虽然红娘和崔母同样有着明确的理性意志,但两人的区别在于崔母总是试图用理性意志完全禁止自由意志,而红娘则是用理性意志疏导自由意志。老夫人试图用理性意志去完全消除崔莺莺的自由意志,势必会引起崔莺莺和张君瑞的激烈反抗。但红娘不同,她既没有放任崔莺莺与张君瑞放纵自己的情欲,也没有对他们进行硬性的约束与压抑,而是始终以一个守护者和引导者的身份出现,当他们放纵时给他们警示,当他们沮丧时为他们打气,当他们伤心时又鼓励他们坚定爱情的信念,最终促成了崔张二人的美好姻缘。总体来说,崔母与红娘两人在对待崔张二人的自由意志时,一个是"堵"一个是"导",两种方式孰优孰劣一目了然。当然,不管是老夫人的"堵"还是红娘的"导",其共同点就是没有任由崔张二人的自由意志自由发展,而是用理性意志对他们的自由意志进行了束缚与干预。

《西厢记》通过崔莺莺和张君瑞的爱情发展过程,以及老夫人和红娘在这一过程中所起的作用向我们说明,人类的爱情一方面需要情感作为基础,不可能完全排除自由意志的成分,另一方面,人类在处理爱情关系时同样也需要运用理性意志对爱情中的自由意志加以束缚、引导和完善。只有让爱情中的自由意志和理性意志相互调和,达到情感与理性的和谐共生状态,才是人类爱情与婚姻的理想境界。从更深层次的意义上说,人作为一种伦理的动物,情与理之间本来就不应存在泾渭分明的界限,情感必须受到理性和伦理的约束与指导,才能得到合理的满足与释放。同时,运用理性思考问题不但不会压抑人类的情感,相反,有理性指导的情感才能帮助人类摆脱原始欲望的束缚,在生活中获得长久的幸福与美满。这也是《西厢记》带给我们的最有价值的思考了。

本章小结

本章围绕理性意志与自由意志的冲突展开研究,通过对《西厢记》的分析解读,分析了理性意志与自由意志在这部作品中的呈现,以及作品对于人类爱情关系中理性意志和自由意志关系的思考。之所以选择《西厢记》作为研究对象,主要基于两个方面的考虑:首先,《西厢记》是中国古代戏剧中最受研究者重视的作品之一,古往今来,围绕着《西厢记》展开的评点和研究可谓蔚为大观。选择这样一部作品进行研究,可以检验文学伦理学批评方法作为一种新的研究方法,能否帮助研究者对一部广受关注的作品做出新的解读。另外,以往的《西厢记》研究侧重于作品反封建、反礼教的特征。如果单从这个角度解读《西厢记》,那么,这部作品对于当代生活并没有多大的助益。但是,如果从文学伦理学批评的角度分析这部作品,我们就能发现,《西厢记》里描写的爱情和作品对于爱情的思考其实是具有普遍示范意义的,有助于当代读者更好地理解爱情中情与理的关系。而对古典作品作出新的阐释,让古典文学作品焕发出新的生命力,本就是中国古代文学研究的重要使命之一。

《西厢记》通过崔莺莺与张君瑞的爱情故事,不仅对爱情中的理性意志与自由意志进行了全面的展示,而且对两者之间的关系进行了深入的思考。崔莺莺与张君瑞的爱情缘起于一见钟情,这种一见钟情包含着明显的非理性色彩,是人性中自由意志的一种体现。但是,与《会真记》不同的是,《西厢记》并没有让崔张二人的爱情仅仅停留在受自由意志主导的层面,而是将理性意志引入他们的爱情关系之中。正是在崔母和红娘理性意志的约束之下,他们才没有重蹈《会真记》中崔张二人爱情悲剧的覆辙。《西厢记》也正是通过两人"发乎情,止乎礼"的爱情故事向读者说明,只有用理性意志有效地对自由意志形成约束与引导,才能使人类的爱情关系达到融情于理、以理解情,情理交融的理想境界。

对于爱情中情与理关系进行思考并不是《西厢记》的专利,而是中国古代文学作品的一个常见主题。在《卫风·氓》《孔雀东南飞》等诗歌作品,"三言二拍"《红楼梦》等小说作品,以及《牡丹亭》《汉宫秋》等戏曲作品中,我们古代的先贤基于自己时代的伦理观念和对于普遍人性的思考,对这个问题进行了深入的思考。诚然,作为一个有着悠久的礼教文化传统的国度,中国的古代文学对于爱情的重视程度确实无法与西方文学相比。但是,也正因为礼教文化的影响,中国古代文学对于爱情中理对情的节制与引导作用尤为关注,这也构成了中国古代文学的一个重要特点。人类的爱情本来就应该是融合了情与理两种因素的情感,从这个意义上说,中国古代文学中关于爱情的思考对于当代读者依然是有着重要的启示意义的。传统的礼教观念固然已经不适用于新的时代,因此,如何去其糟粕,留其精华,便成为摆在研究者面前的一个重要任务。

第四章

《牡丹亭》的伦理困境与道德理想

汤显祖(1550—1616)是明代著名作家,学识渊博,"于古文词而外,能精乐府、歌行、五七言诗;诸史百家而外,通天官、地理、医药、卜筮、河渠、墨兵、神经、怪牒诸书"[1];主要以"临川四梦"——《紫钗记》(1587)、《牡丹亭》(1598)、《南柯记》(1600)、《邯郸记》(1601),奠定了其显赫的文学史地位,被誉为"一代传奇戏曲大师"[2]和东方的莎士比亚。

这位出生于江西临川的才子,曾师承"泰州学派"的罗汝芳(1515—1588),又曾与激进的思想家李贽(1527—1602)、

---

[1] 徐朔方笺校:《汤显祖诗文集》(下),上海:上海古籍出版社,1982年,第1511页。
[2] 徐朔方、孙秋克:《明代文学史》,杭州:浙江大学出版社,2006年,第331页。

佛学禅宗大师紫柏（字达观，1543—1603）有过密切交往，深受他们反对程朱理学、主张个性解放等思想和学说的影响。汤氏淳朴家风的熏陶，形成了汤显祖蔑视权贵、志洁行廉的人格品性和崇尚真性情的创作主张。汤显祖以自己百余万字的诗文作品，多角度地反映了明代的社会现实和个人的情感世界；其中，他的"临川四梦"，旗帜鲜明地反对封建礼教，强烈主张婚恋自由，疾呼个性解放，以深厚的现实主义内涵和浓郁的浪漫主义激情，为中国古典戏曲的发展做出了杰出贡献。

汤显祖的经典名作《牡丹亭》问世于 1598 年，当时，作者已连任五年知县，政绩斐然，却因不满官场的腐朽黑暗而弃官回乡，随后便完成了这一惊世之作。《牡丹亭》问世后流传甚广，累获盛誉，当时即有家传户颂的说法；清代戏剧理论家李渔甚至认为："使若士不草《还魂》，则当日之若士已虽有而若无，况后代乎？是若士之传，《还魂》传之也。"①

《牡丹亭》取材于话本《杜丽娘慕色还魂》，但汤显祖以非凡的创作才能，将绮丽的文辞、浓烈的诗情、传神的描写完美融合，把一个原本以讲述"慕色还魂"为主要内容的平庸故事，演绎成为一出主题深广、内涵丰富的精彩传奇。当代著名学者徐朔方则说："《牡丹亭》应是他毕生生活、思想、经历和全部艺术才华的结晶。"②的确，这是一部动人心魄的人性绝唱，作品生动叙述了待字闺中的南安太守之女杜丽娘情思萌动——梦乡幽会——殚思竭虑——慕情而亡——为爱复生的传奇故事。在汤显祖写就的故事中，杜丽娘本是一个严守闺阁礼仪、心如止水的大家闺秀，春日一天，她因受《诗经·关雎》的引逗而被"讲动情肠"，春情萌生，这表明杜丽娘实在是一个具有正常的审美感受和情感渴望的青年女性；但这种正常的情愫在当时讲究封建礼教的现实

---

① （清）李渔：《闲情偶寄》，《中国古典戏曲论著集成》（七），北京：中国戏剧出版社，1959 年，第 7—8 页。

② 徐朔方、孙秋克：《明代文学史》，杭州：浙江大学出版社，2006 年，第 349 页。

环境中却是无法实现的,于是,杜丽娘平生第一次感受到了环境对自己的限制。带着满腹愁绪的杜丽娘,无意中踏进了自家的后花园,旋即强烈地感受到了春光的鲜妍与生机,遂油然生出自怜、悲哀与遗憾。情窦乍开却满腔愁绪的杜丽娘,终在迅猛而强烈的爱欲引导下,于花园内、睡梦中与一位陌生的男子热烈欢会;醒来后,她对梦中的男子和情境都无法忘怀,从此情郁于心、愁闷难遣,不日竟因情而死。香消玉殒前夕,丽娘以素绢丹青自绘如花美貌,并题小诗于帧首,而后藏之于自家后花园太湖石下。三年后,梦中男子柳梦梅果真出现,杜丽娘以鬼魂之身再度与其幽会,二人情深意洽,缠绵之至。可是,当柳梦梅掘开坟茔使其复生之后,作为人的杜丽娘却讲起了"父母之命,媒妁之言"的封建伦常道理,认为她与柳生的自媒自婚必须得到父母的认可才算圆满。然而,丽娘的父亲杜宝对于复活的女儿以及女儿的婚姻事实完全不能认同。在经过许多波折后,杜、柳二人在贤明皇帝的支持下终得"敕赐团圆""归第成亲",从而给该故事画上了一个圆满的句号。

第一节 作为"伦理剧"的《牡丹亭》

自《牡丹亭》问世以来的四百余年间,学术界对其主题的解读常常表现为两种路数。一种是将其理解为一部描写才子佳人的浪漫姻缘并借以反对封建礼教的"爱情剧"。这是一种传播广远的观点,但其对作品中主人公的情感实质有一定程度的误读,因为杜丽娘与柳梦梅二人之间,既没有两情相悦的情感基础,也没有一见钟情的现实机缘,也就是说,杜、柳二人"既不是前生爱眷,又素乏平生半面"[1],他们的聚合,仅如汤显祖在《牡丹亭记题词》中所说的那样,是"情不知所起"[2]。

---

[1] (明)汤显祖著:《临川四梦》,朱萍整理,北京:中华书局,2016年,第149页。
[2] 同上书,第262页。

在整篇作品中,男女主人公的恋爱过程始终没有被提及,无论是他们的"梦中情"还是其"人鬼情",都没有出现构成真正爱情的基本条件——即男女双方相互的、对等的情感投射,因此,"爱情剧"之说恐怕难以完全成立。

另一种解读路数是把《牡丹亭》视为一部具有鲜明启蒙色彩的、歌颂人性战胜礼教的"哲理剧"。这种观点非常重视明代中后期"王学左派"对"宋明理学"形成强烈冲击的文化背景,重视当时资本主义生产关系的萌芽及其带来的思想启蒙的现实环境,强调杜丽娘"游园惊梦"时的大胆、激烈是由礼教对其正常人性的压抑所导致的,杜丽娘的慕色而亡,其实是对生不如死之现实的影射与抗议。显然,这是一种社会学的解读方式,该解读深刻揭示了作品的思想内涵和象征意义,也非常贴近作品产生的时代背景,因而能够给读者以巨大的启示。但这种解读也存在一定的不足,最明显的一点就是无法圆满地解释《牡丹亭》的大团圆结局:主人公既然那么强烈地抗议礼教,为何最终又要苦苦追求符合礼教的婚姻形态?

既然"爱情剧"之说难以完全成立,"哲理剧"之论存在一定的偏颇,那么,我们认为,在前贤研究的基础上,增加一个文学伦理学批评的视角,将《牡丹亭》理解为一部表现杜丽娘的伦理困境和作者"至情"理想的"伦理剧",或许有助于我们更为深入、更为全面地理解这部千古名剧。

"文学伦理学批评是一种从伦理视角阅读、分析和阐释文学的批评方法。它从起源上把文学看成人类伦理的产物,认为文学是特定历史阶段社会伦理的表达形式,文学在本质上是关于伦理的艺术。"[①]这种批评方法强调关注文学作品中的伦理问题,强调从历史的角度解析作品中的伦理现象,最终实现文学的伦理教诲功能。

---

① 聂珍钊:《文学伦理学批评导论》,北京:北京大学出版社,2014年,第277—278页。

而我们之所以可以将《牡丹亭》视为一部具有鲜明理性意识的"伦理剧",正是因为这部作品对杜丽娘的形象刻画,自始至终都围绕着她所处的伦理困境、面临的伦理两难及由此引起的内心痛苦来着墨。"伦理困境指文学文本中由于伦理混乱而给人物带来的难以解决的矛盾与冲突。"①换言之,作品中最主要的戏剧冲突就是杜丽娘理想婚姻的梦想与这个梦想的难以实现之间的矛盾,这种矛盾的尖锐程度甚至达到了令杜丽娘宁愿结束生命也在所不惜的地步。这种激烈的冲突和矛盾的产生,根源于杜丽娘自小接受的伦理规范和成年后内心萌发的怀春之情都极为强大和强烈,而二者在当时的伦理环境中又是无法调和的,因此,温婉娇羞的杜小姐看似过着平静似水的闺阁生活,实则内心始终处于惊涛骇浪般的伦理困境之中,正如第十二出《寻梦》所唱:"偶然间心似缱,梅树边。这般花花草草由人恋,生生死死随人愿,便酸酸楚楚无人怨。待打并香魂一片,阴雨梅天,守的个梅根相见。"②在作品中,无论是杜丽娘的由生而死,还是她的死而复生,几乎都处在相似的伦理困境之中。所以,《牡丹亭》堪称一部表现人性情欲与正统伦理规范之间的尖锐冲突的"伦理剧"。

我们不妨将戏剧中的伦理冲突作一个简单的梳理。在作品的前半部分(第1—20出,即丽娘由生而死),杜丽娘并没有直接面对一个实质性的冲突对象,她的因梦而亡,既不是因为传统的门第悬殊和父母的反对,也不是因为爱恋对象的发迹或负心,同时也没有奸邪小人的从中破坏,而是由于其梦境(希望、意志)与现实(小姐身份、伦理规范)之间存在的巨大鸿沟,是由于有形无形的伦理环境对个体意志的强烈压制,因此,杜丽娘的死,既是对"吾生于宦族,长在名门。年已及笄,不得早成佳配,诚为虚度青春"③的现实的绝望,也是一种深刻的

---

① 聂珍钊:《文学伦理学批评导论》,北京大学出版社,2014年,第258页。
② (明)汤显祖著:《临川四梦》,朱萍整理,北京:中华书局,2016年,第150页。
③ 同上书,第144页。

伦理冲突的结果。在作品的后半部分(第 21—55 出,即丽娘死而复生),男、女主人公看似获得了圆满的婚姻,但这种"圆满"毋宁说是一种牵强或者妥协,因为作品的重心仍然在于表现环境对杜丽娘的逼迫。

　　如果说作品前半部分的杜丽娘,所处的伦理困境更多的是心理上的、无形的困境的话,那么在作品的后半部分,她所处的伦理困境就是现实层面的、有形的困境了。对于复活后的杜丽娘而言,其生命的价值与意义主要体现在两点:一是重建伦理身份(特别是要得到父亲的认可),二是获得浪漫的理想婚姻。但这两种要求在当时的社会环境中显然都是无法实现的,至少是无法同时实现的。因此,尽管杜母和丫鬟春香纷纷为丽娘的复活而高兴,但作为正统伦理观念代表的杜宝,则始终不肯认同死而复生的女儿,不仅申斥杜丽娘为"花妖狐媚",而且坚决不肯认可杜丽娘自媒、自婚的现实。作品最终用柳梦梅金榜题名、皇帝亲自主婚的形式,来消除杜氏父女之间尖锐的、无法调和的冲突,使故事获得大团圆的结局,无疑是颇为突兀和牵强的。不过,在这种突兀和牵强的背后,却又能让人体察到作者汤显祖一以贯之的道德理想,即至情不仅可以穿越生死,也应该超越世俗,即《牡丹亭记题词》中"梦中之情,何必非真"①的所指,也是作品最后一出中"则普天下做鬼的有情谁似咱"②的含义所在。因此,从这一层面上来说,作品的前后两部分又是统一和协调的。

第二节　《牡丹亭》中的伦理困境

　　《牡丹亭》中的伦理困境主要是就杜丽娘所处的困境而言的。但杜丽娘不由自主置身于其间的伦理困境并不是一成不变的,而是因她

---

①　(明)汤显祖著:《临川四梦》,朱萍整理,北京:中华书局,2016 年,第 262 页。
②　同上书,第 261 页。

性格的发展与伦理意识的转变,随之发生相应的变化。综观全剧,杜丽娘的性格前后共有三次发展变化,每一次的发展实际上都是杜丽娘的伦理意识与其所处伦理环境的冲突与较量,即女主人公在伦理困境中的三次挣扎,这也是推动本剧情节发展的根本动力。

杜丽娘性格的一度发展是指她青春意识和自由意志的觉醒,这也带来了作品中第一个伦理困境的出现,即杜丽娘觉醒了的青春意识和萌动了的自由意志,与无形的礼教枷锁对她的束缚之间的矛盾。杜丽娘的青春意识根源于生命深处的情欲冲动,是自由意志的产物,这是一种"人的不受约束的意志","是人的一种基本生理要求和心理活动……是人在本能上对生存和享受的一种渴求。……在伦理学意义上,自由意志属于动物性本能的范畴,并无善恶的区别"。① 因为属于本能,不具善恶之别,所以这种青春意识和自由意志本是正常的、健康的,但它在宋明理学盛行的时代环境中却是难以启齿的,更难以得到实现和满足。杜丽娘作为一名生于官宦之家、长在深深闺阁的千金小姐,其伦理身份首先就决定了她必然也必须充分接受封建礼教和伦理规范的熏陶与限制;如此一来,她就必然会面临源自于人类本性的爱恋情怀与外在的礼教桎梏之间的矛盾,这种矛盾,让丽娘很快就陷入左右为难的伦理困境而无可回避:如若遵从人性欲求,则不合礼教规范;但若服从礼教规范,则本性必然受到压抑——这恰如文学伦理学批评所言:"在文学文本中,所有伦理问题的产生往往都同伦理身份相关。……伦理身份是道德行为及道德规范的前提,并对道德行为的主体产生约束,有时甚至是强制性的约束,即通过伦理禁忌体现的约束。……在现实中,伦理要求身份同道德行为相符合,即身份与行为在道德规范上相一致。"② 而且,杜丽娘几乎生活在与世隔绝的家庭小环境中,周围尽是些不能理解女孩儿心事的人:她的父母尽管对她疼

---

① 聂珍钊:《文学伦理学批评导论》,北京:北京大学出版社,2014年,第282页。
② 同上书,第263—264页。

爱有加,却认为"女孩儿只合香闺坐,拈花剪朵"①,另应"多晓诗书。他日嫁一书生,不枉了谈吐相称"②,她的父亲杜宝更是对丽娘当面直斥:"你白日眠睡,是何道理?假如刺绣余闲,有架上图书,可以寓目。他日到人家,知书知礼,父母光辉。"③她的老师陈最良是个年近六旬的"一些趣也不知"④的腐儒,不识画眉用的螺子黛和细笔,不知少女们书写时喜用的漂亮薛涛笺,不懂端砚上的砚眼名目,不晓字体娟秀的美女簪花格,只知道"论六经诗经最葩,闺门内许多风雅"⑤,仅懂得诗三百"有风有化,宜室宜家"⑥,为人非常迂腐、古执;丫鬟春香呢,虽然活泼爽朗,但又年幼憨纯、稚气无知,也不能明白小姐的种种情思。于是,"严父、慈母、迂腐的塾师和深寂的闺阁,形成了一个封建礼教的铁樊笼,严酷地禁锢着杜丽娘的身心"⑦。可以想见,在这样一个毫无生机与趣味的家庭环境中的杜丽娘,内心深处必然是无比孤寂与哀伤的。而且,正值青春的杜丽娘又确是一个有着敏锐感知能力的女性:"可知我常一生儿爱好是天然?"⑧直言自己天然地喜爱一切美好的事物和情感。例如,老师陈最良为她所上的第一课是《诗经》的首篇《关雎》。按传统的理解,《关雎》一诗咏唱"后妃之德"⑨,是倡导闺阁伦理的典范;但杜丽娘却以直觉感悟到这是一首优美的恋歌,认为"关了的雎鸠,尚然有洲渚之兴,何以人而不如鸟乎?"⑩由此处感叹"人不如鸟"为起始,丽娘情愫萌生,平生第一次感受到了有形的环境和无形的礼教对自己情感的制约与压迫。为了排遣内心那些"剪不断,理还乱,

---

① (明)汤显祖著:《临川四梦》,朱萍整理,北京:中华书局,2016年,第147页。
② 同上书,第127页。
③ 同上书,第128页。
④ 同上书,第137页。
⑤ 同上书,第136页。
⑥ 同上。
⑦ 郭英德:《明清传奇史》,南京:江苏古籍出版社,2001年,第157页。
⑧ (明)汤显祖著:《临川四梦》,朱萍整理,北京:中华书局,2016年,第143页。
⑨ 同上书,第132页。
⑩ 同上书,第141页。

闷无端"①的愁绪,她和丫鬟春香去往自家后花园,在游赏华丽春景的过程中,被蕴含着生命律动的自然之美唤醒了对青春的体认:"不到园林,怎知春色如许?"②

作品中,汤显祖以一出曲词优美、含义隽永的《惊梦》,生动表达了杜丽娘的青春觉醒和大胆追爱,表达了主人公对封建礼教束缚的曲意抗争。如果我们把杜丽娘追求爱情过程中因抗争礼教而经历的生——死——生的曲折过程视为作品的一条伦理线,那么,《惊梦》中所写杜丽娘与柳梦梅的梦中幽会便是作品中出现的第一个伦理结。"伦理线即文学文本的线性结构。……在文学文本的伦理结构中,伦理线的表现形式就是贯穿在整个文学作品中的主导性伦理问题。"③"伦理结是文学作品结构中矛盾与冲突的集中体现。伦理结构成伦理困境,揭示文学文本的基本伦理问题。"④在这出戏中,汤显祖首先以极其细腻的笔触,娓娓道出了杜丽娘自发的怀春情感、自然的爱恋意识和自觉的爱情理想的产生过程——这些,正是杜丽娘与封建的家规礼法产生冲突的前提:惯常被深锁于绣阁中的丽娘乍然来到人迹清冷却充满生机的后花园,所见所闻尽是"姹紫嫣红开遍",是"遍青山啼红了杜鹃,荼蘼外烟丝醉软",是"生生燕语明如剪,呖呖莺歌溜的圆",还有"朝飞暮卷,云霞翠轩。雨丝风片,烟波画船"⑤——满园春景如诗如画,生机盎然;可是,如此充满活力、生机与美感的景致,却无人提起、无人赏识,只能"都付与断井颓垣",恰似自己"三春好处无人见"。⑥ 于是,杜丽娘不禁以"闷"和"乱"来表达自己闺阁生活的寂寞与愁苦、悲哀和郁结。继而,丽娘又触景生情,念及自己"年已二八,未

---

① (明)汤显祖著:《临川四梦》,朱萍整理,北京:中华书局,2016年,第143页。
② 同上。
③ 聂珍钊:《文学伦理学批评导论》,北京:北京大学出版社,2014年,第265页。
④ 同上书,第258页。
⑤ (明)汤显祖著:《临川四梦》,朱萍整理,北京:中华书局,2016年,第143页。
⑥ 同上。

逢折桂之夫"①,不仅美丽容颜无人赏识,对异性的渴望更无人理解,不由得深自感慨"年已及笄,不得早成佳配,诚为虚度青春,光阴如过隙耳"②,故而"春色恼人"之感陡然袭上心头。再继之,丽娘推己及人,想到"常观诗词乐府,古之女子,因春感情,遇秋成恨,诚不谬矣!"③至此,杜丽娘除了含泪长叹,除了抱怨"甚良缘,把青春抛的远"④,除了由思入梦,她还能有什么别的选择?!——因为,在当时的伦理环境中,杜丽娘作为闺阁小姐,她的"情肠"压根无以向包括父母在内的任何人诉说,换言之,由其"生于宦族,长在名门"⑤的伦理身份所赋予她的正统的伦理意识在其内心中实在太过强大和突出,因此,她的激情、她的理想、她对爱情的渴望,都找不到倾诉的对象,她只能去梦中寻找宣泄与满足。同时,梦中的杜丽娘有多么热烈和大胆,以及梦后的杜丽娘有多么留恋梦中之人与梦中情境,也就恰恰体现了现实中的伦理规范对她的限制有多么严格。而且,觉醒了的杜丽娘再也不可能回到唯唯诺诺、懵懵懂懂的状态了,因此她就不由自主地陷身于重重矛盾之中:一方面要"领母亲严命"⑥,依闺阁要求遵从父母的种种训导,而且相思成病还不为父母所理解,杜父即言"女儿点点年纪,知道个什么呢?""忒恁憨生,一个娃儿甚七情?"⑦新老两代人的思想和情感鸿沟由此可见;另一方面,杜丽娘又止不住地伤心自怜,以致相思成病,最终伴着"世间何物似情浓?整一片断魂心痛"⑧的无奈哀叹,以燃尽生命全部能量的代价,亡于对理想爱情的强烈而又徒然的渴望。

---

① (明)汤显祖著:《临川四梦》,朱萍整理,北京:中华书局,2016 年,第 144 页。
② 同上。
③ 同上。
④ 同上。
⑤ 同上。
⑥ 同上书,第 145 页。
⑦ 同上书,第 157 页。
⑧ 同上书,第 165 页。

第二个伦理困境出现在杜丽娘瘗玉埋香之后。这也是她性格的二度发展,即她死后依然不能忘怀梦中之情,是所谓"生生死死为情多"。重"情",是杜丽娘最显著的特点,生前如此,死后亦不变。如《魂游》一出,在丽娘并不算多的独白和唱词中,"情"字的出现却相当密集,体现的正是已为魂魄的杜丽娘依然情深义重。她感慨自己"生生死死为情多,奈情何";述说自己"痴情慕色,一梦而亡";哀叹自己"生和死孤寒命,有情人叫不出情人应";但这些,都改变不了她自己的——生前囿于伦理身份和伦理环境不便明说的情爱,死后在冥界得到了自然流溢、畅快表达。特别是,由于身处冥界的杜丽娘没有了阳世中的伦理身份,她更可以将心中的愿望和祈求大胆讲出。例如在《冥判》中,丽娘芳魂面对胡判官的问讯,如实述说自己"在南安府后花园梅树之下,梦见一秀才……甚是多情。梦醒来沉吟,题诗一首……为此感伤,坏了一命"①。南安府后花园中的花神也为她作证和求情:"他与秀才梦的缠绵,偶尔落花惊醒,这女子慕色而亡",此"乃梦中之罪,如晓风残月。……可以耽饶。"②丽娘的陈述与花神的代为求情一起感动了胡判官,再加上胡判官在婚姻簿上查明:"是有个柳梦梅,乃新科状元也,妻杜丽娘,前系幽欢,后成明配,相会在红梅观中。"③于是,刚刚走马到任的胡判官,果断告诉丽娘确有这么一位书生与其有姻缘之分,决定放丽娘"出了枉死城,随风游戏,跟寻此人"④。因此,杜丽娘不仅得以保留肉身,还获得了魂魄自由进出阴阳两界的特殊权利,尤其是获得了寻梦觅爱的珍贵机会和权利;后来她又主动与情人柳梦梅结为人鬼夫妻,得慰情肠。

我们知道,冥界中的丽娘芳魂在追求自己的情爱理想时,因为没有了现实中的伦理束缚,故而要比阳世中的杜丽娘本人大胆许多。正

---

① (明)汤显祖著:《临川四梦》,朱萍整理,北京:中华书局,2016年,第176页。
② 同上书,第176—177页。
③ 同上书,第178页。
④ 同上。

如《幽媾》中所写,她先是循着声音哀楚、动人心魄的柳梦梅的呼唤声,悄然蓦入柳生房中,看到自己的生前自画像和柳梦梅的和诗及题名后,确定这就是自己苦苦寻觅的梦中之人,遂立即决定趁此良宵,完其前梦。但杜丽娘的大胆、热情并不改变其端庄、淑丽的本性,其魂魄来至柳生舍前,先是"弹敲翠竹窗棂下",而后"作笑闪入",紧接着即是"敛衽整容"相见——这些行为细节中,交融了杜丽娘身上青春少女的活泼与大家闺秀的矜持,使得这一形象更加可人和感人,同时也为后文中杜丽娘复活后讲出"人须实礼"①的现实规范埋下了伏笔。而后,面对柳梦梅"敢问尊前何处?因何黉夜至此"的疑惑,杜丽娘未言名姓,只是大胆表白:"为春归惹动嗟呀,瞥见你风神俊雅。无他,待和你剪烛临风,西窗闲话……每夜得共枕席,平生之愿足矣。"②

但是,深情、活泼、大胆的杜丽娘魂魄,一旦与人世产生交集,其相对自由自在的状态就会大打折扣,新的伦理困境也会随之袭来:一方面,她对柳梦梅是否珍爱自己、对人鬼情的结局都不无担心,故会恳切而又心怯地说:"妾千金之躯,一旦付与郎矣,勿负奴心"③,而且还迟迟不敢告诉柳生自己是女鬼的事实;另一方面,杜、柳二人夜聚昼散的行为,也因不合伦常而屡屡遭到旁人的怀疑和阻碍,如看守梅花观的石道姑和偶宿于此的小道姑都听到"夜来柳秀才房里,唧唧哝哝,听的似女儿声息"④,故不约而同前去查探实情。如此,作为女鬼的杜丽娘不得不时时提防和躲避外人的袭扰。事实上,丽娘芳魂一直生活在恐惧和纠结之中,恰如《冥誓》中所写,两个道姑的不期而至,把她"吓的个魂儿收不迭";而她自己,"把持花下意,犹恐梦中身",担心黄泉路上的夫妻做不长久,担心"只管人鬼混缠,到甚时节?"又忧虑"则怕说时,柳郎那一惊";但转念一想,她自己"虽登鬼录,未损人身,阳禄将回,阴

---

① (明)汤显祖著:《临川四梦》,朱萍整理,北京:中华书局,2016年,第207页。
② 同上书,第189—190页。
③ 同上书,第190页。
④ 同上书,第192页。

数已尽",而且夫妇缘分终须"去来明白",所以,又觉得即便游魂的复活可能会惊吓到柳生,"也避不得了"。① 可是,哪怕是在得到柳梦梅"作夫妻,生同室,死同穴"②的盟誓后,杜丽娘依然惴惴不安,她鼓足勇气才对柳梦梅道明自己"是鬼也",是人身已死而游魂不灭的存在,更因"前日为柳郎而死,今日为柳郎而生"③的一往情深,所以只需柳梦梅开棺掘墓,自己即可死而复生。杜丽娘的一番表述情词恳切,动人柔肠,柳梦梅虽屡屡吃惊,但仍与丽娘订下冥婚之盟,也答应丽娘立即依计掘坟。可叹杜丽娘,重重心事叠叠于心,芳魂本已飘然而去,却又去而复返,再次殷殷跪嘱:"你既以俺为妻,可急视之,不宜自误……妾若不得复生,必痛恨君于九泉之下矣!""一点心怜念妾"④。显然,已经摆脱了伦理束缚的杜丽娘不得不设法重新回到生前的环境之中,以求"早成佳配"愿望的最终满足。

  第三个伦理困境出现在杜丽娘还魂复生之后。随着杜丽娘华丽的复活,她先前的伦理身份和伦理意识也随之附体,但"自主自婚"的愿望仍然如先前一样炽烈。于是,她一面鼓励柳梦梅获取功名,一面请求父母承认和主持自己与柳梦梅的婚姻。

  在这里,新的伦理困境导致杜丽娘新的伦理两难。"伦理两难由两个道德命题构成,如果选择者对它们各自单独地做出道德判断,每一个选择都是正确的,并且每一种选择都符合普遍道德原则。但是,一旦选择者在二者之间做出一项选择,就会导致另一项违背伦理,即违背普遍道德原则。"⑤也就是说,冥界里的丽娘芳魂大胆爱恋、自主婚姻,合乎杜丽娘的自由意志,也合乎当时追求人性解放的思想暗潮;而回生后的丽娘又不得不面对现实生活中的礼教规范,故而渴望获得

---

① (明)汤显祖著:《临川四梦》,朱萍整理,北京:中华书局,2016年,第198页。
② 同上书,第199页。
③ 同上书,第198页。
④ 同上书,第201页。
⑤ 聂珍钊:《文学伦理学批评导论》,北京:北京大学出版社,2014年,第262—263页。

父母对自己身份的认可和对自己婚姻的赞同,因为人是社会的人,爱情也有其社会属性,"爱情造成的不是孤立于外界的、绝对独立的双双对对"①。这是回到现实环境中的杜丽娘既无奈又必然的选择。作品中,汤显祖生动地描绘了杜丽娘的这种新困境。一方面,杜丽娘"死去三年,为钟情一点,幽契重生",身为游魂时的杜丽娘是那么的勇敢、自由、自主,主动地追寻和把握自己的爱情;回生之后,也于情急之下依石道姑之言,与柳梦梅把酒"拜告天地""曲成亲事",结成连理。另一方面,经过梦中和冥界爱欲洗礼的杜丽娘,甫一回生,面对柳生"今宵成配偶"的提议,却立即拾起了"必待父母之命,媒妁之言"的传统规范,并端然正色道:"前夕鬼也,今日人也。鬼可虚情,人须实礼",认为"结盏的要高堂人在。"②因此,她开始一边敦促柳梦梅参加科考,博取功名,期盼柳生能够"立朝马五更门外"、登上"寒宫八宝台"、再"看花十里归来",期盼自己能够夫贵妻荣;一边积极寻访父母,希望自己的还魂与婚姻都能得到双亲的认可与祝福;与此同时,又担心"回生事少,爹娘呵,听的俺,活在人间惊一跳"③,再加上"平白地凤婿过门""说的来似怪如妖,怕爹爹执古妆乔"④。丽娘所料果然不差,面对柳梦梅"乃老大人女婿"的自我介绍和"医得他女孩儿能活动"的讲述,杜丽娘的父亲杜宝压根不信,只是认为"可笑,可恨",三番两次之后还命仆人"取桃条打他"⑤;即便见着女儿,也认为是"花妖狐媚,假托而成",并质问丽娘不合礼法的"无媒而嫁"之举;当丽娘恳求"爹,认了女孩儿罢",杜宝立即提出条件:"离异了柳梦梅,回去认你"⑥——这个固执己见的封建家长的所言所行,不正是世俗伦常的形象化体现吗?

---

① [保]基·瓦西列夫:《情爱论》,赵永穆、范国恩、陈行慧译,北京:生活·读书·新知三联书店,1984年,第34页。
② (明)汤显祖著:《临川四梦》,朱萍整理,北京:中华书局,2016年,第207页。
③ 同上书,第225页。
④ 同上书,第225—226页。
⑤ 同上书,第249—250页。
⑥ 同上书,第257—258页。

所以，杜氏父女间的冲突，反映的正是杜丽娘的伦理两难。

第三节　《牡丹亭》的道德理想

文学即人学，文学作品的内容离不开对人的个体生活、社会生活的反映，离不开对人与他人、人与社会的各种关系的反映，也离不开对道德问题的反映和思考，正如聂珍钊先生所言："只要描写人、描写社会关系，就必然要涉及伦理道德问题，涉及对作品中人物的道德评价。因此，超道德的文学作品是不存在的。"①换言之，文学映现价值观念，作家们常常努力在作品中构建、表达自己的道德理想。按照文学伦理学批评的观点："道德以个人的修养为基础，以集体和社会的认同为前提，与特定环境、习俗、语境相关，因此道德带有历史的特性，在不同时代、不同种族、不同地区有不同的道德。在不同的历史阶段，道德标准与道德内涵可能不同。文学作品的价值一方面在于通过具体的事例对时代的道德进行歌颂与弘扬，另一方面在于揭示时代转变时期社会观念变化引发的种种道德问题。"②汤显祖也不例外，他在《牡丹亭》中，借助杜丽娘的生死传奇，生动传达了他关于人性解放、婚恋自由、遵循现实理性等方面的理想。

人性的解放，这是汤显祖在《牡丹亭》中传达的第一重道德理想，也是最振聋发聩的一个声音，更是《牡丹亭》超越其他中国古典戏曲的核心生命力。众所周知，明人话本《杜丽娘慕色还魂》是《牡丹亭》最直接的题材来源，这个话本保留在何大抡所辑《重刻增补燕居笔记》卷九中，写的是南雄太守杜宝的女儿丽娘游园之后，感梦而亡，她的自绘小像为后任太守之子柳梦梅所偶得。面对容貌姣好的美人图，柳衙内日思夜慕，竟得与杜丽娘鬼魂幽会；后又与父母发冢开棺，使丽娘还魂重

---

① 聂珍钊：《文学伦理学批评导论》，北京：北京大学出版社，2014年，第196页。
② 同上书，第248页。

生；杜柳二人喜结姻缘，双方高堂无不欢喜。总体来看，这还是传统的才子佳人故事，采用的也是大团圆的喜剧结局。但是，汤显祖笔下的《牡丹亭》，虽保留了话本中的基本故事框架，艺术水准却更高，思想内涵更深更广；而大胆鼓吹人性解放，则堪称其最为犀利的思想锋芒。

汤显祖的人性解放之理想，与明代中后期的时代风潮密切相关。明中后期，随着资本主义生产关系的萌芽，随着市民阶层的出现和发展，一些激进的知识分子开始与专制主义、封建礼教相抗争，"存天理、灭人欲"的程朱理学开始遭遇被颠覆的危机，人情、人性的大旗则高高扬起，非法非圣的"异端"思想大放异彩。在文艺领域，最鲜明的表现便是李贽力主的"童心说"，袁宏道宣扬的"独抒性灵"，以及汤显祖提倡的"为情作使"。也就是说，人性解放的内涵有多维向度，就汤显祖而言，其人性解放思想最集中地体现在"情"上。正像他在其戏剧论稿《宜黄县戏神清源师庙记》中所说："人生而有情。思欢怒愁，感于幽微，流乎啸歌，形诸动摇。或一往而尽，或积日而不能自休"；"情"能够"生天生地，生鬼生神，极人物之万途，攒古今之千变"；直言"人情之大窦"才是"名教之至乐"。①《牡丹亭》中人性解放的思想，也是通过杜丽娘这一"至情"的化身体现出来的。杜丽娘因情而梦、因情而亡、因情复生，生生死死、梦中阳世，莫不是围绕一个"情"字做文章；丽娘之"情"，核心要素有两个：一是对自然之美和自身之美的自觉体认，二是对爱欲的强烈追求，前者是人性解放的内在前提，后者是人性解放的行动体现，而这两个方面，对于讲求礼乐教化的旧传统，无疑都是有力的冲击。

杜丽娘教养在深闺，接受的是严苛的封建礼教规范的熏陶，除了遵从父母的要求"长向花阴课女工"，做些针黹活计之类，便是听从父母之训导，多读诗书，以能识得"周公礼数"，将来好达成父母的意愿：

---

① 北京大学哲学系美学教研室编：《中国美学史资料选编》（下），北京：中华书局，1981年，第138—139页。

"他日嫁一书生,不枉了谈吐相称",且"他日到人家,知书知礼,父母光辉",面对古执严肃的父亲和谆谆教导女儿的母亲,丽娘只能立即向父母保证:"从今后茶余饭饱破工夫,玉镜台前插架书"①,而针线筐和书案台之外的一切,则都属于"非礼勿视、非礼勿听"的范围了。可是,杜丽娘毕竟不是泥塑木雕的人偶,而是一个对美有着敏锐感知能力的正常的青春少女。所以,作品第三出中她甫一出场,在给父母行礼、敬酒之前,首先提到的便是"今日春光明媚""娇莺欲语,眼见春如许"②,虽言语寥寥,却不自觉地流泻出她对悦人耳目的自然美的欣赏;而后,才有了《惊梦》一出中所写丽娘第一次在春天里踏进自家的大花园后,对无限春光的种种热烈赞叹:

　　[皂罗袍]原来姹紫嫣红开遍,似这般都付与断井颓垣。良辰美景奈何天,赏心乐事谁家院。朝飞暮卷,云霞翠轩。雨丝风片,烟波画船——锦屏人忒看的这韶光贱。

　　[好姐姐]遍青山啼红了杜鹃,荼蘼外烟丝醉软。牡丹虽好,他春归怎占的先!闲凝眄,生生燕语明如翦,呖呖莺歌溜的圆。③

这让人口有余香的唱词,歌赞的是丽娘眼中那鸟语花香、生机盎然的迷人春景,表现的是她"一生儿爱好是天然"④的至真性情。而且,在自然美之外,杜丽娘对自身的体貌之美也并非无动于衷。恰如作品中所写,父母眼中的丽娘"才貌端妍","出落的人中美玉"⑤,丽娘自己也不止一次言说了自己的容貌和装扮。如她第一次面见塾师陈最良时,"添眉翠,摇佩珠,绣屏中生成士女图"⑥,而当她要前往春香发现的那个花园时,她更为隆重地装扮了自己:

---

① (明)汤显祖著:《临川四梦》,朱萍整理,北京:中华书局,2016年,第127—128页。
② 同上书,第127页。
③ 同上书,第143页。
④ 同上。
⑤ 同上书,第127—128页。
⑥ 同上书,第131页。

[步步娇]袅晴丝吹来闲庭院,摇漾春如线。停半晌整花钿,没揣菱花,偷人半面,迤逗的彩云偏。步香闺怎便把全身现?

　　[醉扶归]你道翠生生出落的裙衫儿茜,艳晶晶花簪八宝填,可知我常一生儿爱好是天然。恰三春好处无人见,不提防沉鱼落雁鸟惊喧,则怕的羞花闭月花愁颤。①

　　这里所写的杜丽娘,没有犹豫,没有遮掩,而是尽情地对镜梳妆,头戴光彩夺目的花簪,身着色彩鲜艳的衣裙,这繁复、精心的装扮透露出她的些许孤芳自赏,更流溢出其爱好美、追求美的天性。再后来,当她寻梦而不可得、因情憔悴、行将香消玉殒之际,她担心"一旦无常,谁知西蜀杜丽娘有如此之美貌乎?"②于是大胆地自绘小像以使容颜流传世间,恰如《写真》中展现的,丽娘在绢绡上极为细致地描画了自己的如花美貌:勾脸庞、画鼻梁、染香腮、绘樱唇、柳眼和眉黛,再点明眸,加饰品,还添上青梅、湖山、垂杨与芭蕉,最后题诗、装裱,整个绘画过程次第如见,一个顾影自怜的妙龄少女对美好年华的热爱和对青春虚度的悲切更是在这自绘自画中鲜活呈现。

　　随着对自然美和自身美的发现、欣赏、赞叹、喜爱,加上对芳龄"年已二八"的自觉意识,杜丽娘的青春意识和爱情渴望也自然而然地萌生了:"吾今年已二八,未逢折桂之夫;忽慕春情,怎得蟾宫之客?"念及此,丽娘不由忆起书卷中记载的一些爱情故事:"昔日韩夫人得遇于郎,张生偶逢崔氏,……此佳人才子,前以密约偷期,后皆得成秦晋"③,遂不由深深感叹:

　　[山坡羊]没乱里春情难遣,蓦地里怀人幽怨。则为我生小婵

---

① (明)汤显祖著:《临川四梦》,朱萍整理,北京:中华书局,2016年,第143页。
② 同上书,第153页。
③ 同上书,第144页。

娟,拣名门一例一例里神仙眷。甚良缘,把青春抛的远。俺的睡情谁见?则索因循腼腆。想幽梦谁边?和春光暗流传。迁延,这衷怀那处言?淹煎,泼残生,除问天。①

　　无人赏识的姣好容貌、无人知晓的丰富情怀、无人爱惜的绚丽青春,勾连出杜丽娘春情难遣的深度寂寞,"颜色如花,岂料命如一叶"②的幽怨和伤感,也随之激活了她身心深处蛰伏着的自然情欲,这从人类本性中迸涌出的生命冲动在当时充斥着封建礼教的环境中无以满足,只能把她引向那绮丽幽美的梦境。需要注意的是,在《牡丹亭》中,汤显祖以超越前人的极大勇气,借助奇美灵动的词句,通过直写杜丽娘与柳梦梅的"牡丹亭畔,芍药阑边,共成云雨之欢",通过写丽娘对充满"千般爱惜、万种温存"梦境的念念不忘,更通过写丽娘反复回味和苦苦追寻其南柯一梦的"美满幽香不可言"③,从而明白无误地肯定性爱之欲,认为这也是人性的组成部分,是美好爱情的构成因素,同样是应该得到合理满足的生命冲动,从而为其人性解放思想涂上了极为浓墨重彩的一笔。

　　婚恋自由,是汤显祖在《牡丹亭》中传达的第二重道德理想。虽然很多古典戏曲中都有表现婚恋自由的主题,但通过看似荒诞不经实则更为深刻有力的叙述来传达这一主题的,非《牡丹亭》莫属。因为此剧中,在主人公杜丽娘的爱情欲求面前,并没有父母的反对、门第的阻隔,而只有无影无形却又无所不在的封建礼教的桎梏,正像有学者所指出的:"《牡丹亭》的巨大艺术力量,在于汤显祖对晚明社会及其主要意识形态礼教所进行的无情、犀利的批判。"④所以她的追求与抗争也

---

①　(明)汤显祖著:《临川四梦》,朱萍整理,北京:中华书局,2016年,第144页。
②　同上。
③　同上书,第145—149页。
④　徐朔方、孙秋克:《明代文学史》,杭州:浙江大学出版社,2006年,第349页。

就随之驻留在内心世界的更深处,如此一来,以婚恋自由意识对抗封建礼教规范,就成为汤显祖的高明之处。如前所述,在杜丽娘的青春意识和婚恋情思被激活之前,她是谨遵父母庭训的,做针黹,诵四书,严守闺阁之礼,禁锢于礼教规范之中。可是,自打游赏了春光灿烂、生机无限的花园之后,自然之美唤起了她内心深处的强烈共鸣,激起了她对未来由父母安排的婚姻、对一向的礼教重压的不满,"吾生于宦族,长在名门。年已及笄,不得早成佳配,诚为虚度青春。光阴如过隙耳",抱怨"甚良缘,把青春抛的远",然后,丽娘在春愁中入梦,在梦中遇到手持柳枝、"丰姿俊妍"、吟唱着"则为你如花美眷"、宣称"咱爱杀你哩"①的柳梦梅,两情欢洽后,留给梦醒的丽娘满腔惆怅,留给她痴情一片却寻不到着落的悲伤,以及"梦梅心事"无处倾诉也无人能解的愁苦,这些,使丽娘只能感叹"西风吹梦无踪,人去难逢",感叹"世间何物似情浓?整一片断魂心痛",②并终致抑郁成病、憔悴而亡。

丽娘虽死,但她渴望爱情的心愿、追求爱情的脚步却并未停止。汤显祖赋予主人公追寻幸福的全部果敢,使其在虚幻的冥府达成自由婚恋的完成,以此彰显青年男女爱情的美好,突显"至情"之穿越阴阳两界的强大力量,从而强化作品的婚恋自由之理想。《幽媾》中的一曲《宜春令》,犹如音乐中旋律的回环往复,强化着丽娘的爱恋心声:

> [宜春令]斜阳外,芳草涯,再无人有伶仃的爹妈。奴年二八,没包弹风藏叶里花。为春归惹动嗟呀,瞥见你风神俊雅。无他,待和你剪烛临风,西窗闲话。③

丽娘芳魂面对自己的梦中情人柳梦梅,深情告白自己乃是无可指摘的闺阁少女,因被明媚春色逗引出无限情思,梦遇知己,欲结姻缘。之后二人互诉情肠,巫山云雨,"完其前梦"。再之后,杜柳二人拈香盟

---

① (明)汤显祖著:《临川四梦》,朱萍整理,北京:中华书局,2016年,第144—145页。
② 同上书,第165页。
③ 同上书,第190页。

誓,结为了人鬼夫妻。在这整个过程中,没有父母,没有族亲,没有媒妁,没有世俗中的一切外在因素,有的只是杜柳二人的互相爱恋、一样情怀。这份炙热的爱恋,使得丽娘"前日为柳郎而死,今日为柳郎而生"①,其追求自主婚恋的勇气与坚决,空谷足音一般回响至今。

  回生之后的杜丽娘,自念"为钟情一点,幽契重生",有着无尽愁苦的魂魄得以活脱脱重回人间,柳梦梅对自己"重生胜过父娘亲",二人实属"死里淘生情似海",所以,她在石道姑的主持下与柳生把酒"拜告天地"②,而后,杜柳二人便一道积极寻访丽娘父母,期冀得到父母的认可与祝福。在这一过程中,作为统治阶级一员的杜宝俨然成为封建礼教的化身,成为青年男女主人公婚恋自由道路上的最大绊脚石。首先,在《闹宴》《硬拷》《圆驾》三出戏中,杜宝与前来认亲的柳梦梅产生了三次面对面的激烈冲突:一是武断地认定这个年轻人是冒着女婿之名来打秋风、攀龙凤,二是不辨青红地把他看作掘墓之贼,三是固执地把他所言丽娘复活当作"妖孽之事",其古执循礼已然可见一斑。其次,如《圆驾》中所写的那样,哪怕是在金銮殿上,面对鲜活立于眼前的女儿,杜宝依然不容分辩地断言"此必花妖狐媚,假托而成",并提出"愿俺王向金阶一打,立见妖魔",惹得柳梦梅一边哭泣着痛诉他是个"好狠心的父亲!"一边剖解他"做五雷般严父的规模,则待要一下里把声名煞抹"③的虚伪本质。接着,面对丽娘要他认女的恳求,他先是指责女儿的"无媒而嫁",又提出"离异了柳梦梅,回去认你"的条件。可叹至情化身杜丽娘,此时毫无犹疑地向父亲、也向世间众人宣告:"叫俺回杜家,赳了柳衙,便作你杜鹃花也叫不转子规红泪洒。"④其以情抗理、坚决捍卫自己爱情与婚姻的斗争态度彰明较著,《牡丹亭》一剧的婚恋自由之理想也在这些矛盾冲突和杜丽娘的昭昭宣告中,得到了

---

① (明)汤显祖著:《临川四梦》,朱萍整理,北京:中华书局,2016年,第198页。
② 同上书,第207—209页。
③ 同上书,第257页。
④ 同上书,第258—260页。

极为显赫的张扬。

遵循现实理性,是《牡丹亭》表现的第三重道德理想。前文中已经论述过的人性解放和婚恋自由,固然是该作振聋发聩的主旋律,并以此引起当时和后世诸多读者特别是女性读者的强烈共鸣。但是,汤显祖作为一代文学大师,他的思想是深邃而又丰富的,具体到《牡丹亭》,就体现在他高度强调"情",但并不因此废"理",而是想要达到人情与名教的和谐相生,如同作家自己所期望的:通过戏曲,使"孝子以此事其亲,敬长而娱死;仁人以此奉其尊,享帝而事鬼……人有此声,家有此道,疫疠不作,天下和平。岂非以人情之大窦,为名教之至乐也哉!"①

事实上,在《牡丹亭》中,就主人公杜丽娘而言,尽管她是"至情"的化身,注重美和爱,敢于为自然情欲、自主婚姻竭力抗争,但在她身上,也有服从群体道德的克己复礼,如孝敬父母、尊重师长、体恤丫鬟等,因为,她毕竟不是一个真空中的存在,而是现实生活中的一分子,是个正常的社会人,其言行、思维、道德意识等都必须符合人的社会属性的要求,她也必须在较大的程度上遵从各种社会关系及道德规范的要求——总之,她在日常生活中也需要遵循现实理性的要求,服从理性意志的指导,就像文学伦理学批评所认为的那样:"理性意志是人性因子的核心和外在表现。在文学伦理学批评中,理性指的是人关于善恶的高级认知能力,与人的动物性本能相对。……理性意志由特定环境下的宗教信仰、道德原则、伦理规范或理性判断所驱动。"②

细读作品不难发现,作品中所写杜丽娘在梦遇柳梦梅之前,就是一个知书达理的大家闺秀的典范。例如,她敬重父母,刚一出场拜见高堂时,即一边口称"爹娘万福",一边奉以三杯酒"效千春之祝";她也安静地听从父母给她延请塾师的建议,并表示要"从今后茶余饭饱破

---

① 徐朔方笺校:《汤显祖诗文集》,上海:上海古籍出版社,1982年,第1127页。
② 聂珍钊:《文学伦理学批评导论》,北京:北京大学出版社,2014年,第253页。

工夫,玉镜台前插架书"①。她尊敬前来教她诵读诗书的陈最良,在与这位老师初次见面时,她不是以随随便便的装束和懒洋洋的姿态出现在陈最良面前的,而是认真打扮、快步到堂,"添眉翠,摇佩珠,绣屏中生成士女图。莲步鲤庭趋,儒门旧家数",而且很谦虚地表示"学生自愧蒲柳之姿,敢烦桃李之教",②表现出尊敬师长的良好教养。上课的第一天,面对先生对她迟到的指责和"如今女学生以读书为事,须要早起"的训诫,她立即表示"以后不敢了",③当丫鬟春香在学堂上戏谑老师时,她立即批评春香,"死丫头!唐突了师父,快跪下"④,当春香在背后骂陈最良"村老牛!痴老狗!一些趣也不知"的时候,她立即予以制止:"死丫头!一日为师,终身为父!"⑤哪怕是在因梦患病后,她依然对老师彬彬有礼,"师父,我学生患病,久失敬了"⑥,一个知礼节的贤淑少女形象跃然纸上。

哪怕是在自己的爱情欲念被激发起、梦中幽会柳梦梅之后,杜丽娘也没有完全失去应有的理性和礼数。就像《惊梦》中所写的那样,她和柳梦梅"雨香云片,才到梦儿边。无奈高堂,幻想纱窗睡不便"⑦,一场幽梦被母亲唤醒后,面对母亲略带指责之意的问询,丽娘赶紧解释、道歉。病重之时,面对母亲的担忧与悲伤,沉疴难返之际,她依然坚持对母亲应有的礼数——拜谢、自谴,哭泣着表达"不孝女孝顺无终"的愧疚和"愿来生把萱椿再奉"⑧的心声,一个情浓意重、乖巧贴心又知礼知节的女儿形象便在这字里行间活现出来,并因其悲苦境遇而愈发惹人心怜、使人心痛了。

---

① (明)汤显祖著:《临川四梦》,朱萍整理,北京:中华书局,2016年,第127—128页。
② 同上书,第131—132页。
③ 同上书,第135页。
④ 同上书,第136页。
⑤ 同上书,第137页。
⑥ 同上书,第161页。
⑦ 同上书,第146页。
⑧ 同上书,第166页。

即便是处在游魂阶段,杜丽娘的言行举止依然端庄、理性。我们不会忘记,她第一次循着柳梦梅的呼唤前往其借宿的厢房时,是细心地"敛衽整容"①后才入内的;当她打算向柳生表明身份前,她考虑的主要因素是自己"虽登鬼录,未损人身",而且"夫妇分缘,去来明白。今宵不说,只管人鬼混缠,到甚时节?"②就其名门闺秀的身份而言,这种考虑自然入情入理,而汤显祖通过这种种描写,刻画出的是一个有情又懂理的丽娘芳魂形象。

当然,汤显祖遵循现实理性的理想,更鲜明地体现在杜丽娘复活之后的情节中。首先,回生后的丽娘,面对柳梦梅的婚娶提议,她三番五次地强调:此事需要"扬州问过了老相公老夫人,请个媒人方好","古书云:必待父母之命,媒妁之言",说自己已是"比前不同,前夕鬼也,今日人也。鬼可虚情,人须实礼";"待成亲少个官媒";"结盏的要高堂人在"③。其次,是回生后的丽娘积极鼓励柳梦梅应试科举,热切期盼丈夫能够皇榜高中,期盼"得傍你蟾宫客,你和俺倍精神金阶对策"④,夫荣妻贵的思想非常明显。在以往的批评中,评论者常把丽娘这里的两种表现视为汤显祖的败笔,认为这是汤显祖拘囿于时代所致。但是,客观来讲,这两处实际上是回到现实生活中的杜丽娘必须坚持的,因为,任何一个有着正常理性思维的凡人,都不可能全然脱离开一切社会关系,而要得到周围环境的认可,遵循大众普遍认可的伦常规范去行事就是必须的和必然的。

本章小结

值得深思的是,在《牡丹亭》中,当杜丽娘处于非现实的环境(梦

---

① (明)汤显祖著:《临川四梦》,朱萍整理,北京:中华书局,2016年,第189页。
② 同上书,第198页。
③ 同上书,第207页。
④ 同上书,第214页。

中、冥界)时,她是自由自在和幸福快乐的;而当她处于现实的环境之中时,则是不自由和痛苦的。这说明作者汤显祖有意识地将"至情"的理想与现实的伦理规范进行对举,张扬前者而否定了后者。对此,我们不妨将《牡丹亭记题词》全文迻录如下,以便更深刻地理解作者想要传递的道德理想:

> 天下女子有情宁有如杜丽娘者乎。梦其人即病,病即弥连,至手画形容传于世而后死。死三年矣,复能溟莫中求得其所梦者而生。如丽娘者,乃可谓之有情人耳。情不知所起,一往而深,生者可以死,死可以生。生而不可与死,死而不可复生者,皆非情之至也。梦中之情,何必非真。天下岂少梦中之人耶!必因荐枕而成亲,待挂冠而为密者,皆形骸之论也。
>
> 传杜太守事者,仿佛晋武都守李仲文、广州守冯孝将儿女事。予稍为更而演之。至于杜守收考柳生,亦如汉睢阳王收考谈生也。
>
> 嗟夫!人世之事,非人世所可尽。自非通人,恒以理相格耳。第云理之所必无,安知情之所必有邪!①

这其中所说的"人世之事,非人世所可尽","第云理之所必无,安知情之所必有"等等,非常鲜明地表达了作者对于"存天理,去人欲"的正统伦理规范的批判,也表达了作者希冀个体情感、理性意志与伦理环境能够和谐一致的热切愿望。因此,一部《牡丹亭》,就其道德理想而言,它显然是远远超越于作者所在的那个时代的。正如有学者所言:"文学的建设最终作用于人的精神。作为物质世界不可缺少的补充,文学营造超越现实的理想的世界。文学不可捉摸的功效在人的灵魂,它可以忽视一切,但不可忽视的是它始终坚持使人提高和上升。

---

① (明)汤显祖著:《临川四梦》,朱萍整理,北京:中华书局,2016年,第262页。

文学不应认同于浑浑噩噩的人生而降低乃至泯灭自己。"①《牡丹亭》最后的大团圆结局,尽管不甚高明,但作者意欲借此来彰显"至情"的强大力量的意图,无疑是十分明显的——因为,大团圆毕竟是一种美好的祝愿。

---

① 谢冕:《理想的召唤》,《西安教育学院学报》1996年第1期,第1页。

第五章

《聊斋志异》与斯芬克斯因子的组合与变异

《聊斋志异》是中国文学史上一部著名的短篇小说集,全书将近五百篇,内容十分广泛,反映了17世纪中国的社会面貌。该书作者为清代作家蒲松龄,他对当时封建末世风俗颓败、道德沦丧的现状倍加关注,充满忧患意识,在《聊斋志异》中借用狐魅花妖、怪力乱神等浪漫主义手法来表现人世、人生和人心。作为一个时代的思想家,蒲松龄以人的自然本性和现实生存为出发点,探讨符合现实和人性的伦理法则,对人们应当遵循怎样的伦理道德、改善种种人际关系也有着比较明确的标准,其理想是建立一种和谐温馨、情理调和的人伦规范。本章运用文学伦理学批评方法及其核心术语对《聊斋志异》这部经典作品进行深度分析:探讨人性因子与兽性因子之间的不同组合与变化如何导致作品中人物的不同行为特征和性格表现,形成不同的伦理冲突;解读自然意志、自由意志、非理性意志和理性意志四种力量之间的相互抑制和此消彼长怎样影响人的伦理选择和道德行为,从而塑造形形色色的人物,为读者理解这部经典作品提供新的视角。

在文学发展史上,动物形象的刻画,从唐宋传奇到明清小说,具有很深的文化渊源。蒲松龄在前人创作的动物故事的基础上,对动物塑造进行了拓展和深入。首先是蒲松龄笔下的动物形象数量多,在《聊斋志异》491个短篇中,涉及动物的篇章有三分之一以上,有以原生态动物形象出现的,还有幻化的动物,即动物幻化为人或故事中的人物幻化成动物,这类作品占大多数。其次是蒲松龄把动物形象作为主要角色来描写,有血有肉、生动感人,有的篇章表现了动物形象贪婪、霸道、淫恶的兽性本质,另一些篇章体现了它们知恩图报、重情重义的一面,辅以艺术的升华,使动物形象意味深长,蒲松龄也因此成为塑造动物形象最成功的作者之一。

蒲松龄在《聊斋志异》中刻画了众多的原生态动物形象,表面上看,他是在描写动物,阅读之后不难发现,他赋予大多数动物以美好的人情和优美的人性,并对这些兽形人性的动物进行赞扬和歌颂,以美善贬斥丑恶,同时也描写了极少数作恶害人的动物形象,以丑恶反衬出美善。本章第一节应用文学伦理学批评中的斯芬克斯因子、兽性、人性、自然意志、自由意志等术语,集中解读《聊斋志异》中的原生态动物形象。

在传统文化观念中,幻化动物的本性都是邪恶的,其活动主要是攻击人、吸人精血、祸害人、使人得病、抢掠妇女等等,是人的对立物,令人恐怖。蒲松龄对笔下幻化动物的文化内涵进行了变换,除少数动物按传统恶鬼妖孽进行刻画之外,绝大多数成为善与美的化身,具有了人类美好的品性和情感,他们助人、爱人,成为现实人世崇尚爱慕的理想人物。蒲松龄塑造幻化动物形象的成功之处在于运用了将兽性、人性、神性集于一身的创作原则,并使三者高度融合,达到和谐统一,借此可以自由地在幻域中探索那些同时具有兽形和人形、兽性和人性的幻化动物的人生。本章第二节主要运用文学伦理学批评中的兽性因子、人性因子、自然选择、伦理选择等术语,以动物幻化为人的故事为例,分析幻化的动物形象。

本章第三节重点分析《聊斋志异》中的人物,主要依据聂珍钊教授在《文学伦理学批评导论》中对斯芬克斯因子的相关论述:斯芬克斯因子由人性因子和兽性因子有机地组合在一起,"构成一个完整的人。在人的身上,这两种因子缺一不可,即在人的身上善恶共存的特点。无论是社会中的人还是文学作品中的人,都是作为一个斯芬克斯因子存在的。没有纯粹的兽性的人,也没有纯粹的理性的人"[1]。因此,为了更深刻地理解蒲松龄笔下的人物,本节从斯芬克斯因子的分析入手,通过作品中人物的语言、行为和性格表现,探究人性因子和兽性因子的组合和变化,自由意志和理性意志的冲突,以及人的伦理选择,进而对人物做出客观的道德评价,挖掘作品对于我们今天的教诲意义。

第一节 原生态动物形象:兽形与人性

在文学创作中,"动物的塑造已然构成形象系列,并因此成为文学世界中一个不可轻忽的现象、一道韵味独特的景观"[2]。在《聊斋志异》中,以原生态的动物形象为主要描述对象的篇章有近三十篇,虽然篇幅不多,却涉及了犬、狼、虎、蛇、象、鼠、鸟等十多种动物。这些原生态的动物形象虽未及幻化的动物形象那样引起学术界的广泛关注和

---

[1] 聂珍钊:《文学伦理学批评导论》,北京:北京大学出版社,2014年,第38页。
[2] 朱宝荣:《动物形象:小说研究中不应忽视的一隅》,《文艺理论与批评》2005年第1期,第115页。

重视,但是因其特有的内涵,却有着特殊的、不可替代的作用,因而越来越受到读者的重视,而且已经有一些学者从生态、人与自然的关系、对精神文明建设的意义等不同的角度对这部分作品进行了相关的研究。但是与目前出版界和媒体上有关动物主题的热议相比,文学研究界和批评界对文学作品中动物形象的关注明显不足。纵观对《聊斋志异》中动物形象进行研究的成果,也存在诸多遗憾,亟待在数量、深度等方面进行拓展,形成全面、深入和系统的研究。

本节运用文学伦理学批评方法,通过斯芬克斯因子和相关术语,对《聊斋志异》中的原生态动物形象进行深入的剖析。蒲松龄笔下的动物小说往往不是写"兽"而是写"人",那些动物虽有兽形,却像人一样,作为斯芬克斯因子存在,同时具有人性因子和兽性因子。在这些拟人化的动物身上,由于人性因子和兽性因子发展的不平衡,这些动物呈现出不同的特征。作者通过对动物的描写和隐喻,表达了对人类世界的观察与思考,动物世界就是人间世界,所以《聊斋志异》中的动物形象背后,有着作者的深刻用意,即通过兽来隐喻人,通过"兽性"与"人性"的对比和碰撞,表现美善与丑恶的对立和联系,反映作者对社会及人性的伦理思考。

一、知恩图报,重情重义

蒲松龄在写动物时,赋予它们人的思维习惯、性格逻辑和道德情操。道德本属于人类思想的范畴,是人类区别于动物的重要标志,而蒲松龄却把人类社会特有的道德赋予了动物,塑造了一批重报恩、重情谊、富有人情味的动物形象,高度赞美了那些精通人性、通达人情、有人之善、无人之恶的情义至上的动物,与那些道德沦丧的人面兽心者形成对比,从而把写动物与喻人世自然而紧密地联系起来,使读者既看到了一个个鲜活的动物,又自然而然的从中受到了感染和教诲。

在蒲松龄塑造的善良动物形象中,有关动物报恩的作品最多。许多动物因为曾经得到人类的救助和爱护而以各种方式报答人类：赠人宝物、救人于危难之际、助人发家致富等。如《聊斋志异》卷十二的《毛大福》写的是疡医毛大福路上碰到一匹狼，狼送金饰请他去给另一匹狼治病，诊治完毕回家时，天色已晚，狼远远地跟着送他。路上毛大福又碰上几匹狼，咆哮着要围攻上来，正在危急的时候，后面跟着的狼急忙跑来，为之解围，毛大福才得以安全返回。后来，毛大福出售从狼那儿得来的金首饰，被宁家的人认出是被人杀死在路上的宁泰之物，将他当作凶手扭送到了县衙。毛大福冤枉至极，无法申辩，只得恳求县官让他去问问那匹狼。县官便派两个衙役，押着毛大福，去找狼。狼不在洞穴，三人只得返回。走到半路，迎面碰上那两匹狼，狼见毛大福被绑着，愤怒地冲向衙役，衙役忙拔出刀抵挡。狼见状，便用嘴巴拱着地，长声嗥叫起来。刚叫了两三声，只见从山中窜出了上百匹狼，转着圈将衙役团团包围起来。衙役受困，大为窘迫。有疮疤的狼一跃上前，去咬捆着毛大福的绳索。衙役明白了狼的用意，无可奈何地松开了毛大福，狼群才一起离去了。过了几天，县官出巡，见一匹狼叼着只破鞋，放在道上。县官很奇怪，命人收起鞋子，狼才走了。返回后，县官命人秘密访查鞋子的失主，于是找到了杀害银商宁泰的真凶。原来是那两匹狼叼了凶手的鞋子来帮毛大福洗清冤屈。作者在附则中还讲到一稳婆为雌狼催娩，第二天狼叼来鹿肉放到稳婆家的院子里以示报答，可见这类事是自古以来就多有发生的。通常人们认为，狼性狡诈贪婪，而且凶残。但在蒲松龄笔下，即使恶狼也通人性，知恩必报，而且其报恩的行动既自觉又勇敢，体现了"滴水之恩，涌泉相报"的中国传统伦理道德，使人动容，令人钦佩。

再如《聊斋志异》卷九中的《义犬》，讲的则是狗知恩图报的故事。商人贾某不过偶然之间起念，从屠夫刀下救出了一只狗，并把它养在船上。划船的舟人以前是盗贼，抢了商人的财物，还把商人用毡子裹了扔到了江里。这时，那只狗也跳到水中随主人一起漂到了浅滩上，并找人救了主人。在那以后狗就不见了,直到商人准备踏上归途的时候,狗突然出现并将主人带到一艘船上。商人见狗咬住一个人不放,这才发现那人正是之前的盗贼,并且被抢的财物也都还在。蒙商人救命之恩的狗,不仅救了自己的救命恩人,而且还帮助恩人找回了自己被抢的财物,难怪蒲松龄要感叹,一条狗尚能够如此报恩,世上那些没有心肝的人,应当惭愧自己还不如一条狗呀!这里直接将人性与兽性进行了对比,说明有些时候或许人还不如犬类有良心。有恩必报,这就是动物世界的报恩观念和生活逻辑,它们虽不具人形,却具备了许多人身上都缺少的美德。

其他的还有《聊斋志异》卷八的《象》,是关于象报恩的故事。一群象请求猎人帮它们杀死了残害自己的狮子,作为回报送给猎人许多象牙。相比之下,对恩人怀有一颗感恩的心,并努力回报的行为却正在被人类社会中的人们渐渐遗忘。

古今中外,文学作品中关于各种"情"的描写,一直以来都是作者刻画人物、展开情节、深化主题的重要手段,"一直是作家心灵中最柔软和最隐秘的那一根弦,每当去触碰它,都会发出摄人心魄的旋律"①。《聊斋志异》也不例外,对动物的描写涵盖了友情、亲情、爱情等,为读者展示了动物世界中的温情。

《聊斋志异》卷一的《蛇人》中就描写了二青和小青两条蛇之间的一种深厚的友情。蛇人以戏蛇为业,他驯养的一条叫大青的蛇死了。一天在留宿山寺时,他驯养的另一条蛇二青为主人带来了一条小蛇。蛇人拿出饵料来喂小蛇,小蛇害怕不敢吃,这时二青衔着食物去喂它,俨然一个主人敬待客人的样子,这条小蛇就是小青。后来,二青长到了三尺多,已经不再适合表演,蛇人决定放二青回归自然,于是二青便离去了。一会儿它又回来了,蛇人再次挥手赶它,没想到它还是不肯

---

① 彭海燕:《〈聊斋志异〉中动物报恩的生态美学意义》,《哈尔滨学院学报》2017年第2期,第64页。

离去,却频频地用头触着竹篓,小青在竹篓里也随之振奋跃动。原来,二青是舍不得自己心心相系的朋友小青。蛇人把小青放出来,小青与二青互相缠绕在一起,吐着舌头,似乎在互相倾诉着离别的话语。之后小青将二青送出很远才回到蛇人身边。两条蛇之间的深笃友情从二青的几次往返中可见一斑。几年后,蛇人带小青在山林中又遇到了二青,两蛇相见如故,非常亲密地交缠在一起,很久很久才分开。蛇人见两蛇的友情如此真挚,于是把它们一起放了。两条蛇之间相遇相知、心心相系的情谊,展现的都是动物身上蕴含的真情!被世人称为冷血动物的蛇,竟如此珍视友情,如此懂得故人之意。但是世上却有一些人,对待多年的老友或者曾蒙受其恩惠的恩人,却总想落井下石、恩将仇报,这些背信弃义的小人与这两条蛇相比更显得卑微、无情,应该感到羞愧。

《聊斋志异》中还有无以取代的骨肉亲情。很多读者在读《聊斋志异》卷九的《牧竖》时,主要从人类社会的角度欣赏,看到的主要是两个牧童的机智。但是不可否认的是,本篇中最感动和震撼读者的还是狼妈妈和两只小狼崽之间那种无法割舍、宁死不屈的母子真情。两个牧童把两只小狼崽分别抓到两棵树上,并故意折磨它们,让狼崽此起彼伏地不断鸣叫,致使狼妈妈"口无停声,足无停趾,数十往复,奔渐迟,声渐弱;既而奄奄僵卧,久之不动"①。两个牧童从树上爬下来细看,大狼已经断气了。听到自己的子女哀声号叫,母亲无能为力,只能用尽自己的气力奔跑于两子之间。在这里,曾经威风凛凛的狼妈妈对子女的爱意,完全从一刻不停的奔跑与嗥叫中体现了出来。在中国传统文化中,狼一直给人贪婪和凶残的印象。但是在蒲松龄笔下,恰恰就是这样一种残暴的兽类,却拥有着细腻而真挚的俗世亲情。然而,这样一种连凶残的狼都具有的感情,在人类社会中,却常有人将之抛弃,

---

① (清)蒲松龄:《聊斋志异》,北京:华夏出版社,2013年,第375页。

甚至有人置骨肉亲情于不顾,决绝地将自己的孩子亲手杀死。再如卷十二《二班》中的两个猛虎,孝顺之心胜过人类。卷二《义鼠》中鼠类强烈的同胞之情,在同类被蛇吞噬时自己不是逃命而是冒死上前与蛇进行殊死战斗,最后终于从蛇口中救下自己的同胞。血浓于水的亲情是人世间最不能割舍的一种感情,《聊斋志异》中动物形象之中的一段段母子情、兄弟情使得一切词汇都黯然失色,令人类自惭形秽。

《聊斋志异》卷八中的《鸿》是一篇以描写原生态动物之间生死不渝的爱情为主题的故事。一个捕鸟的人抓到了一只雌雁,雄雁一直追随到了捕鸟人的家,直到天黑了才恋恋不舍地飞走。第二天,雄雁早早地飞到了捕鸟人家,捕鸟人一出门,雄雁便号叫着飞到了他脚下。捕鸟人准备把雄雁也一并抓住。这时,只见雄雁一伸脖子吐出了半锭黄金,捕鸟人顿时明白了它的意图:它是想用这些黄金把雌雁赎出来啊!捕鸟人深受感动,便把雌雁放了。两只大雁高兴地在上空徘徊着,表示着对捕鸟人的谢意,然后一起飞向了远方!在故事的结尾,作者感叹道:噫,禽鸟知道什么啊,但是它们却如此的钟情,再也没有比生离死别更让人悲伤的了,对于动物来说又何尝不是呢!人们常用"夫妻本是同林鸟,大难临头各自飞"来描述在利益和危难面前曾经恩爱的夫妻为己私利,各奔东西。然而,本被用来做比喻的同林之鸟,却在生死关头不离不弃,冒着被猎人捉到的危险去营救自己的妻子,显露出爱情的真谛。

以上篇章不仅表现了动物知恩图报的美德,还歌颂了动物之间深厚持久的友情、不离不弃的亲情、忠贞不渝的爱情等一系列情感。蒲松龄希望借助于动物身上的报恩之举和柔美真情来唤醒那些迷失的"人性",对那些过河拆桥、落井下石、损人利己的人有着重要的启示。

二、凶残霸道,贪婪淫恶

蒲松龄在《聊斋志异》中描写了一些凶残霸道、贪婪淫恶的动物,通过这些兽类的行为来斥责人类社会中那些不是兽类却无异于兽类的人面兽,并且影射了当时残暴的政治统治和恶霸横行的黑暗。《聊斋志异》卷三中的《黑兽》讲的是某公在一座山上宴请宾客,俯视山下,见一只虎衔着个什么东西而来,用爪子挖了一个洞,将那东西埋上就走了。某公让人下山看看埋的是什么,原来是一只死鹿。于是将死鹿取出,把洞仍然虚埋上。不一会儿,老虎领着一只黑兽前来。这黑兽有几寸长的毛。老虎走在前面,像是请来一位尊贵的客人,到了洞边,那黑兽虎视眈眈地蹲在那里等着。老虎一探洞中已经没有了死鹿,战战兢兢一动不敢动,黑兽因受骗而大怒,用爪子击打老虎前额,老虎当场就死了。黑兽也扬长而去。这里讲的虽然是动物世界,却让读者似乎看到了现实的人类社会,恶霸横行,残暴地欺凌懦弱和胆怯的百姓,然而被欺压的百姓却不敢对抗森严的社会等级和黑暗的恶霸势力。

　　类似的情节也出现在《聊斋志异》卷八的《象》中,故事中的一群大象长期遭受狮子的欺压和吞食,当狮子出现时,大象都趴伏在地上。狮子在群象中挑了一只肥的,想把它撕着吃掉。群象害怕地颤抖着,没有一只敢逃跑的。只是都抬起头来仰望着树上,好似哀求猎人可怜搭救。猎人会意,就朝着狮子射了一箭,狮子中箭立刻断了气。从这个故事不难看出,不堪忍受狮子暴行的大象无奈之下只得请求猎人的帮助,杀死了欺负它们的恶霸。与《黑兽》相同,《象》也反映了当时社会政治的腐败和恶势力的黑暗,但与《黑兽》不同的是,作者在痛斥狮子霸行的同时,也在称颂大象对狮子的反抗,代表民众的大象终于有了反抗的意识,这是蒲松龄所希望的,也是《聊斋志异》所具有的现实意义。

　　贪婪经常和欲望联系在一起,被人们理解为人的本性。本性即本能,指不受自我意识控制的条件反射活动。本能是与生俱来的,但是要在一定条件的刺激下才能出现,如饥饿产生寻找食物的欲望,口渴产生寻找饮用水的欲望等,都属于人的本能反应。本能是人与其他动物都具有的能力,属于兽性的一部分。人的本能是从猿进化为人之后人身上的动物性残留,是对生存或欲望的不自觉满足,其本身不具有道德性。但是,当无意识的本能转变为人的有意识的活动的时候,以理性意志或非理性意志的形式表现出来,则进入伦理的范畴。在现实社会中,有很多人控制不了贪婪的欲望,损害他人利益、伤害他人生命,甚至搭上自身的性命。蒲松龄通过对动物界贪欲的描写,形象地再现了人类社会中的丑恶现象。

《聊斋志异》卷六的《狼》一共讲了三个故事,都是狼在寻找食物的欲望驱动下,跟踪追逐杀猪人,最后丧了命。第一个故事给人的启示最深。有个杀猪的人,卖肉回来,天已经黑了。忽然来了一只狼,看到担中的肉,垂涎三尺。杀猪人走,狼也走,尾随了好几里路。杀猪人害怕了,拿出刀来吓唬狼,狼就稍微后退几步;杀猪人再往前走,狼又跟着。杀猪人没有办法,心想狼想要的是担中的肉,不如暂时将肉挂到树上,明天一早再来拿。于是便用铁钩钩住肉,跷着脚挂到树杈上,又把担子让狼看看以示空了,狼才不再追他了。杀猪人就直接回家了。天刚放亮时,杀猪人去拿肉,远远看到树上悬挂着一个很大的东西,好像人吊死的样子,杀猪人很害怕,小心翼翼地靠近一看,原来是只死狼。他抬头仔细查看,见狼口中含着肉,肉钩子刺在狼的上腭中,好像鱼吞了鱼饵一样。原来是那只狼贪恋到嘴的美味,完全忽视了挂肉的铁钩,在吃肉时被铁钩勾住了嘴巴,为了一块猪肉丧了命。这种行为于动物而言,并无善恶的区别。但是蒲松龄的批判却意不在兽,而在人。根据聂珍钊教授在《文学伦理学批评导论》中的阐释,人类经过自然选择和伦理选择之后,不仅具有了人的外形,还会拥有理性,用理性意志约束和控制自由意志。有些人在贪念面前,容易脱离理性意志的束缚,表现出非理性的倾向,无视规范,破坏社会的道德体系,最终也会让自身遭受恶果。

人作为一个斯芬克斯因子存在,同时具有人性因子和兽性因子。

当人性因子控制兽性因子,二者处于平衡状态时,一个人可以用理性意志控制凶残霸道、贪婪淫恶等邪念,不让其表现出来,发展成邪恶的行为,并在一次次伦理冲突中,做出理性的判断和选择。但是当兽性因子膨胀反控人性因子,二者失去平衡时,人就会任由自由意志摆布,跨越道德的底线,最终干出禽兽不如的勾当。"兽性"与"人性"在这里相互对立,又相互转化,似乎有了完全的统一。虽然蒲松龄通过动物世界影射了当时人类社会伦理道德沦丧的现状,揭示了黑暗现实中人性的缺失,但他还是希望通过讽刺和劝诫,教诲众人,唤醒蛰伏于人体内的美好的人性。

第二节　幻化动物形象:兽性、人性和神性的组合

《聊斋志异》中关于变形的作品有二百多篇,展示了多种变形现象,主要有两种类型:物的变形和人的变形。物可以变为魅、妖、精怪等,人变为鬼、神仙、动物,而在各种变形中,涉及的篇章较多的是动物变为人。幻化成人的动物同时具有兽的特点、人的情感和神的能力,是兽性、人性与神性合一的精怪(这里为了讨论方便,把这类幻化成人的动物称为精怪)。以往的精怪是把动物的外貌和特性移植拼凑到人身上,是"人兽同体",比如孙悟空是"猴头人身"又加一条尾巴,猪八戒是"猪头人身",这些形象只处在半幻化状态,是非人非物奇形怪状的。《聊斋志异》中的精怪有从走兽幻化而成的,如狐、香獐、鼠、狼、虎等;有从飞禽、昆虫幻化而成的,如乌鸦、鹦鹉、绿蜂等;有从水族动物幻化而成的,如猪婆龙、白骥、鳖、蛙等;有从植物幻化而成的,如菊、牡丹、荷花、耐冬等,他们的形象完全是人的相貌,外在体貌没有明显的物的痕迹,都是美女俊男的形象,是完全幻化的状态。

蒲松龄把精怪的物性进行变异,由明显转为隐蔽,融入人身上。如绿蜂精幻化为女子,不是变成蜂首人身,而是将绿蜂亚葫芦的身材

变异成少女的细腰,把翅膀变异成绿衣长裙;香獐身上香气的特征内化为少女身上的体香;老鼠精阿纤的动物习性化为善于积储粮食、勤俭持家的性格。物性在人身上完全内化了,增强了幻化动物形象的美感,而且达到了物的特点与人的特征的高度融合。此外,蒲松龄对精怪的神异性也进行了合理的想象,从其物性特征出发把精怪的神异性功能和使用生活化,并与幻化成人的身份特点密切关联,使精怪形象更贴近现实生活。精怪形象虽有动物性、神异性,但其核心是人性,具有人的思想情感、心理活动和行为特点,他们是带有物性和神性的人。蒲松龄对精怪的描写,成功之处就在于写出了精怪丰富的人性,他们步入人世与人交往发生感情纠葛时,人性进一步深化,其性格之复杂、情感之丰富、心理活动之曲折远非其他书中同类形象可比。

一、人性主导的狐魅花妖

蒲松龄身为落魄的才子,渴望有一位知他懂他,又能在仕途上或者生活中帮助他的红颜知己。现实不能使他如愿,便只能寄托于梦境,从精怪的世界中去找寻。他循着人性的逻辑驰骋想象,赋予花妖狐魅一切美好的情思,把她们作为自己的理想情人来塑造,创造出一个有血有肉有情有义的鬼狐世界。那些女性鬼狐大多超越人间伦理道德规范的限制,表现出丰富而又真实可信的"人性"。于是《聊斋志异》中的女性鬼狐虽以异类身份出现,可都美丽善良、聪明伶俐且富有才情,成就了才子心中缥缈的梦。如娇娜、婴宁、莲香、红玉、辛十四娘、鸦头、阿绣、小翠、凤仙、青凤等,更是充满了奉献美、牺牲美、隐忍美等人性之美,与众多精怪的有情有义、知恩图报、孝悌仁义等美好品质一起,汇成了一曲崇高壮美的人性赞歌。接下来笔者将以婴宁、小翠、莲香、青凤、长亭、娇娜、姬娘、阿绣等为例,分析这些精怪身上所蕴含的丰富的情感和人性。

《聊斋志异》中所描写的精怪大多是以正面形象出现的,他们具有的美德，即使在现实生活中的人类身上也是弥足珍贵。尤其是那些理想的女狐形象，她们天生丽质，透着灵秀之气，情感方面，无拘无束，充满了情趣，集中展示了鲜活蓬勃的人性活力与动人光彩，给读者留下了难以磨灭的印象，并成为世间男子热切盼望的红颜知己。《聊斋志异》卷二的《婴宁》就刻画了一个令人难忘的女子形象。书生王子服，幼年丧父，特别聪明，十四岁就成了秀才，母亲非常疼爱他。元宵节灯会，他偶遇佳人，相思成疾。表兄吴生骗他说，那女子是他的表妹，住在西南三十里的山里。王子服一人进山寻找，见到佳人，不想竟是自己的姨妹，叫婴宁。婴宁本为狐产女子且随鬼母长大，憨纯无比，全然不知人间的礼数。当王子服向她求寝时，她竟然回答不习惯和生人一块睡，并将此事告诉鬼母。后来，婴宁和王子服一起回家，王母和吴生都怀疑婴宁是鬼，但见她很懂礼节，每天早早地来给王母问安。手还特巧，针线活做得好极了。就是爱笑，笑时却并不讨人嫌，人人都喜欢她。而且她在太阳地里也有身影，同普通人毫无差异。于是，王母就让她和王子服结为夫妻。婚后，婴宁还巧妙地惩治了邻家的浪荡子。可是此后她竟然不再笑了，人们故意逗她，她也不笑。尽管如此，脸上整天也没有悲伤的表情。一天夜里，婴宁告诉王子服她的身世，并求他迁其鬼母的坟与自己的生母合葬。又过了一年，婴宁生了一个儿子。孩子在娘怀里时就不怕生人，见人就笑，就像他妈妈当年那样。

婴宁本是狐狸生、鬼母养的狐女，蒲松龄却把她塑造成一个天真无邪、活泼可爱的少女形象。她爱花成癖，不仅像花一样美丽，还有着圣洁的心灵。她爱笑，在作品中出现近三十次，有含笑、微笑、嗤笑、浓笑、大笑、隐笑、忍笑、纵笑、憨笑等等，各种情态，不一而足。这些笑，绝大多数出自本心，出自天性，是感情的自然流露，绝非忸怩作态，也丝毫不受人情世故和封建礼数的束缚，突显了她天真烂漫的秉性。她聪颖过人，用墙根下的恶作剧巧妙地惩治了邻家的浪荡子。她大智若愚，以痴笑为韬隐之策略，最后才将身世对丈夫和盘托出，当找到鬼母的坟墓时,一变平日憨笑的样子而痛哭失声,这才看到真正的婴宁原来是隐藏在憨笑着的外表之中的。蒲松龄称之为"我婴宁",口吻相当亲切,就像是在称呼自己的女儿。而"婴"通"撄","撄宁"指合乎天道,保持自然本色的人生,是道家所追求的一种修养境界。婴宁是一个像山花一样烂漫,像山泉一样纯净,丝毫没有受到封建礼教、世俗人情的摧残、污染的少女,表达了作者所追求的自然真实的人性理想。

为了表达理想的爱情,蒲松龄讲述了许多花妖狐魅和人间男子的恋爱故事,塑造了绝色美貌、善良纯洁的女性鬼狐神灵形象,她们一扫妖孽之气,在作者笔下个个闭月羞花、秀色可餐,变成了使男子神摇心驰的恋人。除了美貌,这些狐仙无一不各怀异术、先知先觉,且在异界与人世间进退自如,帮助男主人公或躲避灾祸、功成名就,或聚财致富、生儿育女。无嗣者在姻缘了结、回到自己的世界之前,更为丈夫娶得美妇,可谓做得尽善尽美。她们与人类男子成就姻缘,有的是为了报答救命或放生之恩,如《小梅》《小翠》《青凤》等,而有的则是为了回报知己之恩、宠遇之恩,《胡四姐》《辛十四娘》都属于此类。

《聊斋志异》卷七中的《小翠》描写了一位美貌聪慧,恪守妇德,用超能力改变男人命运来报恩的狐女。浙江人王太常小时候,一个比猫大的动物在雷鸣电闪时钻到他的身下。雨过天晴,那动物便走了。这时他才发现不是猫,怕得不得了,隔着房间喊他哥哥。兄长听他讲明原委,高兴地说他将来一定会做大官。后来,他果然少年就中了进士,从知县一直做到监察御史。王太常有个儿子名叫元丰,是个傻子,十六岁了,还分不清雌雄。就因为傻,乡里人谁也不肯把女儿嫁给他。王太常很是发愁。有一天,一位老妇人到他家,并将自己的女儿小翠留给元丰做媳妇。小翠聪慧过人,深得公婆喜爱,但就是整日里和傻元丰玩耍疯闹。有一个官员王给谏与王太常向来不和,一直想找机会暗算他。王太常知道了,心里很着急,可是想不出对付的办法来。于是小翠扮成吏部尚书的样子,亲临王侍御家,故意让王给谏看到。他怀疑吏部尚书和王太常正在商议什么机密大事,从此不敢再暗算王太常,反而极力和他交好。王太常探得内情,暗暗高兴,但私下仍叮嘱夫人劝小翠以后不要再胡闹了,小翠也笑着答应下来。一次王给谏到了王侍御家,要挟向他借一万两银子。王太常忙寻找官服,哪知怎么也找不到了。王给谏等了好一会儿,以为王太常摆架子,有意怠慢,正要离开,忽见元丰身穿龙袍冠冕,有个女子从门内把他推了出来。王给谏看到元丰扮成皇帝模样,于是到朝上告了王侍御谋反之罪。皇上验明不过是疯儿傻媳的玩闹后,反倒将王给谏发配充军。此时,王侍御觉出小翠不是寻常之人。一天傻元丰洗澡,小翠趁势捂死了他。等他又活过来后,傻病全好了。一家人都高兴得不得了,真是如获至宝。从那以后,元丰的痴病再也没有复发,夫妻二人非常和谐,出出进进,形影不离。过了一年,王太常被王给谏一党的人弹劾,罢了官,还要受处分。他准备拿一只玉瓶贿赂朝廷的大官。谁知玉瓶被小翠打碎了,公婆二人将小翠一顿大骂。小翠不堪忍受公婆的辱骂,决定离开。临走时告诉丈夫,说自己是狐狸,母亲因避雷灾曾受过王侍御的庇护,送自己来报恩。小翠走后,元丰痛哭欲死,王太常夫妇也知自己铸成大错,追悔莫及。两年后,元丰在村外他家一座花园偶然遇到小翠,但小翠不愿意再回他的家,于是他们便生活在那个园子里。小翠常劝元丰另外娶亲,元丰不依。过了一段时间后,小翠的模样渐渐变了。她为元丰找了个于家姑娘为妻,之后自己便消失了。婚后元丰发现于家女儿就是小翠的模样,方才知道小翠模样变化的原因。她将自己变成于家姑娘的模样,为的是元丰见到于家女儿就像见到她,以解丈夫对她的思念之情。小翠虽为狐女,但她美丽善良,富有人情,知恩图报。正如鲁迅先生所说:"花妖狐魅,多具人情,和易可亲,忘为异类。"①

又如《聊斋志异》卷二《莲香》中的狐仙莲香,对爱情的追求表现得

---

① 鲁迅:《中国小说史略》,北京:北京大学出版社,2009年,第146页。

则更为积极、热烈。为了治好桑生的病,莲香走遍三座仙山,采药三个月。又为了能够实现理想的爱情,莲香宁愿舍下亲生肉骨,放弃自己超越凡人的能力,主动求死。和莲香一样倾心于桑生的还有鬼女李女,李女由于身为异类,长时间和桑生在一起会给他带来生命危险,因此她为了追求正常爱情的权利,千方百计想要重生做人。最后借尸还魂,赢得了自己的美满爱情。莲香能够为情而死,李女能够为情而生,天下所难得的,不就是人身吗?为什么拥有这躯体的人,往往不珍惜它,以至于厚颜无耻而不如狐狸,冥顽不灵而死了又不如鬼魂。蒲松龄在讴歌异类姻缘的同时,对人类婚恋的虚情假意和不忠进行了无情的鞭挞。

《聊斋志异》中的精怪大都有同类亲人,在一定的家庭氛围中生活成长。这些精怪家庭中的成员立身行事都遵循人类社会的伦理道德,他们之间不是纯粹的精怪与精怪的关系,而是人与人的关系,他们都有丰富的人伦情感。《聊斋志异》卷一中的《青凤》就描写了一个在礼法森严的家庭成长的狐精青凤在对待爱情和亲情两个方面所表现的深度人性。青凤受叔父管教甚严,性格温顺、胆怯、谨慎。在耿去病示爱时,她又怕又羞,内心喜悦,但是她不能违背叔父的家规和训诫,只能回避拒绝耿生的爱情,内心充满矛盾。清明节在野外,青凤被猎狗追赶,恰好遇到耿去病把她救下。耿生把它包在衣服里抱回家,回到家把它放在床上,此时已经脱离叔父的管束,她才由狐狸突然变成青凤,大胆向耿去病吐露爱情,与耿生相爱。尽管叔父阻碍她的爱情,对她责骂和羞辱,但她不计前嫌,将叔父抚养的恩义时时牢记在心。在叔父遇难时,她急切恳求耿生前去救助。叔父得救后,她又抱着叔父受伤的狐身,用自己的身体温暖三日,使其复原,她为报答叔父养育之恩所做的努力感人至深。青凤真挚的爱情和浓厚的亲情共同显示了她深度的人性。

《聊斋志异》卷十中的《长亭》塑造了一个身处伦理两难境地的狐

精长亭,她的深度人性是夹在父与婿的激烈矛盾纠葛中表现出来的。长亭之夫石太璞乘人之危向岳父要婚,翁婿之间就产生了情感的"死结"。长亭夹在两者之间,受到两种感情力量的撕扯,面临两难的伦理选择,内心备受煎熬。"伦理两难由两个道德命题构成,如果选择者对它们各自单独地做出道德判断,每一个选择都是正确的,并且每一种选择都符合普遍道德原则。但是,一旦选择者在二者之间做出一项选择,就会导致另一项伦理违背,即违背普遍道德原则。"①她一方面不肯背父,一方面不肯伤夫。然而,她遵父命就必然伤夫,照顾丈夫就要背父。她的每一步选择都非常艰难,都在泣血。她以伦理大节为原则来进行选择,当父亲要杀石太璞时,她背着父亲去通风报信,然后又绝食,要求其父履行与石太璞的婚约。婚后又因母亲思念,求丈夫让自己回娘家。父亲严命长亭不准返回夫家,但是在公公去世时,她又背着父亲回家奔丧,遵从翁媳之间的礼制,料理后事。在父亲有难时,她又给丈夫下跪,请求丈夫去搭救父亲。父亲获救后,她决然留在石太璞身边。蒲松龄充分展示了长亭两难选择中的痛苦,她是那样温顺,那样善良,为遵父命自己做出巨大的牺牲,抛夫弃子多年,一直生活在痛苦之中。她挑起三代人感情的重担,逐步化解亲人间的纠结,她在痛苦的两难抉择中做出的伦理选择展现了其人性的深度。

除了爱情、恩情之外,在狐鬼花妖之间也存在着真挚的友情,甚至比人类的友谊更为纯洁。蒲松龄用饱含深情的笔墨在《聊斋志异》卷一《娇娜》中描写了娇娜和孔生之间近乎理想的纯洁友谊。当娇娜知道孔生为了救自己而惨遭雷击时,遂用自己经过千百年修炼来的红丸为孔生治病。娇娜与孔生不是夫妻,却能不离不弃,生死与共。娇娜也因此成为后世许多文人心目中理想的精神知己。

又如《聊斋志异》卷七《宦娘》中的女鬼宦娘,生前酷爱音乐,尤其

---

① 聂珍钊:《文学伦理学批评导论》,北京:北京大学出版社,2014年,第262页。

喜欢弹筝,遇到善鼓琴的温如春,心生向往,但由于自己非人的身份,不能与他结成伴侣,于是就暗中促成他和葛姓女子良工的美满婚姻。尽管自己不能与温如春在一起,却努力促成他的幸福生活,这种行为不仅表现出宦娘热情助人的高洁品质,还从一定程度上体现了宦娘对温如春的感情已经超越现实,是一种柏拉图式的恋爱,一种纯粹意义上的精神之爱。再如《聊斋志异》卷七《阿绣》中的狐女阿绣,为刘子固的痴情所打动,便自动退出与真正阿绣的竞争,转而促成他们的美好姻缘。鬼女宦娘和狐女阿绣为了爱人的幸福生活,隐忍了自己的感情,超越了人间的情爱。

综上所述,鬼狐花妖等精怪都树立了高大的正面动物形象,与人类形成了鲜明的对比,在动物身上有着善良忠贞、友爱互助、牺牲奉献等人性美,而在很多人的身上却不见这些美德,反而是兽性大过人性。蒲松龄这样写就是想通过这些理想的动物形象,对世人进行说教,进行劝诫,希望能唤醒世人的良知,以达到他创作《聊斋志异》的教化和劝惩目的。

二、兽性控制的恶鬼淫狐

《聊斋志异》中有些篇章描述了一些鬼兽想要通过修行变成人的过程。修行是人类或是兽类为了追求最高境界,做一个有德行或有道行的人,压抑自由意志的产生,借助理性意志不断祛除各种邪恶的欲望,净化自己,使自己的道德修养越来越高深,直至尽善尽美。兽类以及植物经过长达百年甚至千年的修炼,可以变换成人形,完成自然选择,那只是修行获得的最初成果。由于没有经过伦理选择,修得人形的妖精鬼兽仍然不能变成真正的人,只是妖,只是怪,其兽性仍然占据主导,而且有时还会露出兽的原形。此外,与人相比,兽修行的时间很长,难度大,过程异常艰苦。因此,有些妖孽为了加速自身的修炼,早日成人成仙,装扮成美女诱惑人类男子,盗取其精气,以致人类男子病萎或最终精血耗尽而亡。《聊斋志异》中的《画皮》《董生》《荷花三娘子》都是这类故事的名篇。

《聊斋志异》卷一《画皮》讲述了太原的王生,大清早出门,在路上遇到一个妙龄的美丽女郎,心里很是喜欢。询问得知该女子的父母贪图钱财,把她卖给了富贵人家做妾,她因不能忍受那家正妻的打骂,趁夜色逃出,现无家可归。于是王生帮她拿着包袱等东西,领着她一起回到自己的书斋,并答应女郎保守秘密,不会泄露出去。王生让她藏在密室里,夜间和她睡在一起。这样过了好几天,别人都不知道。但是王生偷偷地告诉了妻子陈氏,妻子劝王生让她走,王生没有听。后来有一天,王生在街上遇见一个道士。道士惊愕地说他身上萦绕着邪气,王生虽然竭力反驳,但是觉得他的话很怪异,开始有点怀疑女郎了。没过多久,他到了书斋门口,发现门从里面关上了,进不去。于是翻过倾颓的围墙,蹑手蹑脚地靠近窗户偷看,看见一个恶鬼,脸皮碧绿,牙齿尖尖的就像锯子。它把人皮铺在床上,拿着彩笔在绘画,绘完扔下笔,举起人皮,就像抖衣服的样子,穿上人皮就又从恶鬼化作了女子。他看见这个情景,非常害怕,偷偷地爬了出来。急忙去寻找那个道士,终于在野外遇见了,就长跪着向道士求救。道士念女鬼不容易,刚找到替代的人,不忍心伤害它的生命,于是就把赶蚊蝇的拂子交给王生,让挂在卧室房门上。王生回家后,不敢进书斋,于是睡在内室里面,并把拂子挂上。女子开始看见了拂子不敢进来,过了一会儿又回来了,抓过拂子扯碎它,弄坏了卧室的门进去,径直登上王生的床,抓裂他的腹部,捧了他的心脏就走了。王生胸腔喷出来的血狼藉一片,陈氏害怕地哭泣着不敢发出声音来。第二天,王生的弟弟二郎跑去告诉道士。道士很快找到了变幻成妇人,在二郎家作仆人的女鬼,将她击倒在地。妇人身上的人皮哗的一声就脱落了,妇人化作了厉鬼,躺着就像猪一样嚎叫。道士用木剑砍了它的脑袋,它身子就变作了浓烟。道士拿出一个葫芦,瞬间把浓烟吸入其中,塞住葫芦口并放进囊中。大家一起看地上的人皮,只见上面眉毛眼睛手和脚等,全部都有。道士卷起人皮,告别离去。后来陈氏忍尽侮辱,挽回了丈夫王生的性命。

以往对《画皮》的解读,通常集中于三个观点:一是通过漂亮的画皮,告诫人们不要被表面伪装的假象所迷惑,要透过现象看本质,否则就会上当受骗;二是以王生贪淫好色,执迷不悟,最后被恶鬼掏心为前车之鉴,告诉人们不要被女色迷惑,应该克制自己的欲望;三是借陈氏忍辱救夫的行为,宣扬中国女性善良忠贞、富有牺牲精神的传统美德。笔者在此应用文学伦理学的批评方法,把《画皮》中的女鬼当作讨论的核心。她做鬼不易,想要还阳做人,追求更高的境界,这是一切生物发展和成长的需要,无可厚非。但是她不应该画一张美女人皮,披在身上,假装与王生偶遇,并诱惑他将自己藏在书斋中,与其私通,吸食王生的精血,盗精补气。身份败露后,竟然撕开王生的胸膛,取其心脏。原本同情她,不忍伤她性命的道士,也被她的恶行激怒。继而破其魂魄,收入囊中。在现代社会,人们阅读这个故事的时候,很容易从女鬼这种害人又害己的行为,联想到某些年轻女性,依靠自己的美色,引诱有钱有势的男人,做情人来获取金钱和财物,以改变自己的生存境遇,满足自身的贪婪和欲望。她们不仅破坏了他人的家庭,自己往往也落得伤痕累累。虽然这种泛泛的比较在道德和实情上有着诸多差异,但还是会给现代人很多启发和警示。

在民间,素有"狐为淫兽"之说。因此,在采精补气的异类中,狐狸更为常见。古人通常把精气看作一种构成人生命和精神的东西,是存在于五脏六腑中,维持人体生命活动的基本营养物质。一旦精气竭绝,则形体毁沮。因此,自古以来中医学就主张清心寡欲,圣人先贤就教人收心养心,历代的文学作品也都不忘警示好色之徒要心若止水,抵御女色诱惑。即便如此,却仍有明知狐魅之害,为求得美色自投罗网的淫士。那些被鬼狐迷惑,丧失精气的人类男子,往往形容消瘦,大病不起,性命难保。《聊斋志异》卷二的《董生》就讲述了狐女先后与好色之徒董遐思和王九思交合,采其精气,以致一死一重伤的故事。

青州西郊人董遐思,在一个冬天的傍晚,铺好被褥,点上炉火,刚要掌灯时,有朋友来请他喝酒,董就关好门去了。到了朋友家里,在座的有个医生,擅长以诊脉来辨人贵贱吉凶。他给大家挨个诊评了一遍,最后对董生和一个名叫王九思的书生说自己诊看的人不计其数,但脉象的奇特没人和他俩相同。众人听罢很吃惊,急问为什么。医生回答说自己不敢随便下结论,只愿二位各自慎重行事。起初,两人听后很害怕,继而一想,又觉得医生的话模棱含糊,也就没放在心上。

半夜时,董生回到家,见房门虚掩着,大为疑惑。醉意朦胧中想了想,一定是走时慌忙急促忘了上锁。进屋后,没顾上点灯,便先伸手摸被窝暖和没有。一下触摸到一个赤身的人躺在里面,董生大吃一惊。抽回手来急忙点灯一看,竟是个红颜少女,美如天仙。董生狂喜万分,上前戏摸她的下身,却意外地摸到条毛茸茸的长尾巴。董生害怕起来,转身想跑。女子已醒过来,一把抓住董生的胳膊。董生越发害怕,战战兢兢地哀求仙人可怜饶恕。女子笑着问他为什么把自己当仙人。董生说自己害怕尾巴。女子拉着董生的手,硬要他再摸。董生只觉她大腿滑嫩、尾部光秃。董生本来就喜欢女子的美貌,这时越发被她迷住了,反自责刚才不该错怪她,于是解衣共枕,尽情欢乐,且十分庆幸自得。一个月后,董生渐渐形容枯瘦,家人觉得奇怪,就问他原因,他总推说不知道。时间长了,他面目瘦得吓人,才感到害怕,忙又去找原来那位医生,恳请治疗。医生说这是妖脉,不能诊治了。董生大哭,不肯走。医生不得已,只好给他针手灸脐,并送他一包药,嘱咐说若再碰到女人,必须坚决拒绝她。董生也知道自己危险了。晚上,董生服药后独自躺在床上,刚要合眼,就梦见与女子交欢,醒后就遗精了。董生越发惊慌害怕,便搬到内室去睡,让妻子亮着灯守着他,但是仍旧梦遗,看那女子已不知去向了。过了几天,董生吐了一大盆血,很快就死了。

另一个书生王九思一天在书房里读书,忽见一个女子进来。王九思恋其美貌就和她私通。问她从哪里来,女子说自己是董遐思的邻居,过去他与自己很要好,不料被狐精迷住丧了命。这些狐类的妖气很可怕,读书人应该小心提防。王九思听后越发钦佩她,于是两相欢好。日子不长,王便觉得精神恍惚,如染重病。忽然梦见董生对他说那个女子是个狐精,自己已向阴曹地府告了她,以报仇雪恨。七天之内,必须每天晚上点好香插在室外,千万不要忘了!王九思醒后觉得这事很奇怪,便对女子说自己病得很重,恐怕要弃尸于山沟荒涧中。有人劝我不要再行房事了。女子仍勾引挑逗。王九思心旌摇动,不能克制,又与她苟合。事后又很悔恨,但总不能摆脱她。到了晚上,王九思把香插在门上,女子来到后就把香拔下扔了,夜间,王九思又梦见董生来,指责他不该不听话。第二天晚上,王九思暗中嘱咐家人,等他睡后,偷着将香点着插在门上。女子发现后,把香掐灭了。家人在暗处见香熄灭,又点上插好。那女子挣扎下床,倒在地上死了。王九思点灯一看,原来是只狐狸,怕它再复活害人,便招呼家人,剥下它的皮悬挂起来。

《董生》中,通过对比董生与王九思二人面对妖狐的诱惑,两人不同的处理方式,导致不同的结局,来昭示道德自律对人命运的影响,以故事来劝诫的手法尤其显得成熟老到。值得注意的是,作者对董生和妖狐都采取了一种批判的态度,一方面借妖狐之言说董生好色丧生,不值得同情;另一方面,借妖狐的悲惨结局,被剥下皮悬挂起来,导致皮囊已坏,不得复生,来昭示女色害人,得不到好下场。

在《聊斋志异》卷五的《荷花三娘子》中,秀才宗相若遭妖狐魅惑后,忽然毫无来由地病了,险些丧命。而害人的狐狸精,大道即将修成,却差点儿因男女之间的欢爱毁于片刻之间。这些故事鲜明生动地传递出一种道德价值观念,对当今社会的男男女女都有着深刻的教育意义。

第三节　人物形象：人性因子与兽性因子的较量

在人类文明发展的进程中，人类面临的最大问题就是如何把人同兽区别开来，以及在人与兽之间做出身份选择。经过自然选择的人，只是获得了人的外形，从而使人能够在形式上同兽区别开来。但是，人身上还保留着兽性因子，并没有从根本上解决什么是人的问题，即人与其他动物的本质区别问题。因此，人类必须经历第二次选择，即伦理选择，获得理性。理性与人的动物性本能相对，是伦理选择的标准，通常以理性意志的形式出现。在文学伦理学批评中，理性意志由特定环境下的宗教信仰、道德原则、伦理规范或理性判断所驱动，以善恶为标准约束或指导自由意志，以便不断弃恶从善。在此过程中，人性因子与兽性因子相互较量，此消彼长，促使人做出不同的伦理选择，表现出善行或者恶行。蒲松龄在《聊斋志异》中用讲故事的方式，对人类的善与恶作了精辟的论述。

一、贪财好色之徒

在情爱方面，蒲松龄有明确的判断是非善恶的伦理道德标准。虽然他在《聊斋志异》中讲述了许多人狐相爱、人鬼相恋，乃至人与神女仙姝、花妖树魅及种种精灵相互恋慕的爱情故事，但是对于那些没有真实感情，纯属玩弄对方以至造成严重后果的不合伦理道德的邪僻行为是持有强烈批判态度的。

在《聊斋志异》中，那些淫荡好色的人物，几乎都没有好下场，没能逃脱恶报的惩罚。如《聊斋志异》卷六《戏缢》写一富家轻薄少年，见骑驴路过的某妇女颇有姿色，便欲调戏生事，他从墙头堆着的高粱秸秆中抽出一根来，套上裤腰带作自缢之状，本想逗得该妇女一笑，结果却真的吊死了。《聊斋志异》卷十一《韦公子》写一世家子弟，放纵好淫，专以玩弄妇女为事,从家中奴婢媵妾,到娼家妓馆的卖笑女子,凡有几分姿色者,无不玩弄殆遍。后来在杭州私男童罗惠卿,事后乃知罗即当年自己与家婢所生之子。又一日,至苏州,狎乐伎沈韦娘,事后乃知韦娘为自己当年与名妓所生之女。经此两事之后,他愧恨无以自容,后竟染上恶疾而亡。可以说,如此天理不容之乱伦恶报,本身就是无视社会伦理道德规范者所必然招致的。

《聊斋志异》卷五《窦氏》中的南三复始乱终弃负心到置人死地的程度,实在是罪大恶极。文中记述了地主南三复在去往别墅的路上遇雨,借宿在村中一户农家,见窦翁之女年纪约十五六岁,美丽无比,遂心生邪念。此后,他常常经过窦家,有时带着酒菜,与窦翁对饮,舍不得离去。女子也渐渐与他熟悉了,不大避讳他,常常在南三复面前来往。南三复看她一眼,她就低下头微微一笑。南三复越来越神魂颠倒,不超过三天必到窦家一趟。一日,南三复来,正好窦翁不在家,女子只好出来招待客人。南三复见别无他人,就拉住女子的胳膊想亲近她。女子非常羞惭,严肃地抗拒。这时,正好南三复死了妻子,便对女子说自己若能得到她的爱怜,一定不再娶别人。女子叫他对天发誓,南三复就指天发誓表示永不相负,女子便应允了与他欢好。此后,每得知窦翁不在家,南三复就来与女子私会。女子催促他想办法与自己成婚。南三复嘴上答应着,可心里暗想,农家女子怎能和自己相匹配?就找一些借口暂且敷衍她。

一个媒人来给南三复提亲,说的是一家大户人家的女儿。开始南三复还有点犹豫,后来听说女子很漂亮,家中又富有,就下决心答应了这门亲事。这时窦女已经怀孕,对南三复催得更紧了,他就干脆再也不去窦家了。过了不久,窦女生了个男孩。父亲大怒,责打女儿,女儿如实告诉了父亲。窦翁放了女儿,叫人去问南三复,可南三复却矢口否认。窦翁便把小孩抛弃了,打女儿打得更厉害。女儿偷着哀求邻家妇女去告诉南三复自己的苦楚,可南三复仍是不理。一天夜里,窦女偷着跑出门,看了看被父亲抛掉的儿子还活着,便抱了去找南三复。看门人禀告南三复,南三复吩咐一定不叫她进门。窦女倚着南家的大门号啕大哭,一直到五更天才听不见哭声了。天明一看,她已抱着孩子僵死了。窦女死后,果然化为厉鬼,时时惊扰南三复,使他竟无片刻安宁。最后官府也因南三复屡次做出败坏道德之事,非常讨厌他,就按挖坟盗尸罪,判了他死刑。

与前面数例相比,南三复不仅玩弄妇女,邪淫无行,而且不守信诺,眼见窦女为其受尽鞭笞荼毒,竟狠心不肯承担自己的责任,如此见死不救之举,可谓是恶毒之至矣。最后窦女抱儿至其门前,啼泣至天明坐僵一节,读之不禁令人发指。在这里,对邪淫这种违反社会伦理道德,造成种种恶果的行为,作者的痛恨之情,真可谓溢于言表,而其内心的强烈愤慨和批判态度也明显可见。蒲松龄认为如起初和人淫乱,即使最后与其结成夫妇,这种行为已经是不道德;更何况南三复是赌咒发誓于前,断绝关系于后呢?女子在家挨打,他听之任之;在他门前哭泣,他仍然听之任之;他的心肠多么狠毒啊!因而他所受到的报应,也比李十郎惨得多。当然在《聊斋志异》公正的审判之下,南三复最后也因罪"论死",还给了受害者以公平和正义。

《聊斋志异》中除了那些玩弄别人的爱情,抛弃痴心女子,对感情不专一的负心汉,还有一些贪婪、自私、残忍、忘恩负义的男人。《聊斋志异》卷五《武孝廉》就讲述了一个忘恩负义、喜新厌旧的男人的故事。石某是个武孝廉,他带着钱去京城,准备到朝中谋个官做。到了德州,忽然得了重病,咯血不止,病倒在船上。他的仆人偷了他的钱跑了,石某十分气愤,加重了病情,钱粮俱断,船主也打算赶他下船。正在这时,有一个女子夜里驾船来停在一旁,听到这事后,就自愿叫石某上她的船,还用神奇的药丸给他治病,石某哭着对天盟誓,誓死不忘救命之恩。石某觉得稍好了一些,女子就到床前喂石某东西吃,侍奉得十分殷勤。石某对女子感激不尽,与她结为夫妻。后来,女子拿出钱来给他去京求官,并且约定好,一旦有了官职,回来接她一起回家。但是等他当了官以后,觉得船上的女子年纪太大,终归不是合适的妻子。于是又用一百两银子聘了王氏女为继室。对船上的女子多次的登门置之不理,还告诉看门的,若有女人来不要通报。当女子酒醉显出狐狸原形时,石生竟然急忙找佩刀要杀救过他性命的妻子。恰值女子醒来,气愤地收回当年救治的药,毅然离去。石某当天夜里旧病复发,咯血不止,半年工夫就死了。

《聊斋志异》卷八《姚安》里的男子姚安也是一个喜新厌旧的好色之徒。他为了娶到美女绿娥,竟然把妻子推落井中杀害,当然他也遭到了亡妻鬼魂的报复而死。蒲松龄对这种喜新厌旧的恶习进行了无情的谴责和批判:"爱新而杀其旧,忍乎哉!人止知新鬼为厉,而不知故鬼之夺其魄也。呜呼!截指而适其屦,不亡何待!"[①]为了追求新欢,而残忍地杀害结发妻子,这么做也未免太残忍了吧!人们只知道是新死的绿娥变作了索命的厉鬼,而不知道是故去的妻子夺去了她的魂魄。姚安从对绿娥动心的那一刻,就乱了方寸,在一步步为自己挖掘坟墓。

《聊斋志异》卷八《丑狐》和《聊斋志异》卷六《云翠仙》中也有两个负心之人,穆生和梁有才都因钱财绝情于爱恋自己的女子。穆生是个连冬衣都没有的贫困书生,正巧碰上富有但是长得却又黑又丑的女狐求同床共枕。穆生害怕她是狐狸,又厌恶她相貌丑陋,大声叫起来。但是当女子掏出一块元宝放到桌上,说可以赠给他时,穆生就欣悦接受了,可见其见金色起的本性。一年后,穆生家的房屋变得整洁华美,全家人的衣着也都里外一新,居然成了富裕人家,而这时,穆生的另一个本色显露了:薄情寡义。他越来越厌恶狐女,还请了个会驱狐的道士,画了张符贴在门上,甚至想要杀害她。狐女见他情义已绝,收回了

[①] (清)蒲松龄:《聊斋志异》,北京:华夏出版社,2013年,第478页。

之前赠送的财物，默默地离开了。穆生这个贪财的负心汉最终落得几代家贫，实在痛快。而《云翠仙》中的梁有才实在是有过之而无不及，从开始他的秉性就被定格在没有福气，又行为浮荡，容易反复无常的形象，而且还无赖酗酒赌博，最终连妻子的首饰嫁妆都变卖掉。由轻薄做作开始，到为了得钱，想卖掉妻子。卖给人家做妾，可得一百两银子；如卖到妓院，可得一千两银子。这剧烈的冲突形成鲜明对比，其妻云翠仙最终看清了梁有才的丑恶嘴脸，愤恨离去，最终不义的流氓无赖落得病死狱中的结果，真是活该。

《犬奸》是《聊斋志异》中的特殊篇目，其中透射出的人性和道德问题，具有现实性的时代特征。以往学界对它大多从原始欲望和伦理道德的视角进行分析，笔者在此着力以人性因子和兽性因子为切入点，对《犬奸》进行文学伦理学的解读。两性之事本来应在同类之间产生，这里的两个主角"奸夫""淫妇"却离奇地发生在动物和人两个物种身上。无可否认，性需求是人类一种基本的欲求。作为生理正常的男性或女性，对性的要求是一种客观存在。应该看到，《犬奸》篇目中的妇人因为性压抑而以犬为性满足的对象，是一个极端的例子。这样的事例较为少见，却是客观存在的。其实，结合蒲松龄的创作思想进行分析，这个故事更多的是在对兽和人进行比较。根据文学伦理学的观点，每个人都是善恶共存的生物体，即每个人都是一个斯芬克斯因子，由人性因子和兽性因子组成。人内心正与邪的交战，其实就是人性因子和兽性因子的相互斗争，此消彼长。当人性因子占上风，控制兽性因子时，表现出人性的一面；而当兽性因子居上位，压抑了人性因子时，则表现出兽性的一面。如果因为邪念而失去了理性，就像商人的妻子那样让私欲无限制地膨胀发展，最终必然会干出禽兽不如的勾当，这就是"人"与"兽"的相互转化。在这个故事中，白狗与商人妻子之间的兽行发人深省，但是在这背后更让人瞠目结舌的是官府，作为本应做出公正裁决、为民除害的府衙，竟然不顾伦理道德和人的死活，把狗与人的媾和作为一个卖点大肆敛财,而那些本应遵从伦理道德的人们也由于好奇心和欲望的驱使而放弃了道德的底线,争相出钱观看。因此可以说,不管是"犬奸"这件事情本身也好,官府的龌龊做法也好,还是人们争相观看的表现也好,都反映了一种社会的病态,伦理道德的沦陷与缺失。蒲松龄在这里针对社会伦理道德的堕落,指出了在"淫"念的驱使下,人不再是人,兽也不再是兽。

二、痴情忠贞之士

《聊斋志异》不仅从反面描写了那些好色淫荡、重财薄情之人,还从正面塑造了众多痴迷于爱情,对爱情执着追求、忠贞不贰的人。比较典型的如《聊斋志异》卷二《阿宝》中的情痴孙子楚。孙子楚生性迂腐,不善言谈。朋友捉弄他让他向大富商的女儿阿宝提亲,阿宝是个绝代佳人,每天都在择婿。当阿宝听媒婆说孙子楚向她求婚时,便先后两次刁难:"渠去其枝指,余当归之",孙子楚便"以斧自断其指",结果"大痛彻心,血益倾注,滨死"[1],躺了三天三夜才起床;"请去其痴",弄得子楚无所适从,又无法当面解释,因而万念顿消。而一次意外,初见阿宝,痴性变成痴情,"女起,遽去","生犹痴立故所,呼之不应","至家,终日不起,冥如醉,唤之不醒",应了那句玩笑话:"魂随阿宝去耶。"[2]如果说孙子楚第一次见阿宝时丢去魂魄,使阿宝印象深刻,那孙第二次见到阿宝时再次灵魂出窍,托身鹦鹉侍奉左右,则是上天要打动阿宝,使阿宝下定决心,最终与他结成良缘。这正是精诚所至,金石为开。

能和孙子楚断指丢魂相提并论的恐怕只有乔生的割肉合药了吧。在《聊斋志异》卷三《连城》中,乔生也是个用情专一的情痴。他为了救治心爱的女子连城,用刀子从自己胸上割下一块肉给了和尚,让他配

---

[1] (清)蒲松龄:《聊斋志异》,北京:华夏出版社,2013年,第103页。
[2] 同上书,第104页。

药。连城病好后,其父史举人宴请乔生,并赠千两白银表示酬谢。乔生非常气愤,献出自己的胸前肉只是为了报答知己,他对于钱财分文不收,拂袖而去。之后,为了能与连城在一起,乔生几次生死反复,用情之深,堪称痴情。

在《聊斋志异》的许多爱情故事里,女子大都拥有美丽俊俏的容颜,是男子所钟情的一个方面。如果容貌也算作对真爱的一种考验,那《聊斋志异》卷十《瑞云》中的贺生可是个真诚、善良、不离不弃、有责任心的痴情郎。贺生本是一个家无长物的贫穷书生,却受知于当时之倾城名妓瑞云,他虽然为瑞云这种不慕钱财权势的重情行为所深深感动,与之山盟海誓,相亲相得,但却没有能力为瑞云赎身,甚至常常连一宵之聚的费用也筹措不起。可是当瑞云突然遭受和尚之点击,脸上出现怪痣,从颧骨到鼻梁一片墨黑,变得奇丑无比时,贺生却将家产变卖殆尽,为之赎身,把一个"丑状类鬼"的瑞云娶回家中,面对他人的讥笑,他只是对瑞云的感情更深了。对于这种忠于爱情、信守诺言、遵守伦理道德的行为,蒲松龄无疑是极为赞赏的,所以他在故事的结尾安排了一个美好的结局,瑞云又得到那个和尚所授之水的洗濯,恢复了往日的美貌,经过一番曲折之后,好人终于获得了好报。

蒲松龄从人性的角度出发,对其笔下男子生死相随、追求爱情的精神进行了热情的讴歌,而对那些贪财好色、始乱终弃者,也用因果报应加以无情的鞭挞。不管他寄托怎样的思想,《聊斋志异》中那些生动鲜活的人物,在做人做事等各方面都会给予读者指导和启示,被历代读者所铭记。

本章小结

伦理道德是中国传统文化的核心,也是中华文化对人类文明最突出的贡献之一。蒲松龄出于传统文人的社会责任感和道德义务感,创作了伦理题材小说《聊斋志异》。他的伦理观在传统伦理道德的基础上糅进了新的时代特质，具有积极进步的内涵，充满了道德智慧，是一部文学经典，集中体现了中华民族的道德理想和精神追求，是中华民族的精神财富和思想文化精华。

文学伦理学批评的观点认为，文学产生的目的就是源于伦理表达的需要，文学的功能就是教诲，文学经典的价值在于其伦理价值。由于文学经典的伦理特性，我们无论是阅读这些经典还是阐释这些经典，对方法的选择就变得重要起来。虽然众多的批评方法都有各自的特点与用途，但是根据文学的伦理特性，采取文学伦理学批评的方法，阅读、阐释和评价经典文学，则可以获得新的价值发现。

本章从文学伦理学批评的视角来解读《聊斋志异》，用斯芬克斯因子阐释故事中原生态动物形象、幻化动物形象和人物形象，把故事中涉及的问题纳入伦理和道德的范畴加以讨论，力图从伦理和道德的视角对《聊斋志异》这部经典文学作品有新的发现。

蒲松龄笔下的原生态动物多为被拟人化的动物，它们虽然有着动物的外形，却像人一样，同时具有人性因子和兽性因子。人性因子和兽性因子发展的不平衡，形成了不同的组合方式，使得这些动物呈现出不同的特征。笔者重点分析了知恩图报的狼、犬、象，重情重义的青蛇、狼、虎、雁，这些都是具有人性的动物；同时也分析了凶残的黑兽、霸道的狮子、贪婪的狼、淫恶的狗，这些都是兽性因子占据绝对优势地位的兽。同为狼和犬，却因它们兽性因子与人性因子组合的变化，出现了知恩图报的狼、犬和贪婪淫恶的狼、犬。蒲松龄通过对动物的描写和隐喻，表现美善与丑恶的对立和联系，反映了作者对社会及人性的伦理思考。

幻化动物形象是斯芬克斯因子不同变化组合的结果。文学伦理学批评指出，人身上同时存在人性因子和兽性因子，人性因子是人类从野蛮向文明进化过程中出现的能够导致自身进化为人的因素，兽性因子是人在进化过程中的动物本能的残留,是人身上存在的兽性部分。当人性因子能够控制兽性因子的时候,狐魅花妖等幻化动物便成为具有理性的人;而当兽性因子居上,处于控制地位的时候,那些幻化的鬼狐便失去理性,成为纯粹的兽。

斯芬克斯因子的不同组合和变化,同样也解释了《聊斋志异》中人物的不同行为特征和性格表现。同为恋爱婚姻中的男子,却有贪财好色之徒与痴情忠贞之士的差异。

因此,理解一部文学作品,可以从斯芬克斯因子的分析入手,进而对作品做出客观的价值判断,挖掘其对于我们今天的意义。作为伦理存在的人,其人性因子和兽性因子同时并存。虽然兽性因子的存在会让人感到痛苦,但也是一种反面经验,促使人追求美好的东西。人应该让理性意志控制自由意志,扬善避恶。

第六章

《水浒传》的伦理秩序与道德困境

在中国古典小说中,《水浒传》是争议最多的作品之一,直至今日依然见仁见智,歧见迭出。众多学者围绕"忠义"问题、"官逼民反"问题、"招安"问题等进行了各种论争,也因为各自不同的见解对《水浒传》进行了删改或续写,甚至另撰别书或禁止出版。正因如此,"此亦一是非,彼亦一是非"成为《水浒传》研究重要的表现特征。

在众多的研究著述中,伦理道德批评一直是诠释《水浒传》的重要视角,其中尤以明代的"忠义"说和清代的"海盗"说最具代表性。从明初到万历时期,许多人都是肯定《水浒传》,赞扬它是忠义的,其中尤以李贽的学说最具代表性。他认为《水浒传》是"宇宙内五大部文章"之一,是"天下之至文",并做《忠义水浒传序》,认为小说是"发愤之作",且水浒众人"一一皆忠义",尤其宋江"大贤""大德""大力",甚至最后接受朝廷招安也是完全的"忠心报国"之举。① 除李贽外,郎瑛认为小说"有替天行道之言"②,双峰堂刻印本中署名"天海藏"的序言认为梁山好汉"有为国之忠,有济民之义"③……这些看法都丰富了"忠义"说的内容。

　　而"诲盗"说虽然在清代蔚为大观,但其实这种批评倾向在嘉靖、万历年间已有端倪。例如田汝成对《水浒传》"诲盗"的痛恨之情溢于言表,甚至不惜用因果报应的迷信来咒骂这部小说的作者,说"钱塘罗贯中本者,南宋时人,编撰小说数十种,而《水浒传》叙宋江等事,奸盗脱骗机械甚详。然变诈万端,坏人心术,其子孙三代皆哑"④。另外,袁中道认为小说"崇之则诲盗"⑤,陈继儒则称其"乱行肆中,故衣冠窃有猖狂之念"⑥,左懋第甚至以"诲盗"为由在崇祯十五年(1642)上书皇帝要求禁止《水浒传》的刊行。然而,真正将"诲盗"说发挥到极致的,当属明末清初的金圣叹。他不仅"独恶宋江",而且腰斩《水浒》,以续写的方式来反对"招安"。金圣叹之后,清道光年间的俞万春接续金圣叹批点的七十回贯华堂本,续作《荡寇志》(又名《结水浒传》),写梁山泊一百零八好汉个个非死即诛,人人结局惨淡,堪称最极端的《水浒》批判者。而金圣叹等人的"诲盗"说在清末民初也影响了梁启超的态度:梁启超不仅批判《水浒传》作为旧小说的"诲盗"性质,而且认为它最大的危害是影响了一大批同类的小说。

---

　　① (明)李贽:《忠义水浒传序》,朱一玄、刘毓忱编:《水浒传资料汇编》,天津:南开大学出版社,2012年,第171—172页。
　　② (明)郎瑛:《七修类稿》,北京:中华书局,1959年,第386页。
　　③ (明)天海藏:《题水浒传叙》,朱一玄、刘毓忱编:《水浒传资料汇编》,天津:南开大学出版社,2012年,第192页。
　　④ (明)田汝成:《西湖游览志馀》,朱一玄、刘毓忱编:《水浒传资料汇编》,天津:南开大学出版社,2012年,第118页。
　　⑤ (明)袁中道:《游居柿录》,上海:上海远东出版社,1996年,第212页。
　　⑥ (明)陈继儒:《晚香堂小品》,朱一玄、刘毓忱编:《水浒传资料汇编》,天津:南开大学出版社,2012年,第199页。

除却"忠义"说和"诲盗"说,明清时另有一些学者受到阴阳思维模式的影响,认为《水浒传》是一部"忠奸之争"的作品。汪道昆、钟惺、大涤余人、张凤翼、余象斗等人将《水浒》比作孔子的《春秋》、庄子的《盗跖》和司马迁的《史记》,认为它是一部在动乱社会历史条件下,作者寄托中华文明传统价值道统理想的作品。而"忠奸之争"说也反映了这些学者和批评家们借他人之酒杯浇自己之块垒的真实心态。

那么,从伦理和道德的角度来看,《水浒传》到底是一部"忠义"的,还是"诲盗"的,抑或是反映"忠奸之争"的作品?在本章的论述中,我们并不想重述前人的论争观点,也并不希望对《水浒传》进行或褒或贬的价值评价,而是希望能够回到小说文本的伦理环境中,还原小说生成的历史现场,结合对人物和情节的细读,更好地探索和思考这部经典小说所体现的伦理困境,客观地探讨小说中蕴含的伦理症结。借由文学伦理学批评理论,尤其是"伦理秩序""伦理两难"和"伦理冲突"等概念,我们便能够对这种伦理困境进行更为全面而深入的理解,从而更清楚地明晰小说中众多男性和女性人物在不同伦理秩序和规则中的挣扎与冲突。本章也试图从叙事学的角度思考这种伦理冲突的作用,认为这种伦理冲突构成了小说叙事发展的动力,令《水浒传》存在一种比人物行为功能更为根本的结构,构成了小说深层的叙事线索,推动了小说人物的行为和情节的走向。

第一节 《水浒传》的双重伦理秩序

从文学伦理学的角度来看,小说中的人物都处于两种不同的伦理秩序中:一种是正统儒家思想,尤其是程朱理学所提倡的"忠义"伦理,另一种则是民间文化的"侠义"伦理。可以说,这两种伦理秩序构成了"义"字所指意涵的左右两面,缺一不可。

"义"作为小说最主要的精神内核,指导着小说中所有梁山好汉的为人处事。梁山泊上的聚集之地,先被命名为"聚义厅",而后改成"忠义堂",其精神实质都是一个"义"字。当然,"义"是一个复杂而多义的概念,我们在提到中国传统伦理观念时似乎自然地认为它代表的就是以"三纲五常"为核心的正统儒家礼教规范。然而,如果对小说进行具体分析,我们不难发现,围绕"义"的伦理观念其实有两种:"忠义"和"侠义"。这两种伦理观念又代表了古代规范人们行为的两种伦理秩序——一种是统治者提倡的用以麻痹人民并被视为封建正统的功利性伦理概念,它占据伦理秩序的主导地位并左右着士族阶层的价值观念,我们也可以将其称为"政治伦理";另一种则是民间的道德标准,是在漫长的生活过程中逐步形成、深受政治伦理影响又具有鲜明草根个性的一套价值标准,我们暂且称其为"世俗伦理"或"民间伦理"。

就政治伦理观念来说,"忠义"思想无疑是最为核心的内涵。虽然众多古典小说很自然地将"忠义"二字合并在一起阐释,并作为众多英雄好汉的最重要的行为准则;然而倘若我们考证"忠"和"义"两个字的意义来源和衍化,便可质疑其作为整体意义的合理合法性。魏良弢教授对"忠"和"义"这两个字进行了考证,认为"忠"字最早见于《论语》,"义"字在《荀子》《礼记》等先秦典籍中也已出现。一开始的时候这两个字的意义并无明显区别,可以互换;到了汉代之后"忠"字开始专供君主使用,义也开始具体指向乡里、夫妻、兄弟、朋友,且多指向非血缘亲情。忠义作为专属词汇(合体)最早出现于汉武帝"独尊儒术"后的东汉,最早见于《论衡·齐世》,而正史中最早出现忠义一词的是南朝宋范晔的《后汉书》。据魏良弢研究,从伦理意识的逻辑来看,忠是由孝衍进而来,即从孝延伸至忠的逻辑,它们都带有等级观念的色彩。义则是仁的衍化,即义延伸至仁的逻辑,带有一定的平等意识。所以说,从历史的角度来考察,忠和义的伦理基础和伦理逻辑不可同日而语。

然而从《水浒传》等通俗小说的角度,我们发现封建统治者大都希望将忠义作为一个整体言说,即赋予忠义伦理形而上的统一性。从这里我们能够看出儒学特别是宋明理学的潜在影响。忠义的合体很明显是对忠义本意的篡改,是统治者打击反对派特别是农民起义的一道符咒。他们为了使忠义伦理获取表面上的"合理性",进而迷惑人民,推出了关羽、杨家将、岳飞等忠义典型,并将其标榜为忠义双全的典范。正如有学者所说,"忠义传"不仅进入了正史,而且"成了践行忠义伦理的行动者的指南针和光荣榜"①。

在《水浒传》小说中,遍观梁山一百零八将,大都以"忠义"伦理作为处事规范,对宋王朝更是忠心耿耿。宋江、武松、秦明、卢俊义、关胜、呼延灼、董平、三阮兄弟等等,莫不如此。孔太公庄上,宋江与武松二次相逢,分手时宋江一再叮嘱武松日后要立功于朝廷,留名青史,并感叹自己"虽有忠心,不能得进步"②,而武松也表示他日后受到招安后再来寻访宋江,表达了两人忠于朝廷的思想。秦明被俘上山之时仍说:"秦明生是大宋人,死是大宋鬼……我如何肯做强人,背反朝廷?"③这种说法也代表了众多被宋江招入梁山的英雄的心声。尤其到了小说后半段,当宋江率军马接受招安时,路上打的两面旗,"一面上书'顺天'二字,一面上书'护国'二字"④,更是将"忠义"外化出来。而后宋江请命征辽,获准后倍感圣恩说:"臣披肝沥胆,尚不能补报皇上之恩,今奉诏命,敢不竭力尽忠,死而后已!"⑤甚至当他最后被害死之时仍然只记得"忠义"二字:"我为人一世,只主张'忠义'二字,不肯半点欺心。今日朝廷赐死无辜,宁可朝廷负我,我忠心不负朝廷。"⑥可见,"忠义"伦理道德观念作为一种政治伦理秩序,根深蒂固地统一

---

① 宋铮:《〈水浒传〉忠义伦理的悲剧精神》,《东南大学学报》2013年第1期,第129页。
② (明)施耐庵、罗贯中:《水浒传》,北京:中华书局,2009年,第288页。
③ 同上书,第308页。
④ 同上书,第738页。
⑤ 同上书,第744页。
⑥ 同上书,第1034页。

了宋江等人的思想和行动,决定了他们同封建统治者的君臣关系。这也是李贽在评点《水浒传》时的立论依据,他尤其称颂宋江的忠义精神:"宋公明者,身居水浒之中,心在朝廷之上;一意招安,专图报国;卒至于犯大难,成大功,服毒自缢,同死而不辞,则忠义之烈也! 真足以服一百单八人者之心;故能结义梁山,为一百单八人之主。"①

除却"忠义"的政治伦理秩序,《水浒传》也极力再现了"侠义"的民间伦理秩序。从阶级的角度来看,封建社会的统治阶级出于维护社会秩序稳定与既得利益不受侵害的考虑,往往注重伦理道德中的忠孝观念;然而处于社会最底层、在死亡线上饥寒交迫的穷人们首先关注的则是究竟能否生存下去。从这个意义上来说,除却血缘关系,人们往往十分在乎类似于血缘伦理关系般在物质上彼此求助、相互接济扶持、在江湖上相濡以沫的异姓兄弟姐妹之间的关系。而从身份上来说,《水浒传》的主人公大都是常年在外闯荡的"游侠"或"游民",尤其当他们聚义梁山之后;他们被主流宗法社会抛出秩序之外,在江湖的生存空间中也逐渐形成了一套区别于正统伦理规范的价值观和秩序,这种伦理秩序就是"侠义"的民间伦理规范。与政治伦理最显著的不同在于,"侠义"伦理对皇权和朝廷表现出十足的蔑视。"侠义"民间伦理讲求的是一种平等的江湖义气,是"为朋友两肋插刀"的气度胆识。另外,这种伦理规范在梁山好汉身上体现出强烈的江湖草根特征,如阮小五嗜赌、李逵嗜酒、周通曾强抢民女、张青孙二娘夫妇开黑店……这些底层阶级的草根性特征都与正统礼教相悖。换句话说,"侠义"或"江湖义气"具有更多的匪气和豪气,也彰显了更多的民间性。当然,"侠义"伦理规范最核心的意涵还是朋友之间的一种责任和义务。可以说,好酒好赌好色之类的毛病无关痛痒,然而对朋友的忠诚、对兄弟的责任以及对集体的义务则是不可违背的准则。

---

① (明)李贽:《忠义水浒传序》,朱一玄、刘毓忱编:《水浒传资料汇编》,天津:南开大学出版社,2012年,第172页。

"士为知己者死",这是封建社会伦理道德的内容之一,尤其是江湖间为人做事所坚持的准则之一。《水浒传》中的人物,怎么做才能成全"侠义",贯彻民间伦理中的"兄弟之义"呢?在这方面,不同人可以有不同的做法。有钱者可以仗义疏财,散尽钱财来履行侠义之风,这方面的典型是宋江和柴进。小说在第十七回宋江出场之时便对其做了详尽而有些夸张的描述,说宋江"为人仗义疏财,人皆称他做孝义黑三郎",且"平生只好结识江湖上好汉,但有人来投奔他的,若高若低,无有不纳"。[①] 而小说对柴进的仗义疏财之举更是着墨颇多:他窝藏朝廷钦犯林冲,供养江湖浪子武松,更把杀人犯宋江藏匿在家,并奉若上宾;甚至因赌博打死人的石勇、骗吃骗喝的洪教头、落魄书生王伦等,都曾受过他的恩惠。至于穷困者,则只能出力或卖命,以报答与他人的结义之情。例如武松醉打蒋门神,从伦理的角度来看,并非是被恶霸施恩所利用,而是当时民间伦理规范的具体要求,是报答施恩的"知遇之恩"。李贽在第二十九回末点评说:"武松固难得,而施恩尤不易得。盖有伯乐自有千里马也。故曰:赏鉴有时有,英雄无日无。"[②] 可见李贽从伯乐识才的角度对于武松和施恩之间的义气进行了赞颂。

可以说,以"忠义"思想为核心的政治伦理秩序和以"侠义"思想为核心的民间伦理秩序共同构成了《水浒传》中人物的行为准则,规定、指引和制约着主人公们的一言一行、一举一动。明确这两种伦理秩序,是理解小说中人物的悲剧命运的前提。

正是在这样两种伦理秩序的作用下,小说中的人物在面对伦理道德问题时,做出了不同的伦理选择。面对政治伦理和侠义伦理秩序,他们或遵循践行或矛盾纠结或悖逆抵抗,因此也造就了其不同的人物命运。而《水浒传》描写了众多人物,每个人物都形成了独立的故事;

[①] (明)施耐庵、罗贯中:《水浒传》,北京:中华书局,2009年,第151页。
[②] (明)李贽:《忠义水浒传序》,朱一玄、刘毓忱编:《水浒传资料汇编》,天津:南开大学出版社,2012年,第176页。

这些人物故事又在小说的后半段汇流成河。在两种伦理秩序下,每个单独的人物故事都是一个伦理结,而整本小说则是由无数个伦理结构成的:从楔子开始到徽宗帝梦游梁山泊止,王教头私走延安府、鲁智深大闹五台山、豹子头误入白虎堂、林冲棒打洪教头、吴用智取生辰纲等各个故事都可被看作伦理结,这些伦理结连缀在一起便构成了《水浒传》博大而丰富的伦理世界。

那么,在面对众多的人物、故事和伦理结时,我们如何分析,如何取舍?正如普洛普(Vladimir Propp)从俄国民间故事中总结归纳出七种基本人物角色和三十一项行为功能,本章选取三个较为典型的人物形象——宋江、潘金莲和琼英,分别剖析他们在伦理秩序下所作出的不同选择:宋江的伦理困境与两难、潘金莲的伦理冲突与悖逆以及琼英的伦理恪守与践行。而这三个人物,又较为集中地代表了小说中的三类人物——梁山好汉、恶女淫妇和贞节烈女。通过对三个人物形象的分析,本章试图较为清晰地勾勒出《水浒传》中两种伦理秩序的作用与表现。

第二节 "梁山好汉"的伦理两难

一部伟大的作品往往建构出相互冲突的伦理规范和秩序,《水浒传》也不例外。在小说中,以"忠义"为核心的政治伦理秩序和以"侠义"为核心的民间伦理秩序往往是不相容甚至冲突的;正是两种伦理规范和准则的冲突,令小说的人物处于两难的选择中,而这种伦理困境最终造成了小说中的人物,尤其是"梁山好汉"等男性角色的悲剧性命运。

从逻辑上来说,小说中的两种伦理秩序本身就具有一定的矛盾性。首先,从等级制度的角度来说,"忠义"伦理具有浓厚的等级性,而"侠义"伦理则具有鲜明的平等性。我们发现,历史上无论是刘邦、李世民还是朱元璋,得到天下后都对和他一起打天下的兄弟痛下杀手,兄弟之义联盟解体,而等级森严的忠诚意识被严格强调。即便是梁山内部其实也有等级观念存在,这使兄弟之义的平等性大打折扣。水泊梁山上的英雄看似都是平等的好汉,是一起出生入死的兄弟,然而作为一个组织,他们却有严格的座次排列。在小说的第七十一回中,一百零八位英雄好汉按照"三十六员天罡"和"七十二座地煞"将众人一一排列,这带有明显的传统道教色彩,也规范了成员之间的高低等级关系;这同民间侠义伦理的平等性是具有一定冲突的。

另外,从伦理实体的角度考虑,梁山上的伦理秩序具有无法延续的危机性。梁山上多数人无家眷无子嗣,多数人上梁山的行为本身是对当时的伦理秩序的失望和否定,这种否定多表现为对其存在及立身之本即家庭观念的决绝态度和行为。如果夫妻、父子等伦理实体需要延续性,那么兄弟之义也不能构成真正意义上的具有延续性的伦理实体。梁山如何找到伦理实体性和伦理延续性?对宋江来说,要么造反,要么接受招安,这两种办法都重新回到了封建忠义伦理的轨道,都必须搁置或放弃"聚义"的誓言。从这个层面上来说,宋江接宋太公上山、李逵接母亲上山、柴进接全家老小上山、王英和扈三娘结合等行为就是有意在调和家庭伦理,令梁山在实体上具有一定的伦理延续性。

而小说《水浒传》更是以精彩的故事情节,为梁山好汉们制造了一个又一个的伦理两难,令其在两种伦理秩序的夹缝中无法抉择。这种伦理两难尤其体现在宋江、林冲、鲁智深、武松等主人公身上。小说对宋江的着墨最多,其伦理冲突也就体现得最为明显。我们便以宋江为例,分析小说人物的伦理两难。

小说作者是以"忠义双全"的典型形象来塑造宋江的,这一点毋庸置疑,从第十八回宋江出场时作者对宋江的介绍便可见一斑。然而恰如金圣叹的评点:"只看宋江出名,直到第十七回,便知他胸中算过百十来遍"①;的确,作者在宋江出场时所做的"于家大孝""仗义疏财"等介绍为宋江的命运铺垫了最鲜明而矛盾的底色:"于家大孝"发展下去势必在"君为臣纲、父为子纲"的政治伦理规范下忠义于朝廷,而"仗义疏财"深化下去则是义胆包天、铤而走险。所以,作者其实在宋江出场的一段描述中就已经为其后面的伦理两难和最终的悲剧命运埋下了伏笔。且看作者借由一首《临江仙》词对于宋江的盛赞:

起自花村刀笔吏,英灵上应天星,疏财仗义更多能。事亲行孝敬,待士有声名。

济弱扶倾心慷慨,高名水月双清。及时甘雨四方称,山东呼保义,豪杰宋公明。②

从这段词中我们可以看出,作者对宋江的褒扬和定位主要来自他的两种品德:一是"疏财仗义""济弱扶倾",因此被称为"及时雨""呼保义";这一点正是民间伦理的侠义精神的突出再现;二是"行孝敬"或者"于家大孝",这正是政治伦理规范的基本要求——由于宋江还没有太多机会为国家和君王效犬马之劳,因此其"忠义"的品质更多体现在严格遵从"父为子纲"的孝道上。而随着故事的推进,"忠义"的政治伦理秩序与"侠义"的民间伦理秩序开始逐渐衍生出不同的伦理要求甚至是伦理冲突,于是令宋江多次陷入"伦理两难"。而宋江在两难之中的伦理选择也成为小说情节发展的转折点。

宋江第一次重要的伦理两难,是在晁盖等人智取生辰纲之后,他陷入是否向晁盖等人通风报信的难题:如果忠于国家和朝廷,他应当将晁盖一伙捉拿归案,但这是违背民间侠义伦理准则的;而他向晁盖通风报信,便违背了以忠君为核心的儒家正统伦理规范。宋江虽本无造反之意,然而却"舍着条性命"私自通知了晁盖,这也标志着民间伦

---

① (清)金圣叹:《读第五才子书法》,朱一玄、刘毓忱编:《水浒传资料汇编》,天津:南开大学出版社,2012年,第219页。

② (明)施耐庵、罗贯中:《水浒传》,北京:中华书局,2009年,第151页。

理规范对政治伦理规范的胜利。虽然在这个阶段,宋江在行为上倾向于遵从民间"侠义"伦理秩序,然而这却令他内心深处陷入恐惧和自责,"如此之罪,是灭九族的勾当,虽是被人逼迫,事非得已,于法度上却饶不得"①。之后的招文袋事件,令宋江不得已杀了阎婆惜,于是自己陷入了有家难归、有国难投的困顿局面。在"忠义"伦理规范的制约下,同时也在父亲"倘或他们下山劫夺你入伙,切不可依随他,教人骂做不忠不孝"②的教导下,他在面对"侠义"兄弟情分的召唤时,刻刻不忘"忠孝"的伦理准则:在刺配江州的路上,他决意绕道梁山泊走;当刘唐要杀随行的两个公人之时,他说:"这个不是你们弟兄抬举宋江,倒要陷我于不忠不孝之地。"③而面对晁盖等人的极力相邀,他坚决不肯上山,认为这是"上逆天理,下违父教"④之举。可以说,在这个阶段,宋江在面对伦理两难时,还是导向了"忠孝"的政治伦理秩序。

宋江上梁山的思想萌发于刺配江州途中的磨难:揭阳岭上被李立麻翻待宰,揭阳镇上遭穆弘逼债,浔阳江中受张横裹挟,这一连串的困难引发了他对梁山的向往:"早知如此的苦,权且在梁山泊也罢!"⑤而来到江州之后的"酒后狂言"最终令他在"忠义"伦理和"侠义"伦理之间做出了选择:他认识到单凭个人力量是无法"遵父亲之教"和"遂平生之愿"的,也表示要"死心塌地"地与晁盖"同生共死",毅然坐上了梁山的第二把交椅。

既然上了梁山并成为首领之一,宋江理应完全以梁山上的"侠义"伦理规范要求自己,那样一来宋江和梁山的命运便会有所不同。然而宋江这一人物塑造的高明之处,就在于其伦理两难的局面并未结束。如果在此前的情节中,人物的伦理选择行为来自外力的推动或事故的

---

① (明)施耐庵、罗贯中:《水浒传》,北京:中华书局,2009年,第173页。
② 同上书,第323页。
③ 同上书,第324页。
④ 同上书,第325页。
⑤ 同上书,第333页。

突发;这时候宋江的伦理选择则更多是一种由内而外、由心及物的过程——被民间侠义伦理规范压抑的忠义政治伦理秩序,以一种类似于"潜意识"的方式,开始在宋江的意识中逐渐升温膨胀,从而逐渐左右了梁山及其好汉接下来的命运走向。小说在此时精妙地书写了宋江梦见九天玄女的情节,这一情节成为宋江这一人物乃至小说情节的转折点。小说写道:

> 娘娘法旨道:"宋星主,传汝三卷天书,汝可替天行道为主,全忠仗义为臣,辅国安民,去邪归正。吾有四句天言,汝当记取,终身佩受,勿忘勿泄。"宋江再拜,愿受天言。娘娘法旨道:遇宿重重喜,逢高不是凶。外夷及内寇,几处见奇功。宋江听毕,再拜谨受。娘娘法旨道:"玉帝因为星主魔心未断,道行未完,暂罚下方,不久重登紫府,切不可分毫懈怠!若是他日罪下酆都,吾亦不能救汝。此三卷之书,可以善观熟视,只可与天机星同观,其他皆不可见。功成之后,便可焚之,勿留在世。所嘱之言,汝当记取。目今天凡相隔,难以久留,汝当速回。"便令童子急送星主回去,"他日琼楼金阙,再当重会"。[①]

这一情节可以被认为是宋江"忠义"伦理潜意识的再现,而"全忠仗义为臣,辅国安民,去邪归正"正是"忠君爱国"的封建政治伦理规范的"忠义"要求。而且,九天玄女的四句天言"遇宿重重喜,逢高不是凶。外夷及内寇,几处见奇功"正为小说后面的情节,尤其是招安之后的北破大辽、南征方腊等重要事件进行了预示和铺垫。而作者安排这一情节,某种程度上也为小说故事的推进和发展提供了神话的背景和来源。但无论宋江是遵天意还是循内心,"忠义"的伦理规范自此主导了他的意识,成为其行事的指导原则。

其实从宋江和晁盖的比较中,我们也能发现这种端倪:晁盖上梁

---

① (明)施耐庵、罗贯中:《水浒传》,北京:中华书局,2009年,第386页。

山是"托胆称王",想要与北宋王朝做个对头,然而宋江被逼上梁山,还是希望有朝一日能重新为朝廷效犬马之劳。因此,在小说第五十九回,宋江将"聚义厅"改为"忠义堂",这一情节也象征了儒家正统伦理规范对民间侠义伦理秩序的彻底压制和胜利,也成为全书结构的又一个转折点。在连赢童贯、三败高俅的大好形势下,宋江排除各种干扰,亲入东京打通"关节",终于争取到朝廷的招安。然而,被压抑的侠义伦理恰如定时炸弹,随时都有引爆的可能:宋江手下的梁山兄弟怨声载道,他和兄弟间的嫌隙也变得越来越大。然而,在忠义伦理的指引下,宋江凭借自身的能力,面对兄弟的抱怨并不泄气,面对奸臣谗言暗害并不埋怨,只是一再表白"宁可朝廷负我,我忠心不负朝廷"①,直至最后不惜以李逵和自己的生命来维护自己"忠义"的名声,可见忠义政治伦理规范对他的影响和制约。

　　纵观宋江的一生,无疑是在两种伦理秩序的夹缝中不断求索的过程。一方面,倘若宋江一直遵循"忠义"政治伦理规范,那么他绝不会私放晁盖,也就不可能被逼上梁山,很有可能一生都在郓城当押司平稳度日。另一方面,倘若他如晁盖般一直遵循"侠义"民间伦理规范,并不想时时招安、事事妥协,那小说的结局或许也不相同。宋江的悲剧命运,正是因为他在两种不同伦理规范中的两难境地。从结交兄弟和私放晁盖,到发配江州和酒后题诗,再到逼上梁山和梦中受旨,最后辅国安民和饮鸩自杀,这一系列的人物行为都来自伦理冲突和伦理两难的作用。在两种伦理规范的夹缝中,他时时焦虑,处处挣扎,无论如何行事都会违背当时既定的伦理秩序。可以说,宋江身上的伦理冲突与两难,不仅推动了小说核心人物的行为和命运,而且构成了小说基本的事件及其发生。在两种伦理规范的夹缝中,他时时焦虑,处处挣扎,无论如何行事都会违背当时既定的伦理秩序。从这一点出发,我

---

① (明)施耐庵、罗贯中:《水浒传》,北京:中华书局,2009年,第1034页。

们便可以认识到,宋江的悲剧在封建社会里是难以消除的,是一种不可避免的伦理悲剧。

同宋江类似,梁山上的好汉们,如武松、林冲、鲁智深等都在不同层面上处于忠义政治伦理和侠义民间伦理两种秩序的两难中;而且在小说中,这种伦理两难的境况是不可调和的。换句话说,只要这两种秩序存在,主人公们面对的伦理两难便无法消解。这也不可避免地导致了他们的悲剧命运。

第三节 "恶女"的伦理冲突

小说中的伦理秩序,无论是政治伦理还是民间伦理,不仅规定了"梁山好汉"的行为准则,而且左右着小说中女性的行为规范。和"梁山好汉"等男性角色夹在两种伦理秩序的困境中无法选择的境况不同,小说中的很多女性形象的悲剧命运,更多来源于她们对伦理秩序的挑战和僭越。如果说众多男性主人公的悲剧来自两种伦理秩序下的两难困境,那么小说中的女性人物,则更多纠结于自由意志和理性意志的伦理冲突。

就男女的伦理关系而言,小说明显处于宋明理学的伦理规范之中,"存天理、灭人欲"成为最基本的准则。对于小说中的好汉来说,"崇德远色"正是程朱理学对于他们的伦理要求。为什么梁山好汉几乎都不近女色,这本身就是出于维护伦理秩序、遵守伦理规范的需要。

《水浒传》基本上将女性塑造为几类角色,这个问题已经有不少学者论述过。第一类是被作者称赞和歌颂的英雄式女性形象,其中有顾大嫂、孙二娘等长相丑陋的女英雄,也有扈三娘、琼英等年轻貌美的女英雄。第二类是所谓丑恶式的女性形象。潘金莲、阎婆惜、潘巧云等"恶女"都拥有漂亮的外表,却都有不幸的爱情和婚姻;她们为了追求幸福,在思想和行为上都背离了伦理道德规范,冲破了封建藩篱。然而由于她们破坏了当时的伦理秩序,因此下场都很悲惨。宽泛来说,王婆、阎婆等形象也属于这一范畴。第三类是令人同情和悲悯的女性弱者形象。例如林冲娘子、金翠莲、张太公之女、玉莲等,她们出身卑微,备受折磨,处处小心谨慎,却仍然逃不出社会的魔爪。第四类是妓女形象,包括美貌和胆识共存的李师师,还有因社会的黑暗导致了心理畸形的李瑞兰等。

笔者在此重点分析小说对于"恶女"这一类形象的塑造,尤其考察其命运同伦理秩序之间的关系。潘金莲、潘巧云、阎婆惜、贾氏等"恶女"都年轻貌美却风流成性,不仅如此,她们还拥有一副蛇蝎心肠,往往置梁山好汉于不利,最终被好汉斩于刀下。她们最终的凄惨命运,源自其对伦理秩序的悖逆和破坏。而在这些"恶女"之中,潘金莲无疑是《水浒传》中作者着墨最多,也是最著名的淫妇。

众所周知,在中国文学史上,潘金莲及其相关的故事情节最早就是出现在《水浒传》中,尔后有《金瓶梅》和《义侠记》等作品问世;到了现当代,很多作家也乐于改编潘金莲的故事,例如欧阳予倩、田汉、魏明伦、李碧华等。在《水浒传》中,她本是清河县一个大户人家的使女,因为有些颜色,大户欲纠缠她不遂,就将其嫁给了武大。她初见武松便爱慕其长大英雄,几次三番言语挑逗,武松终于忍无可忍,斥责她是"没人伦的猪狗"[①],并因此离兄单过。然而潘金莲并无悔改之心,在武松走后和西门庆通奸并谋害了武大,这才引起武松诛杀奸夫淫妇,替兄报仇。

从人物形象的角度来说,潘金莲的身份具有三个明显特征:首先,她美丽而聪明、知情而识趣,否则她也不会被张大户和西门庆所垂涎。其次,她犯下了不可饶恕的罪行,先是通奸,然后杀夫,或者说是"淫娃荡妇"和"蛇蝎女子"的合体,这也突显了她的"坏"或者"恶"。第三,她

---

① (明)施耐庵、罗贯中:《水浒传》,北京:中华书局,2009年,第195页。

的身份具有底层性。和阎婆惜一样,她完全无法左右自己的命运,被人捉弄嫁给了武大郎,这并非出自她的意愿,更不能选择自己所喜欢的人。正是这三个身份特征,令其形象具有强烈的普遍性和典型性;而我们发现《水浒传》中的"恶女",大都遵循这三个身份特征。这三个特征,也构成了潘金莲的伦理身份。

潘金莲的伦理身份,决定了她作为一个嫁为人妇的普通底层封建妇女,必定要遵守封建的伦理秩序与规范。从伦理秩序的角度来说,儒家宋明理学严格规定了封建妇女所需遵从的伦理规范,其中最为核心的就是"夫为妻纲"。妇女不仅需要严格遵守丈夫的命令,而且对于丈夫必须保持忠贞——忠贞甚至比生命更为重要,正所谓"饿死事小,失节事大"。潘金莲本是一个良家妇女,然而她不仅与西门庆通奸,而且还与其合谋害死了武大,不仅严重违背了伦理规范和秩序,而且违背了法律。虽然很多学者从人欲的正当性角度为其开脱,然而无论从伦理还是法律的层面,潘金莲都悖逆了当时的秩序和规范,因此其悲剧命运是无可避免的。

那么,潘金莲为什么会悖逆伦理规范,僭越伦理秩序呢?文学伦理学强调人具有理性意志和自由意志,人的伦理选择往往涉及理性意志与自由意志之间的伦理冲突。而一旦伦理意志被本能欲望压倒和战胜,人便会做出悖逆伦理规范的行为。这一理论鲜明而准确地解释了潘金莲与西门庆通奸、毒杀武大等罪恶勾当的动机和原因;然而有趣的是,对于"兽性因子"或"本能欲望"的再现,小说并未着力太多,尤其并未对潘金莲在伦理选择的关键时刻(如勾引武松时、被王婆游说时、被西门庆勾引时、毒杀武大时等)的踌躇纠结进行过多描述,而只是较为客观地叙述情节发展。当然,古典小说并不长于心理刻画,这也给后人留下了很多空白,令很多作家在潘金莲的心理意识,尤其是在理性与欲望的角逐与纠结方面大做文章。话虽如此,《水浒传》依然使用了一些技巧来突显潘金莲不可遏抑的欲望本色,其中的一种便是利用王婆这一人物借由侧面的视角和声音来叙事。小说以一段词来介绍王婆的"不本分"：

> 开言欺陆贾，出口胜隋何。只鸾孤凤，霎时间交仗成双；寡妇鳏男，一席话撺唆捉对。略施妙计，使阿罗汉抱住比丘尼；稍用机关，教李天王搂定鬼子母。甜言说诱，男如封涉也生心；软语调和，女似麻姑能动念。教唆得织女害相思，调弄得嫦娥寻配偶。①

这一段的隐喻和类比可以看做小说"隐含作者"的声音。借由各种历史民间典故（陆贾、隋何、织女、嫦娥、李天王、鬼子母等），隐含作者在这里表面上在强调王婆"说风情"的口才，实际上更将男女之间的欲望之盛彰显出来——即便是封涉、麻姑、罗汉、织女这些不应有任何欲念的角色和人物，在诱惑和游说之下也都会动念生心；这一方面渲染了人的兽性因子的威力，另一方面也彰显了当时伦理道德观念的沦丧。

而接下来当王婆的阴谋被西门庆采纳、两人一拍即合时，小说以一首七言短诗来评论："岂是风流胜可争？迷魂阵里出奇兵。安排十面埋光计，只取亡身入陷坑。"（218）这首诗既是小说叙述者在暗示接下来的情节，也是"隐含作者"所表达的声音：一方面，在叙事上，这四句诗不仅开启了接下来"十面埋光计"实施的精彩情节，而且暗示了潘金莲"亡身"的悲剧命运；另一方面，从描述王婆的词到承上启下的诗，隐含作者在这里不断强调和渲染"风流"和"欲念"的力量，并暗示了这一力量所导致的悲剧结果。因此，潘金莲和西门庆通奸的故事，其实在未发生时就已经明示了结局；兽性因子对人性因子的胜利在一开始的诗词中就已然确定了。正因如此，潘金莲的悲剧其实早已在小说的预设之中——不仅潘金莲如此，潘巧云、阎惜娇等其他"恶女"形象皆如此。可以说，小说用类似的"恶女被杀"的故事模式，不断重复这些

---

① （明）施耐庵、罗贯中：《水浒传》，北京：中华书局，2009年，第215页。

女性的伦理罪行,并一再强调破坏伦理秩序所带来的严重后果。

或许从今天的道德批评角度来看,潘金莲、潘巧云、阎惜娇等女性形象值得同情,她们是旧时代旧道德的受害者和牺牲品;从某种角度上看,她们甚至是传统道德的勇敢反叛者。然而从文学伦理学批评的眼光来看,这些"恶女"们对家庭和丈夫的背叛是有害的,而且其行为极大破坏了当时的伦理秩序和道德准则。在这些人物的叙事中,不仅其人物命运和情节发展受到伦理冲突的推动和左右,而且小说的"隐含作者"时常在叙事时表达自己的"声音",不仅暗示了这些人物的悲剧命运,而且鲜明地表达了作品的伦理道德立场。

我们还可以从另一个角度来分析潘金莲等"恶女"身上所包含的"人性因子"和"兽性因子"的冲突。潘金莲等"恶女"形象的伦理身份除却"恶"之外,还有一个重要特征就是"美"。袁国兴在分析"潘金莲母题"问题时,认为这一形象从古至今有一条一以贯之的身份特征,就是"美而坏"——倘若我们联系到中国历史典籍和文学作品中的众多漂亮女人,我们发现其中很多都是"臭名昭著"的,其中最有名的莫过于令夏商周三代亡国的末喜、妲己、褒姒这三位"祸乱君心"的美女。反而一些具有高尚品质的女子往往不见得外表有多美。《列女传》写了一百多位女性,其中最多的就是"丑而好"的类型,另外也有一些"美而坏"的例子;而且在正统的中国文化典籍中,一般被肯定、有作为的名媛淑女,往往没人去追究她们的姿色。可见,典范的中国式"妇德"标准是《女戒》中所说的"妇容,不必颜色美丽也"[①]。这就引发了一个疑问:为什么"坏"女人常常与"美"发生联系呢?

对于这一问题,我们其实可以从伦理冲突的角度试着回答,但这一伦理冲突的主体并非潘金莲等"恶女"形象,而是创作、阅读和接受小说的人们,以及小说中的其他人物尤其是梁山好汉等男性形象。尤

---

① (清)陈弘谋撰:《五种遗规》,南京:凤凰出版社,2016年,第109页。

其对于男性来说，潘金莲这样的美女能够呼唤男性的直观审美认同，这种审美认同是一种超出人理性和理智判断的因素，或者说是一种非理性的"自由意志"，同人的原始欲望或兽性因子更为接近。然而，这种"自由意志"对于社会建构的伦理秩序和理性大厦是具有摧毁力和破坏性的，中国的圣哲先贤早就认识到这一点，因此《列女传·晋羊叔姬》中才有"夫有美物足以移人，苟非德义，则必有祸也"①的说法。社会上因为有道德伦理规范的制约，人的"自由意志"便受到"理性意志"的压抑，很多对于美的欲望便只能被转移到潜意识之中。当人们尤其是男性赞美道德的崇高时，内心深处还有一种相反的力量和原始的欲望在蠢蠢欲动，这种力量在潘金莲的故事中得到了显现——由于潘金莲作为"坏而美"的合体包含了这种理性因子与兽性因子的冲突，因此两种对立的意识和情感便被熔铸于这一个具体的意象上。一方面，人们谴责其道德上的伤风败俗和对伦理秩序的僭越悖逆，另一方面，人们对"美"的追求得到了延宕和保留。因此，在不违背伦理秩序和道德原则的条件下，人们也曲折地表达了自己的审美需求。

即使从今天的社会看，潘金莲、潘巧云、阎惜娇等"恶女"的通奸行为也不会得到认可，更何况她们还犯下其他的罪行，例如毒杀丈夫、威逼利诱等。更何况，和安娜·卡列尼娜、海斯特·白兰等因为追求爱情而悖逆伦理秩序并最终走向毁灭的女性形象不同，潘金莲等人的悲剧很难以"追求爱情"为理由或借口，其通奸行为更多是来自肉体欲望或者"兽性因子"的驱使，因此更加不可原谅。而且，文学伦理学要求我们运用辩证的历史唯物主义方法看待其中的道德现象，在历史的客观环境中分析、理解和阐释人物的伦理意识和命运。从这一角度来看，我们认为，潘金莲等女性角色对于伦理秩序的破坏，导致了她们成为伦理秩序矫正的牺牲品——这虽然在道德层面值得同情，或多或少

---

① （西汉）刘向编撰：《列女传译注》，张涛译注，济南：山东大学出版社，1990年，第111页。

也挑战了当时性别上的男尊女卑的不公现象,但是却在伦理层面违背了当时的秩序,因此必须付出代价。联系到北宋末年的历史语境,小说一方面再现了当时的伦理规范,尤其是以"三纲五常"为核心的程朱理学对社会观念的统治作用,另一方面同时也描绘了伦理秩序的变异与松动,尤其是各色男女对伦理秩序的违反、悖逆和破坏。

第四节 "复仇女侠"的伦理践行

《水浒传》中的女性形象是多元的,除却"恶女"之外,另外一类是年轻的女英雄或女侠士,其中孙二娘和顾大嫂完全被作者塑造成男性化的形象,而扈三娘和琼英则武艺高强、容貌美丽。尤其是琼英,几乎集结了传统女性的所有优点:美丽、温柔、贞孝、守节;且出身优越,勇于追求自身的幸福。作者之所以塑造了这一完美的女性形象,某种程度上是因为她践行了所有儒家的伦理规范,满足了所有的伦理期待。换句话说,其完美的形象和良好的命运是同其道德伦理评价相关联的——与悲剧性的人物(如宋江等梁山好汉或潘金莲等"恶女")不同,琼英在面对伦理选择时并没有摇摆不定或令自己陷入伦理冲突,而是果断地遵循了正统主流的伦理规范,其行为严守儒家的伦理内核。尤其,同男性相比,儒家伦理道德对于女性的要求更多体现在"孝"和"贞"两个方面;本章将从这两个方面分析琼英的伦理践行。

小说对琼英的复仇着墨甚多。田虎杀害了琼英的父亲、掳掠了她的母亲,并造成了她的母亲守节撞死;琼英得知此事后"如万箭攒心,日夜吞声饮泣,珠泪偷弹,思报父母之仇,时刻不忘"[①];而在攻打威胜城时,琼英更是"不顾性命,同解珍、解宝一拥抢入城来"[②];而当张清担心琼英"不该深入重地,又且寡不敌众"时,她毅然回答道:"欲报父

---

① (明)施耐庵、罗贯中:《水浒传》,北京:中华书局,2009年,第851页。
② 同上书,第870页。

仇,虽粉身碎骨,亦所不辞!"①可以说,小说着力塑造出这样一个时刻不忘父母血海深仇的孝女角色。

从"孝"的角度来说,琼英无疑秉承了儒家伦理规范的基础。中国古代的宗法伦理关系以父为核心,父权至上,家族中以父的利益和身份为基础;由此引申出的"三纲"(夫为妻纲、父为子纲、君为臣纲)的封建家国一体同构的道德伦理体系。"亲亲""尊尊"的等级伦理观,从根本上是以血缘关系为基础的,也因此,个人、家庭和国家的道德伦理关系得以紧密联系起来。《孝经》中认为"孝"是"天之经也,地之义也,人之行也"②,而且规定了"孝"的行为要求:"孝子之事亲也,居则致其敬,养则致其乐,并则致其忧,丧则致其哀,祭则致其严。五者备矣,然后能事亲。"③因此,孝的关键在于从内心尊敬父母,奉之以礼,甚至奉献自己的全部。当父母受到伤害、侮辱甚至杀戮时,做儿女的自然将肇事者视为不共戴天之仇人,也就是俗语中说的"父母之仇,不共戴天"。

在这种伦理规范的要求下,琼英自然将替父母报仇视为人生第一要事,这样一种意念在儒家伦理秩序中是顺理成章且正确无误的。《春秋公羊传·隐公十一年》中说:"君弑,臣不讨贼,非臣也;子不复仇,非子也。"④在儒家看来,复仇即是真正对父母的尊敬,是践行孝道的做法。然而,琼英的复仇意念体现了一种亦儒亦侠的特征,这同她的伦理身份是分不开的。一般来说,复仇的大任在一个家庭中是由男性承担的,然而琼英的父母没有男孩,因此只能由琼英来承担,这决定了琼英超越女子性别、成为英雄或侠客的伦理身份特征。因此,琼英可被视为"侠女",她的身上既有英雄好汉式的男性化伦理身份,也有贤妻良母式的女性化伦理身份。

---

① (明)施耐庵、罗贯中:《水浒传》,北京:中华书局,2009年,第871页。
② 胡平生、陈美兰译注:《礼记·孝经》,北京:中华书局,2007年,第239页。
③ 同上书,第254页。
④ 刘尚慈译注:《春秋公羊传译注》,北京:中华书局,2010年,第50页。

尤其小说在第一百回中描写了琼英复仇的举止行为,集中体现了果断勇敢的特征。小说写道:"焦挺将田定死尸驮来,琼英咬牙切齿,拔佩刀割了首级,把他尸骸支解。"①继而小说又写田虎被押解到东京,皇帝敕凌迟处死。琼英以暴烈的行为完成了对父母的报仇:

> 当下琼英带得父母小像,禀过监斩官,将仇申、宋氏小像,悬挂法场中,像前摆张桌子,等到午时三刻,田虎开刀碎剐后,琼英将田虎首级,摆在桌上,滴血祭奠父母,放声大哭。此时琼英这段事,东京已传遍了,当日观者如堵,见琼英哭得悲恸,无不感泣。②

在这一段情节中,小说一方面借由对琼英"悬挂父母小像""滴血祭奠父母"等行为直接描写,另一方面借由对群众的"观者如堵""无不感泣"等反应的间接描写,不仅塑造了一个女英雄、女侠客的形象,而且通过群众的反应褒扬了这种"孝道"的外显性表现。这样一种渲染的方式,无疑是作者有意为之,而通过琼英、观者等不同的视角,小说在叙事上强烈地表达了作者的观点。

然而另一方面,她毕竟还是一名女子,必须恪守女性的伦理准则。宋代中叶以后对于女性贞节的要求愈发苛刻,虽然《列女传》《女诫》《女论语》《女孝经》等都对女性的贞节操守提出了要求,但二程和朱熹等理学家的提倡,使得对于女性守节的苛刻约束已经达到了极端的地步。《水浒传》在九十八回为了突出琼英的贞烈,安排了她教训王矮虎的情节。矮脚虎王英当时已经娶了扈三娘为妻,但他出战时看到琼英依旧好色:"看见是个美貌女子,骤马出阵,挺枪飞抢琼英……二将斗到十数余合,王矮虎拴不住意马心猿,枪法都乱了。"③其时琼英尚未婚配,但已经因为孝感与张清梦中结缘,因此早已将梦中的男子作为了终身伴侣,在贞节的要求下,当然无法对其他男子具有一点好感。

---

① (明)施耐庵、罗贯中:《水浒传》,北京:中华书局,2009年,第871页。
② 同上书,第875—876页。
③ 同上书,第853页。

而当邬梨得悉琼英武艺并想要为其择婿时,琼英说出了自己的坚定誓言:"若要匹配,只除是一般会打石的。若要配与他人,奴家只是个死。"①可以说,从琼英对王英好色的反感,到琼英对"梦中奇缘"的坚持,都体现了她对于贞节的恪守。

可以说,至孝和至贞作为琼英身上最重要的两种伦理特征,彰显了其两种不同的伦理身份,其背后是宋明理学对于封建女性的伦理要求。琼英作为一个"侠女",其伦理身份特征就是以"复仇"为表现的孝道与以"从夫"为表现的妇道两者之间的完美结合。遵循后者的伦理要求,仅仅是一名普通的封建妇女,而遵循前者则令其成了可歌可泣的"侠女"。在小说中,作者安排了一个具有传奇色彩的情节,令琼英由一名普通的女子升华为"侠女"。由于她日夜悲泣欲为父母报仇,因此"每日合眼"时得到"神人"庇佑,且"神人"安排了"天捷星"张清传授奇术:

> 忽见一个秀士,头带折角巾,引一个绿袍年少将军来,来教琼英飞石子打击。那秀士又对琼英说:"我特往高平,请得天捷星到此,教汝异术,救汝离虎窟,报亲仇。此位将军,又是汝宿世姻缘。"琼英听了"宿世姻缘"四字,羞报无地,忙将袖儿遮脸。才动手,却把桌上剪刀拨动,铿然有声。猛然惊觉,寒月残灯,依然在目,似梦非梦。琼英兀坐,呆想了半晌,方才歇息。②

小说不仅描写了琼英梦见张清,而且同时描述了张清也梦见了琼英,这样一种"夫妻同梦"的情节既符合"天意"又符合"人意",是唐代白行简的《三梦记》以来人们表达理想和愿望的常见方式之一。这样一段"宿世姻缘",自然是作者极力赞美和歌颂的。正因如此,小说以《元和令》词来描述这段"神仙眷侣"的宿世姻缘,尤其将琼英柔美的气

---

① (明)施耐庵、罗贯中:《水浒传》,北京:中华书局,2009年,第851页。
② 同上。

质烘托得淋漓尽致：

> 指头嫩似莲塘藕，腰肢弱比章台柳。凌波步处寸金流，桃腮映带翠眉修。今宵灯下一回首，总是玉天仙，涉降巫山岫。①

如果我们比较《水浒传》中的其他女侠，便可见其中的差别：顾大嫂和孙二娘是貌丑的勇女，而美貌与武艺并存的扈三娘被宋江许配给了长相、武功甚至人品都很差的矮脚虎王英；只有琼英成为小说中唯一天生丽质且得到完美爱情和婚姻的女英雄。小说何以将这么多关爱和幸运投诸琼英的身上？

事实上，琼英和张清的姻缘并没有"父母之命"也没有"媒妁之言"，而是两相情愿的结果，最多被套上一个"宿世姻缘"的帽子。孝之道规定了子女的婚姻取决于父母的意愿，而失去双亲的琼英只能将孝道寄托于复仇大业上；等到她圆满复仇之后，作者为她安排了圆满的婚姻家庭，这也算是对她以复仇来践行儒家伦理规范的酬赏。在传统社会中，给予琼英这样一个父母双亡、时刻践行儒家伦理规范的女性以最大的社会酬赏是什么？莫过于可以托付终身的佳婿了。

换句话说，小说安排琼英的"梦中奇缘"，某种程度上也是因为她为父母报仇的至孝行为感动了上天；而这种"天意"，自然是封建伦理规范的要求。袁无涯刻本的回评对于琼英有这样的概括："宋氏贞洁，叶清忠义，琼英孝感，都是性成。"②琼英作为孝女，自然具备父亲、母亲的忠义和贞节品性，这是小说对其投注关爱并为其安排美好结局的原因所在。

有学者曾指出，琼英的复仇故事除了符合儒家伦理精神内核之外，其情节和叙事还受到了"中古汉译佛经"以及民间故事母题的影

---

① （明）施耐庵、罗贯中：《水浒传》，北京：中华书局，2009年，第858页。
② 马蹄疾编：《水浒资料汇编》，北京：中华书局，1980年，第124页。

响。①琼英故事中的"变化示真相""冤死尸如生"受到佛经影响,另外"梦授文采""梦得神技"也流传已久。更有趣的是,类似"冤死尸如生"这样的母题往往同性别相关:从《列女传》到《枣林杂俎》等古典文本中的冤死女性往往具有两个特征:貌美出众、节操高洁,而且这两个特征是相辅相成的,共同突显了叙事作品的悲剧美学意蕴。从这一角度来看,琼英的母亲宋氏也具有这些特质。小说在九十八回交代了"宋氏"这一姓氏本身带有"讼事"的求雪冤情的意味,与此对应的其丈夫的姓名"仇申"也含有申冤报仇的隐喻。这些都预示了"复仇"会成为琼英最重要的命运和责任。而这些源自佛经或民间故事母题的情节设置,一方面增加了小说的传奇色彩,另一方面也烘托出琼英故事浓重的悲剧性,令其为父母报仇的行为更显得感天动地。

可以说,从为父母报仇到嫁夫从夫,琼英遵守了两种伦理身份的要求,可以说完整地践行了伦理规范。琼英完美地践行了至孝和至贞两种封建伦理规范要求,毫无任何伦理选择上的犹豫、彷徨和摇摆,因此是小说中难得一见的完美形象。

本章小结

本章围绕"伦理秩序"的概念,论述了《水浒传》中的两种不同的伦理秩序——"忠义"的政治伦理和"侠义"的民间伦理,并以宋江、潘金莲、琼英三个人物为例,分析了小说中人物在伦理秩序下的不同伦理选择:宋江的悲剧来自他在两种伦理秩序下难以抉择的"伦理两难",潘金莲的悲剧源自"理性意志"和"自由意志"在她身上的"伦理冲突",而无论是宋江还是潘金莲,其行为由于挑战和悖逆了既定的伦理秩序,因此具有了悲剧性的结局。与此相反,琼英践行了封建伦理秩序

---

① 王立、刘畅:《〈水浒传〉侠女复仇与佛经故事母题》,《山西大学学报》2010年第5期,第22页。

对女性"孝"和"贞"的规范要求,因此拥有了美好的结局。从伦理道德批评的角度来说,《水浒传》无疑是一部维护伦理秩序(封建政治伦理和民间世俗伦理)的作品。

更为重要的是,这两种伦理秩序的冲突,几乎贯穿于所有人物的行为和命运,也推动了几乎所有情节的发生和延续。这种伦理冲突,已经通过人物、主题等内容的层面,进入"行为功能""事件发生"等叙事层面。此外,小说的叙述者和隐含作者经常借由诗词和评述等具有主观色彩的文字,或者借由侧面人物或群众人物的"视角",来表达主观观点和伦理道德倾向,对人物行为表达或褒或贬的态度,干预小说情节的发展。可以说,《水浒传》中两种伦理秩序之间的冲突及其表现,已然构成了小说叙事内部的一种深层结构。或者也可以说,人物"行为功能""事件发生"等叙事因素与小说叙事结构,具有强烈的伦理意涵与道德暗示。

学者萧相恺在分析《水浒传》时,将小说中有关法制和伦理的描述进行对比,指出在执法和护理发生矛盾冲突时,作者情感的价值天平往往向护理一边倾斜。[①] 这种说法也印证了本章的论述。然而,我们不禁要探究,作者这样一种"维护伦理"的倾向,源自哪些方面?聂珍钊教授在讨论文学伦理学批评时特别强调:"回到历史的伦理现场,进入文学的伦理环境或伦理语境中,站在当时的伦理立场上解读和阐释文学作品。"[②]探讨《水浒传》的伦理秩序,必须考虑小说的伦理生成环境。在这方面,历史小说往往又存在两个不同的历史背景和伦理环境:一是小说文本的伦理环境,二是小说生成或创作的伦理现场。本章在上面几个部分的探讨中,已结合了文本的伦理环境进行分析;而回到小说创作生成的伦理现场,我们则应结合《水浒传》成书的过程进

---

① 萧相恺:《执法向护理的倾斜——〈水浒传〉文化侧面的理性反思之二》,《明清小说研究》2006年第3期,第48页。
② 聂珍钊:《文学伦理学批评导论》,北京:北京大学出版社,2014年,第7页。

行考察。关于《水浒传》的作者是谁,现在学界尚有争论;但毋庸置疑,《水浒传》并非一个纯粹由独立创作主体完成的文本,而是在部分历史事件和民间故事的基础上,经由民间口头集体创作和文人加工而形成的一个混合性文本。《水浒传》的成书过程漫长,从北宋末年至元末明初,长达两三百年的时间,无数作者参与了"水浒"故事的创作。当然,小说具有历史根据,《东都事略》《宋史》《三朝北盟会编》等历史文献是小说的故事素材来源;然而,我们也不能忽略民间传说的作用。小说的创作,极大程度地熔铸了宋、元、明的说书和杂剧艺术的内容,这些民间文化形式更是正统儒家文化和民间侠义文化两者交融冲突的伦理场。

正因如此,一方面,作为文人加工的作品,小说体现了宋明理学的伦理思想。儒家伦理思想的宗旨是维护封建秩序,巩固封建统治。宋明理学为了维护"君君、臣臣、父父、子子"等封建等级秩序的和谐,要求人们"克己复礼",反对"弑父与君""犯上作乱"。这种伦理思想直接体现在《水浒传》中。而另一方面,受到民间文学形式的影响,从伦理观念上,小说沿承了众多的民间文化,其中的"侠义"观以及藏污纳垢的草根性也就成为重要的伦理规范和秩序,与正统的"忠义"政治伦理共同左右着人物的悲剧伦理命运。正因如此,小说既要写晁盖、宋江等英雄好汉造反是对的,是"官逼民反""乱由上作",又要写宋江等主动争取招安也是对的,是"忠君"思想的表现。小说对一百零八员英雄好汉入城朝觐,似是正面描写;但又含泪写出他们走向毁灭的过程和悲剧结局,这实际上又否定了招安道路。从两种伦理秩序的角度,我们可以更为清楚地认识到小说在道德伦理判断上所具有的矛盾性。

《水浒传》中的各色人等,在各种伦理的冲突、困境和选择中犹豫纠结,其背后是伦理秩序日渐崩塌的状况。《水浒传》浓墨重彩地批判了宋徽宗的荒淫昏庸和蔡京、童贯、杨戬、高俅等大臣的奸邪跋扈,对此已有很多论述分析。正如李贽在《忠义水浒传序》中所说:"盖自宋室不兢,冠履倒施,大贤处下,不肖处上。驯致夷狄处上,中原处下。一时君相,犹然处堂燕雀,纳币称臣,甘心屈膝于犬羊已矣。施、罗二公,身在元,心在宋;虽生元日,实愤宋事也。"①而这样一种昏君无道、宋室不兢的环境体现在社会伦理的层面,便是社会的伦理道德观念已然出现了松动,社会价值观也日趋混乱,整个社会的价值体系濒临崩溃。尤其小说对潘金莲、阎婆惜、潘巧云等恶女淫妇的描写,写尽了社会伦理道德的堕落。可以说,从昏君的骄奢荒淫到百姓的及时行乐,《水浒传》已然揭示出社会伦理道德秩序即将全面崩塌的危机。

回到本章一开始的问题,对于《水浒传》历代的诠释来说,其实无论"忠义"说,"忠奸之争"说,还是"诲盗"说,都是从不同角度、不同政治立场得出的不同结论。"忠义"说、"忠奸斗争"说主要是从封建社会伦理道德中的政治伦理立场进行诠释的,而"诲盗"说则是统治阶级及其文人从《水浒传》的社会影响和道德教化方面的负面作用进行理解的,其实质都是认为文学应该更好地发挥"载道"作用,以维护社会伦理和道德秩序;而这也是文学伦理学批评方法所提倡的。

---

① 李贽:《忠义水浒传序》,朱一玄、刘毓忱编:《水浒传资料汇编》,天津:南开大学出版社,2012年,第171页。

第七章

"三言"的伦理诉求与道德警示

冯梦龙(1574—1646),长洲(今江苏苏州)人,字犹龙,别号龙子犹,常署名"墨憨斋主人",偶以"东吴畸人"自娱,生于书香门第之家,明朝著名的文学家、戏曲家,也是中国第一位通俗文学的编辑家、研究家与理论家[1],有"为稗史之开山,实新言之宗匠"[2]的盛誉,他的很多作品至今仍广为流传、魅力不衰。冯梦龙为人坦荡,慷慨热情。钱谦益在《冯二丈犹

---

[1] 李万钧:《中西文学类型比较史》,福州:海峡文艺出版社,1995年,第13页。
[2] (明)墨憨斋主人等著:《十二笑·贪欣误·天凑巧》,曹亦冰等点校,杭州:浙江古籍出版社,1993年,第5页。

龙七十寿诗》中说他"晋人风度汉循良,七十年华齿力强"①,可谓不拘俗礼,高傲狂狷。冯梦龙常入酒肆青楼,结识了苏州名妓侯慧卿,深入了解底层市民生活状态,为其后期创作积累了丰富素材。作为一位爱国者,冯梦龙积极参加政治活动,在明末清兵渡江时期积极参加抗清组织后,辗转流亡,投附福建的闽王府。离世之日迄无定论,如容肇祖谓其逃亡日本,郑振铎谓其入清犹存。

冯梦龙的"三言",即《喻世明言》《警世通言》《醒世恒言》,在中国文学史上作为通俗文学的扛鼎之作,已成为历史定论。"三言"的出现在当时即产生了轰动效应。同时,"三言"在国外的传播也极为广泛。《醒世恒言》《警世通言》大约在1727年由商人传到日本。日本收藏着《警世通言》的金陵兼善堂40卷本以及《醒世恒言》的明代天启丁卯(1627)叶敬池刊本等。1735年,法国耶稣会士杜赫德(Du Halde)主编的《中华帝国全志》由巴黎勒梅尔西埃出版社出版,1736年由巴黎舒尔利尔拉埃出版社再版,该书收录了"三言"作品。俄国汉学家也对"三言"故事进行了选译。20世纪以前的"三言"俄语译本故事大多是转译自英语或法语,译者多为无名氏。20世纪开始,俄国汉学家将"三言"从汉语直接翻译成俄语。西方作家伏尔泰创作的通俗作品,部分是以"三言"的故事为蓝本。"三言"显然已经成为"西学东渐"与"中学西传"的文化媒介。

冯梦龙的小说戏曲理论尚今尚俗,如他在《古今小说·序》中说:"皇明文治既郁,靡流不波,即演义一斑,往往有远过宋人者。而或以为恨乏唐人风致,谬矣。食桃者不废杏,缔縠毳锦,惟时所适。以唐说律宋,将有以汉说律唐,以春秋、战国说律汉,不至于尽扫羲圣之一画不止。"②此后又接着说:"大抵唐人选言,入于文心;宋人通俗,谐于里

---

① (清)钱谦益:《牧斋初学集》,(清)钱曾笺注,钱仲联标校,上海:上海古籍出版社,1985年,第713页。

② (明)冯梦龙:《古今小说·序》,恒鹤等标校,上海:上海古籍出版社,1992年,第1页。

耳。天下之文心少而里耳多,则小说之资于选言者少,而资于通俗者多。"①显然,他继承了公安派"宁今宁俗"的文学诉求。

冯梦龙"三言"强调小说的教化作用,如《醒世恒言·序》直言其编写该书的伦理诉求:"明者,取其可以导愚也;通者,取其可以适俗也;恒则习之而不厌,传之而可久。三刻殊名,其义一耳。"②"《明言》《通言》《恒言》为六经国史之辅,不亦可乎?"③"'六经',《语》《孟》,谭者纷如,归于令人为忠臣,为孝子,为贤牧,为良友,为义夫,为节妇,为树德之士,为积善之家,如是而已矣。经书著其理,史传述其事,其揆一也。"④劝诫民众,济世清明,冯梦龙希望"三言"就是六经的最佳的诠释素材。冯梦龙的小说理论毫无疑问地提高了小说塑造社会伦理的独特价值。

国内学者先后从对"三言"的整理考证、作家的生平著述、小说的时代背景和思想内容及艺术特色等方面进行探讨,得出很多精彩的结论。也有学者从作者冯梦龙的儒学观、价值取向、情感美学观等角度从事研究重新解读其作品的当代价值。我们用文学伦理学批评重新审视"三言",挖掘其文学魅力根源,为"三言"的研究提供一个新思路。

第一节　宏观视野下"三言"的伦理建构分析

文学伦理学批评是一种从伦理视角阅读、分析和阐释文学的批评方法。它"从起源上把文学看成人类伦理的产物,认为文学是特定历史阶段社会伦理的表达形式,文学在本质上是关于伦理的艺术"⑤。

---

① (明)冯梦龙:《古今小说·序》,恒鹤等标校,上海:上海古籍出版社,1992年,第1页。
② (明)冯梦龙:《醒世恒言·序》,长沙:岳麓书社,2005年,第1页。
③ 同上。
④ (明)冯梦龙:《警世通言·叙》,北京:光明日报出版社,2008年,第1页。
⑤ 聂珍钊:《文学伦理学批评:论文学的基本功能与核心价值》,《外国文学研究》2014年第4期,第10—11页。

每一部文学作品都是在特定的伦理语境中诞生,并为这个语境服务。中国古代文论《毛诗序》,对文学的道德教诲功能已经有一个完整的概述:

> 《关雎》,后妃之德也,风之始也,所以风天下而正夫妇也。故用之乡人焉,明之邦国焉。风,风也,教也;风以动之,教以化之。情发于声,声成文谓之音。治世之音安以乐,其政和;乱世之音怨以怒,其政乖;亡国之音哀以思,其民困。故正得失,动天地,感鬼神,莫近于诗。故先王是以经夫妇,成孝敬,厚人伦,美教化,移风俗。上以风化下,下以风刺上,主文而谲谏,言之者无罪,闻之者足以戒,故曰风。至于王道衰,礼义废,政教失,国异政,家殊俗,而变风、变雅作矣。国史明乎得失之迹,伤人伦之废,哀刑政之苛,吟咏情性,以风其上,达于事变而怀其旧俗者也。故变风发乎情,止乎礼义。发乎情,民之性也;止乎礼义,先王之泽也。①

当愚昧的人类在经过进化,从自然选择走入有主动思考的伦理选择的时候,其判断是非主要根据的是来自一个地区、一个民族的文化引导。冯梦龙"三言"的目的就是秉承中国文学的传统教化功能,对一个地区的底层市民进行精心的教化。"自昔浊乱之世,谓之天醉。天不自醉人醉之,则天不自醒人醒之。以醒天之权与人,而以醒人之权与言;言恒而人恒,人恒而天亦得其恒。万世太平之福,其可量乎!则兹刻者,虽与《康衢》《击壤》之歌并传不朽可矣。崇儒之代,不废二教,亦谓导愚适俗,或有藉焉。以二教为儒之辅可也。"②很显然,"三言"的主旨是要达到"为六经国史之辅"的功能,积极引导人们走上道德美好的一面。对此,陆侃如、冯沅君的《中国文学史简编》说得明白:"以小说为教育的工具,'三言'的命名就是一个证据。世人需要他们去

---

① 刘锋杰:《文学批评学教程》,上海:华东师范大学出版社,2010年,第130页。
② (明)冯梦龙:《醒世恒言》,长沙:岳麓书社,2005年,第1页。

喻、去警、去醒。"①道德价值是文学的基本价值,道德教诲是文学的基本功能。有人认为文学的价值在于审美价值,文学的功能是审美功能,其实是对文学价值和功能的误读。审美是在文学的阅读和接受过程中实现的,是发现文学教诲价值的方法与途径,因此审美是文学的功能,是为文学的道德价值服务的。自古以来,文学与社会道德的联系是一个不容置疑的事实。中国的文学批评理论都强调"教化"的功能,西方的文学同样也有以此作为衡量优秀文学作品的一个标尺。"三言"对其所处的时代负有一定的伦理道德责任,"三言"的道德价值体现的也是其伦理价值,最终归宿是对社会与人性的关怀。

　　文学伦理学批评认为文学作品是以伦理线为主体,伦理结为文本矛盾冲突构成的。"伦理线即文学文本的线形结构。在通常情况下,伦理线属于文学文本的纵向结构。从文学伦理学批评的观点看,几乎所有的文学文本都是对人类社会中道德经验的记述,几乎所有的文学文本都存在一个或数个伦理结。伦理线的作用就是把伦理结串联起来,形成错综复杂的伦理结构。在文学文本的伦理结构中,伦理线的表现形式就是贯穿在整个文学作品中的主导性伦理问题。"②每一部文学作品都会有一条主要伦理线贯穿作品的始终,这样,才能将作品构建成一个和谐的整体。伦理结"是文学作品结构中矛盾与冲突的集中体现。伦理结构成伦理困境,揭示文学文本的基本伦理问题。在通常情况下,伦理结属于文学文本的横向结构。文学文本的伦理结只有同伦理线结合在一起,才能构成文学作品叙事的伦理结构"③。根据文学伦理学批评理论,我们会发现"三言"的伦理线很清晰,就是宣扬儒家正统思想。在这条伦理线上有不同的伦理结,如忠诚、勇敢、孝敬、诚信、仁爱、宽容、贪婪、狂妄等。作品的伦理价值"是文学的教诲

---

① 董国炎:《明清小说思潮》,太原:山西人民出版社,2004年,第236页。
② 聂珍钊:《文学伦理学批评导论》,北京:北京大学出版社,2014年,第265页。
③ 同上书,第258—259页。

价值和警示价值,是正面道德价值与反面道德价值的总称。伦理价值除了包括所有的道德价值在内外,还包括非道德的价值,如文学作品中的反面人物和坏人形象,虽然就这些人物的品质和行为而言是缺少道德或不道德的,但是他们仍然具有重要的伦理价值,这就是从反面提供教诲"①。据此,我们在道德与中国文化传统美德的基础上将"三言"伦理价值也分成两类:伦理价值的美好一面,即伦理价值正能量,简称正伦理;伦理价值消极的一面,即伦理价值负能量,简称负伦理。在这种文学伦理价值划分的基础上,我们对"三言"中的伦理结做了仔细的划分。在伦理正能量中,忠诚内容有 15 篇;孝顺内容有 11 篇;贞节内容有 29 篇;正义内容有 32 篇。在伦理负能量中,桀骜不驯内容有 6 篇;不守贞操内容有 12 篇;贪恋钱财 22 篇;贪恋女色有 21 篇。这种分析是根据每部小说中主要伦理思想做出的标志,事实上有些篇章如道家传奇、文人浪漫故事中也包含很多文学伦理的道德教诲内涵,没有统计在其中。

鲁迅认为冯梦龙的"三言"对道德题材的描写"皆不务装点,而情态反如画"②。"三言"除了以上所统计之外,还有其他伦理结的描写,如《卖油郎独占花魁》中勤奋经商、诚实经营的工商业者秦重童叟无欺、讲究信用;《施润泽滩阙遇友》中施润泽拾金不昧,以义律己;《刘小官雌雄兄弟》中刘奇物价公平、平等互利。在晚明金钱至上的伦理语境中,下层市民形成的重义轻利、友好经商的人际伦理交往标准,既是冯梦龙的美好愿望,也是其能够教诲读者的原因。

文学作品教诲功能一直存在争论,如审美主义者否定文学与道德教诲的关联:

> 艺术活动不是一种道德活动,也就是说,实践活动的这种形式,尽管必然同"功利"、同"苦乐"联系在一起,但并不是直接功利

---

① 聂珍钊:《文学伦理学批评导论》,北京:北京大学出版社,2014年,第258页。
② 鲁迅:《中国小说史略》,上海:上海古籍出版社,1998年,第140页。

主义和快感主义的,这种形式进入了更高级的心灵领域。可是,直觉就其为认识活动来说,是和任何实践活动相对立的。而实际上,正如远古时代就已指出的那样,艺术并不是起于意志;善良的意志能造就一个诚实的人,却不见得能造就一个艺术家。既然艺术并不是意志活动的结果,所以艺术便避开了一切道德的区分,倒不是因为艺术有什么豁免权,而是因为道德的区分根本就不能用于艺术。一个审美的意象显现出一个道德上可褒或可贬的行为,但是这个意象本身在道德上是无所谓褒贬的。世间没有一条刑律可以将一个意象判刑或处死,世间也没有一个法庭,或一个具有理性的人会把意象作为他进行道德评判的对象……①

但是,爬梳西方文学批评理论研读发现,以文学伦理道德阐释文本是主流的:苏格拉底、柏拉图、亚里士多德对文学作品包含的伦理道德的认识一脉相承。古罗马的贺拉斯就主张文艺"劝善规恶"。但丁、狄德罗、莱辛等积极倡导文学的教诲功能。在中国传统文化的大语境中,文学艺术的道德功能解构了审美主义批评的思想,如梁实秋提出文学作品包括思想和情感,它们都与人事和道德相关。文学伦理学批评认为只要是文学,无论古代的还是当代的,西方的还是中国的,教诲都是其基本的功能。甚至可以说,没有教诲功能的文学是不存在的。

冯梦龙对"三言"主要是做了整理汇编的工作,他对短篇话本的整理加工和拟作做出了贡献。"'三言'不仅对话本小说的传播起到了重要作用,而且直接推动了拟话本的创作。"②笔者将冯梦龙的版本与以前的故事版本比较,发现他在编写方面添加了很多自己独特的思想与内容。有不少篇章是完全重写或进行了重大修改,成为冯梦龙的再创

---

① [意大利]克罗齐:《美学原理·美学纲要》,朱光潜等译,北京:人民文学出版社,1983年,第213页。
② 游国恩、王起、萧涤非、季镇淮、费振刚:《中国文学史》(第4册),北京:人民文学出版社,1979年,第115页。

作,在思想和艺术上与原作相比皆有了很大的发展和提高。

"三言"通过一系列传奇故事,在宏观上建构一个时代的伦理渴求,以及富有人生哲理的教诲,对我们当代社会乃至世界的精神文明建设有借鉴意义,如劝人乐善好施、轻财色重义气、慎独自律、勤俭坚忍、谦逊大度等。接受"三言"伦理价值的读者主要是市民阶层:"天下之文心少而里耳多,则小说之资于选言者少,而资于通俗者多。试令说话人当场描写,可喜可愕,可悲可涕,可歌可舞。再欲捉刀,再欲下拜,再欲决,再欲捐金。怯者勇,浮者贞,薄者敦,顽钝者汗下。虽日诵《孝经》《论语》,其感人未必如是之捷且深也。嘻,不通俗而能之乎?"①当代读者阅读此书还是需要具备批判的态度,尤其是其中穷通有命、富贵贫贱皆由神灵决定的宿命论思想要坚决丢弃。

世界文学的规律之一是由高向低,一路沉降,即形而上形态逐渐被形而下倾向所取代。倘以古代文学和当代写作的鲜明反差为极点,神话自不必说,东西方史诗也无不传达出天人合一或神人共存的特点,其显著倾向便是先民对神、天、道的想象和尊崇;然而,随着人类自身的发达,尤其是在人本取代神本之后,人性的解放以不可逆转的速率使文学完成了自上而下、由高向低的垂直降落。如今,世界文学普遍显示出形而下的特征,以至于物质主义和身体写作愈演愈烈。由此观之,"三言"对当今世界文学的发展依然有很大的参照价值,"三言"对传统的关注、对大我的拥抱、对内外两面的重视、对文学伦理的建构,以及对当代作家写作具有一定的指导意义。可以说"三言""含有人生最大量的、最有意义的、最有兴趣的部分(或种类),得到最完善的艺术处理,因此能给人以一个真与美的强烈、动人的印象,使读者既受到教益、启迪,又得到乐趣"②。

文学伦理学批评认为,通过伦理建构,读者才能感受人物,理解人

---

① 丁锡根:《中国历代小说序跋集》,北京:人民文学出版社,1996年,第1页。
② 吴宓:《文学与人生》,北京:清华大学出版社,2000年,第21页。

物,理解作品,并从作品中获得教诲。伦理建构也是批评家阅读、理解、解释和评价文学的过程。通过伦理建构,批评家才能分析文学作品,对文学作品做出评价。我们将在文学伦理学批评的基础上,以新批评的细读方法在第二节、第三节分别重点解读《白娘子》《杜十娘》。

第二节 《白娘子永镇雷峰塔》伦理悲剧阐释

白蛇的故事最早见于文字记载的是《清平山堂话本》(卷三)的《西湖三塔记》,这部书讲述乌鸡精、白蛇精、水獭精三妖作怪,后被镇压在西湖下面的故事。这个故事没有记录白蛇精从何处来,到何处去,只是说白蛇精色诱男子,之后将他们杀死并吃掉心肝。白蛇精仅是个吃人的妖怪而已。白蛇故事是从蛇的故事中脱胎而来的。由于宋高宗晚年喜好奇闻,鼓励民间进献各种话本,蛇女故事和杭州地方的民间传说结合,和西湖、雷峰塔、镇江、金山等地名联系在一起便产生了白蛇故事。

"三言"中《白娘子永镇雷峰塔》(以下简称《白娘子》)秉承中国奇幻文学传统的手法,讲述了人蛇之间的一段真情故事:宋高宗南渡绍兴年间,杭州临安府有一个宦家姓李名仁。内弟许宣,自幼父母双亡,年方二十二岁。一日,来了一个和尚:"贫僧是保叔塔寺内僧,前日已送馒头并卷子在宅上。今清明节近,追修祖宗,望小乙官到寺烧香,勿误。"[1]许宣祭祖归来逢雨,搭船回归,与白娘子相遇,同乘一船,上岸后将自己从一个生药铺借来的伞送给了白娘子。许宣回归家中,想起西湖偶遇,可谓是"窈窕淑女,君子好逑","辗转反侧","寤寐思服"。次日,便去双茶坊巷寻访白娘子。相逢饮酒,白娘子向许宣求婚。许宣与白娘子的交往给他带来一系列官司,终致许宣获罪被流放到苏

---

[1] (明)冯梦龙:《警世通言》,北京:华夏出版社,1994年,第279页。

州。白娘子和小青追踪到苏州遍寻许宣,并说服许宣与白娘子结婚。婚后生活幸福的许宣偶遇一个道士,道士说许宣遭遇妖孽缠身,送给许宣一道防身符。白娘子识破道士诡计反施法术制服了道士。为了能让许宣体面地外出,白娘子盗取公家财物再次连累了许宣,许宣获罪被发配到镇江,不久二人重新见面复合。镇江金山寺的和尚法海见到许宣后,留他在金山寺避灾,帮助许宣脱离蛇妖的伤害。许宣获悉白娘子为蛇妖后,心中十分恐惧,要和尚帮他降妖,最终收了白蛇和小青。

　　白蛇的传说古今中外都有记录。在欧洲,17世纪哲学家和散文家罗伯特·伯顿的《忧郁的剖析》,19世纪的英国诗人约翰·济慈都描写了西方的"白娘子"拉弥亚,故事的基本情节和中国的《白娘子》几乎没有区别。日本《雨月物语》中有篇《蛇性之淫》记录蛇妖淫荡凶残。中国唐传奇小说《白蛇记》记录蛇妖白衣女所作所为:李黄偶遇白蛇,缱绻缠绵,最后一命呜呼,命归黄泉。《西湖三塔记》中白蛇妖女好色凶残,常挖旧情人的心肝而食,后来被镇压在三个石塔之下。《白娘子》已经成为中国古典蛇精传说之集大成者,作者在篇末显志警示,"欲知有色还无色,须识无形却有形,色即是空空即色,空空色色要分明"①。

　　我们从文学伦理学批评的视野考察《白娘子》这部通俗文学经典,会有一个全新的感悟与收获,因为"文学的历史告诉我们,文学产生的目的就是源于伦理表达的需要,文学的功能就是教诲,而文学的审美功能则只是文学教诲功能的衍生物,是为教诲功能服务的"②。文学伦理学批评强调一部作品的伦理和道德的立场,运用历史和辩证的视野挖掘每一部文学作品形成的伦理因子,把文学书写所要表达的一切都归入文学伦理和社会道德的语境中加以探究与追问,尽可能从伦理的视角对古今中外的文学作品做出新的判断。《白娘子》作为一部流

---

① (明)冯梦龙:《警世通言》,北京:华夏出版社,1994年,第279页。
② 聂珍钊:《文学经典的阅读、阐释和价值发现》,《文艺研究》2013年第5期,第38页。

传至今的通俗文学经典,其中包含的道德教诲与伦理价值值得研究学者重新思考与评骘。我们从作品中的人性因子、兽性因子以及伦理悖论三个方面探究该部作品,希望由此阐释浸淫于作品深处的伦理特色。

一、《白娘子》的人性因子与兽性因子阐释

文学伦理学批评认为"兽性因子与人性因子相对,即人的动物性本能。兽性因子与人性因子不同。人性因子是后天的,是人类理性逐渐成熟的结果,而兽性因子是先天的,是人与生俱来的,因此兽性因子也是人的本能"[1]。"人作为个体的存在,等同于一个完整的斯芬克斯因子,因此身上也就同时存在人性因子和兽性因子。"[2]当白娘子遇到许宣之后说:"小官人在上,真人面前说不得假话。奴家亡了丈夫,想必和官人有宿世姻缘,一见便蒙错爱,正是你有心,我有意。烦小乙官人寻一个媒证,与你共成百年姻眷,不枉天生一对,却不是好!"[3]这是白娘子爱的欲望表达,既然有着前世姻缘,那么结成夫妻也是名正而言顺。然而,白娘子之所以主动对许宣展开追求,依然是兽性因子起作用,她只是因为看上了许宣英俊朗秀的外貌而已。为了满足情欲,蛇神以动物变形的形式来到人世间。这种变形在西方神话中也是很常见的:宙斯就毫无顾忌地运用变形实现自己的情欲。

人的欲望也是强烈的,难以克制的,如在白娘子来到李克用家时,其美貌很快征服这位老人,致使其兽性大发,"三魂不附体,七魄在他身"[4]。李克用想"如何得这妇人共宿一宵?"眉头一皱,计上心来,道:

---

[1] 聂珍钊:《文学伦理学批评导论》,北京:北京大学出版社,2014年,第275页。
[2] 聂珍钊:《文学伦理学批评:伦理选择与斯芬克斯因子》,《外国文学研究》2011年第6期,第10页。
[3] (明)冯梦龙:《警世通言》,北京:华夏出版社,1994年,第281页。
[4] 同上书,第290页。

"六月十三是我寿诞之日,不要慌,教这妇人着我一个道儿。"①也就是说,李克用想利用庆祝生日的机会勾引白娘子,结果是"那员外眼中不见如花似玉体态,只见房中蟠着一条吊桶来粗大白蛇,两眼一似灯盏,放出金光来。惊得半死,回身便走,一绊一交。众养娘扶起看时,面青口白。主管慌忙用安魂定魄丹服了,方才醒来。"②白娘子恢复蛇妖的原形,以自己强大的兽性惩罚了人的邪恶。白娘子第三次兽性因子爆发是在她再遇许宣时,白娘子道:"小乙官,我也只是为好,谁想到成怨本!我与你平生夫妇,共枕同衾许多恩爱,如今却信别人闲言语,教我夫妻不睦。我如今实对你说,若听我言语喜喜欢欢,万事皆休;若生外心,教你满城皆为血水,人人手攀洪浪,脚踏浑波,皆死于非命。"③很显然,白娘子不是人性地对待许宣的怀疑和惊恐,而是以水淹满城,屠杀生灵为代价迫使许宣接受自己的爱欲。可以说,白娘子对许宣的情感更多的不是爱而是兽欲,在具体的表现上就是对许宣多次的纠缠,许宣也奈何她不得。最后一次白娘子的兽性展示是在她向法海索要丈夫不成,哀求道:"禅师,我是一条大蟒蛇。因为风雨大作,来到西湖上安身,同青青一处。不想遇着许宣,春心荡漾,按捺不住。一时冒犯天条,却不曾杀生害命。望禅师慈悲则个!"④白蛇承认自己是兽的化身,只是因为情欲的激发,来到人世间。无奈法海果断处置,"风过处,只闻得豁剌一声响,半空中坠下一个青鱼,有一丈多长,向地拨剌的连跳几跳,缩做尺余长一个小青鱼。看那白娘子时,也复了原形,变了三尺长一条白蛇"⑤。

"人同兽的区别,就在于人具有分辨善恶的能力,能够通过人性因子控制人身上的动物性本能,从而使人成为有理性的人。同兽相比人

---

① (明)冯梦龙:《警世通言》,北京:华夏出版社,1994年,第290页。
② 同上书,第291页。
③ 同上书,第294页。
④ 同上书,第296页。
⑤ 同上书,第296—297页。

有伦理意识,只有当人的伦理意识出现之后,人才能通过理性意志控制自然意志或自由意志。"①许宣面对蛇妖也没有控制好作为人的意志,兽性因子使许宣在很清楚白娘子为蛇妖所变时,还是因自身性欲而屈服,如白娘子道:"我到寺前,听得说你被捉了去,教青青打听不着,只道你脱身走了。怕来捉我,教青青连忙讨了一只船,到建康府娘舅家去,昨日才到这里。我也道连累你两场官事,还有何面目见你!你怪我也无用了。情意相投,做了夫妻,如今好端端难道走开了?我与你情似太山,恩同东海,誓同生死,可看日常夫妻之面,取我到下处,和你百年偕老,却不是好!"②许宣听到白娘子的花言巧语,不是拒绝,而是"回嗔作喜,沉吟了半晌,被色迷了心胆,留连之意,不回下处,就在白娘子楼上歇了"③。在西湖初次遇见白娘子,许宣就对其产生好感,春心萌动,失去理性:"见了此等如花似玉的美妇人,旁边又是个俊俏美女样的丫鬟,也不免动念。"④夜晚回家"思量那妇人,翻来覆去睡不着"⑤。许宣再三犹豫不决,"心猿意马驰千里,浪蝶狂蜂闹五更"⑥。许宣受力比多影响,冲动得毫无羞耻之感。巨大的情欲冲击力构成的兽性因子迫使许仙不得不一错再错,违背天伦,走上不归路。"一旦心把情欲的大旗高举入云并擂响疯狂的战鼓,那么理性卫士便无计可施,只能忍受奇耻大辱。……爱情是波涛汹涌的大海,理智只是闪烁的沙粒,欲火是洗劫世界的飓风,悟性不过是摇曳的灯光。疯狂的爱情的镖枪所留下的创仿,用蘸着理性油膏的棉球是无法治愈的。"⑦许宣在情欲的冲击下沉迷于白娘子的美色,一发不可收拾:"白娘子放出

---

① 聂珍钊:《文学伦理学批评导论》,北京:北京大学出版社,2014年,第275页。
② (明)冯梦龙:《警世通言》,北京:华夏出版社,1994年,第290页。
③ 同上。
④ 同上。
⑤ 同上书,第280页。
⑥ 同上。
⑦ [保]基·瓦西列夫:《情爱论》,赵永穆、范国恩、陈行慧译,北京:生活·读书·新知三联书店,1984年,第111—112页。

迷人声态,颠鸾倒凤,百媚千娇,喜得许宣如遇神仙,只恨相见之晚。正好欢娱,不觉金鸡三唱东方渐白。自此日为始,夫妻二人如鱼似水,终日在王主人家快乐昏迷缠定。"①许宣不能从色欲中挣脱出来,当他重新陷入色的诱惑时,预示着新的灾难又要来临。

谭峭《化书》云:"禽兽之于人也何异? 有巢穴之居,有夫妇之配,有父子之性,有生死之情。鸟反哺,仁也;隼悯胎,义也;蜂有君,礼也;羊跪乳,智也;雉不再接,信也。"②由此观之,兽也有人性的一面。文学伦理学批评认为人性因子即人的伦理意识,其表现形式为理性意志。人性因子对于斯芬克斯非常重要,正是人性因子的出现,人才会产生伦理意识并获得人性,使人从兽变为人。世上万物皆有情,"三言"中的白娘子对许宣的真情是从不附加物质条件的,相反,她对许宣倒有物质上的多方接济。许宣面对白娘子的内心表白,自己寻思:"真是个好一段姻缘。若取得这个浑家,也不枉了。我自十分肯了,只是一件不谐:思量我日间在李将仕家做主管,夜间在姐夫家安歇,虽有些少东西,只好办身上衣服。如何得钱来娶老小?"③白娘子见许宣不言语后便知其困难,慨然相助,"这个容易,我囊中自有余财,不必挂念。"④"小乙官人,这东西将去使用,少欠时再来取。"⑤

"三言"的白娘子精明干练,自立自强,生性仁厚,宽宏大度。平日里白娘子乐善好施,扶危济困,甚有美名。当白娘子被捕之时,"兀自昂头看着许宣"。读来甚是心碎,爱恨情仇、千言万语都在这一个动作的描写之中。她那誓死为追求自由爱情婚姻幸福而斗争的精神,是感人至深的。难怪几百年后的鲁迅还说:"我唯一的希望,就在这雷峰塔

---

① (明)冯梦龙:《警世通言》,北京:华夏出版社,1994年,第285—286页。
② (五代)谭峭:《化书》,丁祯彦、李似珍点校,北京:中华书局,1996年,第41—42页。
③ (明)冯梦龙:《警世通言》,北京:华夏出版社,1994年,第281页。
④ 同上。
⑤ 同上书,第282页。

的倒掉。"①相反,我们却从许宣的身上看到人性因子的另一面:天性软弱,全无主见,经不住考验与挑唆,多次对白娘子心生猜疑,多有冷落。白蛇变成美女,其追求自由幸福的斗争应该值得肯定,尽管爱情之路遭遇多次考验,白娘子最终演变成为真善美的化身,闪耀出人性的熠熠光辉。当许宣因为自己的过错而两次受难,白娘子不是袖手旁观,而是积极救助,使许宣最终摆脱惩罚。显然。白蛇做妖只用为自己分担忧愁,而做人既可以为自己,也可以为别人。白蛇故事中蕴涵的中国传统文化信息很多,从上古洪水神话到魏晋志怪小说,都能阅读到有关白蛇传中的大量人性因子,这印证了白蛇传作为一种文化符号在民间根深蒂固。

文学伦理学批评认为,文学作品中,每一个人都是善恶并存的生物体,人实际上就是一个斯芬克斯因子。文学作品的价值就在于通过展现人性因子同兽性因子的不同组合与变化,揭示人的伦理选择过程。人性因子的表现形式是理性意志,兽性因子的表现形式是自然意志或自由意志或非理性意志。在文学作品中,斯芬克斯因子的不同组合,导致文学作品中人物的行为和性格复杂化。斯芬克斯因子的不同变化,导致不同的伦理冲突,体现出不同的道德教诲价值。白娘子这一形象流传至今在于她的美丽,她对许宣的深情,在与滑稽的云游道士、外强中干的捕蛇者、好色的李员外周旋时表现出来的机智、大胆、泼辣。也就是说,这种吸引不仅来自故事的传奇性,更来自白娘子身上体现出的人格魅力。

二、《白娘子》之伦理悖论分析

"三言"中与妖、神有关的故事很多,如《喻世明言》卷三十四《李公子救蛇获称心》;《警世通言》卷十四《一窟鬼赖道人除怪》、卷四十《旌

---

① 鲁迅:《鲁迅杂文精选集》,昆明:云南人民出版社,2013年,第16页。

阳宫铁树镇妖》;《醒世恒言》卷二十六《薛录事鱼服证仙》、卷四十《马当神风送滕王阁》等。这些作品与《白娘子永镇雷峰塔》一样包含丰富的人性因子、兽性因子,构成了"三言"兽性向人性转化的美好愿望。

然而,"文学是特定历史阶段伦理观念和道德生活的独特表达形式,文学在本质上是伦理的艺术"①。《白娘子》的艺术悲剧在于其选择的伦理悖论:人与动物不可以结婚,天理与人欲不可并存,两者的和谐必将是一场伦理混乱的爆发。"几乎所有伦理问题的产生往往都同伦理身份相关。"②蛇的伦理身份与人结合自然是不"得体"的。白娘子出身妖孽,不守本分,变形为美丽的女子,从兽类升格为人,打破了佛教世界原所规定的秩序,坏了纲常。从佛教的戒律来说,头三条便是不杀生、不偷盗、不邪淫。"万恶淫为首",佛教是把淫邪看得最重的。白娘子犯了佛教禁忌的"三毒":贪、慎、痴。所以,在不同版本的《白娘子》中,白娘子都被法海识破真身,被乖乖地镇在雷峰塔下。白娘子被定性为"淫""恶",还有一个原因就是她大胆追求爱情的行为违背当时的伦理秩序:中国传统文化从"诗言志",到诗、乐歌颂"德礼"起,儒家思想一直注重道德伦理规范的文学观,"思无邪""温柔敦厚"是约束和规范着人性的变形。也许正因为这种伦理悖论的存在,白娘子不得不变形来超越伦理约束,以获得自己的快乐。这一点在《牡丹亭》中,与杜丽娘以死亡、变作鬼魂来超越伦理规束,实现自我情感诉求,体验到爱情自由的快乐非常类似。

人的兽欲在本质上是非理性,不受人的理性指导的。在理性失控的时候,人类常常就会表现出惊惶失措,心理上有一种怜悯之心和羞耻之心,如小说在结尾处写道:

  禅师喝道:"是何业畜妖怪,怎敢缠人?可说备细!"白娘子答

---

① 聂珍钊:《文学伦理学批评:基本理论与术语》,《外国文学研究》2010年第1期,第14页。

② 同上刊,第21页。

道:"禅师,我是一条大蟒蛇,因为风雨大作,来到西湖上安身,同青青一处。不想遇着许宣,春心荡漾,按捺不住,一时冒犯天条,却不曾杀生,望禅师慈悲则个。"①

这段独白很清楚表明白蛇是怀有怜悯之心和羞耻之心的,只是作为动物的白娘子也不知道人间的文化是什么状态。她对性与爱的大胆追求却受到了法海的苦苦追杀与驱逐。尽管她不曾杀生,但代表宣传佛教的色空观文化的法海不能容忍她在人间享受生命的欢娱,最终把她镇于雷峰塔下。许宣身上不可避免地存在的理性与人欲的矛盾二重性也是导致《白娘子》悲剧的直接推手。"《白蛇传》的故事所表现的冲突,就是白素贞和许宣的爱情,与法海的破坏之间的冲突,这不只是人兽、人妖之间的浅层冲突。还有爱情与道德、情感与理智之间的深层冲突。"②无论如何,这场伦理混乱还是增加了文本的文学性和道德教诲的价值。

接受美学家姚斯认为:"一部文学作品,并不是一个自身独立、向每一时代的每一读者均提供同样的观点的客体。它不是一尊纪念碑,形而上学地展示其超时代的本质。它更多地像一部管弦乐谱,在其演奏中不断获得读者新的反响。"③接受美学的观点在于作品的意义和价值不是永恒的,在不同的时代,不同的读者对作品的意义和价值的理解是有区别的。从接受美学的视野考究中国特定的文化背景中的《白娘子》是一种全新的阐释。人性因子与代表欲的兽性因子的对立,是社会化的伦理道德与人的自然情爱权利的对立。在"三言"中,还有《赫大卿遗恨鸳鸯绦》《闲云庵阮三偿冤债》等回目,都是写因为兽性因子导致亡身的故事。白娘子在其他版本中最终获得解放,是人类普遍

---

① (明)冯梦龙:《警世通言》,北京:华夏出版社,1994年,第296页。
② 余凤高:《人兽变形题材的文化内涵》,《社会科学辑刊》1991年第3期,第115页。
③ [德]姚斯:《接受美学与接受理论》,周宁、金元浦译,沈阳:辽宁人民出版社,1987年,第26页。

解放的象征。文学作为一种精神活动,必须恪守自己的"兴味关怀"和"道德关怀",不能解构人类共同遵循的伦理规律,不能牺牲人类的价值观念。中国的文化尽管受到实用主义的约束,但是,依然有很多作品如同"三言"展现了其人格操守和道德的坚持,获得穿越时间的生命力。白娘子身上如此丰富的现代内涵能给当代中国的读者如此深刻的启迪,体现冯梦龙对女性的才能、过人见识与智慧的肯定和赞颂,肯定妇女的至情,宣扬妇女地位提升的思想,令人不能不感叹"三言"的无穷魅力。

第三节 《杜十娘怒沉百宝箱》的伦理诉求新阐释

"三言"名篇《杜十娘怒沉百宝箱》(以下简称《杜十娘》)在国内的研究文章近年来多达五百余篇,基本是从传统小说的人物性格、情节设置、悲剧的根源等阐释该小说的价值和意义分析;其次是比较文学视野下的研究,如将杜十娘与日本的舞女、俄罗斯的安娜、法国的茶花女、希腊的美狄亚等相互比较,探究文学的共相。本节以文学伦理学批评的方法对其进行不同视野的解读,以期在研究结果上获得新的突破。

《杜十娘》故事情节简单清晰:明代万历二十年间,京城名妓杜十娘与太学生李甲情投意合,倾心相爱。十娘非常娇媚,"浑身雅艳,遍体娇香,两弯眉画远山青,一对眼明秋水润。脸如莲萼,分明卓氏文君;唇似樱桃,何减白家樊素"[①],"久有从良之志",寄希望于李甲帮助她脱离苦海,追求幸福生活。李公子风流年少,社会阅历不足,几经波折后,终于在朋友柳遇春的帮助下赎出了十娘。二人相携离开京城。因为胆怯的李甲惧怕其父不接受妓女入室,他们来到苏杭胜地,另谋

---

① (明)冯梦龙:《警世通言》,北京:华夏出版社,1994年,第322页。

打算。富商子弟孙富,"生性风流,惯向青楼买笑,红粉追欢,若嘲风弄月,到是个轻薄的头儿"①,见十娘生得国色天香,美艳无比,一心想占为己有,略施小计,诱骗李甲以千金之价将十娘卖给自己。那李甲本是个头脑简单的人,考虑到"况父子天伦,必不可绝。若为妾而触父,因妓而弃家,海内必以兄为浮浪不经之人。异日妻不以为夫,弟不以为兄,同袍不以为友,兄何以立于天地之间?"②背叛了对十娘的承诺。十娘万念俱灰,怒骂李甲:"妾椟中有玉,恨郎眼内无珠。命之不辰,风尘困瘁,甫得脱离,又遭弃捐。今众人各有耳目,共作证明,妾不负郎君,郎君自负妾耳!"③她悲愤地把多年辛苦积攒的百宝箱投入江中后,投江自尽。李甲悔恨,郁成狂疾。益友柳遇春偶获百宝箱。

古往今来,许多知名作家之所以受人尊重、敬仰,主要是因为其作品蕴含伦理道德的启示。冯梦龙的《杜十娘》闪耀着同情卑微低贱的普通人、赞美他们高尚品德的思想光辉,他在假托后人评论表达了自己对此事的见解:"孙富谋夺美色,轻掷千金,固非良士;李甲不识杜十娘一片苦心,碌碌蠢材,无足道者。独谓十娘千古女侠,岂不能觅一佳侣,共跨秦楼之凤,乃错认李公子。明珠美玉,投于盲人,以致恩变为仇,万种恩情,化为流水,深可惜也!"④另外,冯梦龙在其《情史》卷十四《情仇类·杜十娘》亦有短评:"居士曰:新安人,天下有情人也!其说李郎也,口如河,其识十娘也,目如电。惜十娘之早遇李生而不遇新安人也!使其遇之,虽文君之与相如,欢而是耳!虽然,女不死不侠,不痴不情,于十娘又何憾焉!"⑤

---

① (明)冯梦龙:《警世通言》,北京:华夏出版社,1994年,第328页。
② 同上书,第330页。
③ 同上书,第332页。
④ 同上书,第342页。
⑤ (明)冯梦龙:《情史》,长沙:岳麓书社,2003年,第281页。

一、《杜十娘》伦理环境与伦理身份分析

人在这个社会上总是以某种身份出现的。"文学伦理学批评注重对人物伦理身份的分析",因为"几乎所有伦理问题的产生往往都同伦理身份在一起"。① 逼迫杜十娘跳河自杀的一个重要因素是杜十娘尽管有意改恶从善,但是其在小说中的妓女的伦理身份不可颠覆性将她推到生命的边缘。杜十娘不能洞悉在一个特殊的年代,从妓女到良家妇女的伦理关系转变在特定的伦理环境中是很艰难的,几乎是不可能的。

在一部小说、戏剧中,作品的人物伦理身份可以分为不同层次,如以血缘为纽带的家庭身份、以上下级别伦理关系为基石的身份、以社会关系为基础的身份、以工作关系为基础的身份等。"由于社会身份指的是人在社会上拥有的身份,即一个人在社会上被认可或接受的身份,因此社会身份的性质是伦理的性质,社会身份也就是伦理身份。"② 名妓杜十娘的身份决定了其一生的悲剧,"那杜十娘自十三岁破瓜,今一十九岁,七年之内,不知历过了多少公子王孙。一个个情迷意荡,破家荡产而不惜。院中传出四句口号来,道是:坐中若有杜十娘,斗筲之量饮千觞。院中若识杜老媺,千家粉面都如鬼。"③ 很显然,在复杂的社会关系中,杜十娘是以妓女的身份出现的;在上下等级关系中,她是以卑贱的身份出现的;在婚恋关系中,她是以姜室的身份出现的。在中外文学中关于这个特殊社会群体的描述中,妓女自古及今身份低下,被认为是飘荡的自甘堕落的灵魂。妓女蜕变为良家妇女是古今中外文学作品的一大主题,然而,从伦理身份分析,这些蜕变多以失败告终,尽管妓女的蜕变有多种选择,但是终究改变不了其在社会

---

① 聂珍钊:《文学伦理学批评:基本理论与术语》,《外国文学研究》2010 年第 1 期,第 21 页。
② 聂珍钊:《文学伦理学批评导论》,北京:北京大学出版社,2014 年,第 264 页。
③ (明)冯梦龙:《警世通言》,北京:华夏出版社,1994 年,第 322 页。

中的伦理身份：即妓女就是一个商品。"杜十娘追求现代爱情的理想自我是建立在商品属性范畴之上的，但她自己并没有意识到自身本体构成中的商品属性。杜十娘从被卖到妓院那一天起，就失去了'人'的权利和价值，成为一种商品的符号，成为女奴制度和封建专制制度下的牺牲品。"①事实上，即使李甲非常喜欢杜十娘，但是我们从他对杜十娘的态度也可看出，杜十娘的伦理身份不可能获得李甲的真心，这一点从冯梦龙的描写中体现得淋漓尽致："四儿奉了十娘之命，一把扯住，死也不放，道：'娘叫咱寻你，是必同去走一遭。'李公子心上也牵挂着婊子，没奈何，只得随四儿进院。"②冯梦龙直接以"婊子"称呼杜十娘，暗示李甲作为一个失意的书生，其骨髓中根本没有尊重妓女的细胞。

　　文学伦理学批评认为，从人类文明发展的历史观点看，文学只是人类历史的一部分，它不能超越历史，不能脱离历史，而只能构成历史。不同历史时期的文学有其固定的属于特定历史的伦理环境和伦理语境，对文学的理解必须让文学回归属于它的伦理环境或伦理语境中去，这是理解文学的一个前提。伦理身份是与伦理语境密切联系的，与伦理环境基本相同，但它更加强调伦理环境中的语境，即文学作品中人物的意识、思考、观念和语言交流的伦理环境。杜十娘的故事发生所处的伦理环境是一个金钱万能、举国享乐的年代，也是一个个性解放、感情泛滥的时代。"三言"中也有偷情者得到社会的容忍和谅解，如《蒋兴哥重会珍珠衫》《吴衙内邻舟赴约》；公开娶妓不仅得到认可，而且成为佳话，如《卖油郎独占花魁》《玉堂春落难逢夫》等。我们从作品中多处发现影响杜十娘选择自杀的伦理语境：当李甲穷困潦倒之时，老鸨杜妈妈道："我们行户人家，吃客穿客，前门送旧，后门迎新，门庭闹如火，钱帛堆成垛。自从那李甲在此，混账一年有余，莫说新

---

① 温斌：《杜十娘悲剧形象的美学价值》，《阴山学刊》1998年第1期，第13—14页。
② （明）冯梦龙：《警世通言》，北京：华夏出版社，1994年，第325页。

客,连旧主顾都断了。分明接了个钟馗老,连小鬼也没得上门,弄得老娘一家人家,有气无烟,成什么模样!"①在明末商品经济发达,一切以金钱为衡量事物标准的商品社会,一个妓女也不例外。当李甲借钱失败的时候,朋友建议:"足下莫要错了主意。你若真个还乡,不多几两盘费,还有人搭救;若是要三百两时,莫说十日,就是十个月也难。如今的世情,哪肯顾缓急二字的!那烟花也算定你没处告债,故意设法难你。"②公子说:"仁兄所见良是。"③很显然,这段对话表明,认为"妇人水性无常"的社会观念不可能给杜十娘提供一个活下去的理由。

除了明朝这个历史时期之外,中国这个数千年文化的大语境也限制了杜十娘的命运:从春秋战国开始,不论历史如何发展,政治经济、传统文化如何进步,妓女的社会地位与名声并没有随社会的发展而发生变化。宫妓、官妓、艺妓、私妓们一直处于中国社会的最底层,历来都是那些达官贵人、富豪商贾发泄性欲的工具。另外,"存天理,灭人欲"的程朱理学也是地位卑微的妓女们生活艰难的一个因素。

文学的根本目的"在于为人类提供从伦理角度认识社会和生活的道德范例,为人类的物质生活和精神生活提供道德指引,为人类的自我完善提供道德经验"④。通过以上简单分析可以看出作者冯梦龙的愿望:杜十娘虽是烟花女子,也有追求梦想的权利。无奈在这个数千年文化积淀下的伦理语境,想改变是何等艰难。然而,只要我们活着,我们就有自我塑造、自我完善的希望。杜十娘以生命为代价告诉我们:尊重他人就是尊重自己。冯梦龙在解构晚明社会落后精神面貌的同时,也在憧憬一个美好的未来。

---

① (明)冯梦龙:《警世通言》,北京:华夏出版社,1994年,第324页。
② 同上书,第325页。
③ 同上。
④ 聂珍钊:《文学伦理学批评导论》,北京:北京大学出版社,2014年,第14页。

二、杜十娘的自然选择与伦理选择解读

文学伦理学批评认为自然选择就是如何把人同兽区别开来以及在人与兽之间做出身份选择。文化人类学家 M. 恩伯认为:"在等级制中,一个人的社会地位完全是由出身决定的。法律、习俗或者两者一起禁止其向上移动。"①杜十娘的人生档案在道学家的面前是无法修改的。杜十娘在没有决定退出妓女的生涯之前,过的是动物一般的生活:可怜一块无瑕玉,误落风尘花柳中。为了基本的生存,"七年之内,不知历过了多少公子王孙"②。杜十娘从自然选择转向伦理选择是在遇到李甲之后。聂珍钊教授指出:"人类第一次在生物性的意义上完成自然选择之后,还经历了第二次选择即伦理选择。人类社会从自然选择到伦理选择再到科学选择的过程,是人类文明发展的逻辑。人类的自然选择是一种生物性选择,它奠定了人类向更高阶段进化的基础。人的知性是通过自然选择获得的,但是理性,则是通过伦理选择获得的。"③杜十娘心仪李甲之后便有从良的愿望,通过伦理选择,杜十娘开始了理性的生活:首先是利用自己的积蓄,脱离魔窟妓院,过一种有尊严的生活。其次,蜕变后的杜十娘对李甲一片深情,没想到这位公子哥是一位见利忘义,胆小怕事之人,逃离苦海的杜十娘根本不会预料到夜长梦多,居然被卖给孙富,"十娘放开两手,冷笑一声道:'为郎君画此计者,此人乃大英雄也!'然后又说:"明早快快应承了他,不可错过机会。"④这里只有几句简洁的话语道尽了杜十娘的伤心、悔恨、失望与痛心。然而,杜十娘没有意识到李甲作为上层社会的代表不可能牺牲自己的利益:一则是因为他们认为妓女不会发自真心去爱

---

① [美]C.恩伯,M.恩伯:《文化的变异》,杜杉杉译,沈阳:辽宁人民出版社,1988年,第235页。
② (明)冯梦龙:《警世通言》,北京:华夏出版社,1994年,第322页。
③ 聂珍钊:《文学伦理学批评导论》,北京:北京大学出版社,2014年,第33页。
④ (明)冯梦龙:《警世通言》,北京:华夏出版社,1994年,第331页。

任何男人,这种集体无意识在中国男性的思维中根深蒂固;其次,社会的门当户对的婚姻标准不会接受妓女走入贵族家庭。杜十娘为了维护自己一点微不足道的合理要求,付出了生命的代价;并痛斥孙富:"汝以奸淫之意,巧为谗说,一旦破人姻缘,断人恩爱,乃我之仇人。我死而有知,必当诉之神明,尚妄想枕席之欢乎!"①杜十娘对真挚爱情的追求,对家庭温暖的渴望等所做出的伦理选择最终以失败而告终。毕竟"存天理、灭人欲"和"饿死事小、失节事大"是儒家"舍生取义"的伦理法则,也是明朝晚期的重要伦理规范。

从文学伦理学批评视域下值得反思的是,冯梦龙在杜十娘的选择上所期待的真正内涵是人性的高贵:杜十娘误落烟花柳巷不是自己的过错,无可厚非;而杜十娘能够认识错误,期待美好的生活,并为此选择付出一切也无过错,错的是整个社会大伦理环境,这个环境根本不会给有过错的人提供一次改变生活的机会,哪怕短暂如飞蛾扑火。悲痛欲绝的杜十娘面对冷血旁观者说:"今众人各有耳目,共作证明,妾不负郎君,郎君自负妾耳!"②杜十娘痛心自己没有邂逅一个真情者,愤怒丢弃的不仅仅是百宝箱,更多的是人性的虚伪,和人心的残忍,她的行为是对当时流行的伦理价值观的控诉。她做出的伦理选择暗示自己理性的成熟:封建伦理的语境中一些糟粕思想对卑贱的下层人的摧残和戕害已经达到无以复加的地步,门当户对的观念、三从四德的非人性制度不会让作为妓女的杜十娘幸福地生存下去。

三、杜十娘自杀的伦理禁忌之探究

英国人类学家弗雷泽将禁忌分为行为禁忌、人的禁忌、物的禁忌和语言禁忌。禁忌是一种社会现象,它的产生与存在和延续与一个国家的历史和社会文化密切相关。"在科学不发达的时代,人们相信某

---

① (明)冯梦龙:《警世通言》,北京:华夏出版社,1994年,第332页。
② 同上。

些言语、器物或行为会招致厄运或灾难。为了保证平安幸福的生活，人们自觉或不自觉地保护禁忌的权威，维持禁忌的实施。"①英国文化人类学家玛丽·道格拉斯（Mary Douglas）认为禁忌至少在四个方面维护了社会道德：第一，当某种状态在道德上难以确定时，禁忌的信仰（特别是有关不洁或污染的信仰）提供了一种规则，人们借此可以确定自己的行为是否得当；第二，当道德原则陷入冲突时，禁忌的规则可以减少其混淆；第三，当一种在道德上的错误行为没有引起道德的义愤时，对于违反禁忌会带来灾难的信仰可以加重问题的严重性，从而将舆论集中到正义的方面；第四，禁忌的信仰与惩罚的强制性对犯错误者形成一种威慑力量。

每一个伦理禁忌的产生都是与道德引导联系在一起的。文学伦理学批评理论认为，在人类文明之初，维系伦理秩序的核心因素是禁忌。禁忌是古代人类伦理秩序形成的基础，也是伦理秩序的保障。在人类的伦理禁忌中最常见的是族内禁婚和禁止同胞相残。因此，这两大禁忌也被称为"族内禁婚"和"禁杀图腾"。其他常见的伦理禁忌就是自杀。在西方，反对自杀是因为生命是上帝赐予的，人类无权终结自己的生命。柏拉图、苏格拉底等先哲认为自杀是加诸社会的一种不义行为，人们不应有选择死亡的权利，主张生命属于神的财产，应该自然地等待神的召唤。托马斯·阿奎那认为生命是一种自然的结果，自杀是对人类自我保存本能这一自然法则的破坏，是对法律所保护的稳定的社会关系的破坏；自杀破坏了神的造人创世法则，违反了只有上帝才有权决定其生死的秩序。康德反对自杀的立场更鲜明：人生来都有义务，包括对自己的义务和对他人的义务，这是成为人的一个条件。对自己的义务之一就是保护自己的生命，以便能够更好地履行其他义务。自杀毁灭了生命，破坏了履行义务的条件。托尔斯泰认为生命就

---

① 杜学增、胡文仲编:《中英（英语国家）文化习俗比较》，北京：外语教学与研究出版社，1999年，第212页。

是一切。生命就是上帝。一切都在变化、都在运动,这种运动就是上帝。在有生命的时候,就有那种感知神灵的快乐。爱生命就是爱上帝。最困难而又最幸福的事,就是在自己遭受痛苦时,在遭受无辜的痛苦时,爱这个生命。

在中国,从传统文化来看,尽管中国文化是一个多元包容的整体性结构,但是中国文化在对于人的生死问题总体上表现出了一种"重生"倾向,即反对个人任意终止自己的生命。个人生死问题并不纯粹是由个人自由裁量的,此之谓"身体发肤,受之父母,不敢毁伤,孝之始也。立身行道,扬名于世,以显父母,孝之终也"[1]。儒家伦理也是一种责任伦理,即人生的价值和意义总是表现为一种有责任的担当,个人轻贱自己的生命的自杀行为实际上是对自身责任的放弃,因而必然遭到道德上的谴责。如果个人不遵从自然,任意终止生命,是与天道相违,也是与道家的生命价值主张相违逆的。佛教徒反对自杀,佛教鼓励个人要保持积极的人生态度,利用自己的一生修善,以改变现实的乃至未来的命运。梁漱溟先生在其《中国文化要义》中认为,中国是伦理本位的社会,伦理乃中国传统社会的基础。伦常观念作为传统道德伦理观念的核心早已积淀为传统中国人的集体无意识。

聂珍钊教授在论述伦理禁忌与俄狄浦斯的悲剧时指出人与兽的区别在于人是有理性并且有伦理意识的。"在明代中后期,由于商业经济的长期积累,市井社会与市民阶层空前地发展起来了,其生活方式、价值观念与审美趣味中都体现出了对个性解放与心灵自由的新的追求,肉身的觉醒推动了这一时期社会思想的大变动、大解放。"[2]没有理性的肉身的觉醒只有以生命为代价。在"三言"中类似自杀的个案很多,很多卑微的人常常视生命为儿戏,因此当代读者阅读中要注

---

[1] 杜占明主编:《中国古训辞典》,北京:北京燕山出版社,1992年,第99—100页。
[2] 程文超:《欲望的重新叙述:二十世纪中国的文艺精神与文学叙事》,北京:中国社会科学出版社,2009年,第26页。

意用理性的批评方式去审视。

德国文化哲学大师恩斯特·卡西尔(Ernst Cassirer)认为:"禁忌体系尽管有其一切明显的缺点,但却是迄今所发现的唯一的社会约束和义务的体系。它是整个社会秩序的基石,社会体系中没有哪个方面不是靠特殊的禁忌来调节和管理的。"①每一种禁忌都暗含一种道德规范的约束。如果一个社会对生命没有足够的重视,自杀不是作为伦理禁忌来教诲,那么,整个社会的秩序将会是杂乱无章的。冯梦龙"三言"笔下很多女性的人格和尊严得到了应有的尊重,女性的美德和才智也获得了赞美,但是,冯梦龙以地位卑微的妓女的自杀来宣扬其传统思想犯下一个伦理大忌,这些用生命换来的虚伪的道德牌坊在统治阶级那里只能博得一个哂笑而已。杜十娘的悲剧不是一个封建伦理所能够概括的,它是由伦理身份、伦理环境、伦理选择等综合因素导致的。新的伦理环境要求热爱生命,勇于生命的担当。没有生命的爱情是虚幻的,没有任何意义。杜十娘的自杀换来的"千古女侠"的名声在特定的伦理语境是可以接受的。但是,随着时代的发展,那种要求女性以生命为代价维持自己的荣誉的"规范"是荒唐的、可耻的,只能说明那个社会对女性的肉体与尊严的戕害。

冯梦龙在《杜十娘》中还留下一个金钱与爱情的伦理道德思考问题。杜十娘视金钱如粪土与李甲视情感如灰尘的对比,使当代学者思考这个文本蕴涵的更深层的意义。"三言"中有一个类似《杜十娘》的故事而结局恰恰相反:《警世通言》第 22 卷《宋小官团圆破毡笠》中宋金与刘宜春的情感故事。宋金被契友刘有才收留在船上做买卖,刘有才随后将女儿刘宜春许配给他。天有不测风云。宋金大病缠身,刘公把宋金一人弃在孤岛。但宋金死里逃生并意外得财。刘宜春是一个重情重义之人,四处流浪寻找宋金。最后,宋小官夫妇团圆。笔者认

---

① [德]恩斯特·卡西尔:《人论》,甘阳译,上海:上海译文出版社,1985 年,第 134 页。

为同是为金钱所困,而结局不同的一个原因依然是女人的伦理身份问题。

本章小结

运用文学伦理学批评的理论研究冯梦龙的"三言"是一个大胆的尝试,这种批评范式既有传统文学批评的因子,也有现当代文学批评方法的创新。这种尝试拓宽了中国古代文学研究的视野,为挖掘中国文化中的精髓提供了一个参照。

《白娘子》的故事流传颇广,研究成果丰富。以文学伦理学批评为理论依据,分析白娘子与许宣两者的人性因子与兽性因子。研究认为《白娘子》体现了一个时代对人性美好的渴望与向往,故事的悲剧在于其选择的伦理悖论:人与动物不可以结婚,天理与人欲不可并存,两者的和谐必将是一场伦理混乱的爆发。《杜十娘》闪耀着同情卑微低贱普通人的思想光辉。在文学伦理学批评视野下分析杜十娘的伦理身份、伦理选择、伦理禁忌以及其所处的伦理环境,结论认为《杜十娘》的悲剧是不可避免的,但是作品的伦理诉求值得反思:无论是达官贵人还是一介草民,伦理身份是影响一个人是否能够幸福生活的重要因子。

第八章

晚清的伦理环境与谴责小说的道德批评

晚清尤其是从庚子之变到辛亥革命前夕（1900—1911年）出现了一大批以讽刺揭露现实弊端和社会黑暗腐朽为主的小说，鲁迅先生把此类小说称为谴责小说。晚清"谴责小说"一词，是鲁迅在《中国小说史略》中提出的，鲁迅在1923年出版的《中国小说史略》第二十八篇"清末之谴责小说"中评论道："光绪庚子（1900年）后，谴责小说之出特盛。盖嘉庆以来，虽屡平内乱，亦屡挫于外敌，细民暗昧，尚啜茗听平逆武功，有识者则已翻然思改革，凭敌忾之心，呼维新与爱国，而于'富强'尤致意焉。戊戌变政既不成，越二年即庚子岁而有义和团之变，群乃知政府不足以图治，顿有掊击之意矣。其在小说，则揭发伏藏，显其弊恶，而于时政严加纠弹，或更扩充,并及风俗。虽命意在于匡世,似与讽刺小说同伦,而辞气浮露,笔无藏锋,甚且过甚其辞,以合时人嗜好,则其度量技术之相去亦远矣,故别谓之谴责小说。"①李宝嘉(李伯元)的《官场现形记》、吴沃尧(吴趼人)的《二十年目睹之怪现状》、刘鹗的《老残游记》、曾朴的《孽海花》等四部小说统称为"晚清四大谴责小说"。

中国传统文化,从本质上说是一种伦理型文化(崇德型文化)。自古以来,儒家伦理的道德标准一直引导并规范着中国人的伦理价值观念和日常生活行为。文学作品就是现实生活的再现,19世纪末20世纪初的中国晚清时代,文人批判社会现实、抨击社会黑暗的创作主题正是当时内忧外患的动荡格局在文学上的映照。作为特定时期社会意识的一种反映,晚清谴责小说的出现自有其独特性。晚清谴责小说所展现的"溢恶"的道德批评和价值导向出现了与我国传统伦理观相悖离的现象,反映了中国传统伦理观念的时代裂变以及与这种裂变伴生的时代精神震荡与个体情感痛苦。本章以李宝嘉的《官场现形记》、吴沃尧的《二十年目睹之怪现状》和刘鹗的《老残游记》这三部谴责小说为主进行解读,探讨晚清谴责小说产生的特殊伦理环境以及在社会急剧变化情势下中国传统伦理价值观发生裂变的现实语境及其矛盾根源。

第一节 谴责小说"溢恶"的道德批评

中国的传统伦理道德主张性善论,注重伦理教诲和道德修养,中国传统的价值观一直倾向于以伦理道德为至高的价值评判标准。根据这个评判标准,在中国传统的文学作品创作中,通常是通过善恶分明的艺术形象或故事情节来实现作品的伦理教诲功能,为了表达这种

---

① 鲁迅:《中国小说史略》,北京:人民文学出版社,1973年,第252页。

功能,作家通过文学作品在反映社会现实生活时,往往运用道德的尺度对作品中的人物或事件进行鲜明的褒贬,出现了善与恶、美与丑、情与理、忠与奸、庙堂与江湖等鲜明的"二元对立"式的人物群像或事件,这种忽略艺术审美的伦理叙事一直主宰着中国古代的文学作品,主要凸显的是文艺的"文以载道"的伦理教化功能。在庚子事变之前,中国小说同样注重伦理教化功能,宣传的仍是传统的劝善惩恶思想,善恶有报、忠孝节义的道德判断依然是小说叙事的尺度。然而,19世纪末20世纪初的晚清时代,传统的社会生活和道德随着内外交困的动荡不安形势也不可避免随之发生裂变,此时期出现的大量的谴责小说就是在封建制度行将崩溃,传统文化、传统观念受到新情况、新问题挑战的境况下涌现出来的。晚清谴责小说对当时社会的人与事,尤其是对假恶丑现象、官吏的贪腐、社会的龌龊、人心的险恶和人伦道德的沉沦等进行全方位的声讨、谴责和批判,甚至是否定。

谴责小说通过"溢恶"现象所表达的思想内涵和思想观念,是对传统文化、伦理道德和人们行为方式上的解构和反叛,说明了作家的创作已从中国传统的以道德为本位的伦理教化功能,转向了活生生的政治生活和社会现实人生。在19世纪末20世纪初出现的一大批晚清谴责小说中,尤其以李宝嘉的《官场现形记》、吴沃尧的《二十年目睹之怪现状》、刘鹗的《老残游记》等几部小说最为突出。这三部谴责小说的共同之处在于将人性中的丑恶、龌龊、卑鄙等一一展示在读者面前,用犀利的笔锋淋漓尽致地描绘了封建末世的道德颓败众生乱象和官场的黑暗腐败。文学伦理学批评是"一种从伦理视角阅读、分析和阐释文学的批评方法"[①],它认为文学是"人类伦理的产物"[②],"是特定历史阶段伦理的观念和道德生活的独特表达形式,文学在本质上是关于

---

① 聂珍钊:《文学伦理学批评导论》,北京:北京大学出版社,2014年,第5页。
② 同上。

伦理的艺术"①。小说作为一种文学表达方式,更能反映现实生活中人们伦理意识和观念的实际情况,从现实层面来看,晚清谴责小说的"溢恶"是非理性的,但"溢恶"带来的否定性和破坏性,却可以警示时人,以达到劝惩的伦理教化功能。

一、《官场现形记》:官服遮蔽下的人性之丑

中国传统道德的发展中,出现了许多如仁、义、礼、智、信、孝、忠、廉、勇等的道德范畴,其中的"廉"则是一种政治伦理,是指"吏德",儒家廉洁勤政的思想,在漫长的历史长河中,成为中华民族对官吏共同的价值取向期许。中国人习惯于将官与民之间的社会关系进行血缘化的拟制,称官为"父母官","父母官"这一用语带有中国传统的伦理身份的色彩。"伦理身份是评价道德行为的前提,在现实中,伦理要求身份同道德行为相符合,即身份与行为在道德规范上相一致。伦理身份与伦理规范相悖,于是导致伦理冲突,构成文学的文学性。"②忽略了伦理身份的实质以及身份所赋予的责任,会使他们偏离和背弃自己的伦理身份,导致欲望的膨胀和伦理身份的偏离。在中国传统的观念中,为官就应心系子民,为民谋利,为民做主,清正廉洁。但是,在晚清影响最大的谴责小说李宝嘉的《官场现形记》中出现更多的则是贪官、昏官和混官,这些官吏们在钱、权面前迷失了方向,背离了中国传统的为官之道,忘掉了自己作为"父母官"的伦理身份,他们不仅不造福于百姓,反而完全置百姓生活疾苦于不顾,为了个人的私欲私利,草菅人命,贪赃枉法,丑态百出,反映了钱、权关系对人的异化。

《官场现形记》对晚清官场恶行丑态的全面勾画,揭开了官服遮蔽下的人性之丑。"这部书是从头至尾诅咒官场的书。全书是官的丑

---

① 聂珍钊:《文学伦理学批评:基本理论与术语》,《外国文学研究》2010年第1期,第14页。

② 聂珍钊:《文学伦理学批评导论》,北京:北京大学出版社,2014年,第264页。

史,故没有一个好官,没有一个好人。"①《官场现形记》对各级官吏的出身和他们醉心升迁、徇私舞弊等丑恶行径进行描写,涉及清政府的军机大臣、总督、巡抚、知府县丞、统领管带、佐杂小吏等一百多个大大小小的官吏,并将这些形形色色的官员们的种种恶行丑态和清政府吏治的腐败堕落进行全方位的暴露:他们或卖官鬻爵,中饱私囊;或私吞公款,贪赃枉法;或借"剿匪"之名,屠民冒功;或冒名得官,寡廉鲜耻;或媚外惧洋,奴性十足。晚清官场的官员在做官理念上,不再把儒家文化的精神理念作为指引,而是背离了儒家传统的做官理念,他们在官服的遮蔽下,披着仁义道德的外衣,干着违背官员伦理职责的丑事。整部作品犹如一幅封建社会末期官场的百丑图,触及了当时社会的主要矛盾,揭示了整个政治体制的腐朽。

  小说描写最多的就是卖官鬻爵的现象,因为官可以花钱来买的,于是卖官鬻爵就成为官场里的常事。小说第四回、第五回就叙述了一个平生比较爱钱的姓何的藩台,因为快要离任了,便利令智昏抓紧时间卖官,并且四处托他的幕友官亲替他招揽买卖,"以一千元起码,只能委个中等差使;顶好的缺,总得头二万银子。谁有银子谁做,却是公平交易,丝毫没有偏枯"②。他卖一个任期三个月的代理知府要价五千银子,还为买主算了一笔账:三个月至少可以赚上一万五千两,五千还不到这笔金额的一半。何藩台利用手中的权力,以不同的价格出售官职,把买官卖官作为盈利的生意来经营以谋利。以至于何藩台为了银子,全然不顾自己藩台的身份,与他的兄弟三荷包因卖官得来的赃银分配不均而吵架,甚至大打出手。第十七回的张昌言自从在京里补了御史,便利用手中的权力出卖官职,并时常写信托他的表兄弟魏竹冈拉买卖,决不放过任何捞钱的机会。第十七回的兵部大堂、内务府大臣正钦差奉命去浙江查官员卖折参人案件,到浙江后,就利用这个

---

① 语出胡适为1927年亚东图书馆本李宝嘉《官场现形记》所做之《〈官场现形记〉序》。
② (清)李宝嘉:《官场现形记》,海口:海南出版社,1995年,第41页。

机会大捞好处,仅参折的底稿就卖两万两银子,从抚院到佐杂、幕友、绅士、书吏、家丁等一共有二十多款,其中牵连到的官员达二百多人,出了钱的便可以保住功名,那些无钱无势的人,只好静等被参官罢职。

　　在等级森严的封建社会里,做官的性质发生了变化,人们把做官作为百业之首,唯有走上仕途才能出人头地。因为做官就有利,或者可以"以官谋利",因此,人们把做官、升官作为出人头地的唯一途径。《官场现形记》中的官员无一例外都有着丑恶的做官动机,那就是对金钱和地位的追求。小说中反复提到"千里为官只为财"这句流行于当时官场的话,可见当官者和求官者将做官的好处看得很明白,正因为如此,他们才会有强烈的做官欲望,甚至为了达到目的,不择手段,不顾道德和廉耻,以至于公开买官卖官的污浊之风非常盛行。不管什么样的人,只要有钱,就能买官、捐官,而做官的为了敛财,就利用手中的权力公开卖官。不管是买官还是卖官,其目的都是为了赚钱,"卖官鬻爵"使官位有着强劲的买方市场,花钱买官相当于做生意,没有一本万利是不会有人去干的。致使一大批市井小人、地痞流氓和贪财的奸商都花钱进入了官场,从而催生了吏治的腐败。如第三十一回中的外号叫田小辫子的田子密,是羊统领在南京开的一爿字号里一个挡手(即管事),手里有了钱就忽然想当官,虽然什么都不懂,但他有心爬高,官小了还不做,一定要捐个道台。第六十回的黄二麻子借他妹夫的关系混到河工上管理银钱的差事,这使他"很赚了几个钱"①,由此他意识到,"统天底下的卖买,只有做官利钱顶好,所以拿定主意,一定也要做官"②。后来果然"捐了一个县丞,指分山东"③。有钱就捐官,捐官就可以赚钱,跟做生意一样,下了本钱就会生利。不但自己捐,也为儿子捐。第五十六回的诨名傅二棒槌的傅博万生下来还未满月,他的父亲

---

① (清)李宝嘉:《官场现形记》,海口:海南出版社,1995年,第851页。
② 同上。
③ 同上书,第852页。

就给他捐了一个道台,被人称作"落地道台"。买官卖官,上下其手成为官场的常态,官员贪婪、猥琐的嘴脸一览无余。

有些官员沉迷于酒色,为一己之私,亏空公款。如第十二回的胡统领奉命剿匪,却在剿匪的路上吃酒作乐,为了女人争风吃醋,不到两天的路程,却走了五六天还没有到。第八、第九回的陶子尧被抚院委托到上海置办机器,被人领到妓院,于是抛掉官员的矜持,拿着公款在妓院与妓女新嫂嫂打得火热,为此被人欺骗而丢掉了买机器的公款。有的官吏为了中饱私囊,虚报开销,巧立名目,私吞公款善款。第十七回的周老爷、单太爷和魏竹冈魏主事费尽心机,合谋借公敲诈三万两公款开销的银子,魏竹冈还毫不掩饰自己敲竹杠的行为,连最后的遮羞布也撕掉了,大言不惭地夸自己会敲竹杠。一个小小的官员竟然贪婪到如此堂而皇之的程度。第三十三回中上海善书局刻书的王慕善,打着刻善书办善书会的名义,叫人家捐钱,从中敛财。第三十四回,山西太原灾情严重,以知府阎二先生为代表的一群官员以赈灾为名,疯狂敛财,逼得"太原一府的百姓都已死净逃光"①。第十七回中的胡统领打着剿匪的幌子,残害百姓,屠民冒功,并且虚开剿匪报销的银子六七十万两,发了一笔大财,还要人给他送"万民伞"和"功德碑",不能不说官员道德的沦丧,人格的扭曲已无以复加。

有些官员为求飞黄腾达,什么寡廉鲜耻的事都能做出来。第三十回中的冒得官被查出冒人功名而得官后,为保住官位,假装寻死,逼迫自己十七岁的女儿献身给上司羊统领做姨太太,以平息自己冒名顶替求官的丑事。第三十八、三十九回中的小官吏瞿耐庵为了调一个好一点的差事,竟要求自己的老婆拜在年纪比她轻得多的制台大人姨太太跟前丫头宝小姐的脚下做干女儿。冒得官、瞿耐庵等人不顾亲情,只求满足一己之私的有悖伦常的行为,是对传统伦理道德的败坏。

---

① (清)李宝嘉:《官场现形记》,海口:海南出版社,1995年,第478页。

官员在对待洋人和涉及办洋务的事情上，更是丑态百出，让人啼笑皆非。第九回的胡藩司接到一个洋文电报，就立马吓得面孔如白纸一样，他担心的是，与洋人打交道不慎会坏了他的前程，就因为畏惧洋人，在购买机器的处理上就过于软弱，最后被动吃亏。第三十三回藩台查案子，到外国银行不懂规矩，碰了钉子。第五十三回的文制台简直到了谈洋色变的地步，平时作威作福的文制台一听到"洋人"二字，便气焰矮了大半截，吓得六神无主，及至见面，更是骇得"一身大汗"，在洋人面前竟成了卑躬屈膝的奴才，面对洋人，他还定了一条卖国求荣的原则。第五十回的总兵参将萧长贵奉命去接洋大人，又不敢去船上接，一直思寻着怎么给洋人跪地磕头，把为官者在洋人面前的卑下与奴性发挥到极致。大大小小的官员好像得了"恐洋症"，在洋人面前卑躬屈膝、软弱逢迎，丧失尊严，甚至把国家和民族推到了灭亡的边缘，既暴露了清政府的腐朽和无能，又突出了官员对西方列强的卑躬屈膝、奴性十足和愚昧无知。

《官场现形记》中的各级官吏的伦理责任缺位导致他们伦理身份的解构，他们抛弃了自身应有的道德良知，是一群在官服掩盖下的人性扭曲之徒。中国传统的伦理道德发展到晚清已经是千疮百孔，传统儒学曾经推崇的仁、义、礼、忠、孝、信等优秀的精神内容已经荡然无存。各级官吏欺上瞒下、贪污受贿、升官敛财、草菅人命、贪赃枉法等在官服掩盖下的丑陋行为，撕开了官场的遮羞布，消解了那些高高在上、道貌岸然的官员形象，将官员的恶德败行与无耻赤裸裸地暴露在读者面前，触及封建制度腐朽的本质，揭示了晚清政府在国家和民族处于危机的情况下官场的混乱与腐败，以及官吏的堕落与无耻，表达了作者对晚清政府的失望、不满和对中华民族前途命运的深切忧虑，浸透着浓烈的民族意识和家国情怀。

二、《二十年目睹之怪现状》：社会道德的沉沦和家庭伦理的扭曲

吴沃尧的《二十年目睹之怪现状》以作者本人生活的见闻经历为

蓝本,以主人公"九死一生"的经历为线,勾画出中法战争后至20世纪初的二十多年间晚清社会出现的种种怪现状,所反映的社会生活面比《官场现形记》更为宽广,除官场外,还涉及家庭、商场、洋场、科场以及诗人才子、斗方名士、人口贩子、赌棍、江湖道士和医生等三教九流人物,对行将崩溃的晚清社会进行全面的揭露和批判,反映了晚清垂死社会的政治黑暗、社会的分崩离析、道德的沉沦和家庭伦理的扭曲。

中国传统文化的核心儒家文化,推崇的是仁、义、礼、忠、孝、信等精神内容,"父子有亲,君臣有义,夫妇有别,长幼有叙,朋友有信"[①]。君臣、父子、夫妻、兄弟和朋友构成的五伦,是封建伦理道德体系重要的组成部分,也是人们遵守的基本行为准则,尤其在治人和治国上强调"以德"和"以礼",简称为德教和礼教,"以德"就是以德规范人的思想,"以礼"就是以礼来规范人的行为。《二十年目睹之怪现状》第一回楔子就奠定了全文的基调,描写了上海"十里洋场"种种稀奇古怪的景象:开口闭口讲应酬、嫖经、骗局、拐局、赌局。"六十年前民风淳朴的地方,变了个轻浮险诈的逋逃薮。"[②]吴沃尧在小说中对"怪现状"的描写表现在方方面面。这些"怪现象"是对病态的晚清社会的刻画,同时也是对社会混乱的批判。

《二十年目睹之怪现状》官场中的"怪现状"与《官场现形记》极为相似,各级大小官吏都是买官卖官、中饱私囊、贪污受贿、腐化堕落、沽名钓誉、假公济私、鱼肉百姓、崇洋媚外、灵魂丑恶的角色。当时的社会内忧外患,民不聊生,但为官者却甚于强盗,他们背离儒家传统的做官理念,官僚群体道德滑坡,中国古代圣人所建立的儒家伦理本是规范人们行为的工具,却变成了官员谋利的工具,很多官员在官场中不择手段地获取金钱和权利。作品开篇写主人公九死一生初入社会见到的便是贼扮官、官做贼的怪事,从而隐括了"官场皆强盗"(初刊本评

---

① (战国)孟子:《孟子·滕文公上》,北京:中华书局,1985年,第54页。
② (清)吴趼人:《二十年目睹之怪现状》,西安:三秦出版社,2007年,第1页。

语)的黑暗现实。小说中贯串全书的叫苟才的人,就是典型的清末无耻官僚的形象。苟才出身捐班,没有学识,只是靠着对上司的谄媚、行贿和不知廉耻升官发财,为求得飞黄腾达,不惜逼迫自己新寡的儿媳嫁给两江总督做五姨太太。他被新任总督参革,也被朝廷钦差大臣查办过,曾经两次丢官,但都用巨额贿赂,东山再起。这说明他是清末整个腐朽官僚机构的产物。官场买官卖官,明码标价,如第五回中官场卖缺是按所缺定价,开列价目表,官缺如同做生意一样招徕买卖。第七回中开土栈的钟雷溪设骗局,卷走钱庄的钱,然后带着银子进京,平白就捐上一个大花样的道员,再加一个二品顶戴,引见指省,等待后补。官场与商场的关系中,官商同流合污,相互勾结营私舞弊,第七十五回里本是北京钱铺掌柜的恽洞仙,给周中堂当差后,就专干卖官鬻爵的买卖。第十四回中的南洋兵船管带一味营私舞弊,哪里还把公事和打仗放在心上,中法海战,驾驭远舰的管带看见海平面一缕浓烟,就疑为敌舰,战争还没有打起来竟就自沉船舰逃命,钦差大人只听得一声炮响就逃跑。这些官吏只为敛财,其贪腐丑恶行为与其作为社会秩序的维护者和国家的守卫者的身份完全不符。除了公开进行官职买卖和贪腐之外,很多官员还愚昧无能,残忍暴虐,第五十回一位地方官由于惧外,将几十家的房子卖给外国人。第五十九回的一位京官,听信了紫禁城埋了炸药的谣传,竟然将二十多条无辜人的生命付诸市曹;第六十一回中的一位差吏看走了眼,误将树影看成了人影,以为有盗贼,竟然兴师动众地调兵。官场的腐败龌龊,官吏的贪欲无能,官员传统的以治国安邦为己任的道德理想已然崩塌。

《二十年目睹之怪现状》在对封建末世的众生颓败乱象描写方面,着眼于道德堕落、乱伦、弑亲和纵欲无度等现象的揭露与批判。中国传统的伦理道德历来十分重视人伦关系的道德价值,建立在以血缘关系为纽带的基础上,以三纲五常作为基本原则。在家庭伦常和亲情的破败与消解描写方面,小说中"九死一生"的吴子仁为了将亡弟遗留下来的赤金(十条十两重)和白银(八千两)据为己有,在操办亡弟的丧事时,处心积虑地骗取孤儿寡母应得的遗产,根本不顾弟媳和没有成年的侄子的死活,堂而皇之地侵吞亲人财产,对家庭至亲刻薄无情。并在此后的日子里以各种理由避见侄子。后来,吴子仁自己的家庭生活也失去了伦常,他与外甥女私通长达三年,他的小妾又与仆人私通使他家破人亡。吴子仁的意识,完全背弃了中国传统的三纲五常、忠孝慈悌观念。历经九死一生的母子二人也因其房产遭到族人垂涎,逼不得已只好迁居外地。小说第七十三回中的符弥轩平日里高谈性理之学,满口的忠义孝道、仁义道德,但是他却不愿赡养将他抚养成才的祖父,把老人安置在柴房,不给饭吃,老人偷偷跟邻居讨点残饭充饥也不敢让符弥轩知道,符弥轩还当着老人的面喝酒吃肉,不仅连骨头都不让老人吃,还拿起凳子摔到老人头上,对老人百般辱骂和虐待,几乎酿成逆伦重案。符弥轩是一个十恶不赦的假道学、假孝子,其扭曲行为早已背离了儒家伦理的真正内涵。小说第三十二回中黎景翼知道死去的姨太太的几个皮箱留给了弟弟,便不顾兄弟情义,亲自买来鸦片烟,逼着弟弟吃鸦片死去。作为哥哥的黎景翼对瘫痪的弟弟不仅没有一点怜爱之心,还因为姨太太留下的财物而失去了心智,竟不念手足之情逼死弟弟,其不择手段、心狠手辣的行为完全背离了儒家伦理道德,更加令人瞠目的是黎景翼在逼死胞弟不久,为了钱又将弟媳卖入娼门。小说中的苟才不学无术,为了升官发财,不惜跪在自己新寡的儿媳面前,劝说儿媳填补总督五姨太的空缺;后来他的儿子苟龙光为了能够获得苟才的姨太太和财产,竟然串通苟才的姨太太,买通无良医生,一起设局将亲生父亲害死,上演了一幕逆子弑父并娶父妾的家庭丑剧。

小说从官场吏治、家庭生活等各方面切入,反映了自中法战争到20世纪初期中国官场、家庭、商场以及洋场等无数怪现状,使我们看到了晚清腐朽制度带来的世风日下、人心不古、人性扭曲和人性堕落的种种丑态。官吏竞相当官敛财,逢迎巴结,不顾廉耻;伯父吴子仁侵占侄子财产、族人垂涎孤儿寡母的房产;符弥轩满口忠义孝道、仁义道德,却虐待祖父;苟才将儿媳送给总督作小妾来谋求官职;黎景翼为夺财产失掉心智,逼死弟弟,又将弟媳卖入娼门;苟龙光为了得到父亲的财产不惜和父亲的姨太太将父亲苟才害死等等。文学伦理学批评认为,"人性因子"与"兽性因子"的相互作用和转变是其在特定伦理环境中做出的不同的伦理选择。"人同兽的区别,就在于人具有分辨善恶的能力,因为人身上的人性因子能够控制兽性因子,从而使人成为有理性的人。人同兽相比最为本质的特征是具有伦理意识,只有当人的伦理意识出现之后,才能成为真正的理性的人。从这个意义上说,人是一种伦理的存在。"①小说中的各级官吏及苟才、吴子仁等人就是在金钱的贪欲下,身上的兽性因子不断滋长,使他们失去了作为人的理性,他们利欲熏心、人性泯灭,这些不忠不义、没有廉耻的丑恶行径,不但没有受到大清律治的惩罚,就连舆论的道德谴责都很少,他们甚至活得风光无比。由此可见,晚清的世风日下、人们情感上的麻木不仁和道德的沦丧已经成为社会的普遍现象,走向末世的晚清政府面对乱世的伦理道德沦落问题也是无力挽救。有悖伦理的现象大量出现,说明晚清社会家庭伦理的扭曲和伦理道德的日益沦丧,如果《官场现形记》写的是妖魔鬼怪横行的"畜生世界",那么《二十年目睹之怪现状》则是一个到处是"蛇虫鼠蚁""豺狼虎豹"和"魑魅魍魉"②的世界,实质上是一幅清帝国行将崩溃的社会画卷。

三、《老残游记》:清官正面形象的颠覆

刘鹗的《老残游记》以一个摇串铃的江湖医生老残为主人公,叙写其游历期间的所见所闻,对处在末世状态下清政府的腐朽黑暗,官吏

---

① 聂珍钊:《文学伦理学批评导论》,北京:北京大学出版社,2014年,第39页。
② (清)吴趼人:《二十年目睹之怪现状》,西安:三秦出版社,2007年,第4页。

的残暴昏庸,百姓的贫困交迫等都有所暴露,但作者的切入点与前两部作品完全不同,他的重点不是写贪官污吏,而是写所谓的"清官"。在中国封建社会中,清官历来为人们所称赞,历史上如包拯、海瑞等清官,皆为人正直,秉公执法,为民请命。在中国传统的文学作品中,清官一向被视为封建社会政体的支柱和脊梁,都是高大正直、公正无私的正面形象,人们多是歌颂清官,而对那些贪官污吏、奸恶小人加以揭露和批判。但刘鹗笔下的那些所谓的"清官",完全颠覆了清官高大正直、公正无私的正面形象,他们是一些"急于要做大官"而不惜杀民邀功,实质上比赃官、贪官还要坏的酷吏。《老残游记》首揭"清官"之恶,在旧本第十六回,作者自评云:"赃官可恨,人人皆知,清官尤可恨,人多不知。盖赃官自知有病,不敢公然为非;清官则自以为我不要钱,何所不可?刚愎自用,小则杀人,大则误国!吾人亲目所睹,不知凡几矣。试观徐桐、李秉衡,其显然者也。《廿四史》中指不胜屈。作者苦心,愿天下清官勿以不要钱便可任性妄为也。历来小说,皆揭赃官之恶,有揭清官之恶者,自《老残游记》始。"①对晚清官场中的清官的揭露和批判,触及晚清社会的诸多本质问题,相比于《官场现形记》和《二十年目睹之怪现状》这两部作品,刘鹗对旧官场的认识独具慧眼。

《老残游记》中描写了两个比赃官、贪官还要恶的"清官"典型:玉贤和刚弼,他们与"千里为官只为财"的贪官、赃官完全不同。刘鹗笔下的"清官",其实是一些用人血染红顶子的刽子手,他们的"清官""能吏"之誉,是以残酷虐政换来的。

曹州知府玉贤以"才能功绩卓著"而著称,在百姓中名声不错,办案麻利,对盗窃团伙手段强硬,所辖之地没人敢犯罪。玉贤做曹州知府,号称"路不拾遗",待老残亲自前往现场视察之际,所听到的与看到的,却和远远传来的消息完全不同。这一"美誉"的背后,是滥杀无辜,

---

① 刘德隆、朱禧、刘德平等编:《刘鹗及老残游记资料》,成都:四川人民出版社,1985年,第78页。

冤案累累。玉贤对所辖百姓过于残暴,办案的手法也过于毒辣,"他随便见着什么人,只要不顺他的眼,他就把他用站笼站死;或者说话说的不得法,犯到他手里,也是一个死"①。在署理曹州府不到一年的时间内,衙门前十二架站笼便站死了两千多人,其中"大约十分中九分半是良民"②。他还恬不知耻地到处宣传他是"清官""好官",为自己的"政绩"广造舆论,弄得全州百姓个个胆战心惊。于家屯的财主于朝栋一家,曾经因被强盗抢走了些衣服首饰而报了案,因此于家与强盗结了冤仇,后被强盗栽赃陷害,玉贤大人不经过调查,便强行给于家父子三人安上了强盗的罪名,使他们命断站笼。小杂货店姓王的掌柜有一个二十一岁的独生儿子,由于酒后直言玉大人糊涂和好冤枉人,就被玉贤以谣言惑众为罪名抓进衙门,站起站笼,不到两天就站死了。马村集车店掌柜的妹夫是一个卖布的老实人,由于看到玉大人手下人做事没有天理,酒后与人说起,惨遭捕快陷害,被玉贤抓去站了站笼而死。玉贤的逻辑是:"这人无论冤枉不冤枉,若放下他,一定不能甘心,将来连我前程都保不住。俗语说得好,'斩草要除根',就是这个道理。"③玉贤为了向上爬不择手段,不惜杀民邀功;他残暴如同魔鬼,对抓到的百姓,常常严刑拷打,屈打成招;将百姓就如同牲畜一样宰杀,手段极其残忍,让人看着头皮发麻。老残题诗说:"得失沦肌髓,因之急事功。冤埋城阙暗,血染顶珠红。"④"杀民如杀贼,太守是元戎!"⑤深刻地揭示了这些酷吏可怕的精神世界,掩盖在清廉之下的是无比冷酷残忍与比贪黩更大的贪欲,那些所谓的"清官",其实是一些更为狠毒的刽子手。

"清廉得格登登"的"清官"刚弼,曾拒绝巨额贿赂,但却自以为不

---

① (清)刘鹗:《老残游记》,西安:三秦出版社,2006年,第33页。
② 同上书,第45页。
③ 同上书,第31页。
④ 同上书,第39页。
⑤ 同上书,第40页。

要钱、不受贿,就臆测断案,滥施刑罚,草菅人命,枉杀好人,制造无数冤狱。他在齐河县审讯贾家十三条人命的巨案时,不认真研究案情,也不深入调查,而是凭自己的主观臆断,就认定无辜的魏氏父女是杀人凶手,并严刑逼供,逼迫魏氏父女招供认罪。在他的淫威下,许多无辜的百姓都遭了殃,他的所作所为铸成一幕幕骇人听闻的悲剧。他的逻辑是,"倘若人命不是你谋害的,你家为什么肯拿几千两银子出来打点呢?"①刚弼之流之所以如此断案,其实他们灵魂深处隐藏的是无限膨胀的野心和权欲。

除玉贤、刚弼之外,还有一个貌似贤良的"清官"——山东巡抚庄宫保,他表面上是个"礼贤下士""爱才若渴",一心想干出一番政绩的"好官",但事实上却很平庸无能。他不辨属吏的善恶贤愚,给山东百姓带来了一系列的灾难。"办盗能吏"玉贤是他赏识的,刚弼也是他倚重的,更为严重的是他治理黄河时,错误地采用史钧甫的治河建议,废济阳以下民埝,退守大堤,致使黄河两岸十几万百姓遭受家破人亡的惨剧。

玉贤、刚弼、庄宫保之类的"清官",表面清政为民,执法严厉,其实他们的所作所为都是为了掩人耳目。作者从清官的精神世界和凶残手段入手,更加深刻地揭露了藏在清官面具下的更大的贪欲和无情。《老残游记》第六回中一语道破真相:"只为过于要做官,且急于做大官,所以伤天害理的做到这样。"②可以看出,这些"清官"的升迁之路,竟是通过"冤埋城阙暗"来实现自己"血染顶珠红"的罪恶目的,这比贪官、赃官害民更为可恶。他们只重视做官的权力,而忽视了做官的责任和义务,通过"清官"的内外言行,不难发现,他们实质上是披着仁义、道德外衣的欺世盗名之徒。贪官、赃官重在求财求利,而"清官"除了求名之外,更在害命,与贪财、贪利的贪官、赃官相比,贪名更为可

---

① (清)刘鹗:《老残游记》,西安:三秦出版社,2006年,第112页。
② 同上书,第42页。

怕,也更具有欺骗性,其杀伤力比贪官、赃官更强。因此,"清官害民""清官误国",是对传统清官认识的一大突破和颠覆,《老残游记》中的"清官"只是一些不要钱的酷吏或庸官,他们和老百姓心目中的清官有着天壤之别。作者对玉贤、刚弼、庄宫保等人名为清官、实为酷吏的虐民行为进行了有力抨击,表达了作者对社会、国家现实的强烈忧患意识。

第二节　晚清谴责小说产生的伦理环境

清朝末期是中国历史上一个特殊的历史时期,这一时期,中国社会在政治、经济、思想和文化等各方面都发生了重大的变化,文学的发展也随之进入了一个新的时期,表现出不同于传统文学的新特点。文学伦理学批评认为:"从人类文明发展的历史观点看,文学只是人类历史的一部分,它不能超越历史,不能脱离历史,而只能构成历史。不同历史时期的文学有其固定的属于特定历史的伦理环境和伦理语境,对文学的理解必须让文学回归属于它的伦理环境或伦理语境中去,这是理解文学的一个前提。"[1]每一部文学作品都是在特定的伦理语境中诞生并为这个语境服务的,聂珍钊教授在讨论文学伦理学批评时特别强调:"回到历史的伦理现场,进入文学的伦理环境或伦理语境中,站在当时伦理立场上解读和阐释文学作品。"[2]

文学作品是特定年代社会环境和思想的再现,对文学作品的研究离不开当时具体的伦理环境,只有深入探讨影响作家作品产生的伦理环境,才能对文学作品进行具体深刻的解读,因此,对晚清谴责小说的

---

[1]　聂珍钊:《文学伦理学批评:基本理论与术语》,《外国文学研究》2010年第1期,第19页。

[2]　聂珍钊:《文学伦理学批评导论》,北京:北京大学出版社,2014年,第7页。

伦理道德的研究就需要考虑到当时特定的伦理环境。伦理环境又称伦理语境,文学伦理学批评要求在特定的伦理环境中分析和批评文学作品,对文学作品本身进行客观的伦理阐释,而不是进行抽象或者主观的道德评价。晚清涌现的数量较多的谴责小说,不是偶然的文学现象,谴责小说的出现和小说"溢恶"的道德批评,与当时独特的伦理环境有关,它是当时内忧外患动荡不安的政治环境、社会伦理意识和历史现实语境等各方面相互影响的产物。

一、内忧外患动荡不安的政治环境

清初期由于施行闭关锁国政策,整个大清王朝都沉浸在泱泱大国的迷梦中,清政府用"四书""五经"禁锢人们的思想,残酷镇压怀抱不满情绪的民众或评议时政者,导致吏治腐败,民众敢怒不敢言,封建专制制度发展到了极点。而此时,西方国家早已走上资本主义道路,科技文化有了很大的发展,西方各国也在世界各地开始进行殖民掠夺,并于1840年用火炮打开了清朝的大门。自1840年以来,西方列强多次发动侵略战争,中国频遭外侮,1840年至1842年的第一次鸦片战争,1856年至1860年的第二次鸦片战争,1883年底至1885年的中法战争,1894年至1895年的甲午中日战争,都以中国的失败而告终。封建制度的没落和清朝统治的日趋腐败,加上帝国主义势力的侵略,破坏了中国传统的社会政治经济生活,使中国沦为半封建半殖民地的社会。

在清朝末年,随着中国完全沦为半封建半殖民地社会,中国的社会危机和社会矛盾日益突出和尖锐。作为封建社会末期的晚清,本来存在已久的各种矛盾已经越来越严重,而西方列强的入侵又增加了许多新的问题,晚清官场的黑暗腐败,已经严重影响社会的凝聚力和向心力,中国封建社会遇到了前所未有的冲击,本来已是强弩之末的晚清王朝在西方列强的坚船利炮的攻击下,国家主权逐渐丧失,领土不断被瓜分,百姓民不聊生,中国面临着亡国灭种的危机。

由于国内各种矛盾激化,加之列强入侵中国,欺凌过甚,激起了中国百姓普遍的愤恨,义和团迅速兴起,他们以"扶清灭洋"为口号,拔电杆、毁铁路、烧教堂、杀洋人和教民。清政府听信义和团能够"刀枪不入、杀光洋人",便于1900年5月25日对八国宣战。英、美、法、俄、德、日、意、奥八国为扑灭义和团,扩大对中国的侵略,组成了侵略联军,于1900年6月,由英国海军中将西摩尔率领,从天津租界出发,向北京进犯,随之两宫遁逃,最后导致中国陷入空前灾难,险遭瓜分。1900年,是农历庚子年,这场爆发的动荡被中国人称为"庚子国变"或"庚子国难"。庚子国变后清政府与十一国列强的代表在北京签订丧权辱国的《辛丑条约》。庚子国变是中国人不堪列强侵略和压迫而进行的民族排外运动,他们不惜以血肉之躯与敌人的炮火相抗,爱国精神可嘉,行动却非常愚昧。经此事变,清廷已成风中残烛。

满清政府的末世政治危机,使传统的儒家文化遭到猛烈的冲击。国家的衰弱,清王朝政治日趋腐败,官吏贪污受贿和崇洋媚外,军事外交屡遭挫败,世风的堕落,社会的黑暗,人民生活的痛苦不堪,维新革命运动的蓬勃发展,这些残酷的现实摆在中国人面前,在这样一个充满动荡与变革的年代,中国人在受尽屈辱和挫败之后,开始反思现实社会,针砭时弊,求思求变,迫切地寻求振兴国家和民族的道路。根据鲁迅先生的说法,谴责小说就是因为庚子事变的刺激而产生的。庚子事变导致人们对清廷失望,形成了以掊击官场为快的"时人嗜好"或社会心理,即"海内失望,多欲索祸患之由,责其罪人以自快"。① 救亡图存的时代要求,不仅摧毁了中国传统的伦理秩序,还影响了文人志士的伦理选择和思想表达,于是,一批具有社会责任感的文人便怀揣着深深的激愤之情与批判忧患意识,用小说做武器对时政和社会黑暗现

---

① 鲁迅:《中国小说史略》,北京:人民文学出版社,1973年,第253页。

实进行鞭挞,出现了大量抨击时弊,揭露官场阴暗与丑恶的作品,即谴责小说。谴责小说以谴责和痛斥黑暗的社会现实为己任,畅快淋漓地揭露和声讨着晚清官场的腐朽和污浊。李宝嘉、吴沃尧、刘鹗、曾朴等谴责小说作家,皆出生于官宦世家,却都没能跻身官场,他们又都从事过新闻事业,因此,他们审视社会更能"揭发伏藏"、彰显"弊恶",聚焦社会中的种种怪现状,使其"现形"。李宝嘉受到当时改良主义思想的影响,在他的小说中融入特定时代的积极因素,对传统伦理秩序进行批判,企图以"劝惩"来建构新的伦理价值体系。他用小说抨击时政,在《官场现形记》中将官场上腐败堕落、卑鄙无耻、龌龊丑恶的官吏丑态赤裸裸地暴露在读者面前,"前半部是专门指摘他们做官的坏处,好叫他们读了知过必改;后半部是教导他们做官的法子"①。李宝嘉通过自己的小说,一方面揭露了晚清官场的腐恶内幕和官场伦理的崩溃,另一方面也阐明了自己的鲜明立场和政治伦理价值观。《二十年目睹之怪现状》的作者吴沃尧经历了1894年至1895年的中日甲午战争和1900年的八国联军侵华战争,他的创作题材都源自他自己的经历和晚清动荡不安的社会现实。《二十年目睹之怪现状》就描写了从1883年到1903年间的各种"怪现状",作者在小说中展现了一幅晚清封建王朝人伦道德败坏的颓废画面,同时也揭示了由于西方列强对当时社会经济和人们思想的入侵而导致的传统生活方式的改变和对人伦道德的毁坏。《老残游记》的作者刘鹗在自序中说道:"吾人生今之时,有身世之感情,有家国之感情,有社会之感情,有种教之感情。其感情愈深者,其哭泣愈痛。此鸿都百炼生所以有《老残游记》之作也。"②而"《老残游记》一书是刘鹗为家国哭,为社会哭而写出的一部呕心沥血的发奋之作,作者要力图修补残局,扶衰振蔽"③。将社会的

---

① (清)李宝嘉:《官场现形记》,海口:海南出版社,1995年,第862页。
② (清)刘鹗:《老残游记》,西安:三秦出版社,2006年,第2页。
③ 周先慎:《明清小说》,北京:北京大学出版社,2013年,第284页。

丑恶面貌和国家的危机状况展示在读者面前,以促进民众的警醒,这是谴责小说成为晚清小说主流的主要原因。

晚清四大谴责小说家的作品皆以晚清官场为描写对象,集中表现封建社会崩溃时期旧官场的种种腐败、黑暗和丑恶的情形,既有军机大臣、总督巡抚、提督道台,也有知县典吏、管带佐杂,他们或龌龊卑鄙,或昏聩糊涂,或腐败堕落,构成一幅清末官僚的百丑图。

二、晚清伦理道德水平下降和道德救世的社会伦理意识

中国自秦汉以来,儒家思想文化就作为封建社会的精神支柱沿袭不断,以伦理为本位的中国传统文化,是中国文人文学创作的重要文化背景,但是鸦片战争打开了中国的大门,西方文化的输入,直接冲击了中国传统文化,封建社会的伦理秩序和道德观念受到了极大的影响。中西文化的强行组合,导致了价值的迷乱和道德的失序,在戊戌变法之前,严复、康有为、梁启超等人已经意识到中国传统伦理道德的弊端,随着国门的被打开,鸦片的输入摧毁着中国人的肌体和精神,更加深了社会伦理道德的败坏。在内忧外患的动荡环境下,传统的生活方式发生了转变,人们的心态也随之开始发生潜移默化的变化,人们为了生存,人性变得扭曲,伦理禁忌不复存在,传统的伦理秩序逐渐被民族的衰弱、西方观念的入侵、商业的大潮一点点消解,出现了一批卑劣的商业恶棍,形形色色的流氓、泼皮、骗子和敷衍塞责、阳奉阴违、买官卖官的贪官污吏,而代表着传统伦理秩序的纲常伦纪、礼教名分、敬天法祖等理念被碾碎,再加上吸食鸦片的现象、实用主义之风和享乐主义观念,最终导致晚清社会出现道德堕落、人民愚昧、政府无能、官场贪污腐化、纵欲无度的颓废社会状况。

在这种社会转型时期,道德尺度的混乱、失落和滑坡现象,家庭成员在价值判断上出现了众多问题,传统的"尊老""孝道""忠君"等仁、义、礼、忠、孝、信的伦理观变得支离破碎。在晚清谴责小说中,充斥着弑父、杀弟、不孝等违背人伦规范的情节内容,社会失去了应有的正常规则和秩序,这正是晚清社会的动荡不安催生的恶的滋长。面对当时天下纷乱无序、封建末世风俗颓败、道德沦丧的现状,一些文人被激发出强烈的道德救世情怀和社会变革的政治理想,清末救亡图存、保种强国的时代要求,影响了小说家的价值选择和主题表达,他们抱着改革社会的目的,对在社会嬗变中人们世风日下的精神面貌和生活方式进行揭露和批判。"以仆之眼观于今日之社会,诚岌岌可危,固非急图恢复我固有之道德,不足以维持之,非徒言输入文明,即可以改良革新者也。"①吴趼人提出的"恢复旧道德"的主张,其目的就在于探索中国应该走什么样的"改良革新"之路。这时期文坛上出现了以抨击时政、讽刺时世为主题的大量作品,通过书写恶来承载对善的向往,借助"审丑""溢恶"来寄寓对崇高伦理道德的诉求,"文学的根本目的不在于为人类提供娱乐,而在于为人类提供从伦理角度认识社会和生活的道德范例,为人类物质生活和精神生活提供道德指引,为人类的自我完善提供道德经验"②。吴趼人《二十年目睹之怪现状》的时代背景是 1883 中法战争前后到 1904 年前后的二十年,这段时期的人们在生活上和思想上都发生了很大的变化,如官商勾结、士商合流、弑父杀弟、虐待老人、与人通奸等,吴趼人看到社会的种种丑恶现象和人伦道德的崩溃,非常气愤,但又找不到出路在哪里,于是,便以"恢复我固有之道德"为创作宗旨,在他的小说《二十年目睹之怪现状》中,以他自身的经历和晚清动荡不安、世风日下的社会现实为创作素材,对社会丑恶进行揭露和谴责,让二十年间的各种"怪现状""现形",其伦理图旨主要是通过书写"怪现状"中的恶来承载对善的向往,寄寓对崇高伦理道德的诉求。这是作者在道德理想受挫的状况下对晚清黑暗社会发出的

---

① (清)吴趼人:《痛史·九命奇冤·上海游骖录·云南野乘·剖心记》,南昌:江西人民出版社,1988 年,第 545 页。
② 聂珍钊:《文学伦理学批评:基本理论与术语》,《外国文学研究》2010 第 1 期,第 17 页。

绝望的戏谑。

三、"道德革命"和近代小说理论"小说界革命"的现实语境

中国传统的文艺观一向视小说为"小道",小说是不能登大雅之堂而遭到鄙视的,这与西方重视小说创作的观念完全相悖。及至近代,中国有识之士接触到了西方文化,认识到小说的社会改良功能的重要性,梁启超随之提出"道德革命"和"小说界革命"。梁启超提出的"道德革命"是中国近代伦理发展变化的转折点,中国几千年以来传统的道德观念、价值体系都发生了裂变,为谴责小说的叙事提供了丰富的素材;而"小说界革命"的提出,强调了小说对社会改革和社会进步的积极作用,颠覆了几千年来鄙薄小说的传统偏见,提高了小说这一文学样式在文学创作中的地位,为小说的伦理教化提供了可能。另外,"小说界革命"的提倡,赋予了小说"新民"的历史重任,将小说创作纳入社会改革的轨道,为新小说的创作题材开辟了广泛而现实的内容范围,为小说的伦理叙事打下了理论基础。

自戊戌变法失败以来,以梁启超为代表的中国知识分子就开始试图从"民德"方面拯救中国,梁启超认为救国之途中最大的障碍之一是民德不备,不仅私德需要完善,公德更需要建立。因而有学者言,晚清的道德革命在显性文化层面呈现为一种以群治为理想的新道德,一种与新的人间秩序相匹配的公德。梁启超对"民德"的提倡,是他在分析中国历次革命不成功的原因后得出的新的救国之方法。这个判断有一个前提,那就是晚清社会的黑暗和人们伦理道德的堕落。梁启超是从学理层面分析了民德不备,而吴趼人、刘鹗等谴责小说家则从文学的层面再现了晚清民众道德的颓败。

正因为对当时的黑暗社会和丑恶现实的厌恶,晚清谴责小说家对道德败坏、世风日下的现状体现出一种变革的精神,期望通过小说的肆意暴露和讽刺,来引起民众的觉醒,以期社会得到改良。谴责小说

的"溢恶",映现的就是当时社会潮流的变迁与作家们几乎一致的道德评价,其实都曲折而真实地反映了那个转型时期的种种印记,是人们对传统伦理价值体系的挑战与颠覆,是新型社会形态在最初重构人的价值规范与道德信仰时难以避免的错位与失序。所以,谴责小说是堕落与反叛的结合,是社会革命在道德革命层面的表现。

1902年,戊戌变法失败后逃往日本的梁启超在自己创办的《新小说》杂志上发表了《论小说与群治之关系》一文。他将变法失败的症结归为"民智不开",并认为中国要完成维新大业,必须改良群治,即让老百姓了解"身外之身,世界之外世界",也就是西方的社会与政治状况。此时,他认为小说是开民智最有力的武器。为了让国民重视小说,他夸张地宣称"小说为文学之最上乘",他还宣称,我国的古典小说,因制造状元宰相、才子佳人、江湖盗贼、妖魔狐鬼思想,都与腐败的封建观念相联系,必须抛弃。而"欲新一国之民,不可不先新一国之小说。故欲新道德,必新小说;欲新宗教,必新小说;欲新政治,必新小说;欲新风俗,必新小说;欲新学艺,必新小说;乃至欲新人心,欲新人格,必新小说。何以故?小说有不可思议之力支配人道故"①。因此,"今日欲改良群治,必自小说界革命始;欲新民,必自新小说始。"②梁启超此言一出,在当年的上海如平地一声响雷,它震撼了无数知识分子的心灵,并很快激起了强烈的社会反响。别士、楚卿、松岑、陶佑曾等人纷纷发表文章,他们除了赞同梁启超的"小说界革命"观点外,沿着"小说为文学之最上乘"的思路,鼓吹"新小说",强调小说改造社会的功用和价值。

清末历经鸦片战争、中法战争和甲午中日战争的失败,再加上戊戌变法的失败、八国联军的侵略和义和团运动等一系列的事件,中国沦落到了亡国的危险边缘。晚清封建社会的政治危机和中华民族的

---

① 梁启超:《论小说与群治之关系》,《新小说》1902年11月14日第1号。
② 同上。

生存危机，导致以儒家文化为主体的中国传统文化危机进一步显露，中国传统的道德观念和价值体系在"革命"的威力下出现了裂变，为清末小说的伦理叙事提供了丰富的创作素材，而梁启超提出的"小说界革命"，不仅使小说的地位得到了提高，同时也赋予了新小说以"新民"的历史责任，这就为小说的伦理叙事提供了可能。因此，在小说领域，反映现实、针砭时弊、匡时救国的思想成为进步文人的基本主张，晚清出现的谴责小说继续张扬"文以载道"的伦理教化功能，但"道"的内容因清末救亡图存的时代需要发生了裂变，受当时"道德革命"和近代小说理论"小说界革命"等伦理诉求的影响，一种用讽刺、批评和谴责等手段以达到救国强国宗旨的新的伦理道德体系逐步形成。梁启超"小说界革命"的提出，改变了中国人传统的小说观念，唤醒了李伯元、吴趼人、刘鹗、曾朴等众多小说家的社会责任感，点燃了当时他们的爱国热情，它也使文学创作，特别是小说创作变成了一种大众都能参与的事业。戊戌维新失败，庚子国变，世道纷乱，全国上下都深感政府不足图治，顿有抨击之意。写小说，将胸中所怀之议论寄于此，宣泄个人心中郁积的不满与愤懑情绪，让无数知识分子找到了表达情感与谋生的最佳道路，一时在上海文坛上，小说异军突起，《官场现形记》《二十年目睹之怪现状》《老残游记》《孽海花》等四大谴责小说都是在1902年以后问世于上海的，正是因为对当时黑暗、腐朽、丑恶的社会现实的厌恶，谴责小说作家期望通过小说这种形式，对社会黑暗现实进行揭露和讽刺，以促进民众的觉醒，希冀引起社会的改良。

本章小结

本章围绕着晚清谴责小说的道德批评展开研究，以李宝嘉（李伯元）的《官场现形记》、吴沃尧（吴趼人）的《二十年目睹之怪现状》和刘鹗的《老残游记》这三部谴责小说为例，分析探讨晚清谴责小说产生的特殊伦理环境。《官场现形记》中的各级官吏的伦理责任缺位导致他们的伦理身份被解构,他们抛弃了自身应有的道德良知。作者通过对晚清官场恶行丑态的全面勾画,揭开了官服遮蔽下的人性之丑;《二十年目睹之怪现状》从官场吏治、家庭生活等各方面切入,反映了中法战争到 20 世纪初期中国官场、家庭、商场以及洋场等无数怪现状,使我们看到了晚清腐朽制度带来的世风日下、人心不古、人性扭曲和人性堕落的种种丑态;刘鹗的《老残游记》的切入点与前两部作品不同,重点不是写贪官污吏,而是写所谓的"清官",作者对玉贤、刚弼、庄宫保等人名为清官、实为酷吏的虐民行为进行了有力抨击,表达了作者对社会、国家危亡现实的强烈忧患意识。本节通过援引文学伦理学批评研究方法,对上述三个作家作品进行文本细读,以探讨谴责小说"溢恶"的道德批评及其产生的伦理环境。

  晚清谴责小说是在旧的封建社会制度行将瓦解,中国传统观念、传统文化受到新情况、新问题挑战的条件下产生的,小说的创作主体也不同于以往的作家,由于当时社会的变化和西方文化的影响,此时期作家们的思维方式和伦理价值观都发生了很大的变化。四大谴责小说作家都出身于官宦世家,也都有过科举求仕失败的经历,他们的价值观和伦理观,就起始于对这条道路的反叛或错移。他们已不再拘泥于传统的文人价值观念,他们对传统文人一向鄙视的新科技和实业发展有了新的认识和现实选择,形成了对晚清社会政治、经济、文化、伦理道德等诸多社会现实问题的自觉反思。晚清政治、文化制度的极端腐朽,实际上是在为社会变革积聚能量,李伯元、吴沃尧、刘鹗和曾朴等谴责小说家所处的时代,封建秩序和人伦道德的悖谬已经达到了荒诞的地步,社会的变革只是早晚的事,那些曾经威重一时的东西,譬如求取科名、做官等,在头脑清醒的知识分子那里,已经丧失了权威性和合理性。晚清谴责小说作家怀揣着社会责任感与忧患批判意识,出于对历史的反思和对现实的探索精神,在他们的作品中,揭露和声讨晚清官场的腐朽和污浊,谴责和痛斥黑暗的社会现实。

　　晚清谴责小说作家把创作的眼光从传统的伦理秩序中转向了活生生的现实人生,从大的方向上看,它和中国社会的发展走向趋于一致,反映了当时社会的急剧动荡变化给人们带来的思想观念的转变;同时,自由、平等、民主等西方先进价值观的输入,使得中国传统伦理价值观发生裂变和崩解,出现了几千年以来未有之变局,无论是从所反映的思想内容,还是价值观念上,都是对当时社会文化、伦理道德和人们行为方式的解构和反叛。标志着中国传统伦理文化的现代性转型,是我国古代小说向现代小说过渡的重要环节。

第九章

鲁迅小说的伦理叙事与伦理重构

鸦片战争至19世纪末的几十年里,伴随着封建社会的日渐没落和资本主义生产关系的发展,在封建阶级内部涌现了一批叛逆者。他们基于本民族积贫积弱的残酷现实,纷纷向西方学习,变法图强,以期改变本民族受欺辱、受压迫的命运。从龚自珍、魏源到康有为、严复、梁启超,他们在接受西方先进文明的洗礼后,都在不同程度上对陈腐的封建道德伦理观提出了挑战。太平天国运动、洋务运动、以康有为为首的变法运动等,像暴风骤雨一样冲击了封建社会遵循千年的政权、族权、神权和夫权。五四运动的发生,更是在思想文化上形成了历史上未有的肯定人的价值的思潮。在这种特定的时代环境中,以鲁迅为代表的末世封建阶级的子弟,与本阶级伦理道德要求发生了离心倾向,表现出反传统、反世俗,追求自由、平等的道德意识。

鲁迅,作为五四启蒙运动旗帜,其伦理叙事的基调为反抗传统伦理、追求自由伦理。在其颠覆传统伦理的创作过程中,他深刻感受到了一种源于伦理困境的创伤体验。他站在启蒙的立场上审视当时的中国社会,通过对中国封建社会长期深入的考察,用自己的文学作品对中国现实做出了直观性反思和尖锐的批判,对封建传统伦理进行彻底的解构和嘲讽。他肯定自由的存在,追求人的自觉独立。"惟有此我,本属自由";"凡一个人,其思想行为,必以己为中枢,亦以己为终极:即立我性为绝对之自由者也。"① 以自身的伦理记忆和有感于作家的道德责任,鲁迅在其小说世界中,造就了反抗传统伦理,呼唤自由、平等的自由伦理,率先发出了旨在启蒙的激进"个性主义"的呐喊,以"诚"和"爱"来构建自我新的伦理道德体系。在其小说创作中,鲁迅刻画了众多的人物形象,纵观这些人物,可以总结出,他们其实是两类孤独者。一类是在封建传统观念和伦理道德的重压下觉醒的人;一类是在封建专制主义的牢笼里因其不幸而被大家嘲笑和唾弃的人。通过对他们悲剧命运的描写,鲁迅把批判的矛头指向了与之对立的庸众以及造成这所有现象的根源:封建传统伦理价值观念。鲁迅试图用自己的笔,唤起中国沉睡几千年的大众的觉醒,并期待在中国大地上有真正的"人之子"出现。

在鲁迅的文学作品中,主人公无一不深陷在现实的伦理困境中无法逃逸。家庭、君臣、社会等伦理冲突直接或间接造成了主人公的伦理困境。而造成人物困境的原因,则不外乎传统伦理的压迫和人与人之间的隔膜这两个方面。鲁迅出于自我道德责任和伦理记忆的不愿遗忘,在其作品中寓言般地传达了伦理两难造就的自我灵魂的撕裂。

---

① 鲁迅:《文化偏至论》,《鲁迅全集》(第1卷),北京:人民文学出版社,1981年,第51页。

在以往的鲁迅研究中,学者们主要从鲁迅对传统文化的批判、对国民劣根性的批判等角度去解读鲁迅的相关文学作品,很少有学者专门从传统伦理、自由伦理的角度,对鲁迅的文学作品做出全方位的解读。本章主要结合鲁迅的《狂人日记》《药》《伤逝》《祝福》《铸剑》等相关文学作品,从解构、嘲讽传统伦理,反抗、批判传统伦理,追求、重塑自由伦理这三个方面来分析鲁迅作品启蒙叙事与伦理困境的统一与背离,并论证其如何构建了鲁迅作品的沉重瑰奇、矛盾分裂的独特的创伤伦理叙事景观。

第一节 传统伦理的解构与嘲讽

"伦理"一词在西方最先出现在古希腊名著荷马史诗中的《伊利亚特》一书中,是指人们在社会生活中与他人相处而形成的处理人与人关系的某种习惯或品行。我国伦理一词最早出现于《乐记》,所谓"乐者,通伦理者也"①。这里的伦理指的是群居的人们所遵循的道理、习俗、规则及由此形成的秩序。在其后数千年的封建王朝更替中,伦理逐渐被融入礼治和德治,最后发展成处理人与人、人与社会之间的关系时所遵循的道德和准则。

鲁迅生于1881年,卒于1936年,这个时期的中国由于长期处于古老而封闭的封建传统文化的统治之下,生产力水平低下,人民物质生活贫困,民不聊生,国力衰微,人的精神和灵魂也被几千年的封建文化残酷地摧残、扭曲,作为文化先觉者,鲁迅怀疑传统文化,对伦理问题有过许多深刻、精到的分析,给世人留下了一笔宝贵的思想遗产。

一、"吃人"的本质

纵观鲁迅著作,读者可以发现,其作品中大量地出现了对"吃人"

---

① 陈澔注:《礼记》,上海:上海古籍出版社,1987年,第205页。

这一现象的书写,"吃人"构成了鲁迅作品和生命最深层体验的一个中心词,并且演变成他终其一生最尖锐、最深刻的国民性批判。1918年发表于《新青年》四卷五号的《狂人日记》,给当时的中国社会和文坛带来了犹如春雷般惊天动地的震撼。不仅仅因其是中国现代文学史上第一部白话小说而让读者印象深刻,更在于其借助狂人之口,揭开了中国传统道德伦理"吃人"的本相,把传统伦理"吃人"的真实面目赤裸裸地呈现在世人面前。

在中国历史上,有许多关于吃人的记载。《左传》中宋国人被楚国大军围困,不得已易子而食。而在安史之乱中立下赫赫战功,为李唐王朝捍卫天下的名将张巡食其所爱之肉,更是得到了集仁义道德于一身的儒学大师韩愈的赞颂。似乎吃人这一残忍的事情,只要冠以冠冕堂皇的理由,在传统伦理的保护之下可以传为佳话甚至美谈。小说中的狂人,在恐惧和怀疑中审视着周围的一切。表面上来看,狂人的怀疑和悚惧是病理性因素,是陷入了疯癫状态的一种臆想。然而,鲁迅却借助狂人历史知识和现实见闻为其怀疑提供一系列有力的支撑。小说中列举了历史记载和现实中刚发生的真实吃人事件:易牙蒸子献给齐桓公、易子而食、人肉人血治痨病、徐锡麟的心肝被炒吃……这些事件让狂人在恐惧之余对全人类吃人问题进行了思考和分析,他试图让大哥和周围的人思考和反省现存的状态,因为"要晓得将来容不得吃人的人,活在世上"①。这里的"吃人"表面上看起来是实指,实际上包含着丰富的象征意义。在文本中,迫害狂人的正是赵贵翁带头下的乡里人。赵贵翁是乡里的地主阶级,乡里人则是在其带领下的普通群众,一方属于地主阶级,一方属于无产阶级,原本对立的两个阶级却在对待狂人的态度上取得了完全的一致。鲁迅在这里主要是鞭挞了普通群众的奴性。他们虽然被别人吃,但同时他们也吃别人,并从吃别

---

① 鲁迅:《呐喊·狂人日记》,《鲁迅全集》(第1卷),北京:人民文学出版社,1981年,第431页。

人中获得了一种对被吃的补偿和满足。陷入疯癫和臆想之中的狂人，在此时已被赋予了一个反封建斗士的形象。狂人最后在日记中呼喊"救救孩子"，实际上并不是担心孩子被吃掉，而是担心现在这些天真无邪的孩子，长大后也会成为吃人的人或者帮凶。鲁迅借助对心理错乱者狂人的思维和心理描写，揭示了中国社会还处于"吃人"的原始野蛮状态，在看不见的传统伦理的残害和侵蚀下，有多少鲜活的生命和富有朝气的魂灵被无情吞噬。传统伦理这种吃人于无形的本质，在中华民族文明史上不断重复上演，它不仅愚弄和欺瞒国民，甚至还让国民成为吃人的帮凶和积极的参与者。

在《中国新文学大系·小说二集·导言》中，鲁迅声称"《狂人日记》意在暴露家庭制度和礼教的弊害"①。这是《狂人日记》创作的坚实基础，也是鲁迅其后作品所要表现的主题。正如周作人所说："《狂人日记》的中心思想是礼教吃人。这是鲁迅在《新青年》上所放的第一炮，目标是古来的封建道德，以后的攻击便一直都集中在那上面。"②此后，鲁迅就一直以这种反传统的姿态，在其文学作品中对中国传统伦理进行无情地解构与嘲讽。他能在普通大众习以为常的地方，独具慧眼地洞察到传统伦理"吃人"现象的存在和循环发生，并进行深入的剖析和彻底的批判。鲁迅对传统伦理的批判达到了至今无人能企及的广度和深度。其后在《灯下漫笔》里，鲁迅对"吃人"的传统伦理有了更深刻的认识，从根源上将传统伦理掩盖下"吃人"的本质进行透视。"所谓中国的文明者，其实不过是安排给阔人享用的人肉的筵宴。所谓中国者，其实不过是安排这人肉的筵宴的厨房。"③"于是大小无数的人肉的筵宴，即从有文明以来一直排到现在，人们就在这会场中吃人，被吃，以凶人的愚妄的欢呼，将悲惨的弱者的呼号遮掩，更不消说

---

① 鲁迅：《中国新文学大系·小说二集·导言》，上海：上海文艺出版社，1935年，第2页。
② 周作人：《鲁迅小说里的人物》，南京：江苏人民出版社，2018年，第15页。
③ 鲁迅：《坟·灯下漫笔》，《鲁迅全集》（第1卷），北京：人民文学出版社，1981年，第216页。

女人和小儿。"①鲁迅在此不仅看到了"吃人"的本质和被吃者的痛苦,更是一针见血地指出了从古到今存在的"吃人"机制——传统伦理,才是导致"吃人"现象不断上演的罪魁祸首。而从残酷的现实环境中,鲁迅更是看到了这个社会中"吃人"现象的重叠、回环、往复。在《药》这篇小说中,秋瑾化身为夏瑜,而喝他血的人则化名为一位姓"华"的人——华小栓。这个"华"和夏瑜的"夏"象征着被分成两半的中国:愚昧不觉醒的普通大众和少数杰出的精英。狂人、夏瑜他们因其觉醒而被庸众疏远和虐待,成为群众对立面的孤独者,最后招致悲惨的命运:狂人的精神被毁灭了,夏瑜则直接被吃掉。鲁迅有意识地将这些杰出个体从肉体到灵魂加以毁灭,以震撼麻木的民族灵魂。华家一家、康大叔、茶客等,都是直接、间接参与吃夏瑜这一行为的普通大众。而那些街头伸着鸭子样长脖的无聊看客,实际上也是在欣赏着吃人的过程。因此,《药》这部小说,作者并不是仅仅呈现吃人的表象,而是希望通过夏瑜的血肉,来找到拯救愚昧民众心灵的仙丹,唤醒民众隐藏在内心深处的真正人性。鲁迅对于吃人的认识,实际上是通过庸众的各种表演,深入挖掘造就民族灵魂麻痹的历史文化根源,即从奴隶社会到封建社会末期以来,一直占据意识形态统治地位的传统伦理对普通大众的桎梏和毒害。

但是,清醒中的鲁迅并没有真正找到医治社会病根的良药,他自己实际上也是千万吃人帮凶中的一员,是数千年传统伦理培育出来的文明载体。所不同的是,鲁迅是最早觉醒的人,他看到了时代的痼疾和自身的痛苦,更看到了传统伦理加诸当今普通大众身上的痛苦。他只能身体力行奔走呼号,以唤醒沉睡的东方睡狮,寄希望于青年一代。"这人肉的筵宴现在还排着,有许多人还想一直排下去。扫荡这些食

---

① 鲁迅:《坟·灯下漫笔》,《鲁迅全集》(第1卷),北京:人民文学出版社,1981年,第217页。

人者,掀掉这筵席,毁坏这厨房,则是当代的青年的使命。"①通过对吃人现象的描写,鲁迅不仅仅是要暴露传统伦理"吃人"的本质,同时还要惊醒那些习惯于封建统治而精神麻木的民众。他把自己的理想寄托在青年身上,希望由他们带领去扫荡、去毁灭所谓的"仁义道德",创造一个充满自由和爱的新时代。

二、新、旧妇女的悲惨命运

五四时代是全盘性反传统的时代。传统的一切,都是启蒙者试图解构和反抗的对象,传统家庭伦理自然也不例外。在所有伦理关系中,家庭伦理关系和其他伦理关系相比具有更大的稳定性,对人的行为起着更为根本性的作用。在五四时代的家庭伦理启蒙运动中,鲁迅的态度尤为峻急,《明天》《祝福》《伤逝》等文本体现了其非凡的思想深度和反抗力度。他从家庭内部的伦理冲突辐射开来,对父子、夫妻以及社会上人与人之间的伦理关系进行深入分析与解构,用同情和讽刺性的笔触描写传统伦理熏染下的人们或可怜或可鄙的道德境遇。

《明天》中的单四嫂子,如果用传统伦理的标准去衡量,是一位标准的穷而守寡的节妇、烈妇,然而她却没有得到应有的社会尊重。小说集中描写了她凄苦、悲惨的现实生活:寡妇弱子、家境贫寒。此外,还要忍受隔壁流氓对她的百般欺侮,庸医的乘机敲诈。更为悲惨的是,她的唯一精神支柱也过早地夭折。在重灾、重债之下的单四嫂子,有何"明天"可言?

《祝福》中的祥林嫂面对悲惨命运,展开了三次个人道德伦理选择。第一次是在小丈夫死后,她不堪忍受婆婆的虐待,以寡妇的身份逃到鲁镇打工。此时的祥林嫂虽然为寡妇,但只要她不再嫁,遵循"一女不嫁二夫"的社会伦理要求,她就只是一个穷苦的寡妇,仍可为当时

---

① 鲁迅:《坟·灯下漫笔》,《鲁迅全集》(第1卷),北京:人民文学出版社,1981年,第217页。

人们包容接纳。所以她只受到鲁四老爷"皱了皱眉"的对待,祭祀时她仍可以参与供品、用具的摆放。周围的人对待祥林嫂也是比较和蔼热情。祥林嫂在这种看似接纳了她的人际环境中,"口角边渐渐的有了笑影,脸上也白胖了"①。但是好景不长,婆婆带着人来到鲁镇抓走了祥林嫂,并把她卖给了贺老六。这是祥林嫂的第二次个人道德伦理选择,虽然是被迫,但是这次选择导致了祥林嫂悲剧命运的不可逆转性。嫁给贺老六的祥林嫂只过了几年的幸福生活,就再一次遭遇了夫死子亡的悲惨命运。走投无路的祥林嫂,不得不做出她命运的第三次也是最后一次道德伦理选择,又一次来到鲁镇打工。但此时的祥林嫂已不再是一名穷苦的寡妇,她身上背负了不贞、不洁、不祥及伤风败俗的诸多罪名。伦理身份的改变导致她所处的社会伦理关系也发生了翻天覆地的变化,鲁镇人的和蔼与热情变为了讥诮与又冷又尖的嘲笑。祥林嫂的悲剧,是她个人的道德伦理选择和其所处的社会伦理发生了不可调和的矛盾冲突,从而导致了其悲惨的命运结局。

《祝福》中的祥林嫂,生活道路比单四嫂子更加曲折和痛苦。她不仅经历了生活上的痛苦折磨,而且受到了精神上更严重的创伤。最后背负着不守节的罪名,怀着下地狱的巨大恐惧走完了短暂的一生,这是传统伦理重压之下的旧时代妇女的悲剧。然而,鲁迅敏锐地观察到,就算受到新思想洗礼的新一代女性,她们仍然挣脱不了传统伦理的牢笼,等待她们的依然是悲惨的结局。

《伤逝》在中国现代文学史上的分量,毋庸置疑。以《伤逝》为代表的,书写五四时期新时代青年的婚姻道德意识、代际伦理关系等家庭伦理问题的作品,展现了鲁迅把爱情、婚姻和家庭道德方面的问题,作为重要的伦理问题进行了深入的研究和理性的思考。他用自己的文学作品,对封建的婚姻家庭伦理思想进行了彻底的解构与嘲讽,剖析

---

① 鲁迅:《祝福》,《鲁迅全集》(第 2 卷),北京:人民文学出版社,1981 年,第 11 页。

了封建伦理纲常造成的种种恶果。

在小说中,子君第一次勇敢地喊出了:"我是我自己的,他们谁也没有干涉我的权力!"①这是中国女性自我意识觉醒的庄严宣言。然而,五四时期个人主义思想虽然已经在知识分子范围内得到了较为普遍的认同,但在更为广大的社会领域还是封建思想占主导地位,在婚姻问题上还流行着"父母之命,媒妁之言"的传统观念,因而子君和涓生的自由恋爱受到了以"老东西"和"小东西"为代表的保守势力的干扰和污蔑。此外,子君虽然喊出了"我是我自己的"宣言,但是作为中国封建伦理环境中成长起来的女性,并不能从根本上摆脱对自己伦理身份的认同,出嫁从夫的封建伦理观念在她心中已经根深蒂固。婚后的子君并没有摆脱从属的身份,只是从属的对象由父亲变成了丈夫而已。她为了盲目的爱而将别的人生要义疏忽了,只是一心一意搞好小家庭,自告奋勇地把全部家务劳动挑起来,为煮饭、蒸馒头、喂油鸡、饲养阿随而"倾注全力"。以至于"终日汗流满面,短发都粘在脑额上;两只手又只是这样地粗糙起来"②。在繁重的家务、拮据的生活面前,她逐渐失去了吸引涓生的魅力。

涓生是鲁迅塑造的一个集男权和夫权等传统伦理思想于一身的男性形象。在与子君的恋爱阶段,涓生对子君是崇敬的,是发自内心的真正爱恋。然而,在同居之后,在"读遍了她的身体,她的灵魂"③后,对子君的态度陡然转变。不再自愧弗如地仰视她、尊敬她,而是居高临下地俯视她、鄙视她。不可否认,爱情和现实生活是有着不可调和的矛盾,但是,相爱的两人相处的关键是如何认识和意识到这种矛盾,并在往后的日常生活中正确对待和处理它。处于封建伦理教育下的男子,认为在有了"父母之命,媒妁之言"的护身符后,就可以肆意地

---

① 鲁迅:《伤逝》,《鲁迅全集》(第2卷),北京:人民文学出版社,1981年,第112页。
② 同上书,第116页。
③ 同上书,第114页。

欺侮女性:"既然女人成了奴隶,那就男人不必征求她的同意再去'爱'她了。"①因此,涓生在得到子君后,对子君的态度犹如家里的经济情况一样,每况愈下,虽然涓生也意识到爱情必须时时更新、生长、创造,然而他却不知道如何去更新、生长和创造爱情的新鲜血液,这是涓生的可悲之处,也是他们悲剧爱情的根源。

为了爱而叛离了家庭的子君,最后被父亲领回了家,在父亲烈日一般的威严和旁人的赛过冰霜的冷眼底下走向了生命的尽头,而涓生也因此陷于无尽的悔恨和悲哀之中。鲁迅在这则爱情故事中,虽然以对新式婚姻美好的幻想开头,但是他没有轻易地许给子君和涓生长久的宁静与幸福。从文章的表层意思上来理解《伤逝》,则可认为鲁迅主张青年人要把个性解放的理想与社会改造的斗争结合起来,争取到经济权利,从而为个性解放和自由恋爱奠定物质基础。但是,子君的悲剧,从更深层次上分析,是封建伦理纲常造成的悲剧。鲁迅通过子君,对家庭伦理关系问题进行了深层次的剖析和思考。

三、父子、君臣伦理冲突

一直以来,家庭伦理关系始终是伦理文化的重要内涵。在重父权的中国,"长幼有序""父为子纲"等家族观念盛行,长辈决定和规范着幼辈、晚辈的行为和命运。父亲将子女看作是自己的私有物、附属品和传承血脉的工具,子女不过是可以由其任意支配与控制的玩偶。在家长的眼中,只有符合传统伦理道德、循规蹈矩的子女才是可以被接受的,稍有变动则被认为是大逆不道之人。然而,受到五四新思想洗礼的青年一代,为追求个性解放和婚姻自由,常常和家长之间发生激烈的矛盾冲突。所以,反抗父亲,将家庭描绘成一种罪恶滋生地的叙述模式便常常出现在五四时期的小说中。很显然,这是一种以反抗传

---

① 鲁迅:《准风月谈·男人的进化》,《鲁迅全集》(第5卷),北京:人民文学出版社,1981年,第283页。

统伦理为主旨的伦理叙事,其中不仅传达了五四作家的反封建意愿,而且也蕴涵了他们对注重个体生命感受的自由伦理的追求。

受启蒙运动感召,五四作家普遍重视传统伦理对年轻一代个性自由的压制,由此也引申出了一种以个性解放为表征的自由伦理思想。对立双方分别代表着传统伦理和自由伦理两种截然不同的伦理观,而冲突的结果,又往往是以青年人的失败告终。《伤逝》中子君的父亲是家庭中的精神权威,为了体现自己的尊严和权力,他用一整套的伦理纲常来对待子君的婚姻。子君在父亲面前,只能选择顺从,这样才是天经地义。理应慈祥的父亲,转变为了传统伦理的权威代表,"家"则在这一权力人物的领导下,成了一种压制个体生命自由伦理的监狱式场所。因此,子君和涓生的自由恋爱,是对"父母之命,媒妁之言"及"父为子纲"的极度挑战。他们这一离经叛道的行为,必然会导致各方势力的合力"扼杀"。

在父子伦理冲突之下,青年一代往往为自己的反叛行为要付出血的代价。然而,比父子伦理关系高一层次、更加等级森严的君臣伦理关系也被鲁迅纳入了思考领域。《铸剑》从正面描写了一个复仇的故事。故事情节很简单,国王为了占有宝剑,杀死了铸剑师——眉间尺的父亲。父亲留下雄剑,并让眉间尺为其报仇。最后,眉间尺在黑衣人的帮助下,终于报仇雪恨。国王、眉间尺、黑衣人三人同归于尽,因尸首难辨而同葬于王陵。

对于叙事作品中人物的分析,如果能从伦理学角度进行探讨,考虑到人物的某些伦理观念已成为人物的行为、性格与习惯,那就能更深一层探寻人物心灵的奥秘,也能为人物的行为找到更为合理的解释。中国的封建社会,是一个按照道德伦理组织起来的社会。在这样的社会里,通过与生俱来的血缘关系,每一个人天生的就进入了一个以伦理组织的网络,社会通过这样的网络来运作,并处理人和人之间的关系。"一个人生在伦理社会中,其各种伦理关系便由四面八方包围了他,要他负起无尽的义务,至死方休,摆脱不得。"①

在小说中,国王贪婪地占有宝剑并杀死眉间尺的父亲。国王的这一举动,在封建伦理环境下,并无不妥之处。因为在当时的伦理环境下,奉行的是"普天之下,莫非王土""君要臣死,臣不得不死"的君臣伦理观。国王的伦理身份及其所处的伦理环境导致了他可以为了一己之私,而罔顾人命的残暴行为。

文中的主角,眉间尺,从伦理身份上来说,他是父亲的儿子,为父报仇是他难以摆脱的伦理宿命。然而,鲁迅在眉间尺知道自己的复仇使命前就对其性格做了详细的介绍:

> 他近来很有点不大喜欢红鼻子的人。但这回见了这尖尖的小红鼻子,却忽然觉得它可怜了,就又用那芦柴,伸到它的肚下去,老鼠抓着,歇了一回力,便沿着芦干爬了上来。待到他看见全身,——湿淋淋的黑毛,大的肚子,蚯蚓似的尾巴,——便又觉得可恨可憎得很,慌忙将芦柴一抖,扑通一声,老鼠又落在水瓮里,他接着就用芦柴在它头上捣了几下,叫它赶快沉下去。
>
> 换了六回松明之后,那老鼠已经不能动弹,……眉间尺又觉得很可怜……好容易将它夹了出来,放在地面上。……又许多时,四只脚运动了,一翻身,似乎要站起来逃走。这使眉间尺大吃一惊,不觉提起左脚,一脚踏下去。……大概是死掉了。
>
> 他又觉得很可怜,仿佛自己作了大恶似的,非常难受。他蹲着,呆看着,站不起来。②

这段描写,把眉间尺软弱及摇摆不定的性格呈现在读者面前。让还未出场的庄严、凝重的复仇主题遭遇到了复仇者的软弱,传统复仇的伦理学层面被质疑。加之眉间尺的仇人是至高无上的国王。忠君

---

① 梁漱溟:《中国文化要义》,上海:上海人民出版社,2005年,第171页。
② 鲁迅:《铸剑》,《鲁迅全集》(第2卷),北京:人民文学出版社,1981年,第418页。

的思想和为父报仇的理念使他陷入了伦理两难的困境之中。在遇到黑衣人后,只凭黑衣人的几句话,眉间尺就相信了他进而自刎,这样的盲信和决绝,不得不引起读者的深思。眉间尺正是因其自身软弱摇摆的性格和无法解决自己的伦理两难困境,而选择了自刎。他把复仇的使命交给了初识的黑衣人,以此来摆脱自己复仇的命运和伦理困境,求得心灵和肉体上的解脱。

黑衣人,是文中塑造的最成功的形象:"黑须黑眼睛,瘦得如铁。他并不言语……"①他的目的简单而单纯,就是帮人报仇,但是黑衣人并非所谓的侠义之士,心里全没有所谓"同情"。他帮助眉间尺报仇,不是"士为知己者死"的行为,也不是为了获得感谢或实施帮助,而是因为彻底憎恶黑暗的现实和代表这黑暗现实的残暴的王,乃至憎恶自己,他仅仅是为了自我救赎和解脱。在这个天生就有伦理关系和义务的世界里,黑衣人是一个彻头彻尾的孤独者,来无影,去无踪,无牵无挂,甚至连他自己都要扬弃。这是一个真正伦理社会中不存在的人,也是作者鲁迅的某种思想之希望所寄托的人物,指望通过这个纯粹的、摆脱掉伦理社会各种关系和牵绊、撕掉一切面具、摒除一切目的的人,来体现最简单的复仇,不为报答,以命相送,体现鲁迅所遍寻不见的"诚"与"真"。

无论是对传统伦理"吃人"本质的揭露,对新、旧妇女悲惨命运的描写,还是对父子、君臣伦理关系的嘲讽,鲁迅都是将自己的伦理思想寄托于小说之中,希望通过自己的思考,能将传统伦理重压之下的国民从桎梏、牢笼中解放出来,获得生活下去的勇气。

第二节 传统伦理的反抗与批判

鲁迅对传统伦理重压之下国民悲剧命运的思考,同时也必然伴随

---

① 鲁迅:《铸剑》,《鲁迅全集》(第 2 卷),北京:人民文学出版社,1981 年,第 424 页。

着对传统伦理的抵抗与批判。怎样才能挣脱出传统伦理的牢笼,做一个真正自由的人？这是鲁迅终其一生探讨的命题。鲁迅用其冷峻的笔,为他笔下的主人公设计出了几条反抗路线：隐忍、逃离和暴力。鲁迅希望能借助这几条反抗路径,打破传统伦理的桎梏。

一、隐忍

面对传统伦理的压迫,鲁迅最初为笔下的弱势女性选择了隐忍的反抗路径。众所周知,在古代宗法社会,"三纲五常"是封建道德的基本规范,被奉为封建社会永恒不变的"王道",被确立为封建社会最高的政治原则和伦理原则。诸多封建道德的律条就是从这一基本规范中衍生出来的。"三纲五常"具体到妇女,便是妇德的基本要求"三从四德"。以"三从四德"为主导思想的封建道德体系贯彻实行的结果,必然是中国妇女最基本的权利的丧失,必然导致中国妇女身心遭受摧残和伤害。妇女只能生活在家庭的狭小的圈子里,没有受教育的权利,没有经济、政治权利,没有任何独立的人格,完全成为男人的附属品。鲁迅特别痛斥了封建阶级用来戕害妇女的"三从四德"等野蛮伦理道德,为笔下受迫害的人物寻找生存之路。

《祝福》中的祥林嫂身处鲁镇这样一个男权主义的封建伦理社会的统治和奴役之下。鲁镇,是一个完整的具有较强稳定性的封建伦理社会,它成熟的教化和规范功能对生活在其中的个体民众有强大的控制能力。生活在其中的人们,特别是女性,都要无条件地遵守其社会伦理,如有违规越轨,就会受到社会伦理的讨伐和惩戒。祥林嫂面对悲惨的命运,选择了安于现状,屈服于命运的安排。逃到鲁镇打工后,居然逐渐胖了起来,脸上也可以看见笑容了。然而,祥林嫂的悲剧命运并没有就此画上句号。在她经历了改嫁,再次丧夫,最后丧子的惨痛后,再次来到鲁镇,此时的鲁镇已不再接纳她,认为她是一个不祥的女人,鲁四老爷暗暗告诫四婶："祭祀的时候可用不着她沾手……否则,不干不净,祖宗是不吃的。"①在这样无形的压力之下,身受传统伦理压迫的祥林嫂无力反抗,但为了活下去,只有选择隐忍。她整天几乎一句话都不说,生生被逼成了一个只有眼珠偶尔才转动一下的活物。

传统伦理不仅对弱势妇女进行无情迫害,对于在其笼罩之下的男性,也是不遗余力地进行精神和肉体上的双重折磨。在鲁迅笔下众多不幸男性人物中,《故乡》中的闰土是他极力塑造的又一个"木偶"形象。小说中的闰土经历了由纯真的少年闰土到苦涩的中年闰土的转变。"深蓝的天空中挂着一轮金黄的圆月,下面是海边的沙地,都种着一望无际的碧绿的西瓜,其间有一个十一二岁的少年,项带银圈,手捏一柄钢叉,向一匹猹尽力的刺去,那猹却将身一扭,反从他的胯下逃走了。"②这段关于少年闰土的描绘生动形象,极度传神,寥寥数笔,就让一个纯真、活泼、可爱的少年闰土跃然纸上。此时的闰土是鲁迅心目中的小英雄,他富有朝气,充满着生命的热情和能量,围绕着少年闰土所展开的也是"我"无忧无虑、妙趣横生的童年生活。然而,当"我"和期盼中相隔了二十年的闰土再次相遇的时候,此时的闰土,早已不是"我"心目中的小英雄了,生活的磨难已经把他挤压成了一个同他的父辈一样在生活重压下苟延残喘的中年男人。更让"我"感到悲哀的是闰土心灵世界的变化,"他站住了,脸上现出欢喜和凄凉的神情;动着嘴唇,却没有作声。他的态度终于恭敬起来了,分明的叫道:'老爷!……'"③这一声"老爷"将"我"的思绪从童年美好的回忆中拉回了现实。面对现实的苦难,闰土无力反抗,为了活下去,他只有隐忍。而传统伦理森严的等级制度,更是在"我"和闰土之间隔了一道无形的墙,虽然闰土初见"我"时也有欢喜和激动,但他随即意识到自己卑微

---

① 鲁迅:《祝福》,《鲁迅全集》(第2卷),北京:人民文学出版社,1981年,第16页。
② 鲁迅:《故乡》,《鲁迅全集》(第1卷),北京:人民文学出版社,1981年,第477页。
③ 同上书,第482页。

的身份,也只能隐藏起见到童年伙伴的激动心情,叫了一声"老爷"。"我"和闰土都意识到,昔日童年小伙伴之间纯真的友谊已经被世俗伦理侵蚀掉,两人永远不可能再回到以前的亲密无间。

《在酒楼上》这篇小说被周作人称是最富鲁迅气质的小说之一。吕纬甫这一退化的知识分子形象,在以往对其的解读中,被认为是一个向封建制度妥协的时代落伍者,这种简单的定性不足以诠释该人物的全面特质。吕纬甫这一形象被作者赋予了人性的多重性,在这个知识分子身上最打动人心的一面是他作为一个平凡的生命个体,在如牢笼似的传统伦理面前,所采取的隐忍挣扎的反抗策略。

文中的吕纬甫虽然当年是激进的革命党,但是面对当时的社会环境:革命的浪潮已经退去,传统伦理顽强的同化与统治能力,使得曾经浩浩荡荡的文化斗争大军潜入沉寂,曾经辉煌一时的文化斗争已陷入了低迷时期。像吕纬甫这样连自己的生存问题都难以解决的知识分子,他们拥有的社会力量简直微不足道。如果我们还要求他以激进的斗争状态出现在世人面前,那实在是强人所难。鲁迅笔下的吕纬甫,就只是一个平凡而又实实在在的小人物。在强大的传统伦理面前,他有自己的软弱、不幸、无奈和痛苦。

可是吕纬甫毕竟是受过新思想洗礼的知识青年,现实的无奈逼迫他最终俯首于苦难,但是终究难以阻挠他对自己堕落的清醒认识。在吕纬甫初次亮相时,"脚步声比堂倌的要缓得多","行动却变得格外迂缓","精神很沉静,或者却是很颓唐;又浓又黑的眉毛底下的眼睛也失了精采"。① 遇到故人一再地悲叹,"我有时自己也想到,倘若先前的朋友看见我,怕会不认我做朋友了";"怕我终于辜负了至今还对我怀着好意的老朋友"。② 正因为有对自己现状的清醒认识,更加深了吕纬甫精神上的痛苦。从吕纬甫"对废园忽地闪出我在学校时代常常看

---

① 鲁迅:《在酒楼上》,《鲁迅全集》(第 2 卷),北京:人民文学出版社,1981 年,第 26 页。
② 同上书,第 29 页。

见的射人的光来"①,知识分子的思想一旦启蒙,就不可能再退回到原来的状态。在吕纬甫颓唐的外表下掩盖着的依然是一个饱含热血激情的知识分子,只是在强大的传统伦理面前受到了压制,为了维系最基本的生存诉求,吕纬甫不得不采取隐忍的反抗策略来保护自己。他不是一个简单的倒退者,而是一个认识清醒却无力反抗的隐忍者。

鲁迅长于对世态人心深刻而尖锐的批判,对挣扎在传统伦理织网下的生命个体始终心怀同情和怜悯。祥林嫂、闰土、吕纬甫他们无力改变社会对其不公的待遇,面对现实无情的打压和传统伦理有形、无形的压迫,他们所能采取的反抗形式只有隐忍,因其隐忍,才能使其脆弱的生命延续下去。

二、逃离

在人类漫长的文明史上,世界的性别已戴上了男性的徽章,女人获得的只是男性文化造就的用墙壁堆砌起来的世界——家庭。可以说,数千年的父权文明史,实际上就是一部妇女陷落于家庭的历史。在传统伦理之下,以男性为中心的社会不仅制定出"男尊女卑""男外女内""三纲五常"等一整套女性价值观和传统伦理规范来禁锢女性的心灵,而且还编造出惨无人道的缠足美学来囚禁女性的身体,企图从心灵和肉体上,将女性永远闭锁于家庭的牢笼。

鲁迅先生用饱蘸血与泪的笔真实再现了传统伦理下悲惨的女性世界,塑造了旧中国的妇女形象。然而,压迫蓄积着反抗,囚禁孕育着逃离。受到五四新文化运动洗礼的新时代女性,她们不再满足于生活在既定的狭小空间中,也不再遵循什么"父母之命,媒妁之言"。《伤逝》中的子君,为了追寻婚姻恋爱的自由,从传统封建家庭及父亲的管制下逃离,与涓生同居。就连祥林嫂这样一个受尽压迫的旧时代妇

---

① 鲁迅:《在酒楼上》,《鲁迅全集》(第2卷),北京:人民文学出版社,1981年,第26页。

女,也曾有过一次为自己幸福生活而选择的逃离之路。封建的婚姻制度使祥林嫂嫁给一个比她小10岁的丈夫,在小丈夫夭折后,祥林嫂不堪忍受婆婆的百般虐待,逃离婆婆的魔掌,来到鲁镇鲁四老爷家做帮佣。

子君和祥林嫂,一个是新时代女性的代表,一个为旧时代受压迫妇女的代表。她们虽然地位不同,经历各异,但是作为中国封建社会的女性,却有着相似之处。她们都是旧中国封建思想和伦理道德的受害者和牺牲品,她们面对不公的命运,都采取了相同的反抗行动——逃离。

子君作为女性意识觉醒的新时代女性,对自由有了更为热烈的渴望。她渴望逃脱被父母包办婚姻的命运,能把命运和幸福掌握在自己的手中。为了嫁给自己心仪的男子,她逃离了父权统治下的家庭环境,毅然走出了父亲家庭的大门。子君的人生旅程以与家庭决裂开始,她暂时取得了反叛"父为女纲"的传统伦理的胜利,但是随即陷入了"夫为妻纲"的传统伦理之中。在与涓生分开后,她万般无奈地又回到父亲的家中,子君在人生的旅途中,飞了一圈又返回到原处,她逃脱不了父权制家庭的天罗地网。既然新时代的女性都逃脱不了传统伦理的牢笼,对于祥林嫂来说,她的逃离就更显得苍白无力了。她从婆婆的虐待下逃离后,并没有过几天安生日子,就被婆婆带人给抓了回去,卖给他人。最后,经历了再度丧夫、丧子之痛的祥林嫂,又回到了鲁镇。子君和祥林嫂,一个逃出娘家,一个逃出婆家,但都没有得到自己想象中的幸福。因为当时的社会环境即封建的政权、夫权、神权、族权,是不会容忍她们这种反抗行为的。一旦发现有悖封建伦理制度的忤逆行为,社会伦理圈会纠结在一起,对其进行"劝说""规训"甚至"扼杀"。子君在经济、精神的双重打击下,无奈回到了曾经与之决裂的封建家庭。最后在父亲"烈日一般的严威和旁人的赛过冰霜的冷眼"中,

"走着所谓人生的路",最后走进"连墓碑也没有的坟墓"。① 祥林嫂也在婆婆的威逼下,改嫁贺老六。然而,悲惨的命运没有放过她,贺老六病死,儿子遭难,加上外界无处不在的精神摧残,最终使得祥林嫂沦为乞丐,终于在别人新年举行祝福仪式的时候悄然死去。子君和祥林嫂悄然死去的命运结局,归根究底,是当时的伦理环境造成了她们精神上的痛苦和绝望,最终给予了她们毁灭性的打击。封建社会险恶的伦理环境,是造成子君和祥林嫂悲剧结局的总祸根。

吕纬甫对未来的消极面对,可谓是另一种逃离。面对革命的退潮和强大黑暗势力的反扑,他不得以扑灭了心中的理想和战斗的火焰。他说:"以后?——我不知道。你看我们那时豫想的事可有一件如意?我现在什么也不知道,连明天怎样也不知道,连后一分……"②此时的吕纬甫对前途已经完全丧失了信心,对现实的黑暗,他采取了逃离的姿态。他借助给小弟迁坟、为顺姑送绒花等小事,一方面使得母亲安心,另一方面也求得了自己心灵的平静。只在平淡的生活里消磨岁月、虚掷光阴,把才能和智慧都滥用在琐碎、平庸的小事上,以此来逃离现实社会对其的迫害和传统伦理对其的压制。身负复仇使命的眉间尺则是借助自杀来实现自己对传统伦理的逃离。作为儿子,眉间尺肩负着复仇的重任,所谓"杀父之仇,不共戴天"。然而,作为臣子,他又深知"君君、臣臣"的等级关系,弑君可谓大逆不道的重罪,足以诛灭九族。陷入伦理两难的眉间尺无法做出选择,恰逢黑衣人出现,给眉间尺以解脱的机会。他用结束自己生命的方式逃离了传统伦理对其的压迫,把复仇的责任推给了不受任何伦理制约和限制的黑衣人。

事实上,如果想要在传统伦理的强大压制下获得个性解放和做人的尊严,就必须摆脱单纯逃离的反抗方式。重要的是解决因反抗传统伦理而带来的虚无之感:毕竟传统伦理曾凭借其自成体系的道德秩

---

① 鲁迅:《伤逝》,《鲁迅全集》(第 2 卷),北京:人民文学出版社,1981 年,第 126 页。
② 鲁迅:《在酒楼上》,《鲁迅全集》(第 2 卷),北京:人民文学出版社,1981 年,第 34 页。

序,为人们提供了一套虽不自由却有据可循的生命形式。而鲁迅笔下人物对传统伦理的极力颠覆,却在一定程度上造成了自我存在的迷失。所以,鲁迅提出了"娜拉出走后怎么办"的问题;那些极力反抗传统伦理压制、试图表达自我生命意识和自由伦理的新青年,却在反抗途中不幸堕入了更深的虚无,由此造成的生命创伤,不仅给青年一代留下了一种与存在命题相关的痛苦的伦理记忆,也大大逾越了他们的心理承受能力。

鲁迅笔下逃离传统伦理压迫的人物形象,都是有着对美好生活向往的人,但是往往事与愿违,迎接他们的并不是美好的生活。小说开始,鲁迅为笔下的主人公设计了逃离的反抗路线,然而逃离却让其更加绝望。逃离的结果是又回到起点,甚至要付出生命的代价。由此可见,鲁迅笔下的逃离话语,在封建传统伦理的笼罩之下,只是一次次血痕处处的伤痛之旅,无法获得真正的自由和幸福。

三、暴力

传统伦理对生活在其中的人无处不在的钳制和毁灭,迫使人们不得不奋起反抗。既然隐忍和逃离这两条反抗之路都以失败告终,那么似乎只有用暴力才能撕开传统伦理的牢笼,用血腥的手段来维护自己做人的尊严和权利。

祥林嫂在小说中给读者的印象一直是逆来顺受的可怜人。然而,就是这样一个绵羊一般温驯的人,在被逼迫改嫁时,却表现了远远出乎人们意料的激烈反抗。"一路只是嚎,骂,抬到贺家墺,喉咙已经全哑了。……一松手,阿呀,阿弥陀佛,她就一头撞在香案角上,头上碰了一个大窟窿,鲜血直流。"[①]不可否认,祥林嫂的反抗在一定程度上是对"一女不嫁二夫"的传统伦理的认同和维护。但读者也应看到,祥

---

① 鲁迅:《祝福》,《鲁迅全集》(第2卷),北京:人民文学出版社,1981年,第14页。

林嫂的"撞香案"之举,也有对婆婆把自己像猪狗一样卖掉的做法的反抗,这是下层劳动妇女不能选择自己未来命运的决绝反抗,她是用生命来争取自己做人的一点尊严,用死来反抗传统伦理道德。

相对于祥林嫂的反抗,爱姑在自己的婚姻生活中所进行的反抗显然更为理直气壮。不同于鲁迅作品中其他的女性,爱姑这一形象具有极为鲜明的个性,泼辣、张扬、敢说敢骂,与子君、祥林嫂和单四嫂子等形成了强烈的对比。面对丈夫的背叛,她敢于当着他人的面直呼她的公公和丈夫为"老畜生"和"小畜生"。甚至于在遭到夫家欺凌后毫不示弱,纠结父亲和六个兄弟,敢于做出挑战传统伦理的道德底线之举——拆灶。在传统伦理观念中,灶是一户人家物质财富的具体代表,拆灶即意味着拆毁一个家,是对一家人的巨大侮辱。爱姑的暴力反抗行为,一方面体现了爱姑性格中泼辣的一面;另一方面也体现了爱姑对数千年封建传统伦理的挑战。文中爱姑呐喊道:"那我就拼出一条命,大家家败人亡。"①在奋力反抗的爱姑身上,读者可以看到一个具有现代自我意识、争取自我做人权利的新时代妇女的身影。但是面对传统伦理的联合欺压,爱姑最后还是以失败告终。在去庞庄的航船中,爱姑侃侃而谈,大有把天翻过来之势。但是进了庞庄以后,在以七大人为代表的顽固封建势力的欺压下,爱姑从小所受的传统伦理教育又占了上风,使得她"觉得心脏一停,接着便突突地乱跳",不由自主地说出了"我本来是专听七大人吩咐……"②的话语,正如鲁迅所说,作为一名在封建传统伦理思想教育之下成长起来的村妇,爱姑无法找到正确的方法去同以强大封建伦理做后盾的夫权做斗争,她只有采取"拆灶"这一暴力行为来迫使丈夫和公公屈服。但是来到庞庄以后,以七大人为代表的卫道士们,高举着传统伦理的魔杖,共同对爱姑这一叛逆者进行集体大审判,势单力孤的爱姑在强大的封建伦理面前,完

---

① 鲁迅:《离婚》,《鲁迅全集》(第 2 卷),北京:人民文学出版社,1981 年,第 150 页。
② 同上书,第 152 页。

全屈服在男性话语霸权之下,又被打回了奴隶的深渊。

  用暴力来反抗压迫的复仇精神,是鲁迅精神的重要一面。甚至在他的遗嘱中也有充分的彰显:"此外自然还有,现在忘记了。只还记得在发热时,又曾想到欧洲人临死时,往往有一种仪式,是请别人宽恕,自己也宽恕了别人。我的怨敌可谓多矣,倘有新式的人问起我来,怎么回答呢?我想了一想,决定的是:让他们怨恨去,我也一个都不宽恕。"①在鲁迅身上,体现了作为曾经卧薪尝胆、立誓复仇的越王勾践的后裔浙东人民的优秀传统。充满《铸剑》全篇的反抗暴虐和慷慨牺牲的气氛,分明跟作者的性格和气质有关。作品明确传达出这样一个历史真实——统治阶级用人民的血来哺养自己,同时又用屠杀政策来维持自己的统治地位;而人民,反抗这种暴虐,宁愿和统治者同归于尽。当读到眉间尺和黑衣人的头颅,在金鼎的沸水中,终于把大王的头颅咬得眼歪鼻塌、满脸鳞伤,以至"只有出气,没有进气"②时,人们会从重压的胸膛吐出一口长气,有一种大仇已报、痛快淋漓的感觉。在这里,鲁迅热烈地歌颂了古代被压迫人民的复仇精神和胜利结果。《铸剑》中眉间尺和黑衣人的复仇行为,更是赤裸裸的对封建王权和君臣伦理的暴力反抗。小说塑造的两个复仇者的形象,眉间尺与黑衣人:眉间尺空有复仇的意愿,却缺乏足够的意志力与复仇的技艺;黑衣人却是专职的复仇者,是复仇的精魂,他是专为扫除人间一切不合理的现象而现身人间的正义使者,复仇是其存在的终极意义所在。这是鲁迅笔下一个完全脱离实际的理想中的人物,他挣脱了一切传统伦理的束缚,用纯暴力的刺杀方式向封建伦理发起挑战,最后和统治者同归于尽,以生命的代价完成了复仇。但是《铸剑》这个故事并没有随着复仇的成功而结束,在小说结尾,黑衣人、眉间尺与国王的头颅已不可

---

  ① 鲁迅:《且介亭杂文末编·死》,《鲁迅全集》(第 6 卷),北京:人民文学出版社,1981 年,第 612 页。
  ② 鲁迅:《铸剑》,《鲁迅全集》(第 2 卷),北京:人民文学出版社,1981 年,第 432 页。

分,只好放在金棺里一起落葬,人民"都奔来瞻仰国王的'大出丧'","几个义民很忠愤,咽着泪,怕那两个大逆不道的逆贼的魂灵,此时也和王一同享受祭礼,然而也无法可施"。① 鲁迅在这里用复仇者的正义决绝和民众的不理解形成强烈反差,形象地告诉人们叛逆的猛士处于人间,动摇了旧社会的根基,但人民的觉醒还有待时日,仍然需要韧性的战斗。

隐忍、逃离、暴力,鲁迅笔下的这三种反抗形式都让读者不得不心生疑问乃至绝望。面对传统伦理这个无形的牢笼,任何的反抗形式似乎都以失败告终,而且往往还要付出生命的代价。吕纬甫在无望的抗争中过着浑浑噩噩的日子;子君、祥林嫂、爱姑用自己鲜活的生命宣告了反抗的无效;眉间尺和黑衣人更是用自己的鲜血谱写了复仇之路的惨烈……鲁迅通过笔下人物的亲身体验,不仅要让读者意识到传统伦理强大的生命力和无所不在的约束力,更要让人们认识到,要想挣脱传统伦理的牢笼,必须从根源上彻底摧毁传统伦理所赖以生存的封建纲常名教。

第三节　自由伦理的呼唤与重构

对个体自由的呼唤是五四新文化运动的重要主题,郁达夫所谓人的发现,早期周作人所倡导的"过灵肉一致的生活""个人主义的人间本位主义",都可谓其典型表述。与其他人相比,鲁迅对人的个体生命自由的关注则要持久和深刻得多,肯定个体生命的自由思想见解在鲁迅的作品中随处可见。他终其一生从事着对传统伦理的批判,探寻何为理想人性,如何在百废待兴的中国建立合理和谐的、新的伦理秩序。早在五四新文化运动十年之前,当孙中山等时代先驱者们忙于进行民

---

① 鲁迅:《铸剑》,《鲁迅全集》(第 2 卷),北京:人民文学出版社,1981 年,第 436 页。

族性的政治革命的时候,鲁迅即从文化重建的意义上著文批判以国民和世界人等"类"的名义灭人之自我的集体主义伦理。在其早年的著名篇章《摩罗诗力说》里,鲁迅以满怀的激情极力讴歌那些以一己之力反抗暴政或者众庶之专制的有识之士,对自由的斗士们充满了赞美之情。结合鲁迅的作品,鲁迅的伦理思想是在进化论的影响下形成的。他的启蒙思想是一个有机整体,一致指向他毕生所努力要实现的"自由"目标。他认为中国传统伦理中最缺乏的东西乃"诚"和"爱",他要用自己的伦理思想建立合理、和谐的、新的伦理秩序,其新的伦理思想在文中具体表现为对自由平等的呼唤、对幼者的爱和怜悯、对弱者的同情与理解。

一、对自由平等的呼唤

五四新文化运动的先驱者陈独秀、李大钊、胡适等人都把斗争的矛头指向了封建传统伦理问题,对其进行猛烈的抨击。鲁迅正是在这样的时代大潮下,结合自身的情感体验,对传统伦理道德问题进行了深入而又全面的思考。他不但对封建传统伦理道德进行了精辟的分析与批判,而且富于创见地提出了自己的自由伦理主张。据许寿裳回忆,鲁迅当年留学日本时,所经常谈到和思考的主要问题就是怎样才是理想的人性? 回国后的鲁迅,亲眼看见并深切体会了封建传统伦理对国民的愚弄和残害,亲眼见证了一个个鲜活的生命在封建传统伦理势力的联合绞杀下如何陨落。鲁迅逐渐认识到:封建传统伦理道德建立在纲常名教的基础之上,儒家文化把家族观念扩大化,把治家和治国以及孝亲与忠君结合在一起。使得整个封建社会都笼罩在传统伦理编织的无形牢网之中。要想彻底击破传统伦理牢笼,必须启蒙国民的自由、平等的伦理思想,用"诚"和"爱"来建立合理、和谐的新的伦理秩序。

鲁迅认为,"欧美之强,莫不以是炫天下者,则根柢在人"①,反观自己的民族,则是"中国人向来就没有争到过'人'的价格,至多不过是奴隶,到现在还如此,然而下于奴隶的时候,却是数见不鲜的";中国人的历史可分为"一乱一治"两个时代:"一,想做奴隶而不得的时代;二,暂时做稳了奴隶的时代";②中国文明只是从过去一直排到现在的"人肉的筵宴","仁义道德"只是表象,其实质是"吃人"。这些论断都使鲁迅充分认识到个人自由独立的意义和价值,欲使国力强盛,首先在于培养有自由、平等意识的真正的"人"。

此外,中国传统伦理文化的另一个突出特点就是其不平等性,人们往往按照辈分、年龄等条件来区分亲疏贵贱,形成一种伦理性社会秩序。封建社会中每个人都处在一种网状的人伦结构之中,这就容易养成一种名分思想和等级观念,传统伦理正是依靠孟子所说的"人伦",即父子有孝、君臣有忠、夫妻有别、长幼有序、朋友有义等伦理纲常来协调、整饬人与人以及人与社会之间的关系,用一整套仁义礼乐来钳制人们的思想行为,以此来维护自己的封建统治。鲁迅对封建伦理纲常进行了猛烈的抨击,对男尊女卑进行了鞭辟入里的分析,提倡男女平等、夫妻平等、父子平等、师生关系的平等以及社会上人与人之间的平等。他的平等观是全面的、彻底的,从家庭到社会,从个人到民族,从制度到观念,从理论到实践,无不贯彻着平等的精神。

鲁迅以毕生的精力为个人、民族、人类的自由和人之为人的生命自由作不屈不畏的抗争,他矢志于国民性改造的最终旨归就是塑造有自我意识、自由平等的国民。长期以来,中国封建伦理道德蔑视人的价值,践踏人的尊严,使得生活在其中的人们毫无自由可言。袁世凯篡位、张勋复辟、北洋军阀混战等,一再延宕了独立、自由、民主、平等

---

① 鲁迅:《文化偏至论》,《鲁迅全集》(第1卷),北京:人民文学出版社,1981年,第57页。
② 鲁迅:《灯下漫笔》,《鲁迅全集》(第1卷),北京:人民文学出版社,1981年,第212—213页。

共和国理想的实现。五四运动，在思想文化上形成了前所未有的肯定自由的思潮。五四的先驱者们树起了一面面现代性旗帜，比如"科学""民主""个性解放""婚姻自由"，等等，为自由从各个方面做出很好的诠释。在"立人"目标的驱使下，鲁迅塑造了一系列的人物形象：其中有在封建传统伦理道德重压下觉醒的人，比如子君和吕纬甫；也有深陷封建传统伦理道德的牢笼过着悲惨命运的人，比如祥林嫂和单四嫂子。鲁迅通过对他们悲剧命运的描写，将批判的矛头指向了封建传统伦理道德，表达出对美好生命和自由的强烈的呼唤。

《伤逝》虽然讲述的是爱情故事，但爱情从根本上只是做了自由的试纸。小说通过讲述五四时代最为敏感也最为热门的婚恋话题来探索自由最大的可能性，以及人们所要求的自由本身可能蕴含的巨大陷阱。小说中，作为争取"自由"的新女性，子君是那么的勇敢坚毅，不顾家庭反对，与同是"新青年"的涓生结合，但最终却抑郁而终。这一爱情的悲剧事实上是"自由"的陷阱造成的。小说中的涓生和子君天真地以为，只要抛开原有传统伦理的限制，从传统伦理的网罗中逃离出来，与亲戚朋友都断绝了来往，以爱的名义结合在一起，就拥抱住了真正的自由。他们更是把自由错误地理解为外在的言行，以为高喊着"我是我自己的"就获得了自由。因此，他们心中理想的自由伦理造成了他们最后的悲剧，他们缺乏真正拥抱自由和平等的伦理基础。另一篇关于婚姻的小说《离婚》，虽然写的是农村妇女的婚姻悲剧，但同样探讨了中国社会转型期自由究竟有多大的空间，以及这一空间如何获得的问题。主人公爱姑争取婚姻自由的阻力表面看来好像是七大人一个人，其实她面对的是整个的旧封建传统伦理。爱姑泼辣、大胆，好像取得了几回胜利，但爱姑对自由的理解还没有上升到一定的高度，没有化为内在意志的自由。所以，她的反抗遇到强大的传统伦理镇压的时候，便只有失败的份。

鲁迅笔下的这些人物，都是一种非常态的存在，他们呆滞、麻木、虚空、充满幻想,要不就精神崩溃。在传统伦理观念和价值观念的专制下,他们没有自己的个性、思想和追求,更无法选择自己的生活方式和维护自己的正当权利。偶尔有几个先觉者或者反抗者也会被当时的社会当作另类联合扼杀。真正的平等和自由还离他们很遥远。已经有了自由意识萌芽的鲁迅,对于一切非常态的存在,一切扭曲人性的存在,都是不能容忍的。他急切地想唤醒所有的民众,让他们都成为具有个性,具有真正独立意识、自由意识的平等的人。惟有如此,整个中华民族才有振兴的希望。

二、对幼者的爱和怜悯

在南京求学时,鲁迅接触了《天演论》等进化论著作,最先形成了"幼者本位"的伦理思想。正如鲁迅自己所言:"我一向是相信进化论的,总以为将来必胜于过去,青年必胜于老人,对于青年,我敬重之不暇,往往给我十刀,我只还他一箭。"① 由此可见,"幼者本位"思想是长期存在于鲁迅的思想体系中的。只有孩子才能代表将来,所以被称为反封建总序言的《狂人日记》最后的呐喊就是"救救孩子"。"以幼者为本位"是针对"以长者为本位"这一传统伦理观念而言的。这是鲁迅用进化的眼光反对"家族为本位"而提倡"个人为本位"的继续。从时间的先后来看,幼者是晚于长者的,以幼者为本位就是肯定将来,认同进化。需要明确的是:对于这种"将来"的思考,鲁迅并不是盲目迷恋和幻想的,其中折射了他理性的沉思。"孩子"是幼者中最具生命力的进化主体,他们的世界有异于成人,对孩子根性问题的思考成为鲁迅新的伦理秩序建立的主要内容。

从对少年闰土、少年双喜等英雄少年的热情赞颂而体现出来的对幼者的爱,是异常强烈和深刻的。鲁迅以满腔的热情挖掘了他们淳朴

---

① 鲁迅:《三闲集·序言》,《鲁迅全集》(第4卷),北京:人民文学出版社,1981年,第5页。

的童心,并通过对他们闪光的生命的赞美,寄寓着自己对生活的信心,对人类的希望和对未来的向往。《社戏》中的双喜们,在烂漫无邪的天性中挥洒着生命的活力。他们敢于忤逆犯上——打太公;敢于用"喃喃的骂"来发泄自己的不满;也敢于对贵客怯懦的行为进行嘲笑;即使是他们"偷"豆子的行为,也充满了童真意趣,蕴含着无私、善良的美好新义。这些乡间淳朴的少年们,他们有着积极向上的精神风貌和纯洁无瑕的烂漫心灵。此时的他们还没有受到传统伦理思想的毒害,集热情、正直、善良、无私、勇敢等中华民族传统美德于一身。"他们应该有新的生活,为我们所未经生活过的"①这句话饱含着鲁迅对幼者的挚爱,也包含着对他们的无限希望。但是作为一个伟大的现实主义者,鲁迅更注重于"直面惨淡的人生",他在充满童趣的回忆中,也对摧残幼者的罪恶传统伦理社会进行了深切的批判,表达了切齿的憎恨。

在中国吃人的人肉筵席中,孩子与妇女通常是被吃的对象。《狂人日记》中狂人"救救孩子"的呼喊是鲁迅"以幼者为本位"思想的最早表达。同时,对"孩子"的爱和尊重是"以幼者为本位"思想的主体。鲁迅认为中国传统伦理最缺乏的东西乃"诚"和"爱"。② 这里的"诚和爱"大部分是针对长幼之间的关系而言。在此基础上,鲁迅更为忧虑的是,"用无我的爱,自己牺牲于后起新人"③的精神的缺乏,导致中国现代历史进程发展的停滞、缓慢。《故乡》通过成年闰土和少年闰土的对比,呈现出了两个年龄阶段主体精神的变化。小说描写了母亲与闰土的一段对话,颇有深意。"阿,你怎的这样客气起来。你们先前不是哥弟称呼么?还是照旧:迅哥儿。"母亲高兴地说。"阿呀,老太太真是……这成什么规矩。那时是孩子,不懂事……"④在成年闰土的意

---

① 鲁迅:《故乡》,《鲁迅全集》(第1卷),北京:人民文学出版社,1981年,第485页。
② 许寿裳:《我所认识的鲁迅》,北京:人民文学出版社,1978年,第59页。
③ 鲁迅:《坟·我们现在怎样做父亲》,《鲁迅全集》(第1卷),北京:人民文学出版社,1981年,第135页。
④ 鲁迅:《故乡》,《鲁迅全集》(第1卷),北京:人民文学出版社,1981年,第483页。

识中,"孩子"是不懂事和不懂规矩的,是"大人"应该改变和纠正的。其实通过文本的叙述,我们发现:少年闰土纯洁自然、勤劳勇敢,代表着最理想最自然的人性,是作者向往和着力赞扬的典型。从少年闰土身上,可以看到人与自然的真正融合,原始纯朴的生存状态,以及自由美好的心灵。怎么到了长大成人的闰土眼中,以前美好的自己反而成了不懂规矩的人呢?这不得不引起读者的思考。

但鲁迅笔下的孩子,也并非一味都是纯洁、美好的化身。他们身上也有与成人一样的"劣根性"。对孩子劣根性的反思体现了鲁迅伦理思想的深刻性。在小说中,孩子不仅继续充当着麻木的"看客",拼命挤进人群"欣赏"革命先驱被残忍杀害的过程,他们像"用力掷在墙上而反拨过来的皮球一般"[1]飞奔到热闹的围观者中间,在人群中钻来钻去,一饱看客之瘾(《示众》)。更为可悲的是,为了生存,他们无意识地沦为"吃人"的恶魔。《药》中,已病入膏肓的少年华小栓,为了"治病"竟然不自觉中成了"吃人"的人。他"撮起这黑东西(人血馒头),看了一会,似乎拿着自己的性命一般,心里说不出的奇怪",但他那吃的饥饿很快就驱散了心里似乎明白的一闪,"不多功夫,已经全在肚子里了,却全忘了什么味"。[2] 这些生活在传统伦理牢笼之中的幼者,在传统伦理中求生,在世俗恶习的污染下生长,必然使得他们失去纯洁、善良、正直的心灵,在肉体的折磨和精神的摧残下,也只能培育出愚昧、孱弱的国民,变得与大人们一样冷漠、麻木。如果说作者对于双喜这类幼者充满了挚爱和希望,那么对于华小栓这类麻木畸形的幼者则只有悲愤的怜悯了。

鲁迅带着惋惜和悲愤的情感,深刻地揭示出封建传统伦理陈陈相因的重压,对这些稚弱的幼者施以摧伤、夭折命运的现实性和必然性。但是鲁迅并没有因此而颓废,他仍然在坚持着绝望的抗争。他号召青

---

[1] 鲁迅:《示众》,《鲁迅全集》(第2卷),北京:人民文学出版社,1981年,第68页。
[2] 鲁迅:《药》,《鲁迅全集》(第1卷),北京:人民文学出版社,1981年,第443页。

年抛开"荆棘塞途的老路","联合起来,同向着似乎可以生存的方向走"。① 鲁迅奋斗的一生,都是为了努力"肩住了黑暗的闸门,放他们到宽阔光明的地方去;此后幸福的度日,合理的做人"②的伟大实践。

三、对弱者的同情与理解

与"幼者本位"相联系的"弱者本位",是鲁迅自由伦理思想的一个重要方面。1893年因科场案发,鲁迅的祖父被监禁,一家人来到农村避难。鲁迅获得了与下层劳动人民亲近的机会,与下层社会的人民建立了深厚的感情。在农村,他看到了上层社会的堕落和下层社会的不幸,感受到下层人民毕生所受着的压迫和痛苦。而处于社会阶层最末端的女性,更是千百年来受侮辱、被损害的对象。

自从人类由母系氏族社会过渡到父系氏族社会以后,女人被男人逐渐从社会生活中放逐,隐退到了家庭之中,成为衬托男性存在的一个附属品。因此,在社会中,女性也就自然而然地沦落为弱势的存在。鲁迅在五四及其退潮时期对弱势女性给予了强烈的关注,创作了一些以妇女生存状态和命运为内容的小说。以祥林嫂、单四嫂子为代表的最弱的弱者;以爱姑为代表的反抗的弱者和以子君为代表的自觉的弱者等纷纷出现在鲁迅的笔下。这些女性的存在,都是被封建伦理价值观掏空的存在,她们面对生存丝毫不能把握自己的命运。鲁迅通过对她们悲惨命运的描写,展示出中国人,尤其是中国女性依然被"吃"的状态及其思想弱点与精神缺陷。在所有被吃者中,妇女是最无力反抗的弱势群体,只有任人宰割的结局。祥林嫂那样生活在社会人生最底层的妇女,完全没有意识到传统伦理对自己的迫害,祥林嫂的悲剧命运并不在于阿毛被狼吃掉,而在于祥林嫂被周围的人吃掉。子君虽然

---

① 鲁迅:《华盖集·导师》,《鲁迅全集》(第3卷),北京:人民文学出版社,1981年,第56页。
② 鲁迅:《坟·我们现在怎样做父亲》,《鲁迅全集》(第1卷),北京:人民文学出版社,1981年,第130页。

接受了妇女解放思潮与启蒙的影响,有了寻求自由的意识与行动,然而也仅仅有如电光一闪那样随即熄灭,又回到了原来的人生位置。鲁迅通过她们,实际上提出了人的观念和伦理意识的改变问题,只有从根源上清除传统伦理的毒害,建立以"诚"和"爱"为基础的自由伦理意识,才能使妇女、儿童等弱者得到真正的解放。

从常理上来说,同情弱者虽然是人类普遍的心理,但在伦理关系上以弱者为本位,却是难能可贵的。因为在弱肉强食的现实社会中,强者欺侮弱者是一种常态。在鲁迅的自由伦理思想中,下层大众的地位是非常重要的。在统治者与大众之间,他总是别无选择地站在大众一边,不仅同情他们物质上的贫困,更理解他们精神上的痛苦,他为受奴役者呐喊助威,鼓励他们起来反抗。但是难能可贵的是,鲁迅对弱者特别是妇女给予深切的同情之时,始终保持着一种清醒的冷静的审视态度,从不因同情而涂上理想的色彩,而是重在揭示中国社会下层妇女"不争"的一面,直视她们自觉的奴性意识及种种病态行为和心理,极力倡扬中国女性应有清醒的反抗意识,渴望她们从根深蒂固的传统伦理道德规范的重重束缚中挣脱出来,结束病态而又不幸的人生,成为有真正价值的人,成为真正的女人。

鲁迅在表现下层妇女的苦难时,主要是站在启蒙主义和人道主义立场上表现妇女的苦难与不幸,目的是为了揭出病苦,引起疗救的注意。鲁迅很少用浓墨重彩之笔去描写下层妇女的外貌,即使仅有的几处描写也几乎没有什么"亮色",给人以灰暗、苍白、沉重、阴凄之感。《祝福》中对柳妈的描写,《故乡》中对"豆腐西施"杨二嫂的描写寥寥数笔,就流露出对其的厌恶之感。如写到柳妈讪笑祥林嫂时"打皱的脸"笑起来缩得像一个核桃,干枯的小眼睛盯住祥林嫂的额角。杨二嫂则是"一个凸颧骨,薄嘴唇,五十岁上下的女人","两手搭在髀间,没有系裙,张着两脚,正像一个画图仪器里细脚伶仃的圆规"。① 似乎在鲁迅小说中,女性形象特别是下层社会的女性,均是冷漠、麻木、愚昧、沉默的代表,没有一个具有理想色彩。她们对社会的变动、改革茫然无知,浑浑噩噩地度日;受着欺凌与煎熬也只知逆来顺受,苟活是她们生存的不二法宝。鲁迅正是由于对下层女性的深切同情和热爱,才在作品中不厌其烦地描写受侮辱受迫害的女性形象,以此来唤醒她们麻木的灵魂,促进全民族的自我反省与批判。鲁迅的小说,如此广泛地、深刻地、前所未有地揭示出中国女性的生活状况,尤其是她们的精神世界,如此出色地描绘出人们平素模糊处之的奴性意识,让我们真切地感到了那份沉重。

　　鲁迅的自由伦理思想的核心一个是追求自由平等,一个是对幼者和弱者的同情与爱。他毕生以"立人"为目标,倡导人类的解放和现代人格的建立,以空前的态度确立了对人的自信。他鼓吹个性自由,为孩子而呼唤,为妇女而呐喊,为弱者而鸣不平。他认为人的生命是第一位的,人的自由发展是最高价值尺度,试图在批判传统伦理道德的基础上,设计适合中国国情的自由伦理道德。鲁迅深刻认识到,从根本上获得自由,个体精神的自由就不仅仅是纯粹精神层面的问题,而是涉及社会变革的层面,必须要关注伦理环境的改造。只有彻底打破传统伦理的牢笼,才有可能完成人的解放,呐喊也才有意义。

　　鲁迅,这位中国文化大军中伟大、勇敢的旗手,这位特立独行的思想文化巨人,在其奋斗的一生中,取得了辉煌的文学艺术成就,他的自由主义伦理思想对现代中国起到了积极的启蒙作用,其对传统伦理秩序的颠覆和对现代新伦理的建构起到了重要作用。

---

① 鲁迅:《故乡》,《鲁迅全集》(第1卷),北京:人民文学出版社,1981年,第480页。

第十章

先锋小说的艺术创新与伦理探索

在中国新文学史上,小说的每一次革新几乎都与社会思潮的嬗变息息相关:从五四时期感时忧国的启蒙传统,到左翼小说与"十七年小说"的革命叙事,再到 20 世纪 80 年代先锋小说的文学现代性诉求,小说的流变每每在叙事革新中展示着自身参与中国历史进程的社会功能:"由涕泪飘零到嬉笑怒骂,小说的流变与'中国之命运'看似无甚攸关,却每有若合符节之处。"① 小说与历史的这种复杂关系,其实折射出了时代风尚和社会变迁对文学的重要影响。所谓"文变染乎

---

① 王德威:《想象中国的方法》,北京:生活·读书·新知三联书店,1998 年,第 1 页。

世情,兴废系乎时序"①一说,庶几可解释现代小说的这种话语转型。而在小说由传统走向现代的革新过程中,举凡民主与科学、人权与自由等一切敏感而多变的社会问题,皆成为新文学的书写对象。其中,伦理问题因与时代思潮的紧密关系而备受中国作家瞩目,由是也造成了小说史上一个最可观瞻的创作现象,即对中国历史转型时期人与人之间伦理关系的观察和书写,已形成了新文学创作中一个极为重要的历史面相。譬如在20世纪80年代的先锋小说实验中,那种关注内心的叙事姿态、对传统伦理的批判与解构,以及对自由个体伦理叙事的渴慕,既折射了五四文学伦理叙事的历史影响,也为后来的文学创作提供了可资借鉴的文学与历史经验。

20世纪80年代的先锋小说一方面深受西方现代主义文学影响,凭借形式实验去颠覆现实主义文学观念;另一方面与五四文学及"十七年文学"的主题相比,更侧重对个体生命感受的伦理表达。其中,洪峰可算是一位承上启下的人物。尽管他的小说创作曾因对马原文体的模拟再造而屡受学界质疑,但洪峰对梦魇、死亡、性和暴力等主题的执迷叙述,却在一定程度上拓宽了由马原开创的先锋小说潮流。如果说马原是一位凭借形式实验去颠覆现实主义文学观念的先锋作家,那么,洪峰则将暗含于马原形式实验背后的文学观念,直接贯注在了先锋小说的显性文本层面,并由此实践着20世纪80年代中期先锋作家念兹在兹的启蒙理想。而洪峰对先锋小说主题的开掘,又无形中为余华、苏童、格非等后一代先锋作家的启蒙叙事提供了可资参照的本土资源。不过话说回来,尽管先锋小说的启蒙叙事源自作家对于"文化大革命"创伤的集体记忆,但因为过度重视在观念层面对创伤的清理,反而令先锋小说在隐喻的叙事方式中与具体的历史语境渐行渐远。由此产生的晦涩难解之意,自然也令读者对先锋小说敬而远之。因

---

① (南朝·梁)刘勰:《文心雕龙·时序》,北京:中华书局,2018年,第258页。

此，洪峰早期的先锋小说创作因其对主题的开掘和叙事的革新，无形中也暗暗影响了先锋小说的发展走向。当今天先锋小说轰轰烈烈的形式实验已尘埃落定时，它对现代化的文学想象究竟起到了多大的推动作用，这不能不说是一个具有文学史意味的讨论话题。

本章将以洪峰的《生命之流》《奔丧》和《瀚海》为主要分析对象，探析洪峰在先锋小说发展历程中的主题拓展，既肯定其伦理探索的贡献和指向意义，也指出其伦理关怀的缺陷所在。其对伦理问题的书写，在一定程度上深化了文学启蒙的"内省"维度，但与此同时，却也因为作家对人物个体生命体验的关注，转而弱化了先锋文学对人物的叙事关怀。具体而言，本章将依次探讨个体叙事与自由伦理、传统伦理的颠覆与伦理两难、道德缺失与伦理转型这三个方面，希冀通过对洪峰作品的具体分析和解读，以澄清在传统伦理的现代化转型中，先锋小说所扮演的重要角色和现实功能。

第一节　个体叙事与自由伦理

在中国当代文学伦理叙事的发展过程中，先锋小说无疑占据了一个极为重要的历史地位。20世纪80年代，中国当代作家已将伦理叙事的兴趣转向了自由伦理的个体叙事。对20世纪80年代的先锋作家而言，如何依靠叙事的力量去摆脱现实主义文学观念的困扰，无疑是一个必须面对的问题。事实上，现实主义借以压制先锋作家创新实验的因素，不是别的，正是植根于当代文学现实主义传统中的历史叙事。这一传统历史叙事实际上就是历史理性主义思想的言说方式。它依据历史理性对客观真实的迷信，信奉存在于主体经验之外的历史真实和历史决定论，将再现历史真实作为自身的最高使命，并因此使得中国当代文学，特别是"十七年文学"屈从于历史神话的束缚，只能跟随历史的背影作亦步亦趋的模仿（现实主义称之为"反映现实"），这对于只想讲述纯然属己的生命体验的先锋作家来说,无异于拱手让历史叙事的黄钟大吕,淹没个体生命独语的叙事呢喃。但先锋小说的启蒙叙事也恰恰由此生发开来:正是出于对历史理性铁血法则的抗争,先锋作家才不再拘泥于对"客观真实"的再现,转而将叙事角度移向了人物的内心世界,讲述他们纯然属己的生命体验,于其生命感觉的支离破碎处,倾听并抚慰人人可能面对的生存困境。这无疑是先锋小说反抗历史理性、重唤人类主体性的启蒙呼声。尽管形式创新依旧是他们的创作初衷,但借助寓言和超现实的叙事场景等形式变化,先锋作家隐晦却不失激进地表达了自身的伦理诉求,活跃在他们笔下的一个个伦理故事,因其情节的大胆、人物的怪诞,以及形式的新奇而备受读者瞩目。他们藉此率先完成了借助小说文本来开拓和探讨自由伦理的个体叙事。

一、关注个体生命体验的独异性

叙事伦理是衡量小说精神指向的重要维度,也是作家个人价值观的表达方式。先锋作家们把关注的目标投向了个体生命体验的独异性,更新了当代文学的集体伦理,使之转向表达个人生命体验的个体伦理。他们通过对传统历史、欲望、命运观的重构,呈现出作家内心的真实世界,推动了中国当代文学的叙事伦理转型。正如刘小枫所说,"叙事伦理学不探究生命感觉的一般法则和人的生活应遵循的基本道德观念,也不制造关于生命感觉的理则,而是讲述个人经历的生命故事,通过个人经历的叙事提出关于生命感觉的问题,营构具体的道德意识和伦理诉求。"[①]从这一解释中可以看到,叙事伦理学将个体偶在的生命体验(生命感觉)放到了首要位置。在中国20世纪80年代先锋小说的文学语境中,这种叙事伦理学关注的是个体生命体验的独异

---

① 刘小枫:《沉重的肉身》,北京:华夏出版社,2007年,第3页。

性,人在叙事中改变了以前传统伦理给定的存在感觉。先锋小说的叙事伦理在这一层面上将伦理从历史理性主义的传统叙事伦理推向了现代性的叙事伦理。在这一过程中,洪峰的小说创作最具典型性。

作为曾经的文坛五虎将之一,洪峰是在对马原作品的借鉴中逐步成长起来,最终形成了自己写作风格的先锋作家,其不但在写作形式上更是在思想上对传统叙事伦理进行了彻底颠覆。洪峰的小说,是他对个体生命体验的叙事,已逃离了传统历史叙事对伦理的动员和规范。个人生命感觉的叙事,即是洪峰"这一个"的叙事伦理——"我"这一个体偶在的生命体验(感觉),它显然有别于传统历史叙事规定的伦理要求。从《生命之流》《奔丧》直到《瀚海》,洪峰一直在反抗现实主义文学的传统历史叙事,他试图用自己的方式描绘他所感觉的生活层面,将叙事角度转向人物的内心世界,书写他们纯然属己的生命体验(感觉),并借此颠覆高踞于现实主义文学之上的历史理性思想。

《生命之流》作为"关东小说之一",洪峰也像时下一批青年作家一样,注目于他自己脚下的那块土地,以系统的整体意识,按照自己的审美理想建构小说的艺术。当他秉承着内心对生命的真切体验,对生命真谛的热情追寻,把关东土地的内在精神和深邃内涵捉摄到作品的血肉之躯时,那里的深山老林,那里被冰雪覆盖的原野,那里交织了自然与人类的冲突纠葛的氛围,那里野性的人与野性的历史,便升腾为一种艺术效应,使读者摆脱了因为陌生感而造成的某种欣赏障碍,进入到作品的深层意蕴中。一个生命的实体在人与兽的对峙中结束了,但生命没有消逝,而授以野性、兽性的扬弃进入新的流程、新的历史坡段。洪峰在其小说世界中,用他自己的感觉形式创造出超经验的生命世界。《生命之流》中,那个猎狼者的悲剧多少有些显得诡异而不可思议。他感到生命的厌烦和迷茫,并不是因为他理解生命的价值涵义,而是根本上匮缺人性意识和文明意识。无论是打猎还是其他,他的一切行为都只源于本能的发泄。作者所感觉到的是"山上"那种人兽合一的生态环境。其实这乃是一种超经验的存在,从这里作者体验着生命的艰难严峻,尤其当读者看到那匹垂死的狼突然暴起啮断猎狼者的喉管时,不得不感到战栗。

如果说《生命之流》表现了洪峰本身所带有的,对隔绝于人性和文明之外的"山上"的野性世界的愤恨,那么这种心态到了《奔丧》之中就变为一种冷漠,一种无动于衷,一种揶揄,一种荒诞式的幽默。因为在《奔丧》中我们丝毫也看不出来那种对生命凭吊的意味。《奔丧》的故事情节极其简单:爹死了,"我"回家奔丧。按照惯常理解,这本应是一个充满着凄凉、悲惨的故事。然而小说却在作者的悉心安排之下弥漫着荒诞和冷漠的气氛。作品大量描写了"我"许多荒唐的、莫名其妙的心理状态,而且时时带着对人类血缘关系的亵渎意识:"我"对姐姐的如同对母亲一样的爱恋;对父亲隐私窥知和以后持久的厌恶和仇视,以及对父亲的死的大不恭;关于妻的一切:两性关系和借它表现的夫妻感情;关于玲姐的往事和纯真美好爱情的最后埋葬等等。如果单纯地从作品中抽出这些情节,并不难懂,问题是当这一切成为这篇小说不可分割的整体表现时,表层的理解就失去了意义,而必须转入对作品深层意义的探寻。

冷漠,无动于衷,揶揄,带着公然的蔑视看待周围一切,这些都源于"我"长期的生命被压抑和扭曲。而这种压抑和扭曲与《生命之流》中"他"所受到的压抑和扭曲又不尽相同。《生命之流》所呈现的是一种外在的障碍阻止生命的进化,而《奔丧》则是一种内在的障碍使生命失去真正的价值。《奔丧》中的"我"不是受制于环境的禁闭,而是那种家庭血缘关系的层层束缚。作品中一再在潜意识流动中表现的性心理,并不是为了展示人的卑琐和肮脏,而是揭示人在自身的发展过程中那种来自自身强大的惰性力。于是,读者可以从作品中关于爱情描写的动人场面得到心的启悟。

《奔丧》中"我"对姐姐的性想象,勾联起了"我"童年时代的生命体验。这种反伦理的幻想,没有受到传统历史叙事的束缚而让作者回避。"我"与姐姐肉体的亲密接触,在传统历史叙事看来,无疑是"恶"与不道德的。然而,对于"我"而言,这又确实是真实发生过的,"我"的生命体验正是在这种姐弟间的亲密接触中初次迸发。从传统伦理的价值谱系中看,这种带有"乱伦"色彩的伦理诉求是不道德的、卑下的。然而,从现代性叙事伦理的角度来说,不管"我"性想象的伙伴是"我"的姐姐,还是其他的女性,其实并不重要。因为,无论想象何人,"我"这一个体偶在的生命体验(感觉)都是一样的。"我"只不过讲述了"我"的"生命感觉曾经怎样"[①]。从这一层面来说,《奔丧》中"我"的叙事伦理似乎是一种"自由伦理的个体叙事",它"只是个体生命的叹息或想象,是某一个人活过的生命痕印或经历的人生变故"[②]。洪峰在《奔丧》中的叙事伦理是他个体的伦理感觉,他讲述的是绝然个体生命体验的故事。

爱情作为启蒙生命觉悟、摆脱内心压抑和建立自由人格的动力和条件,被放到与"我"的血缘家族关系相对立相抗衡的位置。"奔丧"的全部意义都在表现生命被窒息而无法自由发展的严酷事实。送完葬,是到了结束这一切的时候了。等待,憧憬,寻求,虽然仍然有迷惘,有失落,但希望总是不能泯灭的。

二、虚构、想象中构建生命世界

先锋小说对历史的叙述曾经让评论家大跌眼镜,因为他们笔下的历史从不以"正史"的面貌出现,而是注入了大量的虚构与想象,以及作家个人对历史的理解和价值诉求。先锋作家选择以话语重构历史,是因为历史伦理叙事"不仅彰显着作家的主题选择取向,而且鲜明地体现着叙事目的、叙事规约、道德价值判断和文化意义选择等叙事伦

---

① 刘小枫:《沉重的肉身》,北京:华夏出版社,2007年,第4页。
② 同上书,第6页。

理质素诉求"①。余华如局外人般的冷漠,同时也放弃了传统伦理的道德批判:《现实一种》中兄弟相残已不是一个道德事件,确切地说,这也不是一个传统历史叙事中的伦理事件,而仅仅是一次现代性叙事中的伦理事件,作者在虚构和想象中讲述了山岗兄弟令人难忘的生命体验。

《瀚海》则采取了作者与叙述者分离的方法来建构文本中的虚构世界。在传统小说中,作者与叙述者大多是同一的,是从一种全知全能的视角来讲述故事。洪峰在其小说中,不再扮演和上帝一样全知全能的操纵者,而是介入事件,成为和读者一样视角有限的人。他不时地暴露着自己创作的痕迹,故意提醒读者所读之物只是一种虚构,而非生活本身。《瀚海》中的"我"虽然在讲述着家族的历史,但是他和读者一样,对自己绵延几代的家族历史知之甚少,很多地方都只能靠猜度和别人的转述来想象自己家族的历史,所表现的内容也与历史大背景和主旋律的主题没有太大关系,只是表达个体的生命感受。甚至连爱情——这一原本属于生活中最富有浪漫诗意的话语,在洪峰的笔下也被虚构成暴力与交易的冷酷现实。"姥姥"的爱情是在遭到邻屯财主家的大少爷强奸后开始的,和"姥爷"的结合也是以强奸的方式被"姥爷"弄到手。"姥姥"在爱情生活中,始终充当着被损害的角色,爱情提供给她的,不是庇护也不是温情,而是强暴和索取。家族的其他成员所遭遇的爱情也没有任何诗意可言,"舅舅"与李慧兰以及"妻子"的父母之间的爱情,一样凭借欺骗和暴力来促成。"姐姐"同革命委员会付主任的爱情,则完全是由"父亲"一手策划的肮脏的政治交易。洪峰在小说中不止一次地说生活就是这样,人与人是不同的。他用虚构和想象给读者展示一个个充满传奇和悲情的故事,却偏偏对故事表现出无所谓的承认,看不出价值偏向,再具有传奇色彩的故事也如一潭

---

① 张文红:《伦理叙事与叙事伦理》,北京:社会科学文献出版社,2006年,第126页。

静水,在不动声色中完成了自由伦理的个体叙事。

反观《奔丧》,假如其不是像现在这种写法,或者说把视点移向对丧事本身亦即有关丧事的社会内容(特别是风俗),那么完全可以写出另一番韵味的文字。不过,洪峰舍弃这些,无疑更符合他所企求的艺术理想。在《奔丧》中,外在的客观世界,已经被虚化,被主观情绪化,它在一开始的叙述中就把人带进了主观的心理的世界:"事情过去半年多以后,我才恍恍惚惚记起那天傍晚天上没有云彩和风之类的景色。"①其后的诸如此类的叙述,完全打破了时空的秩序,因此常常出现感觉的交错重叠。作品里尤其出色的是那些自然景物与人物心境杂糅而呈现出的斑驳陆离的色泽,以及那些稍经触发便横溢而出的内心独白。它们不受规范,老是骚扰着,跳跃着,跟踪着主人公的活动,也跟踪着读者的思路。叙述方式,不仅仅是作为一种技巧而存在,而是被运用到了小说的创作实践中;它反映了作者艺术思维的风韵特点。作者非秩序化的艺术表现,恰恰是他发挥了自己感觉上的优势。从某种意义上来说,《奔丧》可谓是一篇心理加印象型小说。情绪的随意性流动,伴随着感觉而幻化的人生景象,构成了它虚幻、扑朔迷离的艺术景观。

《奔丧》中主人公"我"的奔丧过程严格来说只是洪峰为了迷惑读者而设置的一道帷幕,他所要展现的是主人公在奔丧过程中所表现出的梦幻感和非真实感。正是主人公同时又是叙述者的"我"的虚幻导致了整个"奔丧"的虚幻。"我"在姐姐惊慌失措的报丧声中看到的是"我姐的两只大乳房跟屁股一样上上下下左左右右抖着"②;在乘火车奔丧时,当姐姐和妻子沉浸在悲哀的情绪中时,"我"却注意窗外的景致,甚至想车窗外安详如天堂的火柴盒似的村落:一定是"安闲舒适"地度晚年的理想地;当"我"的亲人们为如何安排父亲后事而争得面红

---

① 洪峰:《瀚海·奔丧》,北京:作家出版社,1988年,第136页。
② 同上。

耳赤时，"我"却在草地上与旧情人玲姐重温旧梦；当"我"的父亲被投入焚尸炉中熊熊燃烧时，"我"却与玲姐在隔壁的小屋里拥抱接吻。《奔丧》所表现的就是这样一种不合时宜的虚幻，而在这种虚构和想象中，作者又巧妙地安插进了一个爱情的故事。他没有把奔丧写得那么凄凄惨惨，也没有把重温旧日恋情写得如火如荼，"我"始终清醒地意识到自己活得多么艰难多么卑琐多么没有意义多么糊里糊涂。在此，与其说作者想表现生存的荒诞和无意义，倒不如说他是想通过主人公对待死亡和爱情的冷峻态度来表现他对现实的看法：现实是一场梦幻，他的故事本身就是一种虚构和想象，因为他的主人公不可能介入现实，他永远只能游离于现实之外，作一个旁观者。

对现实的非确定性、梦幻性同样呈现在《瀚海》中。《瀚海》中的"我"作为故事的叙述者，同时也是故事的主人公之一。但同时，"我"又不仅仅作为一个叙事者，而且也是作为"陌生化"手段出现的。由于"我"的含含糊糊和闪烁其词，"我"的叙述以及"我"的家族史都失去了确定性和可靠性。"我"与读者一样，对自己那个绵延几代的家族的历史所知甚少，甚至不得不依靠别人的转述和猜度来完成，在这里，小说与现实的关系被淡化了，或者说，确切的现实不存在了，现实与小说主人公们那种确定的关系丧失了。

另一方面，作品尽管有确定的人称角度，但作者却明显地追求叙述视点的多元变化，追求建立一种不确定性的内在结构。因而，《奔丧》艺术上会呈现"错乱"状态，它会使人产生一定的困惑。作者并不愿意讲故事，虽然可以肯定他不乏讲故事的才能，而且若是讲故事，他会讲得非常动听。然而固定化的情节结构会损害小说中那个虚化的世界，不确定性则会扩大小说的艺术空间，容纳更多的生活内容。《奔丧》基本上依靠暗示来完成它的整体构制，这需要读者欣赏时感觉的敏锐。暗示提醒人们把许多纷繁的意绪联结起来，比如作品中一再写到的那些潜意识的闪现，特别是萦绕着"我"的少年时代的心理秘密，几乎都是这篇小说内在结构的衔接点;由于它们的作用,才使作品摆脱一般的平面的叙写模式,而成为主体的构造。如果作一种机械的梳理,至少可以看出这样交叉错综的三条线索:1."我"的内心生活和爱情(从少年时代就受压抑和扭曲的生命历程)。2.以血缘关系为纽带的家庭。3.为"爹"奔丧的过程。比较起来,《奔丧》的艺术世界确实比《生命之流》复杂丰富得多了,当然也就更难把握,更见作者的艺术才能。也许,不能忽略的还有作者在表现他的生命世界时的怪诞才能,这几乎是与叙述方式相一致、相表里的又一重要之处。作者没有将《奔丧》写成悲剧的打算,同样也没有把它写成喜剧的打算,当然也绝不会是正剧。他似乎要打破过去的某些美学规范,按自己的感觉方式创造新的格调。所以,《奔丧》有些怪诞,也许用"不伦不类"一词形容它更为确切。《生命之流》让人与狼感情交流,垂死的狼咬死了孔武有力的壮汉,就有些怪异。而《奔丧》亦悲亦喜,亦正亦邪,有时正经,有时荒唐,有时清清楚楚,有时懵懵懂懂,有时笑,有时哭⋯⋯那里面有许多奇妙而怪异的感觉描写,许多变形失态的心理摹画,在人们的审美感觉上是说不清什么味道的。难以解释这种才能产生和发挥的内在动因是什么,但正是如此才更加鲜明地突显了作者的创作个性。或者,这可能是作者进入了自己的创造对象的心境之中,自然流露的心态景象,因为从根上说,他所感觉到,并努力描绘的生命世界即如此。

因此,当20世纪80年代的先锋作家在讲述个体隐秘的生命故事时,便常常以梦魇、死亡、性和暴力等边缘话语作为反抗传统历史叙事、颠覆历史理性的武器。毫无疑问,正是受这种文学思潮的影响,洪峰才会不遗余力地用虚构和想象建筑着自己的文学世界,以达到解构传统历史叙事的目的。不过他的解构方式却十分特别,尽管梦魇、死亡、性和暴力仍然是洪峰描写的主题,但他对小说人物"叙事伦理"的关注,才真正拓宽了先锋小说以边缘话语抗拒历史理性的写作方式。

第二节　传统伦理的颠覆与伦理两难

洪峰小说的真正特质正是在于作家对笔下人物伦理问题的关注。作为一位较早描写人物伦理困境的先锋作家,洪峰通过叙事角度的转移,将规范人们现实生活的传统伦理转换为了表达个体生命感受、具有文学想象特质的"叙事伦理",并凭借对这种也许只存在于文学想象空间中的叙事伦理的关注,实践着先锋作家颠覆传统伦理、解放个体生命感觉的启蒙努力。在洪峰的先锋写作中,特别是以《奔丧》和《瀚海》为代表的作品,读者看到了作家对人物伦理关系的书写,处处充满着颠覆传统伦理的激进和叛逆。洪峰的写作,似乎从一开始就在解构传统历史叙事的努力中重塑着与传统伦理针锋相对的"叙事伦理"。换言之,洪峰小说的叙事角度发生了一个从传统历史叙事向"叙事伦理"的转移。如果从伦理学的角度看,洪峰小说中叙事角度的这一转向实际上意味着以表达个体生命感受、具有文学想象特质的"叙事伦理",颠覆和反抗规范人们现实生活的传统伦理。但是从文学的角度看,这一叙事转向实际上仍是先锋小说重视个体生命体验、颠覆历史理性的启蒙思想的体现。

一、传统伦理的现代颠覆

传统伦理是对人类个体生命的道德规范,它以德性、善、正义等语词铸合而成的道德律令,要求人们在现实生活中"应当怎样",这一"应当"规范和制约了人们原本不同的生命体验,这其实是历史理性思想发展的必然结果。对于传统伦理而言,它的形成缘于历史上众多杰出的哲学家、文学家、历史学家、政治家,以及道学家们的"叙事",是他们在漫长的历史叙事中将善、正义等观念逐渐文本化,这一套关于伦理的叙事从文本以内弥散到了人们的日常生活中,其结果是个体鲜活多样的生命体验被不同的文化传统逐步规范化:无论是西方宗教传统对德性的赞扬,还是中国文化中宋明理学的伦理法则都是这种有关传统伦理的历史叙事。显然,历史叙事规定了人们存在的伦理处境,这正是历史理性对个体生命感觉的压制。那么,如何抵抗这种体现了历史理性主义绝对意志的道德律令,从而解放个体鲜活的生命感觉呢?"叙事伦理学想搞清楚一个人的生命感觉曾经怎样和可能怎样。"①这一解释中可以看到,叙事伦理将个体的生命体验(生命感觉)放到了首要位置。因此,所谓的叙事伦理,"是以某种价值观念为经脉的生命感觉,反过来说,一种生命感觉就是一种伦理;有多少种生命感觉,就有多少种伦理。伦理学是关于生命感觉的知识,考究各种生命感觉的真实意义"②。这样的伦理观念属于现代性语境。不同个体的生命体验(生命感觉)如果各不相同,那么伦理就会以复数的形式出现。这意味着在现代性语境中,由历史理性制定的传统伦理已不再具有普遍的合法性。因此,洪峰小说对传统伦理的拒斥,实际上隐含着以个体生命体验反抗传统伦理的努力。那么,洪峰小说中的"叙事伦理"又是如何抗拒历史理性,从而发挥其颠覆功能的呢?

从《生命之流》《奔丧》到《瀚海》,洪峰似乎在讨论生命意义,但问题在于,洪峰关注的生命意义,已经逾越了传统历史叙事认可的范围。简单地说,历史叙事对个体生命体验的规范化,依据的是由外在于个体的社会所给定的道德律令,即个体的生命意义只有在投射于个体身外的事物,如理想、事业、爱情等等时,生命意义才会放射出价值之光。这种"为……"的个体存在方式无疑属于传统的伦理观念。而且,传统历史叙事对伦理的"叙事",其目的"是动员,是规范个人的生命感觉"③。无论以民族国家的建构,还是以传统文化的生活伦理对个体

---

① 刘小枫:《沉重的肉身》,北京:华夏出版社,2007年,第4页。
② 同上书,第3页。
③ 同上书,第6页。

生命感觉进行规范,说到底都是以"人民"的名义在传统伦理中窒息了个体生命的喃喃自语。洪峰对生命意义的"叙事",即是洪峰"这一个"的叙事伦理,它显然有别于传统历史叙事规定的伦理要求。洪峰在《奔丧》中的叙事伦理是他个体的伦理感觉,他讲述的是绝然个人的生命故事。"我"在听到姐姐告知"我"关于"我们"父亲的死讯时,注意的是姐姐"嘴里有一股很强的生蒜味"①,"妻的哭声很细弱比姐的哭声动听多了"②等无聊的事。"我"作为死者的儿子匆匆赶回老家奔丧,可是"我"却完全没有为人之子应有的悲痛欲绝的感受和表现。到了葬礼上,"我"更是撇下妻子,在焚尸房旁和初恋情人约会,做出了一系列与奔丧不相宜的行为。传统历史叙事规定的伦理在洪峰笔下被一一颠覆了。与此类似的"事件"在《奔丧》中并不仅此一例,"我"巴望着父亲的遗体早点火化,免得令人作呕。死去的"父亲"丧失了他的权威和神圣,"我"对父亲没有敬畏,仅有模糊的印象,父亲的死对"我"的生活根本造成不了任何影响。最后,小说说出了"我"的心声:死和悲伤并不是生活,好好活着才是一切。对"我"诸如此类不合时宜的事件描写,无疑在叙事功能上发挥着颠覆传统历史叙事的话语功能。

洪峰曾自称他的小说主要关注人的生命与死亡。死亡是人类出现以来亘古的话题,人们只要出生,便无时无刻不在面向死亡,走向死亡,没有时间预订,也没有任何征兆。海德格尔曾指出,"日常生活就是生和死之间的存在"。在任何一个生命的时刻,我们都在走向死亡,"死亡是一种不幸,一种灾祸,人们在死亡面感到一种神秘和可怕的力量"。③ 所以,人们常常怀着恐惧与避讳的心态对待死亡、遮掩死亡。再加上在中国的语言中,"语言被赋予超人的神秘力量。人们迷信语言有一种超常的魔力,能给人带来各种祸福,以致将语言所代表的事

---

① 洪峰:《瀚海·奔丧》,北京:作家出版社,1988年,第137页。
② 同上。
③ 郎晓秋:《汉语"死亡"禁忌的来源及语用分析》,《语文学刊》2004年第5期,第79页。

物和语言本身画上等号"①。汉语中有很多对于死亡的委婉说法,人们交谈之间喜欢谈生而避死,逐渐成为一种"文化积淀",于是死亡便成为一种人们最恐惧、最忌讳、最不愿意谈论的话题。但是洪峰在创作中却无所顾忌地突破了这一忌讳,在作品中总是要涉猎"死亡"这一敏感话题。

《奔丧》是洪峰直接描写死亡的一部作品。作者在小说中感情归于零度,用冷漠和荒诞来直接瓦解和颠覆中国的传统人情伦理。文中主要叙述父亲的死,"我"的心理描写及家人之间的反应。对于父亲的死亡消息传来,"妻的哭声很细弱比姐的哭声动听多了。我认真听了一会,才想起这与爹的死有关"②。当到家乡时,看见大家胳膊缠一块黑布,"这才想起来我和妻和姐和姐夫的胳膊上也缠着黑布。也许正是这块黑布证明了我们之间是亲人,有一种不能割断的血缘关系。这使我意识到了自己的责任和义务"③。在与传统叙事的抗衡与"避重就轻"的描述里,玩味与荒诞气息扑面而来。"我努力想着爹的形象,总觉得那是一块发臭的肉,看一眼会使你一辈子不想吃肉甚至一想到肉这个词就胃疼。"④"我实在有点不明白他们为什么不早一些将爹烧了或者埋了让他在地底下腐烂却是放在三伏天里让他一点点发臭这图的是什么!"⑤从这些叙述语言中,读者丝毫感觉不到"我"的丧父之痛和对死去父亲的缅怀之情。"我"带给读者的是冷酷甚至残忍。然而正是通过这种冷酷和残忍,让中国千年来奉行的孝道被贬得一塌糊涂,让人去质疑人与人之间的感情,从而完成对传统伦理的现代颠覆。

《瀚海》与《奔丧》一脉相承,揭开了父辈们的隐私。洪峰在这里不仅仅是对"父亲"这一神圣代表的挑战,而是以"渎神"为入口来消解死

---

① 郎晓秋:《汉语"死亡"禁忌的来源及语用分析》,《语文学刊》2004年第5期,第79页。
② 洪峰:《瀚海·奔丧》,北京:作家出版社,1988年,第137页。
③ 同上书,第144页。
④ 同上书,第153页。
⑤ 同上。

亡的价值。"死亡"在洪峰看来,只是流动的生命中一件极其平常的事情,生命的本质和意义在于人对世界的体验和把握而不在于生命终止之后虚假的仪式。洪峰通过面对死亡的冷静和对"生"的赞美,对传统文化的封建性做出了嘲弄和解构:很多时候,那些所谓的如丧考妣般的悲伤痛苦完全是人的意识中自以为是的东西。所谓往者不可谏,来者犹可追,洪峰主张好好地过自己眼下的日子。所以,在为父亲奔丧这一严肃的事件当中,作者插入与玲姐的性爱描写,当父亲的尸体被焚化之时,"我"却与初恋情人正在隔壁小屋里拥抱接吻。此时,洪峰把肃穆的死亡和美好的爱情放置进同一个时空,把人从传统伦理的禁锢之中解放出来,表现出其对权威的蔑视,对原始生命力的热爱。爱情和死亡复杂而又矛盾的形态后面流淌着作家对生命存在的诗意向往和对生存意义的永恒追问。它们既是小说故事的解构线索和艺术关怀的焦点,同时又辩证地拆解着生命的神秘。无论是在作家的意识中还是在小说的涵义空间里,性爱和死亡都是一对相辅相成的互补视角。如果说性爱旨在激活生命能力的话,死亡则重在审视生命衰竭;如果说性爱描绘的是生命形而下的状态,那么死亡则更关心生命的形而上的意义;如果说性爱对生命的阐释具有世俗的性质,那么,死亡则提供了一种关于生命超越的视角。性爱与死亡是本真和原始的生命存在形式,更是人类生存形式的两种极端状态,能造成震惊的审美效果。因此,在洪峰的小说中,爱与死亡常常相互依存,共同发挥着其颠覆传统伦理的叙事功能。

"洪峰常以性爱作为美好追求的象征"①,这是史铁生在《读洪峰小说有感》中曾做出的评价。但洪峰笔下的性爱描写并非是纯洁、美好的爱情主题,而是充满着原始欲望的赤裸裸的性的索求。这种把爱情的主题由单纯的精神之恋转向赤裸裸的"性爱"的描写,似乎是文明

---

① 史铁生:《读洪峰小说有感》,《当代作家评论》1988年第1期,第40页。

的倒退和文学的堕落。但是"文化大革命"后,人们站在人道主义的立场上大声呼唤爱和自由。从张贤亮在精神和肉体两方面对爱的需求,到张洁对女性婚姻爱情的关注,再到莫言从原始野性中寻找充满生命力的性爱,文学似乎已经转向了由单纯精神之爱到性的描写,这里的"性"已不是原始的动物交配而是蓬勃的生命力的象征。

先锋作家们出于消解传统价值观、解构原有的思维方式的叙事目的,自然而然地采取了由"性"代替"爱"的叙事手法。马原常常把一个个本应缠绵悱恻的爱情故事突然变为一个死亡故事,或者故事中只有"性"没有"爱",更没有两情相悦的主人公,"性"变成了他书写奇怪事物给读者带来新奇感受的工具。在《奔丧》中,洪峰也用"性"来反抗来自外部生活的压力,来与死亡作对比,是"生"的存在方式之一。他利用对"性"的描写,来反抗传统伦理的权威,反抗毫无意义的传统习俗。"性爱"与生命、死亡一样,它只是一个自然的存在,是生命的一部分。洪峰在《奔丧》中,以性爱作为切入点,来进行自己对生存意义的解读。他把"性"作为生存的原始动力和自由的本原以及蓬勃的生命力的象征,把性爱过程中的勇敢和坦荡视为健康人性不可或缺的一部分。由此,洪峰的"性"具有了亵渎无谓的生命的快感。

那么,是不是据此就可以说,洪峰用死亡和性爱来作为挑战传统伦理的武器,就可以完成其纯然的记录个体生命体验的"自由伦理的个体叙事"了呢?或者说,洪峰以《奔丧》中的"我"讲述个体的生命体验,是不是已经彻底摆脱了历史理性的伦理规范呢?这可能还是一个值得商榷的话题。

二、传统伦理现代颠覆的两难

从先锋作家"超越传统历史叙事"的启蒙主题中可以看到,尽管先锋小说表面上更加关注个体的存在问题,但由于个体存在并不具有先验性,它或多或少都要受到个人记忆、主流历史等"现实"因素的影响,因此，在尽力凸显个体灵魂在世的孤独与脆弱时，先锋作家便不得不首先清除传统历史叙事对于个体偶在的压制。传统历史叙事对历史的把握，由于先验地将个体生命置入"时代潮流"，必将在历史决定论的层面抹杀和忽视个体偶在不尽相同的生命历程。传统历史叙事因果规律的思维方式，事实上已然排除了个体偶在生命体验的独特性。面对传统历史叙事言说的主流历史，先锋作家力求还原不同个体偶在的"生命历史"。但同样重要的是，先锋作家对传统历史叙事的超越，不仅为书写个体偶在的生命历史创造了条件，也同时为20世纪80年代启蒙主义的自我反思提供了一个全新的视角。当20世纪80年代的启蒙运动继承五四传统，为建构现代民族国家而面临压制个体的诘难时，先锋作家率先以自己的创作实践履行了中国语境中启蒙主义缺失的一环，即重新对个体偶在的生命体验予以了高度关注。毕竟，启蒙主义的终极目标是谋求建构在每一个体幸福之上的理想社会。先锋作家超越传统历史叙事的努力，在此层面上获得了启蒙主义自我反思的意味。这种反思的深入，实实在在标识了中国启蒙主义的渐趋成熟。在这个意义上说，将"超越传统历史叙事"作为先锋作家的启蒙精神来看待，无疑更合乎20世纪80年代启蒙主义发展的内在逻辑。更为重要的是，先锋作家重构人民伦理的大叙事，不仅仅是赓续启蒙传统的结果，更直接开启了先锋小说对于人物伦理困境的考察和书写：不论是描写人在历史重压之下的创伤记忆，还是隐喻伦理困境中的道德异化，均象征着先锋小说伦理叙事的一个重要转向，即在重构人民伦理的大叙事之外，也将作家个人的价值诉求转向了自由伦理的个体叙事。

《瀚海》表面上一改《奔丧》中对个体生命体验的叙事，转而以"我"的视角回忆了"我"的家族的历史。"我爷爷""我奶奶""我外公"等人的命运，构成了一部集体性的"家族历史"。但是，《瀚海》似乎仍然缺乏一种传统伦理的道德规范，"我外婆"的妓女生涯，"我舅舅"的革命传奇,还有"我二哥"的爱情命运等等,他们生命体验的迸发,无一不是欲望的产物:"我外婆"与"我外公"的结合,是"我爷爷"复仇欲望的产物。"我舅舅"与"我二哥"为各自的爱情不择手段,也是他们生命欲望的释放。在这些人物欲望的展示中,传统历史叙事的伦理道德似乎变得弱不禁风。取而代之的,是一种"家族历史"的叙事伦理。显然,这种家族历史的叙事伦理由于偏离了传统历史叙事对普遍伦理的道德规范,使得"道德"这一传统历史叙事的伦理法则不再是高悬于个体生命体验之上的绝对律令,"道德"一词的涵义开始变得模糊和相对了。这无疑是一次先锋小说中的现代性事件,因为传统历史叙事中善恶分明的道德法则消逝了,笼罩在个体生命体验之上的历史理性被"家族历史的叙事伦理"篡改得面目全非。然而,《瀚海》中家族历史的叙事伦理仍然不是纯粹意义上的"自由伦理的个体叙事"。或者说,《瀚海》对传统伦理的颠覆,由于落在了"家族历史"这一叙事视点上,仍然在一定程度上压制了个体的生命独语。洪峰的先锋写作在潜文本层面依然受制于"家族历史"这一集体话语。纯然个体的生命体验的记录,即现代性语境中的"自由伦理的个体叙事",在《瀚海》中处于何种地位呢?很明显,《瀚海》讲述的"我"的家族的历史,并不纯然是"我"这一个体偶在的生命体验,事实上"我爷爷""我奶奶"等亲人的生命经历,是"我"的生命体验在家族历史构成的历史空间中的想象式延续。由于小说以"我"这一有限视角进行叙事,因而决定了"我"的生命体验与亲人们生命体验的隔膜:"我"的回忆是听一位老奶奶的讲述展开的,这种回忆因此具有"想象"的成分,"我"无法真实再现"我"之外任何一位亲人的生命体验。在现代性语境中,先锋小说的叙事伦理只能是孤独的个人,"他者"的生命体验"我"无法体验,这是由个体生命的特殊存在决定的。因此,现代性语境中的小说,只能也只想用叙事呵护现代生活秩序中脆弱的个体生命。在这个意义上,洪峰的《奔丧》和《瀚海》可以被视作中国的先锋小说超越传统历史叙事,走向"自由伦理的个体叙事"的现代性实验。无论是以极端的反人伦叙事,还是以"家族历史"展开叙事,洪峰的小说都呈现出了一种颠覆传统历史叙事的努力。

但是,无论洪峰对传统历史叙事的颠覆有多么激烈和极端,都不可能完全摆脱传统伦理对叙事伦理的压制,这一压制使得洪峰小说中的叙事伦理在实践自身启蒙功能的同时,也不由自主地陷入了一种两难境地:一方面,叙事伦理借助对传统伦理的反抗,实践着先锋小说解放个体生命感觉的启蒙功能;另一方面,对传统伦理的无情解构,却最终令叙事伦理失去了道德支撑,从而无法真正实现对人物的叙事关怀。

首先需要肯定的是,尽管洪峰小说中的叙事伦理受到了传统伦理的压制,但它所具有的反抗精神却是当时所有先锋小说家启蒙理想的体现。从五四到20世纪80年代,中国语境中的启蒙主义历来以建构现代民族国家为己任,其目的都是"指向国家、社会和群体的改造和进步。即是说,启蒙的目标,文化的改造,传统的扔弃,仍是为了国家民族,仍是为了改变中国的政局和社会的面貌。它仍然既没有脱离中国士大夫'以天下为己任'的固有传统,也没有脱离中国近代的反抗外侮,追求富强的救亡主线。扔弃传统(以儒学为代表的旧文化旧道德)、打碎偶像(孔子)、民主启蒙,都仍然是为了使中国富强起来,使中国进步起来,使中国不再受外国列强的欺侮压迫,使广大人民生活得更好一些……所有这些就并不是为了争个人的'天赋权利'——纯然个体主义的自由、独立、平等"①。可见,在20世纪80年代之前的启蒙运动中,个体解放只不过是建构现代民族国家的手段。但是,这种情况在20世纪80年代中期却发生了变化。由于西方现代主义思潮的传播,尤其是存在主义哲学对个体存在问题的关注,使得原本清晰的

---

① 李泽厚:《中国思想史论》(下),合肥:安徽文艺出版社,1999年,第828页。

启蒙主义面貌发生了变化。这一时期的启蒙主义,如果仍然以"人民"的名义为建构现代民族国家去压制个体的生命体验的话,那么它对每一个体幸福的承诺就必将落空。试想一下,为建构现代民族国家而制定出的普遍主义的道德规范,如何可能正视个体生命体验的特殊性?因此,洪峰借助叙事伦理解放个体生命体验的先锋写作,便是启蒙主义者的自我反思。这一反思由于对个体生命体验的关注,在"内省"的角度深化了启蒙主义思想。从深层次看,洪峰的小说创作体现的正是这样一种文学的现代性。这意味着现代性语境中的小说,从本质上不过是关于个体伦理的自由主义叙事。这同时也说明,洪峰以叙事伦理抗拒历史理性的写作方式,体现的正是 20 世纪 80 年代中期以后先锋作家对启蒙主义的自我反思。因此,洪峰的小说创作,就不仅仅是先锋文学形式实验的拓进,它还是 20 世纪 80 年代启蒙运动的文学记录。

所谓的"叙事伦理",实际上就是现代伦理话语在文学、哲学文本中的一种言说方式,它"不探究生命感觉的一般法则和人的生活应遵循的基本道德观念,也不制造关于生命感觉的理则,而是讲述个人经历的生命故事,通过个人经历的叙事提出关于生命感觉的问题,营构具体的道德意识和伦理诉求"[①]。

传统伦理的指涉又是什么呢?概括地说,传统伦理要求个体偶在的生命体验必须符合社会规定的道德法则。它是一套由德性、善、正义等语词铸合而成的高悬于个体偶在生命体验之上的绝对律令,也是关于普遍伦理或者说生命感觉的道德规范。对于这一问题的探究,就是刘小枫所说的"理性伦理学",它想搞清楚的问题是"人的生活和生命感觉应该怎样"[②]。在传统伦理中,人的生活和生命体验必须遵从社会规定的善、德性以及正义等观念。这种对于人生命体验的规定是

---

① 刘小枫:《沉重的肉身》,北京:华夏出版社,2004 年,第 7 页。
② 同上书,第 4 页。

历史理性主义绝对意志的体现,它深植于传统的历史叙事当中。那么,历史理性主义是如何提出人们必须遵从的这套伦理观念的呢?很显然,传统伦理不是一个先验的存在物,它的产生缘于千百年来众多杰出的哲学家、文学家、历史学家、政治家,以及道学家们的"叙事",是他们在漫长的历史叙事中将善、正义等观念逐渐本位化。这一套关于伦理的叙事随着时间的流逝,逐步从书本扩散到了人们的日常生活之中,结果自然是个体偶在鲜活的生命体验被不同的文化传统通约化。无论是西方宗教传统对德性的赞扬,还是中国文化中宋明理学的伦理法则等等,都是这种有关传统伦理的历史叙事。显然,历史叙事规定了人们存在的伦理处境。那么,如何抵抗这种体现了历史理性主义绝对意志的道德律令,从而解放个体偶在鲜活的生命感觉呢?或者说,在传统伦理的历史叙事的压制下,解放个体生命感觉独异性的现代性伦理如何可能?从西方现代哲学的发展中可以看到,一种强调个体偶在生命体验的"叙事伦理"是促成现代伦理出现的关键。从19世纪末尼采的酒神精神,到20世纪60年代马尔库塞对性爱自由的合法化证明,一种以感性抵御传统伦理的现代传统已然形成。

从洪峰的创作实践来看,对生命意义的追寻俨然构成了他先锋写作的显在主题。那么,对生命的关注是否意味着放弃了历史叙事呢?答案并不那么确定。在《奔丧》和《瀚海》两部作品中,洪峰的叙事焦点发生了一个从历史叙事向"叙事伦理"的倾斜。这种倾斜处处针对的正是传统伦理借以栖身的历史叙事。或者说,洪峰从对传统历史叙事的颠覆中,将矛头对准了传统伦理思想,在大胆解放人性、探察人物伦理困境的基础上,暗暗宣扬着一种全新的现代性伦理观念。这一做法即是在对个体偶在生命体验的书写中,将传统小说的历史叙事引向了现代性语境中的"叙事伦理"。洪峰小说的生命主题,在此层面中获得了颠覆传统历史叙事的启蒙功能。

但是,洪峰笔下的人物不能够也不可能完全摆脱强大的传统伦理的束缚。《奔丧》中的"我"其实深陷于人物的伦理困境之中。文中虽然以许多违反人伦的"事件"颠覆了传统的伦理观念,但由于"我"的生存环境是由历史理性预先设定的,"我"的伦理处境在传统伦理的强大压制下陷入了困境:一方面,"我"以违反人伦的事件进行着艰难的"自由伦理的个体叙事",即"我"那种颠覆传统伦理的生命体验;另一方面,"我"又不得不屈服于传统伦理的力量,以一种人格表演的方式尽着自己作为人子的孝道。在姐姐、哥哥等亲人面前,我为父亲悲痛得泪如雨下,以孝子的身份完成着传统伦理所规定的各种仪式——奔丧、火化、哭泣等等。尽管"我"真实的感受并不像仪式表面呈现得那样悲伤,但"我"为了不至于让亲人们愤怒,只能在这些仪式中表演着自己在世的伦理处境。显然,洪峰在《奔丧》中借助"我"这一人物试图颠覆传统历史叙事并进而抗拒历史理性的努力遇到了挫折,"我"的生命体验这一现代性叙事伦理的纯粹性在传统历史叙事的压制下显得困难重重。概括地说,《奔丧》集中呈现了个体在面临传统与现代叙事时的伦理困境。因此,《奔丧》可以被视为先锋小说凭借叙事伦理而进行的现代性实验。小说人物"我"的伦理困境揭示了一个在文学语境面临现代性转型时,生命个体不得不面对的伦理困境,这一困境是传统历史叙事与现代性叙事伦理之间的冲突造成的。如果将此视角带入洪峰的另一代表作《瀚海》的话,我们还可以清晰地看到,一种个体生命体验的"形而上学陈述"还将面临一种家族历史叙事的压制,《瀚海》所呈现的人物的伦理困境再度展示了现代自由伦理对传统伦理颠覆的两难局面。

第三节　道德缺失与伦理转型

20世纪对中华民族来说,是一个具有特殊意义的世纪。在这个世纪里,中华民族经历了一个又一个伟大的历史转折和社会变迁,无论是政治制度的更替、思想文化的嬗变,抑或是社会生活的重建,均能折射出百年来萦绕于国人心中的现代化之梦。其间虽然有历史进步所必须付出的沉重代价和精神阵痛,但国人以现代化为历史目标的民族复兴却从未止步。在这一伟大的历史进程中,中华民族伦理思想的嬗变尤为醒目:从批判封建主义的三纲五常等伦理思想起步,到张扬人之主体性的现代伦理思想萌芽,再到革命和救亡双重变奏曲中的价值抉择,国人在伦理思想方面的探索可谓轰轰烈烈。

洪峰的小说创作体现了作者对传统伦理的反思成果,在他的小说创作实践中,隐含着传统和自由两种不同伦理思想之间的剧烈斗争。对传统伦理的解构,洪峰经常以一些抽象晦涩的寓言故事,或者是一些有悖常理的叙述场景来表现,其中反传统伦理的色彩分外清晰。但由于作家在颠覆传统伦理方面的激进态度,又在一定程度上削弱了先锋文学本应具有的对于生命个体的叙事关怀。无论是《奔丧》,还是《瀚海》,作品中的人物最终都陷入了无枝可依的伦理困境。

一、孝道伦理的缺失

"孝"在中国的传统文化体系中,尤其是在占据统治地位的正统儒家文化体系中有着非常崇高的地位。中国孝道思想经历了孔子、孟子和历代儒家的诠释,已经变成内容非常丰富,涉及面非常广阔的极为复杂的思想理论体系。儒家推崇修身养性,用孝道规范家庭,孝敬父母。"孝"是儒家伦理的基本准则和出发点,是衡量人道德修养的最基本标准。在中国这个以儒学为本的文化环境中,"孝"是深深影响中国人心理特质的一种文化。对于接受了现代意识与进步意识形态教育的现代作家而言,对传统孝道的虚伪性和残酷性有深刻的理性认识。因此,在他们的文学作品中,"孝"成为他们所要反抗和解构的首要对象。

传统伦理中的"孝",指的是子对父负责,父辈的权威建立在子辈的"无违"之上,子女对父母必须遵守"无违"的伦理准则。由此确立了从上往下的权威矢量,形成风俗纯净、长幼有序、社会平稳的伦理之网。五四新文化运动的到来,使得一大批接受新思想洗礼的作家认清了中国社会罪恶的根源,纷纷把批判的矛头直接对准了家族伦理制度的核心——封建孝道。李大钊、胡适、鲁迅、陈独秀等人,对传统的家族伦理进行了激烈的批判,而孝道作为家庭伦理的核心受到的批判更为猛烈。吴虞曾写过《家族制度为专制主义之根据论》和《说孝》这样两篇专门"论孝"的文章,他将孝与家族制度、专制主义联系起来,认为孝道是家族专制和君主专制的理论基础。"儒家以孝悌二字为二千年来专制政治与家族制度联结之根干,而不可动摇。"他一针见血地指出传统的孝悌之道"就是教一般人恭恭顺顺的听他们一干在上的人愚弄,不要犯上作乱,把中国弄成一个'制造顺民的大工厂',孝字的大作用,便是如此"①。鲁迅在《我们现在怎样做父亲》中,对传统父子关系进行了批判,"以为父子关系,只须'父兮生我'一件事,幼者的全部,便应为长者所有。尤其堕落的,是因此责望报偿,以为幼者的全部,理该做长者的牺牲"②。他认为孝是一味收拾幼者弱者的方法,这种孝甚至把子女当作自己的私有财产,可以任意进行处置,而子女在家长的权威之下逐渐丧失了自己的人格。"孝"的作用和规范性如此巨大,作为以蔑视、反抗传统伦理道德为己任的先锋作家,理所当然地把反抗封建孝道伦理纳入了自己的书写范围。

《奔丧》中的"我",对死去的父亲完全没有尽到传统伦理中所谓的"孝"。父亲,在传统社会中对一个家庭来说,是至高无上的权威的代表。无论他有无德行,有无能力,有无才学,子女都要无条件地服从和听命于他。而奔丧回去的"我"对父亲之死,完全是冷漠和无所顾忌。文中用戏谑的笔调细致描述了父亲的遗容,"爹的脸黑紫色,一道皱纹

---

① 吴虞:《说孝》,《吴虞文录》,上海:上海书店,1982年,第15页。
② 鲁迅:《坟·我们现在怎样做父亲》,《鲁迅全集》(第1卷),北京:人民文学出版社,1981年,第132页。

也没有,就跟绷紧的小皮鼓一样还发亮,嘴唇比脸色稍淡泛着青色的微芒,大鼻孔塞着两小团棉花,有血痂凝在棉花上,爹的眼睛微闭着,眼皮全黑了看不清眉毛。臭味绵绢不绝地从塑料袋子里涌出来,冲得我不得不直起腰"①。通过此段描写,"我"对父亲死后遗容的亵渎之情溢于言表,没有悲伤、没有敬畏,有的只是嫌恶和厌弃。作者采取这样极端冷酷的方法,让传统伦理中所谓的血缘亲情和孝道伦理荡然无存,直接而又强烈地冲击了传统社会奉行了千年的孝道伦理。但问题是旧的孝道伦理被强拆和解构后,新的伦理道德并未建立,如何重新理解与建构这种由血缘亲情所决定的亲情伦理关系?正如黑格尔所说:"传统并不仅仅是一个管家婆,只是把她所接受过来的忠实地保存着,然后毫不改变地保持着并传给后代。它也不像自然的过程那样,在它的形态和形式的无限变化与活动里,仍然永远保持其原始的规律,没有进步。……而是生命洋溢的,有如一道洪流,离开它的源头愈远,它就膨胀得愈大。"②孝道伦理及亲情伦理并不是凭一己之力就可以解构和反抗的。无论作家在小说中表现得多么决绝和无情,但是幼年的生活经验和与生俱来的血缘关系使得他们在情感上对孝道的反抗并非那么的理直气壮,也使得他们在创作中理智上的决绝与情感上的犹疑并存,这是现代作家普遍的书写姿态。因此,在现实生活中,无论作家采取多么激进的写作姿态,都拒绝和摆脱不了康德所说的"绝对道德命令"的理性烛照。

二、审丑的狂欢

20世纪以来,资本主义的大肆扩张、战争的爆发、科学技术的迅猛发展等等,造成了人类社会政治、经济、文化、道德、宗教等各方面的深刻危机。对此,作家们显得更为敏感,面对混乱的客观世界和人自身

---

① 洪峰:《瀚海·奔丧》,北京:作家出版社,1988年,第152页。
② [德]黑格尔:《哲学史讲演录》(第1卷),北京:商务印书馆,1983年,第8页。

的异化,他们放弃了偏执的信仰和绝对的社会目标,不再严肃认真地去思考社会、历史、人生、道德等问题,也不愿再承担起文学艺术家崇高神圣的社会职责与历史使命。在卡夫卡的世界中,人是一条虫;在狄兰·托马斯的眼中,人只是一根燃烧着的蜡烛;在尤金·奥尼尔笔下,人被异化成了猿猴……文学开始热衷于表现失去自我的悲哀和寻找自我的失败,通过对丑和恶的描写来表现人的全面异化。1853 年,德国美学家罗森克兰茨以其《丑的美学》一书将西方文艺从审美转到审丑的轨道上来。其后,"恶魔诗人"波德莱尔于 1857 年创作的《恶之花》将西方文艺纳入了全面审丑的时代。以《恶之花》为开端,以恶为美、从丑恶中发掘美逐渐成为文学表现的主旋律,打破了传统文学将表现真、善、美作为单纯追求的审美规范,人们精神世界中一些非理性的,甚至变态的欲望和冲动得到了释放和宣泄。一批带有明显审丑倾向的文学作品涌现出来,向传统文学发起了挑战,彻底颠覆了人类几千年来固有的认识论、审美观和价值观。反观我国,改革开放使得中国进入一个全新的时代,在短短几十年的时间里,国人浏览了西方近一百年的思想成果。无论在物质上还是在精神上,都给民众带来了前所未有的冲击。现象学、存在主义、荒诞派、意识流、魔幻现实主义等思潮的涌入,颠覆了人们对现实和文学的想象与认识,人们在享受物质上的丰裕的同时普遍感受到了精神上的空虚。在现实经济潮流和外来文化思潮的双重冲击下,作家们一改其创作模式,通过对"审丑"的实验与探索,对民族文化作全方位的反思,对传统文化进行了消极的批判。

在传统的观念中,真、善、美是必然统一的整体。但是受到现代思想影响的先锋作家们却并不认可,在他们看来,美和善可以是真的,也可以是假的,丑和恶是美和善的相对面,但它们也可以是真的,问题在于用怎样的态度去观察这个世界和人。显然,传统文学基于高悬于头顶之上的道德之剑,不能反映这个非理性的荒谬的世界,也不能表现人物内心的"最高真实"。于是,先锋作家们另辟蹊径,刻意追求非理性、反逻辑的艺术形式,通过对人物内心世界和无意识领域的开掘,高扬起先锋文艺的大旗。翻开中国当代先锋小说,暴力、死亡、病态等俯拾皆是,马原、洪峰、余华等一大批先锋作家将人类社会存在的冷漠、虚无、人性沦丧等问题暴露无遗。从马原《拉萨河女神》所显示的"叙述圈套"对传统文体的和谐美发起挑战,到余华《现实一种》中用血淋淋的厮杀将人类亲情彻底颠覆,先锋作家们已逐步完成了审丑的创作历程,他们从传统文学的优美与崇高中逃离解脱出来,将人性中的丑恶、肮脏、卑污竞相展览,用充满颠覆性的语言和形式开创了一个全新的文学时代。从现实层面来理解,"丑"是非适宜性的、非理性的,但"丑"所具有的否定性和破坏性,又在适当的时机可以成为人类自我发展的推动力量,成为未来新人性、新伦理的构建力量。

《奔丧》中的"我"和《瀚海》家族中所有的人,言行举止都缺乏传统意义上的美学规范。"我"对生"我"养"我"的父亲的离世表现得极度冷漠和残忍;家族中的人也都以暴力或欺诈手段来实现各人的欲望。洪峰把人性中的冷漠、残忍、自私、卑污毫无顾忌地呈现在读者面前,通过描写掩埋在人性深处的丑陋的另一面,对社会的阴影进行揭露,对人们的丑行进行抨击。但是,作家在着迷于揭露人性丑恶的一面之时,往往加入过多的主观感受,迷恋于对人性恶的肆意渲染,无形中拉大了与读者之间的距离。作品中对丑恶的肆意描写,在一定程度上损坏了作品的真实感也使得小说变成了仅仅提供阅读快感、满足欲望的一个文学阵地。《瀚海》中对家族人的各种不择手段的描写,对为达一己之私而草菅人命的描述,在一定程度上给读者带来了道德上的错位和迷茫。

此外,洪峰小说的形式大多比较艰深晦涩,令人难以理解。《奔丧》中的"我",行为极其古怪,联想也十分奇异。洪峰在讲述故事时,强行地拆除事件、细节与现实世界的联系,使读者难以得到传统小说有因果、本质的暗示,以及有关政治社会、道德、人性之类的"意义"。《奔丧》在结构方面追求一种自由联想式的开放叙事形式,重视"叙述",关心的是故事的"形式",运用虚构、想象等手段进行叙事。在洪峰笔下,词语和文字被当作可以任意摆布和随便调遣的符号,常常被生硬地编排在一起,成为彰显作家奇思妙想的牺牲品。但是,若无限度地对文学采取随性的狂欢化书写,最终将导致文本完全失去阅读的意义和价值。

描写人性或社会中的丑恶现象是一门具有崇高意义的艺术,但它绝不是近乎失去人性的疯狂嗜丑。无论是先锋小说抑或是其他形式的文学创作,审丑的最终目的都是为了化丑为美,是为了重建美,而不是摧毁美。"以阴暗、偏执的自我经验编织出的白日梦式的审丑小说,只能成为作家的坟墓。"①如果一味追求作品的新奇和形式的创新而不注重受众的感受,忽视文学本身的目的和意义,那么作品终将难逃被大众疏远、被时代遗弃的悲剧性命运。

三、道德关怀的缺失

随着商品意识和市场经济的实利性原则渗入日常生活之中,世俗化、物欲化生存方式在社会空间蔓延,传统的道德规范被分化瓦解,生活中人性本能的欲望迅速膨胀,精神的因素越来越淡漠。先锋小说对传统伦理的解构,是一个去除主流意识形态遮蔽,回到个人日常道德秩序的过程,构成了新时期以来文学写作道德关怀的转型性特征。这种转型的直接后果之一是个人的自由伦理的骤然苏醒,以个人能感知到的最朴素最真实的方式揭示了人生固有的生存本相。他们通过对人性和社会中丑陋、阴暗面的描写和揭露,表达了自身反抗传统伦理的决绝态度和要求。然而这种绝然的反抗和批判,虽然在一定程度上改变了人们的思考方式,却也随之带来了难以预料的道德后果——传

---

① 董小玉:《论当今文学创作中的审丑失衡》,《贵州师范大学学报》2011年第1期,第110页。

统的道德体系分崩离析,新的社会道德共识难以迅速达成,全社会面临深刻的道德困扰。"我们的时代是一个强烈地感受到了道德模糊性的时代,这个时代给我们提供了以前从未享受过的选择自由,同时也把我们抛入了一种以前从未如此令人烦恼的不确定状态。我们怀念我们能够信任和依赖的向导,以便能够从肩上卸下一些为选择所负的责任。但是我们可以信赖的权威都被提出了质疑,似乎没有一种权威强大到能够为我们提供我们所追求的信任。最后,我们不信任任何权威,至少我们不依赖任何权威,不永久地依赖任何权威:我们对任何宣布为绝对可靠的东西都表示怀疑。"①对传统伦理的解构随之而来的是道德世界的荒芜,人们在陷入了对普遍性道德标准怀疑的泥沼而无法自拔。

究其原因,是因为人物道德感的缺失而导致了人们精神世界的无可依托和彷徨失措。如果一味张扬自我的生命体验,固然可以冲毁传统伦理的禁锢,但"礼崩乐坏"的恶果,却是人性的迷失、道德的沦丧。如果当我们都像《奔丧》中的"我"那样陷入麻木不仁的生活图景,像《瀚海》中家族的人那样陷入浑浑噩噩的生存境地,而作家却没有能力做出正当的价值指引时,难免会让我们对人类的生存前景感到悲观。不过这个问题的责任却并非洪峰一人所能承担,当先锋文学在颠覆历史理性、追求个体生命体验合法性的时候,就已经遭遇了如下的历史事实,即自从尼采喊出"上帝已死"的口号之日起,现代思想家们就已然陷入了尴尬的境地:他们越是深刻地揭示人性恶,就越是无法控制人性的恶。因此,当代先锋作家对人性恶的揭示,固然有依靠生命本能抗拒历史理性的启蒙因素,但因为现代思想自身存有的深刻悖论,却始终无法凭借叙事的力量去实现对人物的精神拯救。"将道德从人为创设的伦理规范的坚硬盔甲中释放出来(或者是放弃将其保留在伦

---

① [英]齐格蒙特·鲍曼:《后现代伦理学》,张成岗译,南京:江苏人民出版社,2003年,第24页。

理规范中的雄心),意味着将道德重新个人化。"①洪峰的创作,表达了对日常生活道德状况的审视和批判,通过叙述个人种种失范的生活图景,让人看到中国社会的传统伦理文化体系在当代市场经济语境中处于深刻的"危机"之中。

作为文化话语,不必要一定以外在的道德对文学具体的写作内容做出规定,但道德永远是评价文学的一个尺度,是文学写作需要考虑的一个因素。文学不是道德的传声筒是不错的,但这并非意味着文学不需要道德,因为真正的作家不可能离弃伦理的文学观,它关系到文学如何理解世道人心,如何提升人的精神,也关系到文学能否更贴近历史的本质。文学作为一种精神存在方式,体现了作者对人生存状态深刻的道德关注,甚至终极关怀。文学与道德的依存与互动是从文学产生以来就一直存在的问题,可以说,文学与道德有着一种无法切断的血肉关联。"文学的建设最终作用于人的精神。作为物质世界不可缺少的补充,文学营造超越现实的理想的世界。文学不可捉摸的功效在人的灵魂。它可以忽视一切,但不可忽视的是它始终坚持使人提高和上升。"②日趋多元的社会语境使得人们对文学可以有多样的理解,但文学最终要走向读者,走向读者的心灵,不仅要给人愉快,也应给人生活教益和人生启发,这就决定了作家写作无法忽视道德、无法忽视道德在写作中的中介作用。没有道德的支撑,文学不仅不能给人们心灵提供可以栖居的精神家园,也无法保证文学的尊严,只能滑向缺乏精神指向的语词游戏和"本能狂欢式"的世俗生活展示。

如果检讨当代先锋小说的演变,我们会发现洪峰小说的真正特质,乃是作家对笔下人物伦理问题的关注。作为一位较早描写人物伦理困境的先锋作家,洪峰对伦理问题的书写,也与先锋小说的启蒙思

---

① [英]齐格蒙特·鲍曼:《后现代伦理学》,张成岗译,南京:江苏人民出版社,2003年,第39页。

② 谢冕:《理想的召唤》,《西安教育学院学报》(文科版)1996年第1期,第1页。

潮息息相关。我们认为,由于先锋小说叙事角度的转向,使得洪峰对伦理问题的书写,在一定程度上深化了文学启蒙的"内省"维度,但与此同时,却也因为作家对人物个体生命体验的关注,转而弱化了先锋文学对人物的叙事关怀。自由的叙事伦理学仅让人面对生存的疑难,搞清楚生存悖论的各种要素,展现生命中各种选择之间不可避免的矛盾冲突,让人自己从中摸索伦理选择的根据,根据叙事教人成为自己,而不是说教,发出应该怎样的道德指引。既然没有放之四海而皆准的"绝对真理",我们就应该直面道德的相对性和模糊性。文学的书写同样应该遵循这一原则,才能顾及个体存在的多样性、复杂性,因为存在是多样的,道德就不能如出一辙。所以,文学告别道德的说教,关注个体的道德多样性,无疑是真正的伦理关怀(而非伦理批判),是非常难能可贵的。

　　加缪曾经说过:"我们最伟大的伦理学家们并非是箴言录的作者,他们都是些小说家。"[1]尽管洪峰这位写小说的伦理学家还远称不上伟大,但仅凭他在小说中对传统伦理和现代伦理价值冲突的形象揭示,就足以让我们铭记他对当代先锋小说的独特贡献。

---

[1] 王威廉:《做乘法的凯尔泰斯》,《读书》2004 年 7 期,第 110 页。

参考文献

一、中文著作

1. 古代

(唐)白居易:《白居易集》,长沙:岳麓书社,1992年。

(元)王实甫:《西厢记》,北京:人民文学出版社,1995年。

(明)冯梦龙:《冯梦龙全集》,南京:江苏古籍出版社,1993年。

(明)郎瑛:《七修类稿》,北京:文化艺术出版社,1998年。

(明)凌濛初:《初刻拍案惊奇》,长沙:岳麓书社,2004年。

(明)施耐庵、罗贯中:《水浒传》,北京:中华书局,2009年。

(明)汤显祖著:《临川四梦》,朱萍整理,北京:中华书局,2016年。

(清)李宝嘉:《官场现形记》,海口:海南出版社,1995年。

(清)金圣叹:《金圣叹批评〈水浒传〉》,济南:齐鲁书社,1991年。

(清)刘鹗:《老残游记》,西安:三秦出版社,2006年。

(清)蒲松龄:《聊斋志异》,北京:华夏出版社,2013年。

(清)王照圆:《列女传补注》,虞思征点校,上海:华东师范大学出版社,
  2012年。

(清)吴趼人:《二十年目睹之怪现状》,西安:三秦出版社,2007年。

(清)吴趼人:《上海游骖录》,南昌:江西人民出版社,1988年。

2. 现当代

北京大学哲学系美学教研室编:《中国美学史资料选编》(下),北京:中华书局,
　　1981年。

陈昌恒、阮忠:《三言二拍佳篇鉴赏》,武汉:武汉出版社,1995年。

陈敏之、顾南九编:《顾准文稿》,北京:中国青年出版社,2002年。

陈平原、夏晓虹编:《二十世纪中国小说理论资料》,北京:北京大学出版社,
　　1997年。

陈文新译注:《日记四种》,武汉:湖北辞书出版社,2004年。

陈晓明:《无边的挑战:中国先锋文学的后现代性》,北京:时代文艺出版社,1993
　　年版。

陈寅恪:《元白诗笺证稿》,北京:生活·读书·新知三联书店,2001年。

陈友琴:《白居易资料汇编》,北京:中华书局,1962年。

程文超:《欲望的重新叙述:二十世纪中国的文艺精神与文学叙事》,北京:中国社
　　会科学出版社,2009年。

丁锡根:《中国历代小说序跋集》,北京:人民文学出版社,1996年。

杜学增、胡文仲编:《中英(英语国家)文化习俗比较》,北京:外语教学与研究出版
　　社,1999年。

[法]恩斯特·卡西尔:《人论》,甘阳译,上海:上海译文出版社,1985年。

[美]费正清主编:《剑桥中华民国史》,章建刚等译,上海:上海人民出版社,
　　1991年。

郭英德:《明清传奇史》,南京:江苏古籍出版社,2001年。

韩高年:《诗经分类辩体》,上海:上海古籍出版社,2011年。

胡平生:《孝经译注》,北京:中华书局,2009年。

胡士莹:《话本小说概论》,北京:中华书局,1980年。

[英]华兹华斯:《抒情歌谣集·序言》,刘若端编:《十九世纪英国诗人论诗》,北京:
　　人民文学出版社,1984年。

[保]基·瓦西列夫:《情爱论》,赵永穆、范国恩、陈行慧译,北京:生活·读书·新
　　知三联书店,1984年。

蹇长春:《白居易评传》,南京:南京大学出版社,2002年。

蒋星煜:《西厢记研究与欣赏》,上海:上海辞书出版社,2004年。

江林:《〈诗经〉与宗周礼乐文明》,上海:上海古籍出版社,2010年。

金泽:《宗教禁忌研究》,北京:社会科学文献出版社,1996年。

[意大利]克罗齐:《美学原理·美学纲要》,朱光潜等译,北京:人民文学出版社,1983年。

李梦生:《西厢记选评》,上海:上海古籍出版社,2005年。

李万钧:《中西文学类型比较史》,福州:海峡文艺出版社,1995年。

李泽厚:《中国思想史论》,合肥:安徽文艺出版社,1999年。

刘德隆、朱禧、刘德平等编:《刘鹗及老残游记资料》,成都:四川人民出版社,1985年。

刘锋杰主编:《文学批评学教程》,上海:华东师范大学出版社,2010年。

刘立志:《〈诗经〉研究》,北京:中华书局,2011年。

刘尚慈译注:《春秋公羊传译注》,北京:中华书局,2014年。

刘小枫:《沉重的肉身》,北京:华夏出版社,2007年。

刘再复、林岗:《传统与中国人》,合肥:安徽文艺出版社,1999年。

鲁迅:《中国小说史略》,北京:人民文学出版社,1973年。

鲁迅:《鲁迅杂文精选集》,昆明:云南人民出版社,2013年。

鲁迅:《鲁迅全集》,北京:人民文学出版社,1981年。

[德]马克思、恩格斯:《马克思恩格斯全集》,北京:人民出版社,1957年。

马蹄疾编:《水浒资料汇编》,北京:中华书局,1980年。

聂绀弩:《〈水浒〉四议》,北京:北京大学出版社,2010年。

聂珍钊:《文学伦理学批评导论》,北京:北京大学出版社,2014年。

[英]齐格蒙特·鲍曼:《后现代伦理学》,张成岗译,南京:江苏人民出版社,2003年。

钱理群:《心灵的探寻》,北京:北京大学出版社,1999年。

邵炳军主编:《诗经文献研读》,桂林:广西师范大学出版社,2010年。

沈德符:《顾曲杂言》,《中国古代戏曲论著集成》,北京:中国戏剧出版社,1959年。

陶玮:《名家谈白蛇传》,北京:文化艺术出版社,2006年。

[英]特伦斯·霍克斯:《结构主义和符号学》,瞿铁鹏译,上海:上海译文出版社,1987年。

汪晖:《反抗绝望——鲁迅的精神结构与〈呐喊〉〈彷徨〉研究》,上海:上海人民出版社,1991年。

王得后:《鲁迅心解》,杭州:浙江文艺出版社,1996年。

王富仁:《中国反封建思想革命的一面镜子——〈呐喊〉〈彷徨〉综论》,北京:北京师范大学出版社,1986年。

王季思:《集评校注〈西厢记〉》,上海:上海古籍出版社,1987年。

王晓平:《日本诗经学史》,北京:学苑出版社,2009年。

王学泰:《游民文化与中国社会》,北京:同心出版社,2007年。

韦乐:《〈西厢记〉评点研究》,北京:社会科学文献出版社,2015年。

闻一多:《闻一多论古典文学》,郑临川述评,重庆:重庆出版社,1984年。

吴宓:《文学与人生》,北京:清华大学出版社,2000年。

吴义勤:《中国当代新潮小说论》,南京:江苏文艺出版社,1997年。

夏传才:《诗经讲义》,桂林:广西师范大学出版社,2007年。

向熹:《诗经词典》(修订本),北京:商务印书馆,2014年。

熊月之:《西学东渐与晚清社会》,上海:上海人民出版社,1994年。

徐朔方、孙秋克:《明代文学史》,杭州:浙江大学出版社,2006年。

徐朔方笺校:《汤显祖诗文集》,上海:上海古籍出版社,1982年。

杨伯峻:《论语译注》,北京:中华书局,1980年。

[德]姚斯:《接受美学与接受理论》,周宁、金元浦译,沈阳:辽宁人民出版社,1987年。

叶舒宪:《诗经的文化阐释》,武汉:湖北人民出版社,1997年。

尹国均:《先锋试验——八九十年代的中国先锋文化》,北京:东方出版社,1998年。

游国恩、王起、肖涤非、季镇淮、费振刚主编:《中国文学史》,北京:人民文学出版社,1979年。

袁世硕主编:《中国古代文学史》,北京:高等教育出版社,2016年。

张同胜:《〈水浒传〉诠释史论》,济南:齐鲁书社,2009年。

张文红:《伦理叙事与叙事伦理——90年代小说的文本实践》,北京:社会科学文献出版社,2006年。

中国戏曲研究院编:《中国古典戏曲论著集成》,北京:中国戏剧出版社,1959年。

周先慎:《明清小说》,北京:北京大学出版社,2013年。
周振甫译注:《诗经译注》(修订本),北京:中华书局,2010年。
朱一玄、刘毓忱编:《水浒传资料汇编》,天津:南开大学出版社,2012年。

二、中文论文

杜学霞:《朝隐、吏隐、中隐:白居易归隐心路历程》,《河南社会科学》2007年第1期,第130—133页。

聂珍钊:《文学经典的阅读、阐释和价值发现》,《文艺研究》2013年第5期,第34—42页。

聂珍钊:《文学伦理学批评:基本理论与术语》,《外国文学研究》2010年第1期,第12—22页。

聂珍钊:《文学伦理学批评:伦理选择与斯芬克斯因子》,《外国文学研究》2011年第6期,第1—13页。

聂珍钊:《文学伦理学批评:新的文学批评选择》,《哲学与文化》2015年第4期,第5—19页。

聂珍钊:《论诗与情感》,《山东社会科学》2014年第8期,第51—58,154页。

宋铮:《〈水浒传〉忠义伦理的悲剧精神》,《东南大学学报》2013年第1期,第126—130页。

王立、刘畅:《〈水浒传〉侠女复仇与佛经故事母题》,《山西大学学报》2010年第5期,第21—26页。

魏良弢:《忠节的历史考察:先秦时期》,《南京大学学报》1994年第1期,第110—120页。

魏良弢:《忠节的历史考察:秦汉至五代时期》,《南京大学学报》1995年第2期,第119—130页。

夏传才:《〈诗经〉的'言志'与美刺》,《内蒙古师范大学学报》(哲学社会科学版),1983年第3期,第89—92页。

萧相恺:《执法向护理的倾斜——〈水浒传〉文化侧面的理性反思之二》,《明清小说研究》2006年第3期,第48—61页。

袁国兴:《潘金莲母题的发展及其当代命运》,《中山大学学报》2001年第2期,第52—59页。

三、外文著作

Booth, Wayne. *The Rhetoric of Fiction*. Chicago: University of Chicago Press. 1983.

Chatman, Seymour. *Story and Discourse: Narrative Structure in Fiction and Film*. Ithaca: Cornell University Press, 1978.

Propp, Vladimir. *Morphology of the Folk Tale*. Austin: University of Texas Press, 1968.

后　记

《中国文学的伦理学批评》一书是在聂珍钊教授首创的文学伦理学批评理论的基础上，对中国文学进行文学伦理学批评研究的一次尝试，目的在于拓展中国文学研究的知识结构和研究思路。参与撰写本书的老师皆是国内文学研究领域高水平的研究者，具有扎实的学术功底和宽阔的学术视野。现将本书各章节及其编写老师情况简要介绍如下，以示鸣谢。

导论"中国文学伦理观念的生成与流变"由华中师范大学文学院黄晖教授撰写；第一章"《诗经》与中国文学的诗教传统"由厦门大学外文学院林宛莹助理教授撰写；第二章"白居易诗歌的情感表达和道德教诲"由贵州师范大学文学院何林教授撰写；第三章"《西厢记》中的自由意志与理性意志"由中南财经政法大学中文系李纲副教授撰写；第四章"《牡丹亭》的伦理困境与道德理想"由湖北大学文学院申利锋副教授撰写；第五章"《聊斋志异》与斯芬克斯因子的组合与变异"

由河北科技大学外国语学院李春宁教授撰写;第六章"《水浒传》的伦理秩序与道德困境"由中国人民大学文学院陈涛副教授撰写;第七章"'三言'的伦理诉求与道德警示"由信阳师范学院外国语学院柳士军副教授撰写;第八章"晚清的伦理环境与谴责小说的道德批评"由安阳师范学院文学院徐艺玮副教授撰写;第九章"鲁迅小说的伦理叙事与伦理重构"、第十章"先锋小说的艺术创新与伦理探索"由佛山科学技术学院人文与教育学院田频博士撰写。

  本书各章节由项目首席专家聂珍钊教授进行总体设计,同时也吸收了不少同行专家的宝贵建议。撰写过程中,华中师范大学苏晖教授对各章节的结构、写作格式和学术规范提出了宝贵意见。最后,由黄晖教授完成统稿工作。对此,我们表示诚挚的谢意。

编者

2019 年 12 月 22 日